壹卷
YE BOOK

让思想流动起来

Interviews
with
Authors

访书记

崔莹 编著

四川人民出版社

图书在版编目（CIP）数据

访书记 / 崔莹编著. -- 1版. -- 成都：四川人民出版社, 2022.11
ISBN 978-7-220-12440-2

Ⅰ.①访… Ⅱ.①崔… Ⅲ.①访问记—作品集—中国—当代 Ⅳ.①I253

中国版本图书馆CIP数据核字（2022）第072823号

FANG SHU JI

访书记

崔 莹 编著

出 品 人	黄立新
策划统筹	封 龙
责任编辑	冯 珺
责任校对	舒晓利
封面设计	周伟伟
版式设计	戴雨虹
责任印制	周 奇
出版发行	四川人民出版社（成都三色路238号）
网 址	http://www.scpph.com
E-mail	scrmcbs@sina.com
新浪微博	@四川人民出版社
微信公众号	四川人民出版社
发行部业务电话	（028）86361653　86361656
防盗版举报电话	（028）86361653
照 排	四川胜翔数码印务设计有限公司
印 刷	四川五洲彩印有限责任公司
成品尺寸	145mm×210mm
印 张	17.25
字 数	400千
版 次	2022年11月第1版
印 次	2022年11月第1次印刷
书 号	ISBN 978-7-220-12440-2
定 价	78.00元

■版权所有·侵权必究

本书若出现印装质量问题，请与我社发行部联系调换
电话：（028）86361656

序一
我读《访书记》
赵毅衡

崔莹是个奇女子：个子小巧，面貌精致，背包里永远带着电脑，胸前常挂着笨重的职业相机。她似乎永远在疾走，到新的地方去。她曾说"我要走一百个国家，采访一百个有趣的人"。我想这个目标可能早就达到了，但她依然在走，看来世界上不会有她不会去的地方。

崔莹的笔头与思想都奇快，同时做国内数份刊物的驻英记者，在好几个刊物上发表定期专栏；题材之广，内容遍地开花，遍题开花，可媲美她的旅行之远：从英国插画到希腊诸神传奇，到花卉美食。我只见过崔莹两面，当我听她说起她的工作计划，已经觉得晕眩如在旋风中。当我看着坐在她身边的天文学家丈夫，我猜想，他看来跟不上这速度，只能一边固定望着星空某一点，一边羡慕地望着她在全世界飞。这位绅士风度的英国天文学家，名叫"崔尼克"，姓"崔"，必须的。

我承认：这样的介绍，有点像狄更斯小说的插图，略带夸张的描写，有点调侃的钦佩。如此写也许会导致误解，以为崔莹是个浅尝即止、走马观花的"随笔家"，处处留意的"包打听"。当这本500多页的巨作出现在眼前时，我们会突然发现一个"后真相"，一个出乎意料之外的意料之内。

这才是真正的崔莹，她的工作作风恰好相反：深入寻问，调查追索。早在新世纪头10年，她就出版了3本非常厚的采访集《做最职业的记者》《做最创意的节目》《做最赚钱的杂志》。每本采访20人，每本300多页，题材都集中在她的本行：新闻传播。原来她是新闻系科班出身：山东师范大学本科，英国龙比亚大学硕士，爱丁堡大学社会政策博士，硕士毕业时就获得新闻大奖。

她本应当就是活跃的职业新闻工作者，而一个真正的记者，就应当关注任何社会文化问题。但崔莹的思维兴奋点，她的兴趣，远远不在新闻业本行，而在新闻业的对象：天下事都是她笔下事，难怪她还是个极有创造力的纪录片导演。

从2014年到2020年，崔莹采访了88人，汉学家、历史学家、文学家……各界有成就的人物，呈现在我们眼前，接受问题挑战。最后她从中挑选了51人，编著了眼前这本巨厚的书。

采访88人，这工作量有多大呢？以6年计算，每年15人，每20天采访1人。这工作要有多大的精力并且持之以恒？假定采访一人要至少读此人4本书，那么总共要读350本书，而且要带着问题读。而为了明白应当采访哪些人，需要读更多的书。仅仅这份辛苦，就不是一般人能坚持的。

虽然崔莹采访的主要是写作者，但写作者的身份、题材之宽广，题目之多样，令人惊异。被采访的人中，学者与作家居多，这不奇怪，文化人讨论的不仅是自己，更是他们的研究对象。而"非文化人作者"身份之多样，更令人惊异：从法官，到殡葬师，到时装模特；从波兰人到印度人，到巴西人、以色列人、越南人。这些人写的基本上是自己的经历。这就要求采访者事先对更多的陌生题目做足功课。由此一来，工作量又翻多少倍？

这本书是作者知识面的展示，兴趣面的产物，意志力的结果，更是作者眼光敏锐的见地。能够对另一个完全不同的文化了若指掌，而且找到那么多兴奋点，这就不仅是文化融入的能力，更是内心包容力的胆略。就这一点而言，我在认识的人中，还找不到类似崔莹的人物。

我曾经为中国人中到国外留学、留居、任教的著名人物画群像，也为在国外写作，无论是用英语还是汉语的作家，做群体观察，一言以蔽之：写的永远是中国题材，想的永远是中国经验，我称之为"题材自限"。从某个意义上说，这当然没有错，他们内心永远是中国人。但崔莹不同，既然走出国门，就自觉成了中国文化的"无冕大使"，她为我们介绍不同文化中发生的事，让我们看到"文明多样性共同体"中真正的多样性，她不做旁观的访客，不是拿着望远镜看邻家花园，而是登堂入室，与他们促膝而谈。

崔莹的这本采访录，完全没有这种"题材自限"。除了采访汉学家的篇章，其余的采访，都把"从中国人的眼光看"隐藏在文字背后。她写的不是一个居留西方的中国人会感兴趣的事，不是中国人自己照镜子，她写的是一个敬业的记者所发觉的异乡异事：那边发生的事情，那边居住的人。在我读到过的所有中国人写国外的作品中，这是一本难得一见的奇书。

序二

对话塑造未来

萧三匝

世界正变得越来越撕裂。在东方与西方之间，在西方内部，甚至在作为西方引擎的美国内部，撕裂都是一个明显的事实。2020年的美国大选彰显了美国社会的巨大撕裂，忧心的人们已经开始怀疑，这样的美国还是人类文明的灯塔吗？

身处当下历史时刻，我常常想起当代首屈一指的先知式思想家——塞缪尔·亨廷顿。早在20世纪中叶，他就写了《变化社会中的政治秩序》；20世纪末，他率先预言了"文明的冲突与世界秩序的重建"；"9·11"后，他又出版了《我们是谁：美国国家特性面临的挑战》，追问到底什么才是美国。可以说，亨廷顿提前几十年预见到了美国和西方的危机，它同时也是世界的危机。

任何事实上的撕裂与冲突，本质上都是观念的撕裂与冲突的外化。正是从这个角度观察，已经有众多学者正确地指出，这次美国大选不是一次普通的大选，而是关于美国立国根基的大争战。美国的立国根基到底是基督教信仰，还是启蒙运动催生的宪政制度？一般而言，共和党认为是基督教信仰，宪政制度也是宗教改革的产物，如果抽离基督教信仰，宪政框架就缺乏神圣的源头和坚实的根基；民主党则认为是宪政制度本身，而这一制度的核心精神是人的自由。前者高举神的主权，后者高举人的自由，矛盾似乎不可调和。

问题在于，无论美国的立国根基和西方文明的根基是什么，如果撕裂和冲突愈演愈烈，冲突双方谁都不愿妥协，则任何共同体都不可能良性运作，因为共同体必然是共识的产物。

整个世界何尝不是如此？当人类不再共享一些基本的价值预设，经济全球化何以可能，国际政治协作何以可能？

弥合裂缝、消除冲突的唯一途径是展开积极的对话，以此找到冲突各方都认可的最大公约数。这既是必要的，也是可能的，这种可能性是由冲突各方都是人这一前提决定的。

有效对话的基础正是深刻认识人性：首先，人性是相通的，人与人之间是可以对话的。其次，因为人是所知有限、能力有限、善恶兼具的存在，所以人应该谦卑，在对话中应该学会倾听、欣赏、包容对方的意见。最后，只有爱是无敌的，只有爱能让人合一。

由此可见，对话就是平等主体之间以彼此完善为目的的观念互融行为。以此标准来衡量，我们会发现，现实中的对话，尤其是不同文明之间的对话其实是艰难的。

对西方而言，是"西方中心论"挥之不去；对中国而言，我们曾经不是俯视别人，就是仰视别人，而既然人人被造而平等，我们就必须平视任何人。

从这个意义上看，中西文明的对话远未完成。也正是从这个意义上看，我们才能认识到崔莹博士这本对话录的意义。

文明本身是一个抽象名词，文明之间的对话只能靠生活在不同文明下的人来完成，只有个人，才是真正的对话主体。崔莹作为一个出生在中国，长期生活在中国，后来又留学、长期生活在英国的知识分子，选择了与世界（主要是西方）知识领袖对话的工作，这使她既能理解中国，又能理解世界。《访书记》所谈话题相当多元，中国的历史、哲学、文学，西方的政治、经济、军事，等等；对话对象的身份也相当多元，汉学家、历史学家、文学评论家、作家、经济学家、编辑等；这正是当代世界的典型特点。不过我更关心的是它的视角，它的视角其实也是多元的，它既站在世界看世界，也站在世界看中国，甚至还站在西方看西方。

站得多高，就能看得多远。鲁迅与赵树理都写中国乡村，他们的最大不同是什么？答案是：鲁迅是站在世界看乡村，赵树理是站在乡村看世界。

没有人能看到全息式的世界，但我们却能通过呈现这个世界的多元性来启发人们认识到自己的有限和别人的优长，也启发人们认识到共同的人性和爱的必要性。

有两类对话：一类是提问者带着自己鲜明的观点与对方论辩；一类是提问者挑起话题后尽量隐身，让对方言说。崔莹是后一类提问者，这是一个智慧的自我定位，我猜她之所以如此，是出于对中国现代化问题的热切关怀。对当代中国人来说，最重要的还是如何认识世界，不能认识世界，也就不能认识中国。

崔莹为什么选择与知识领袖对话而不是与政治、经济领袖对话呢？因为前者更关心的是观念，后者更关心的是现实，而未来是由观念引领、塑造的。从这个角度看，《访书记》的着眼点正是塑造未来。

知识领袖尤其是学术精英的特点是思想精深，隐藏作为自然人的喜怒哀乐，用学术术语建构自己的思想体系，这就让普通读者望而生畏。但任何思想家原创性的核心主张其实都不多，思想家通过各种著述所阐述的不过是那有限的核心主张。对话知识领袖的好处是，"诱导"他自己说出自己的核心主张，这样就降低了普通读者对其思想的理解障碍。同时，面对提问者的知识领袖首先是一个活生生的人，这就意味着他呈现给提问者的不仅仅通过其著作呈现出的理性的一面，还有感性的一面，而提问者对这感性的一面的呈现，显然有利于人们理解他们的思想。

能提出问题就意味着已经解决了一半问题，好的提问者不仅代表自己提问，也代表他所关切的受众提问。从某种意义上讲，好的提问者都是思想者，他通过提问来设置社会议题，并通过不断追问来回答这些议题。

巨变的时代需要提问者，也需要倾听者。我们每个人其实都是在提问和倾听中才能认识彼此、重塑自我。

重塑自我就是重塑世界。

目录 CONTENTS

| 汉 学 |

裴士锋
湖南为何出革命家？ / 003

卜正民
牛津藏明代航海图背后的全球史 / 012
《哈佛中国史》和《剑桥中国史》的最大区别是什么？ / 022

贝剑铭
是谁最早发明了"以茶代酒" / 028

薛 凤
《天工开物》为何受日本欢迎 / 035

阿尔伯特·克雷格
对西方而言，中国依然很陌生 / 043

周锡瑞
从1943年看蒋介石的败因 / 050

顾若鹏
国共两党如何改造日本战犯？/ 059

穆盛博
炸开黄河后国军先救灾还是先抗日 / 065

王德威
评莫言、余华、王安忆 / 073
新写中国现代文学史 / 080

闵福德
英国学者12年译完《易经》/ 087
《红楼梦》如何译成英文？/ 094

吴芳思
为何把《二十四孝》放进新书《中国文学》/ 102

宇文所安
杜甫在中国文学史上独一无二 / 110

目录

梅维恒
鲁迅是世界级的作家 / 118

艾超世
洪秀全早年珍贵文献仅藏于剑桥 / 126

白馥兰
李约瑟的科技史太拔高中国文明？ / 136

| 世界史 |

克里斯·威廉斯
英国学者谈漫画里的政治 / 147

杰弗里·罗伯茨
朱可夫靠什么最终击败希特勒？ / 155

西蒙·沙玛
英国正在经历"毫无必要的自我毁灭" / 166
我发现"小矮马"帮诺曼人征服英格兰 / 174

诺曼·斯通
二战简史怎么写 / 182

入江昭
多数日本人不了解过去 / 191

托马斯·伯根索尔
有德国年轻人不信奥斯维辛存在过 / 198

马克斯·黑斯廷斯
二战中最出色的间谍是谁？/ 208

沙希利·浦洛基
书写切尔诺贝利的悲剧史 / 216

彼得·伯克
布罗代尔受马克思的影响有多深？/ 227

马修·德安科纳
后真相时代：现在的问题是，我们开始不在意谎言 / 234

克里斯多夫·弗雷林
20世纪西方恐华与鸦片有关？/ 243

| 文　学 |

恩古吉·瓦·提安哥
应把殖民创伤转变成财富 / 257

阿米塔夫·高希
印度如何深深卷入鸦片战争 / 267

大卫·格罗斯曼
现实世界野蛮而残暴 / 277

托马斯·林奇
给生者写诗的殡葬师 / 290

加布瑞埃拉·泽文
读书是非常孤独的一种行为 / 300

莉迪亚·戴维斯
我哥哥就是故事中的男孩 / 308

希拉里·曼特尔
我为何写《狼厅》/ 317

保罗·比第

我的世界不是非黑即白 / 326

罗伯特·奥伦·巴特勒

"头被砍下时"是写短篇的好时机 / 334

约恩·福瑟

故意反抗贝克特的福瑟？ / 344

奥尔加·托卡尔丘克

文学是一种深刻的与他人沟通的方式 / 353

| 非虚构 |

迈克尔·麦尔

美国女婿如何书写中国乡村的变迁？ / 363

乔纳森·哈尔

较真律师的漫长拉锯战 / 374

阮清越

越战创伤如何愈合 / 385

朱莉安娜·芭芭莎
写巴西黑帮与贫民窟的故事 / 396

理查德·劳埃德·帕里
他调查写书"谁杀死了74名小学生?" / 406

贝兹·卓辛格
探访九国监狱写书讲出真相 / 418

丽莎·布伦南·乔布斯
乔布斯的女儿:"爸爸是更好的爸爸" / 427

阿什利·米尔斯
美女博士做模特揭露行业潜规则 / 437

特雷西·基德尔
非虚构作者目前的处境是艰难的 / 449

| 社会学 |

齐格蒙·鲍曼
"后现代性"误入歧途 / 463
社会学有什么用 / 473

| 流行文化 |

乔治·阿克洛夫
"钓愚":人为什么会心甘情愿地花冤枉钱 / 483

乔汉娜·贝斯福
没料到《秘密花园》会热销 / 490

兰道尔·门罗
想知道抽干海水会怎样 / 499

朱莉娅·埃克谢尔
童书作者大都有童年创伤 / 507

后　记
拥抱我写下的文字 / 522

汉学

裴士锋 | 湖南为何出革命家？

美国马萨诸塞大学历史系教授裴士锋（Stephen R. Platt）的著作《湖南人与现代中国》于2015年在中国面世。

之前，裴士锋曾因《天国之秋》一书在中国备受瞩目。该书以"全球史"视角重审太平天国历史，从英国外交的角度将太平天国和美国内战联系了起来。实际上，《天国之秋》是《湖南人与现代中国》的衍生作品。"在完成《湖南人与现代中国》后，我想更深刻地理解湘军，弄懂他们如何组织、为何获胜，于是写了《天国之秋》。"裴士锋说。

在《湖南人与现代中国》中文版自序中，裴士锋称，他接触的主流中国史作品，都认为现代中国发轫于北京、上海和广州等地，湖南则被普遍描述为一个偏僻、落后、需要启蒙的内陆省份。"我深知那只是一叶障目。于我而言，似乎可以写就一段完全不同的关于现代中国诞生的历史，那便是将湖南置于故事的中心。"他把湖南与现代中国相勾连。

左宗棠、曾国藩、郭嵩焘、谭嗣同、黄兴、宋教仁、蔡锷、毛泽东……在书中，裴士锋注意到，在中国近现代史上，来自湖南的改革者和革命者尤其多。他以此探讨儒家传统下的地域身份认同，在学术意义上指出这些重要人物构建了"湖南身份"，彰显了"湖南民族主义"，而湖南则形成了反抗与地方自治的"湖南传统"。

　　显而易见的是，作者在论证过程中的牵强和不严谨，以及对某些文本资料的误读，将引起许多争议。但作者以地方性民族主义的视角解读中国历史，也有一定价值。

1 湖南：最保守又最激进之地

崔莹：《湖南人与现代中国》的雏形是你在耶鲁大学时的博士论文。它是怎么从论文发展成专著的？你当时的老师史景迁对它提了哪些建议？

裴士锋：史景迁不怎么干涉我的研究，这样非常好，因为这意味着他的学生可以各自研究不同的东西，有很大的学术自由。

史景迁对学生最大的启发是用人物故事来探索、阐述某个话题或想法。他对我的博士论文最大的影响，是鼓励我把论文写得像是一个故事，而不是学术争论。当然，这也是他的风格。能成为史景迁的学生，我感到非常幸运，否则我可能不会成为历史学者。

崔莹：你为何对湖南感兴趣？

裴士锋：我第一次去中国就到了湖南。1993年大学毕业后，我报名参加美国雅礼协会的一个项目，去长沙的一所中学教英文。之前我对中国一无所知。在那里生活2年后，我越来越喜欢湖南的美食，并认识了很多当地朋友，度过了很多快乐时光。当时在长沙居住的外国人很少，我所亲历的中国和之前通过媒体报道了解到的并不一样——当时大多数报道主要关注北京、上海和广州等中国沿海城市。

从中国回来后，我继续读研究生。因为对中国充满兴趣，我决定研究中国历史。我对湖南充满感情，把它当成自己的第二故乡，于是我的研究也开始关注湖南。我注意到，很多湖南人在从晚清、民国到中国共产党建立的过程中起到了重要作用，我被他们深深吸引。我发现了能把他们关联起来的一些线索，觉得有必要把他们当成一个整体来研究。

崔莹：《湖南人与现代中国》和《天国之秋》两本书之间存在怎样的关联？

裴士锋：《天国之秋》写于几年前，英文版于2012年出版。《湖南人与现代中国》写得更早，2007年在美国出版。

《湖南人与现代中国》首先对明末清初的湖南思想家王夫之进行了再发现，然后对湘军镇压太平天国运动进行了审视，一直写到20世纪。书中只有一小部分与湘军有关，更多部分是关于后人如何看待湘军的。实际上，在完成《湖南人与现代中国》后，我想更深刻地理解湘军，弄懂他们如何组织、为何获胜，于是写了《天国之秋》。

《湖南人与现代中国》涉及历史从19世纪50年代到20世纪20年代，跨度很大，所以叙述的节奏要快一些，主要是纵向的历史。《天国之秋》涉及的历史从1850年到1864年，主要是横向的历史。

崔莹：《湖南人与现代中国》为何选用晚清知识分子周汉《谨遵圣谕辟邪全图》图集中的"壶篮灭怪图"做封面？

裴士锋：因为它在西方很有名，我个人也很喜欢这张色彩艳丽的图。它表现的是当时湖南的反洋人现象。曾国藩将太平天国起义的原因归为外国势力的影响，湘军和湖南人因此成为摧毁外国势力的主力——他们主张将帝国主义和基督教拒之门外。湖南也是中国最后向外国人开放的地区之一。

我在书中写到周汉（周汉极端仇外，鼓吹诛杀洋人，其宣传手册一度在长江下游广为流传），写到19世纪末湖南的反洋人现象。当时《谨遵圣谕辟邪全图》被一名传教士译成英文并带到西方传播，导致传教士们都不敢去湖南。

崔莹：在《湖南人与现代中国》一书中，你想探讨的主要是什么问题？

裴士锋：中国一度面临被帝国主义列强瓜分的命运。从19世纪末开始，一些湖南的激进分子和改革派努力抗争，并构建"湖南身份认同感"（Hunan identity）。他们的努力促进了中国的全面转型，促进了中国19世纪末的维新变法，促进了1911年的辛亥革命，也促进了中华民国初期的政府改组。把他们聚集在一起的元素之一，是一种"湖南之力"（Hunanese strength）。

此前，中国当代史主要关注的是北京、上海和广州等和外国接触比较多的地方。人们通常认为中国的现代性是沿海通商口岸的产物，且从那些口岸往外扩散，启迪了内陆。而湖南一直被视为保守落后、粗野排外之地，需要被启蒙。

极力排外的地方却成为中国激进改革和革命的先锋阵地，这种观点是挑战西方史学家直觉的。实际上，在历史上的某个时期，湖南既是中国最保守的地方，又是中国最激进的地方。我的观点是，中国的现代性不但源自上海、广州和北京等地，也源自湖南。湖南本地产生了完全独立的现代性，这种现代性促进了中国革命，并最终成为共产党的基础。对于今天的中华人民共和国而言，湖南的贡献巨大。为什么这么多军事将领来自这个内地省份？为什么在19世纪末的维新变法中,湖南人成为先锋?为什么梁启超要到湖南教学?为什么在辛亥革命中,那么多湖南人反对清朝专制帝制?这都是我在书中探究的。

❷ 中国既需要现代化,也需要传统之力

崔莹:你认为晚清的曾国藩兄弟和郭嵩焘、清末的谭嗣同、热衷革命与创建民国的黄兴与宋教仁、致力于共产主义革命的毛泽东等人身上,共同体现了湖南的反抗与独立精神,构建了"湖南民族主义"(Hunanese nationalism)。你是第一个使用这个概念的人么?

裴士锋:我想是的。这个词很灵活,它一方面的含义是,湖南人是中国民族主义的先锋和主力,拥有民族主义的强大力量,可以带领中国进入未来;它另一方面的含义是,湖南人对湖南很忠诚,认为他们和中国其他地方的人略有不同。比如1920年,毛泽东就全身心地投入到湖南的自治运动中去。

"湖南民族主义"的主要体现,就是湖南人所具有的一种强烈的"湖南身份认同感"。

崔莹:在学术意义上,如何理解这种"湖南身份认同感"?

裴士锋:主要是对"湖南精神"的诉求。当时这些湖南人写到湖南时,会描述哪些人和事让湖南人与众不同,会描述湖南人似乎命中注定要成为革命和改革的领导者。他们常援引之前的历史,比如在辛亥革命中会提及明末清初的王夫之、19世纪60年代的湘军、

19世纪末的湖南改革。在"中国"的大背景下,他们讲述的多是湖南自己的历史。

崔莹：你在书中频繁提及出生于湖南的王夫之,认为他是湖南精神的杰出代表。在你看来,王夫之的思想如何被他之后的湖南人继承？

裴士锋：王夫之指出,"道"随"器"的变化而变化,不同的时代和社会制度下有不同的治理方法,明朝灭亡的原因之一是过于保守。王夫之的观点在当时的学者中很受欢迎——后者可以说改革的思想并非源自外国,而是源于王夫之；改革不是崇洋,而是继承中国自身的传统。

就民族主义而言,王夫之将满洲贵族视为侵略者,从青年时代就积极投入反清运动。他成为检验后来的改革者、民族主义者的"试金石"。在辛亥革命中,他的著作到处流传,像是动员人们推翻清朝统治的宣传品。曾国藩也推崇王夫之,曾下令刊刻《船山遗书》,但作为忠诚的清朝大臣,他删掉了其中的反清内容。

崔莹：曾国藩、郭嵩焘、谭嗣同、毛泽东等湖南人都深受王夫之影响,但他们是否只是从王夫之那里获得各自所需的东西？

裴士锋：在知识分子文化中,这种现象经常发生。如果王夫之在世,我不认为他会支持曾国藩。但当曾国藩需要为改革找借口时,可以援引王夫之,即使后者并非有那样的想法。我在书中阐述的,是王夫之之后的湖南学者如何解读他,利用他。

崔莹：你认为在构建"湖南身份认同感"方面,谁的贡献最大？

裴士锋：黄兴。黄兴和宋教仁在湖南建立的华兴会影响很大。谭嗣同也很重要,他认为,假如改革要在中国生根,最好先在当时最保守的湖南生根。1897年,在中国最保守的地方有了最激进的学校——时务学堂，这个学堂培养出大批改革的领导者。

当时的中国既需要激进的改革，需要现代化，也需要传统之力。中国的现代化并非一定要学习西方模式，而是可以将西方现代化中可借鉴的内容与当地的优势结合来实现。

3 再写这本书可能写得不一样

崔莹：写这本书时，你所面临的挑战主要是什么？

裴士锋：如何获得史料，了解时人的想法。幸运的是，他们中的很多人撰写了大量发表于期刊的文章。当然，这样的研究方式只关注精英学子和文人，而非普通大众，必然有局限；同时也很难衡量有多少人看到这些文章，其影响力有多大。

崔莹：写书时，你所选择的史料是否多是支持你论点的？如何做到客观？

裴士锋：我尽量不遗漏和我的观点相悖的史料，让我的观点从史料中自然而然衍生出来。我也清楚地说明，历史很复杂，不同的历史学者会用不同视角解读历史，我的观点只是其中之一。

崔莹：现在看来，你认为这本书的不足之处是什么？

裴士锋：实际上，在书出版前，哈佛大学出版社邀请了两位第一读者给这本书提建议，他们也建议我用更宽泛的视野看问题。博士生习惯揪住一个话题不放，然后过于狭隘地研究问题，这的确也是我当时的情况。我现在处于（希望是）事业较成熟的阶段，回头去看，假如让我对当时的作品做修改的话，我会采用更宽泛的研究视角。但我依然觉得这个话题很有趣，很多史料发人深省。

当然，假如今天让我重新写这个话题，我可能写得不一样。很多学者和作家回顾自己早期的作品时，一定会有相似的感受。

崔莹：这本书在美国出版后，反响如何？

裴士锋：说实在的，很有限。从严格意义上讲，《湖南人与现代中国》完全是一本由学术出版社出版的学术书。《天国之秋》才是我第一次认真写给普通大众看的书。我将来会写更多后一类的书。

很多看过《湖南人与现代中国》的人告诉我，他们很喜欢这本书。当然，不喜欢它的人可能不会对我说。

崔莹：听说你最近在写新书。它是什么题材？

裴士锋：它有关鸦片战争的起源，涉及英使马戛尔尼访华到鸦片战争爆发这段时间。我所探究的问题之一是，当时英国刚废弃农奴制，认为自己充满道义，但怎么就卷入鸦片战争，运用军事力量支持在中国非法交易的鸦片商人？这样的做法令人感到不可思议。

卜正民 | 牛津藏明代航海图背后的全球史

在牛津大学任讲座教授的加拿大汉学家卜正民（Timothy Brook）意外"邂逅"了一张沉睡300多年的中国明代地图。这张地图充满欧洲元素，边上还有手写的注释。而和其他明代地图最大的区别是，这幅地图的中心不是中国内陆，而是南海，涉及区域西抵印度洋，东接香料群岛，南邻爪哇，北望日本。

这幅地图是谁绘制的？它如何从亚洲到了英国？谁收藏了它？地图上的注释是谁加的？卜正民对这幅地图产生了兴趣。他开始根据蛛丝马迹推测和考证，试图揭开地图之谜，并将此过程写进《塞尔登的中国地图：重返东方大航海时代》一书。书中讲述了和这幅地图有关的人物：收藏它的英国律师约翰·塞尔登，第一个到达英国的中国人沈福宗，牛津大学博德利图书馆首任馆长托马斯·海德……经过严密考证，卜正民指出：这幅地图边上的注释，正是出自沈福宗之手。

这是卜正民的第十本专著。在成为明史研究专家前，20世纪70年代，卜正民曾到复旦大学留学，中国文学批评史专家李庆甲对他影响很深。他也当过李约瑟的助手，在剑桥大学参与编写《中国科学技术史》第七分册。"《塞尔登的中国地图》中有罗盘图、比例尺，涉及很多航海知识。如果未曾和李约瑟合作，我可能不会写这本书。"卜正民说。

1 显而易见，这幅地图与众不同

崔莹：你为什么想到要写《塞尔登的中国地图：重返东方大航海时代》？

卜正民：2008年，我在牛津大学教书。一位美国同事在牛津大学博德利图书馆查阅资料时，意外发现了有关这幅地图的信息——它被称为"塞尔登中国地图"，收藏在关于中国地图的目录里。他将这个信息告诉了图书馆。

很快，博德利图书馆东方部主任何大伟（David Helliwell）在地下室找到了它。何大伟是我的老朋友，他马上给我打电话："快来看我们的新发现！"我的运气太好了！我不是发现这幅地图的人，但算是第二个看到它的人。最初我没想过要写书，但是越想越觉得它可以帮人们理解当时的海洋贸易，于是动笔了。

崔莹：和同期的中国地图相比，塞尔登地图的不同之处在哪里？

卜正民：刚看到时，我还以为它是假的。这幅手工绘制的彩色航海图，与其他任何古代中国地图都不同。它不以中国大陆为中心——后者位居左上方，而南部沿海、东亚和东南亚的海面与岛屿几乎占了地图的一大半。

这是一幅展现中国与周边国家地理关系的海图。它的范围北起西伯利亚，南至今天的印尼爪哇岛和马鲁古群岛（香料群岛），东达日本列岛和菲律宾群岛，西抵缅甸和南印度。制图师还借鉴了中国绘画技法，为亚洲东部的大陆点缀上山脉、树木和开花的植物。地图中偶尔可见一些略显奇怪的细节，比如戈壁和沙漠上方有两只飞舞的蝴蝶。

中国的制图历史悠久，有些约定俗成的标准。但显而易见，这幅地图与众不同——它颠覆了人们对明朝"封闭保守"的看法，说明17世纪初的中国人也会出国，也会参与海上贸易，他们了解外面的世界。

这幅地图对我的研究也很重要。我早期的研究以明朝为中心，后来一直关注商贸如何影响明朝的发展。我之前一直没有找到证明当时中国和外界联系的书面材料，直到找到这幅地图。我太幸运了。

崔莹：塞尔登地图中也有欧洲绘图的特点。

卜正民：是的。塞尔登地图里画着罗盘，这是欧洲地图的特点（当时中国地图不会画）。由此推测，绘图者一定见过欧洲地图。

崔莹：你从哪几个方面研究这幅地图？

卜正民：和大多数古代中国地图不同，这是一幅商业地图，不是政治地图。我决定在书中讲述这幅地图的故事，也讲述相关贸易活动人物的故事。

研究这幅地图并不容易，没有关于它的任何资料。我决定从几个方向着手：地图的主人约翰·塞尔登是谁；谁在地图上做的注释；当时英国船队主要在中国南海的哪些地方航行（由此推断地图从哪里获得)。

崔莹:这幅地图的背后,有着怎样的历史背景?

卜正民:17世纪之前,区域性的贸易网络已经在一些海域存在。比如16世纪,欧洲船队在大西洋航行,南亚船队在印度洋、马来西亚和中国南部海域航行,日本船队在中国南海和东海海域航行。

到17世纪,这些区域开始联系起来,形成全球化的贸易网络。这与欧洲有关,因为是欧洲船队将它们联系起来;另一方面,假若区域性贸易网络不存在,全球性的贸易网络也无法实现——欧洲船队到达亚洲后,多利用当地的贸易网络做生意。

在《塞尔登的中国地图》中,我想通过审视一幅地图,探索当时的英国人和中国人是如何联系在一起的。

❷ 收藏者:影响了今天的海洋法

崔莹:这幅地图的收藏者约翰·塞尔登在自己的遗嘱里特别提到这幅地图。对他而言,这幅地图为何如此特别?

卜正民:这是一幅很大的地图,长160厘米,宽96.5厘米,十分精美。塞尔登显然非常喜欢它。塞尔登是律师和海洋法学者,这幅地图对他的研究有特殊的意义——他想知道亚洲有哪些港口,欧洲的船能在哪些港口停靠。

崔莹:塞尔登是个什么样的人?为什么对这些信息感兴趣?

卜正民:塞尔登这个人家境贫寒,通过努力成为律师。他颇有语言天赋，会讲拉丁语、希腊语，后来又学了阿拉伯语、土耳其语、希伯来语和塞尔维亚语。他对英国法律史、国际法史很感兴趣，写了《海洋封闭论》（*Mare Clausum*），反驳荷兰法学家格劳秀斯的《海洋自由论》（格劳秀斯提出海洋自由的观点，认为海洋不能被占有）。

在《海洋封闭论》中，塞尔登认为，海洋不是"自由的空间"，而是和陆地一样，是国家领土的一部分，国家对环绕该国的海洋拥有所有权。他是第一个明确提出该观点的人。他的著作影响了今天的海洋法。《联合国海洋法公约》在1982年明确了各国有权确定其领海的宽度。

17世纪，各国之间有些约定俗成的规范，但还没有真正意义上的国际法。一国船只航行到别国海域，哪些法律条规可以对其起约束作用？塞尔登的观点也促进了国际法的诞生。

崔莹：《海洋封闭论》和塞尔登地图之间存在怎样的关联？

卜正民：这幅地图是一幅东亚海岸线图，塞尔登收藏它，说明了他对海洋和欧洲航线的兴趣。这幅地图和他对国际海洋法的思考有一定联系。

3
注释者：第一个到英国的中国人

崔莹：你在写作中主要参考了哪些资料？

卜正民：这幅地图是最重要的，其次是大英图书馆的沈福宗资料。沈福宗是有史料记载的第一个到达英国的中国人，曾帮博德利图书馆整理馆藏的中文文献。

大英图书馆这些中文文献的故事也颇为传奇。它们的主人是博德利图书馆的首任馆长托马斯·海德。他对东方文化颇感兴趣，一生都在学习阿拉伯语、希伯来语、波斯语等东方语言，正是他邀请沈福宗去博德利图书馆短暂工作的。

海德去世后，他的资料（包括很多沈福宗写给他的信）被收藏家汉斯·斯隆爵士（Sir Hans Sloane）购买，后者正是大英博物馆的创办人。大英博物馆成立之后，文物和书籍被分开收藏，这些珍贵的材料划归大英图书馆。

崔莹：中国人沈福宗为什么会为这幅地图写下注释？

卜正民：沈福宗这个人很有趣。他信仰基督教，1681年随传教士柏应理（Philippe Couplet）从澳门出发，经过很多周折才到达欧洲。他访问了法国，然后到达英国，到牛津是1687年。海德对亚洲语言很感兴趣，就请沈福宗教他汉语。

当时博德利图书馆藏有四五十本中文书，海德请沈福宗为它们编了目录。有意思的是，当时英国人没人看得懂中文，但海德和塞尔登等人却愿意收藏中文的书和地图。他们知道，终有一天，会有人学会中文，读懂它们。

崔莹：海德和沈福宗用拉丁语交流？

卜正民：是的，拉丁语是17世纪的学术语言。沈福宗学过拉丁语，也会一点法语和英语。我之所以对他感兴趣，是因为塞尔登地图上的注释就是他写的——这些注释在教海德如何读地图上的中文地名。

崔莹：你如何判断出塞尔登地图上的注释出自沈福宗之手？

卜正民：它们的字迹、用墨和大英图书馆收藏的沈福宗笔记、信件中的一样,有些注释的内容也一致。很显然,这些注释是沈福宗写的。

这也是我自己的发现。大英图书馆中国部负责人吴芳思(Frances Wood)是我的老朋友。我写这本书时,她把新发现的沈福宗资料找给我。

崔莹:从这些资料中,你还有哪些发现?

卜正民:这些资料显示,沈福宗见过英国科学家罗伯特·波义耳。英国国王詹姆士二世也曾和沈福宗会面,并令宫廷画师为沈福宗画像……沈福宗的传记也一定会是一本很有趣的书。

崔莹:当时英国人对沈福宗的印象如何?

卜正民:我的确发现英国人对他做出了很简短的评论。你要知道,沈福宗是这些英国人见到的第一位中国人,他们对他充满了好奇,很多人都想见他。海德很喜欢沈福宗,他们成了很好的朋友。

对沈福宗了解最多的,应该是带他来欧洲的传教士柏应理。如果不是因为病死在回中国的船上,沈福宗一定会成为第一个中国籍的耶稣会教士。

4
绘制者:可能是爪哇华人

崔莹:在你看来,是谁绘制了塞尔登地图?

卜正民:我推测这幅地图的绘制者是中国人,因为图中的所有地名、说明都是中文,航海线路也是依据中国的航海记录绘制的。

但我的观点是，绘图者并非住在中国，因为这幅图的中国部分毫无独特之处，就像是从百科全书中照着临摹的。显然，他对外面的世界更感兴趣。

16世纪末、17世纪初，东南亚的主要港口聚集了很多中国商人。我想，应该是这样一位住在海外的中国人绘制了塞尔登地图。他一定不会在日本——图中的日本部分被画得很糟糕。他可能在菲律宾，在婆罗洲，在苏门答腊，或者在爪哇。我更倾向于他在爪哇的万丹，因为当时英国人在万丹设有贸易站点，当地也有华人社区，很多中国商人和英国商人在那里做生意。明朝政府禁止欧洲船只在中国港口停靠，也只有在这些地方，绘图师才有机会看到欧洲地图。

崔莹：明穆宗隆庆时期，明朝政府开始取消海禁，这大概也促使很多中国人到周边国家定居和做生意。

卜正民：据史料记载，明朝晚期，每年有10万中国人离开福建，在东南亚做生意。他们主要去爪哇岛、马尼拉等地，向欧洲人销售中国纺织品、家具、瓷器和纸墨。

实际上，在欧洲人到达之前，中国、菲律宾、马来西亚等国间的区域性贸易网络已经形成。接着，葡萄牙人、西班牙人、荷兰人和英国人陆续到达东南亚，在主要海港设立贸易站点。此后，中国商人生产更多的商品出口，出口业受到国外需求的极大推动。

崔莹：但你在书中指出，后来英国人感到"竞争太激烈，很难打入中国市场"，为什么？

卜正民：英国人很难在这里赚到钱。到东南亚做生意成本很高，遭遇海难会损失惨重。其次，因为明朝政府严禁英国商人停靠在中国海港，后者只能在日本、菲律宾、爪哇等地和中国人做生意,这增加了成本。此外,资本雄厚的中国商人在海港垄断了市场,导致中国商品价格很高。东印度公司一直期待直接到中国做生意,为此甚至向中国商人行贿,让他们游说政府官员,但是没有任何转机。

崔莹:塞尔登地图令人想到《郑和航海图》。

卜正民:目前学术界对《郑和航海图》的研究也非常不够。《郑和航海图》的首版绘制于1620年,但现存的《郑和航海图》并非原版。目前可见的《郑和航海图》将郑和的航海路线简化,非常模糊。

很少有学者详细分析《郑和航海图》中的航海信息,因为读懂这类地图需要航海知识。据我了解,研究中国历史的学者大都不具备这方面的知识。

崔莹:在李约瑟安排下,你参与过《中国科学技术史》第七分册的撰写。这段经历对你写这本书是否有帮助?

卜正民:是的。在我求学时,大多数人还没有关注中国科学史。是李约瑟让我注意到这个领域,并对它产生兴趣。《塞尔登的中国地图》中有罗盘图、比例尺,涉及很多航海知识,如果未曾和李约瑟合作,我可能不会写这本书。

《哈佛中国史》和《剑桥中国史》的最大区别是什么?

汉学家卜正民主编的《哈佛中国史》从公元前3世纪秦一统天下写到20世纪初清朝终结,从全球史的视野讲述了中国的帝制史。

丛书分六卷,分别为《早期中华帝国:秦与汉》《分裂的帝国:南北朝》《世界性的帝国:唐朝》《儒家统治的时代:宋的转型》《挣扎的帝国:元与明》和《最后的中华帝国:大清》。卜正民写的是元明卷,美国汉学家陆威仪、罗威廉和德国汉学家迪特·库恩参与了其他部分。"我们的目的是尽量客观、公正地讲述中国(从秦到清)两千多年的历史,让对中国历史不太了解的人在看过后了解。"卜正民说。这套书被誉为"多卷本中国史的黄金标准",已被芝加哥大学、康奈尔大学、香港科技大学等指定为中国史课程教材。

1
陆威仪一个人写了前三卷

崔莹:出版《哈佛中国史》的念头是怎样诞生的?你与陆威仪、迪特·库恩和罗威廉是怎么合作的?

卜正民:出版《哈佛中国史》的主意,来自与我合作过的一位哈佛大学出版社编辑。她认为，公众会希望看到一套较详细地介绍中国历史的书。《剑桥中国史》由很多学者共同参与撰写。我们决定避免这样的形式——我们的每本书，都由同一作者撰写。

我和很多学者讨论过这个项目，最终，我花了近一年时间，找到了陆威仪、迪特·库恩和罗威廉一起合作。这套书原计划出版五卷。我请陆威仪写秦汉卷时，他表示，他想阐明的观点在南北朝时期也有所体现，所以我同意他再写一下南北朝。后来我们又决定单独写一卷唐朝历史，但找不到特别擅长这方面的学者，陆威仪表示他也可以写，于是他一个人写了前三卷。他的效率特别高，三卷都按时完成了。

崔莹：针对这套丛书，你提出了什么概括性的写作原则？

卜正民：我提出了三条写作原则：囊括关于所写朝代的最新研究成果，让这套书及时反映当代学者研究现状；按照主题撰写内文，将这些主题按时间顺序展开；要讲述改朝换代的历史，要适合非专业读者阅读。

除此之外，每位作者会自己决定应强调的内容和选材。陆威仪和迪特·库恩将最近的一些考古发现写了进来，它们对研究早期中国非常重要。对此，我感到非常高兴。我发现，当你让同事自己做决定时，他们往往充满创意，表现不俗。

崔莹：编这套书最大的难点在哪里？

卜正民：最大的挑战在于如何让内容更全面——2000多年是一个很长的时间段，发生的事情很多，即使出版六卷书，也未必能囊括应涉及的信息。此外，有的人希望强调最重要的事件，有些人不想重复，省略了一些大家熟知的信息。但最终，我的作者们都用宽广的视角、清醒的头脑撰写各自的内容，这些冲突也得以解决。可以说，他们最终完成的手稿接近完美。

另一个挑战是一致性问题。我曾经想为每位作者提供详尽的内容大纲，但通过一次次的对话沟通，我们共同确定了哪些话题是需要被强调的重点。令我惊讶的是，我们很快就对这套书的编辑方式、风格及内容达成了共识。

❷ 我们并不是要写一部完整的中国史

崔莹：这套丛书从秦汉写起，而不像其他中国史那样从上古写起。为什么？

卜正民：这套丛书只涉及中国帝制的历史。我希望选择我擅长的领域，而我对秦朝之前的中国历史并不了解，所以觉得没资格去编辑相关内容。研究中国20世纪的历史需要不同的角度，所以我们也未加入这部分。

我们并不是要写一部完整的中国史。这套丛书是想为西方读者提供中国历史的重要内容，而不是用细节把读者们淹没。这也意味着，可能中国读者期待读到的某些内容，在这套丛书中找不到。

崔莹：这套丛书的英文名是 History of Imperial China（《帝制中国史》），与中译名的差异较大，那么，你如何看待这套丛书的中文译名《哈佛中国史》？

卜正民：不同于剑桥大学出版社、牛津大学出版社的是，哈佛大学出版社不允许他们的名字出现在书名中，因此这套丛书的英文名称并没有出现"哈佛"的字眼。

对于这套丛书的中文译名，我没有什么特别强烈的感受。我想，它只不过告诉了读者这套丛书是哪里出版的，这个书名并不代表"哈佛学派"（Harvard School）的观点——我也不确定这个组织是否存在。我是四位作者中唯一在哈佛读过书的，我的观点不是某个组织的观点。我们四位作者共同撰写了这套关于中国历史的好书，哈佛大学出版社出版了它，仅此而已。

崔莹：你写的《挣扎的帝国：元与明》部分纳入了生态环境角度的分析，指出"生态环境和银两的流通同样重要"。你如何想到这个角度的？为何这套丛书的其他作者没有采用类似的研究角度？

卜正民：过去20年来，在西方学术领域，有越来越多的学者在研究环境对历史的影响。我在《挣扎的帝国：元与明》中强调环境的作用，是一个较晚的决定——我在研究明朝没落前发现，明朝没落的原因之一是环境危机。在研究中国历史方面，这样的研究角度依然很新。将环境因素和我所已知的元明的历史结合考虑，我感到很兴奋。

当我决定在我写的这部分里加入这样的角度时，其他作者的初稿已经完成。我没有让他们返工，使用同样的角度分析。因此，在这套书中，只有我写的部分涉及环境历史。

崔莹：《挣扎的帝国：元与明》与你之前的作品，比如《纵乐的困惑：明代的商业与文化》《维梅尔的帽子：从一幅画看全球化贸易的兴起》和《赛尔登的中国地图》是否存在内在继承性？

卜正民：我写这四本书，都缘于我希望了解中国与更广阔的世界的联系。《维梅尔的帽子》和《赛尔登的中国地图》面向的读者更大众，其余两本书面向的是大学水平的读者。如果这些书存在共同点，那就是它们都不是话题狭隘、面向专家的学术著作。我的目标一直是写我妈妈也有兴趣读的书。

崔莹：在《最后的中华帝国：大清》一卷中，罗威廉用"大清"（The Great Qing）描述清朝，这挑战了通常叙述中清朝落后、保守、闭关锁国的形象。这样的观点被西方学者广泛接受吗？

卜正民：认为清朝颓废、保守的观念，是民国初年由一些推崇共和的人构建出来的，意在否定过去，为共和制的合理性寻找理由。

尽管"大"这个形容词有褒义，但在这里并非这个含义：清朝是"大国"（Great State），"大"指的是这个帝国通过军事力量扩张领土，扩大权力。

崔莹：在你看来，近些年西方的新清史研究对罗威廉写《最后的中华帝国：大清》有影响吗？

卜正民：新清史学派仅仅主张历史学家用满族的文献资料、从满族角度研究清史。据我了解，罗威廉并非是新清史学派的推崇者，至少在新清史诞生之初，他并未主张新清史的研究角度。在这卷书中，他平衡了汉族和满族视角的研究，他的文稿理智而公正。

❷ 与《剑桥中国史》明显不同

崔莹：在你看来，《哈佛中国史》和《剑桥中国史》的最大区别是什么？

卜正民：《剑桥中国史》包含的是关于历史问题的更深度的讨

论，主要面向研究生。《哈佛中国史》面向的是大学本科水平的读者。

上世纪90年代初，我参与写作了《剑桥中国史》的部分内容，而《哈佛中国史》是2008、2009年写的，两套书相距15年。时间不同，丛书的研究主题和研究成果也发生了变化，因此《剑桥中国史》呈现的是上一代的研究成果，《哈佛中国史》呈现的是目前的研究结果。

崔莹：在《哈佛中国史》中，包括你在内的四位作者都注重采用全球化的视角来写作。这种视角可以为我们带来什么？

卜正民：讲述中国历史，可以只讲述中国国内的历史。为了定义各自的民族性、国家性，来自各种文化背景的人们，都会做这种和过去有关的工作。我们则热衷于将中国和外部世界的关系放在一起研究讨论。这一方面可以对中国同事们写出的内容做补充；另一方面，我们想要阐明的是，如果不考虑外部世界的影响和干涉，很难理解中国历史的变化。

崔莹：你认为《哈佛中国史》尚待完善之处有哪些？有中国学者指出，这套书轻忽主流历史文献，比如很少引证二十四史和《资治通鉴》的记载。

卜正民：断代史为研究中国的过去提供了丰富的资料，但它们也充满意识形态色彩，为之后的政权提供了合理性。关于每个朝代的政治信息，它们讲述得足够多，但关于这个朝代的人们是怎样生活的，他们是在什么样的条件下生活的，它们很少讲述。

你们也许已经发现，《哈佛中国史》很少涉及各个朝代的政治史。只有在有利于阐明更广泛的社会和经济变化时，我们才撰写相关的宫廷事件。那些对帝王及他们身边人的生活感兴趣的读者，在《哈佛中国史》中可能找不到什么新鲜内容。

贝剑铭　是谁最早发明了"以茶代酒"

"一饮涤昏寐，情思朗爽满天地。再饮清我神，忽如飞雨洒轻尘。三饮便得道，何须苦心破烦恼。此物清高世莫知，世人饮酒多自欺。"

这是唐代名僧皎然的一首茶诗。它被收进了最近出版的一本有趣的书——《茶在中国：一部宗教与文化史》（*Tea in China: A Religious and Cultural History*）。这也是第一本从宗教文化角度研究中国茶叶史的英文书。作者是加拿大麦克马斯特大学宗教系主任、佛教和道教研究学者贝剑铭（James Benn）。

❶ 茶主要与中国的佛教有关

崔莹：是什么促使你写了这样一本特别的书？

贝剑铭：我对研究与宗教有关的渐变文化现象感兴趣，中国的茶恰好是这样一个案例。

许多中国文人雅士研究过茶，日本也有很多相关文献，但很少有人将它们整合在一起，很少有人研究中国的茶文化如何因佛教而盛行，陆羽的《茶经》和佛教有什么关系，唐诗和佛教、茶文化又有什么关系……我的书就将这些诗歌、逸事、宗教文献结合，讲一个新的故事。

崔莹：你在书中指出，茶是一种宗教、文化商品。对此应该如何理解？

贝剑铭：茶不仅是日常消费品，也被赋予社会文化含义。它被认为是精神上"超凡脱俗"的象征，具有文化和宗教的特征。因此，我不是从经济、农业角度研究茶，而是从宗教和文化的角度研究茶。

崔莹：公元前6至5世纪，释迦牟尼创立了佛教。后来，佛教从西域传入中国。佛教与茶文化之间存在什么关系？

贝剑铭：在中国，茶文化在公元8世纪开始盛行。可以肯定的是，茶文化是随着佛教在中国的发展而发展起来的。我在书中明确指出，佛教传到中国前，茶只在中国很小的范围内流通，供少数人消费。正是在佛教的带动下，茶成为中国最主要的饮品。

崔莹：在印度，佛教与茶似乎没有这么紧密的关联。

贝剑铭：佛教在印度诞生时，印度本地还没有茶。佛经中没有提到过茶。直到18世纪晚期，英国人才将中国茶带入印度，少量茶籽由中国传至印度种植。

茶主要是和中国的佛教产生关系，和印度佛教没有关系。

❷ 唐代僧侣推广了茶

崔莹：你在书中指出，佛教僧侣在人们从饮酒到饮茶的转变过程中起了关键性的作用。这是怎样的一个过程？

贝剑铭：佛教禁止饮酒，但佛教传入中国时，酒文化在中国盛行：宗教仪式用酒，文人聚会喝酒……佛教很难融入这个推崇酒文化的社会。僧侣们想改变这样的局面，然后发现可以以茶代酒，于是开始有意识地种茶、制茶，并向人们介绍茶。

茶本身的特质也促进了它的普及。唐代有很多超甜的水果，而茶有点苦涩，恰好可以平衡甜腻。此外，茶含咖啡因，可以提神醒脑，这让它尤其受到诗人的喜爱，开始被广泛传播。

崔莹：具体来说，唐代僧侣是如何推广茶的？

贝剑铭：在唐代，僧侣首先将茶介绍给文人墨客。这和佛教的关系网有关：唐代皇帝、贵族和身居要职的文人大都信佛，常向寺院捐赠。僧侣和文人私交好的话，也会一起喝茶。

当时僧侣和文人容易走近，原因之一是有共同话题。唐朝的科举内容不像明朝那样以儒家思想为主，很多文人了解佛教思想，也愿意和僧侣交流。他们会一起练习书法，吟诗喝茶，也会彼此交换礼物，比如茶。

僧侣在茶具的发展上也起了重要作用，宜兴的陶制茶具就是明代僧侣发明的。在唐代和宋代，人们喝茶主要是喝研磨煎煮后的茶粉，用的是盏和碗，而明代直接用沸水冲泡茶叶，盏和碗不再适用。作为茶的积极推广者，可以推测，僧侣们随后也革新了茶具。

崔莹：佛寺自制茶叶有什么优势？

贝剑铭：茶适合种在山上，而中国的佛寺和道观往往在山里，周围一般有小溪或小河，便于灌溉。种茶劳动量不大，主要需要人工采茶，而寺院聚集了很多居士、信徒，可以从事这些体力活。茶的制作也不需要太多投入，一个很小的工作坊就够了。

这些寺院通常会应文人墨客之需，种一些稀有的茶卖个高价，或者用茶换取昂贵的礼物。

崔莹：但现在很难在佛寺找到茶作坊的遗迹，为什么？

贝剑铭：我也没有看到任何和佛寺有关的茶作坊遗迹，大概因为它们是树林里的小木屋，而不是坚实的石头建筑，容易消失。19世纪之后，茶的种植和贸易情况变化很大，这也影响了寺院和茶的关系。

3 陆羽将书大胆起名《茶经》

崔莹：你说唐代和明代是茶文化的高峰，在这背后有什么社会原因？

贝剑铭：唐代经济迅速发展，社会和文化都产生了巨变：人口从长江以北向以南迁徙，茶的主产区——江南人口骤增。种茶业迅速发展，农夫开始在不适合种庄稼的田里种茶。人工运河让运输更便利，驿递制度更加完善……政府还颁布了一系列茶政茶法，促进茶叶贸易。可以说，商业化、城市化、纸币的诞生、长途运输的发展，都成为茶在中国得以推广的条件。

公元760年—780年，中国人喝茶的习惯从南方蔓延到整个中国，人们对茶的热爱几乎达到狂热，喝茶成为唐代时尚。茶文化随之盛行，出现了大量和茶有关的唐诗，陆羽的《茶经》也是这一时期的作品。

到了明代，品茶日益成为文人雅士品位和身份的象征。明代文人大都是科举考试的佼佼者，他们通过书画鉴赏和品茶，表现自身才华，突显自己的精致生活。

崔莹：说到《茶经》，被称为"茶圣"的陆羽对中国茶文化有什么贡献？

贝剑铭：陆羽的《茶经》几乎涉及关于茶的所有知识：茶的历史、功能、种类、如何鉴赏……这是一本非常完整精确的指南，可以让你从对茶一无所知到收获颇丰。作者文笔很好，用清晰明了的文字将对茶的热情成功传达出去。他给书起名《茶经》，这是很大胆的一件事，但人们马上就接受了。

陆羽本人也有佛教背景。他小时候被僧侣收养，并和当时的名僧有来往。尽管在《茶经》中，他的宗教信仰并不明显，但事实就是如此。

崔莹：唐诗也影响了人们对茶的态度？

贝剑铭：可以将茶和酒做个对比。到唐朝，酒文化已经源远流长，根深蒂固，很多诗歌赞美饮酒、醉酒的乐趣。但当时茶依然是比较新的饮品，需要有人去挖掘茶的文化价值。

唐代是诗歌的黄金时代，文人经常以诗赠答酬和。诗人喜欢新挑战，围绕"茶"这个新主题进行各种创作。唐诗和茶结合，自发形成"文化工程"，推广了茶文化。

4
中国茶文化受到全球化贸易冲击

崔莹：和佛教相比，道教对茶的影响有何不同？

贝剑铭：最大的区别是，佛寺具有更强的影响力，规模更大，成员更多，更擅长组织劳动力，他们也把种茶当生意来经营。道观种茶的能力相对较弱，规模相对较小。

崔莹：荣西禅师是日本茶道的"茶祖"，他的《吃茶养生记》是日本第一本茶书专著。他来中国学习禅道，并将茶带到日本培植。日本文化对茶的认知和中国的有何差异？

贝剑铭：在《吃茶养生记》中，荣西禅师主要推崇茶对人体健康的作用。他写这本书时，日本瘟疫盛行，人们迫切需要特效药。他认为日本饮食中缺少这样的重要成分，把茶带到了日本。

荣西禅师也提到茶的宗教意义，但他主要把茶当药来推广。日本的茶文化中至今仍有中国宋代茶文化的影子：用小刷子搅拌冲泡的茶粉，直到生出大量泡沫，然后把它们分别倾入碗中。这样喝非常苦。

在日本，人们很注重保护茶文化，并将其视为日本文化的精髓。日本有很多茶道大师表演茶道仪式，茶的品鉴文化依然盛行。

崔莹：中国传统的茶文化在后来有什么变迁？

贝剑铭：中国的茶文化深受全球茶叶贸易的影响，尤其是到清朝，因为经济全球化，茶的市场需求猛增，产量随之增大。一旦茶叶成为全球流通的商品大量出口，中国茶叶的种植和贸易模式就变了，茶文化、茶道思想也就大受冲击了。

薛凤 | 《天工开物》为何受日本欢迎

研究中国科学技术史,绕不开一本重要的书——明末学者宋应星的《天工开物》。书中记载了采煤、榨油、纺织、制盐、制瓷、制火药等生产技术,被外国学者称为"中国17世纪的工艺百科全书"。

《工开万物:17世纪中国的知识与技术》就是关于这本书的著作。这本书曾获亚洲研究协会列文森奖和美国科学史学会辉瑞奖,作者是德国马克斯-普朗克学会科学史研究所所长薛凤(Dagmar Schäfer)。马克斯-普朗克学会是德国最著名的科研学术机构,出过30多位诺贝尔奖得主。

薛凤年轻时曾留学浙江大学,后来致力于宋代和明清科技史研究,她的博士后论文即与宋应星的《天工开物》有关。多年后,在她的《工开万物》中,薛凤指出,宋应星的《天工开物》背后,蕴含着当时中国文人理解世界的方式:"这是一个难得的机会,让我们去揭示科学和技术对那个时代来说到底意味着什么。"

❶ 宋应星是失败的文人

崔莹：应该如何理解"天工开物"一词？

薛凤："天工"来自《尚书·皋陶谟》："天工人其代之。""开物"来自《易经》："夫易开物成务，冒天下之道，如斯而已者也。"

"天工"，我理解为"上天的作品"。"开"，我理解为"事物的开端"。"天工开物"指天与人的关系，在这种关系中，人要利用"天"提供的自然资源。

崔莹：你是什么时候开始对《天工开物》感兴趣的？

薛凤：这是一本极其珍贵的书——它展示了人们在中国传统文化的框架下对科技的认知。在那个年代，这些认知是史无前例的。读博时，导师就建议我读这本书，那时我对它的英译本不满意，开始查各种资料了解它。10多年后，我理解了宋应星的重要性，决定写一本与他有关的书。

我最关注的，是宋应星为何会对如此多样化的工艺感兴趣。在他那个时代，（作为一个知识分子）记录这些有关古代民生的传统技艺，本身就不同寻常。从这个角度着手，我开始了解宋应星这个人。

崔莹：在那个时代，为什么宋应星的记录不同寻常？

薛凤：他记录传统工艺这件事本身并不重要，重要的是他在《天工开物》中描绘的宇宙论——在工艺和技术的背后，蕴藏着世界的普遍性原则，展示了一种宇宙秩序。这是宋应星和其他知识分子的不同之处。

中国工艺源于中国传统，宋应星真正理解了这一点。

崔莹：什么样的社会环境孕育了宋应星？

薛凤：明朝万历初年，国家相对安定，社会富裕，资本主义萌芽方兴未艾。这样的繁荣主要归功于提倡改革的内阁首辅大臣张居正。但他去世后，万历皇帝不理政事，官员肆意妄为，人们贵金玉而贱五谷，而国家的北部疆域一直面临满洲贵族入侵的威胁。历史学家卜正民认为，在这个时期，明朝从秋天步入了冬天。对此，宋应星很忧虑。他认为，人必须对工艺和技术背后的宇宙秩序有所理解，才能让降临在这个社会的混乱平息。

此外，也需要提及宋应星的个人经历。写这本书时的他四五十岁，科举落第，仕途无望，毫无疑问是失败的文人。读他的作品，尤其是政论集《野议》，你会发现每句话都充满了怨气——宋应星认为皇帝任用投机者，自己这样有才华的人却被冷落。他也希望通过最后一搏获得关注。

❷ 宋应星在书中从未提到手工业者

崔莹：《天工开物》中的记载，是来自宋应星的观察，还是他的实践?

薛凤：《天工开物》里提到的工艺都不是新的。我想，有些是他远距离观察到的，有些是那个时代的常识。他不描述具体技艺，只是对它们的过程和逻辑感兴趣。我不认为他尝试过其中的任何工艺。

崔莹：在《天工开物》中，宋应星用"气"和"五行"来解释万物的构成机制。在写作时，你如何让西方读者理解"气""阴""阳""五行"这样的概念？

薛凤：宋应星认为，天下万物都是气的表现形态，而气分为"阴""阳"两种。在西方，"阴"和"阳"也是很常见的概念，人们对这两个深奥概念的理解主要来自中国传统的中医。我在书中尽量让西方读者明白，在中国历史上，人们对"阴"和"阳"的理解也是多样化的。

我在书中也阐释了宋应星所理解的"五行"概念："五行"是阴阳演变过程中的5种基本动态，也是典型的中国文人理解和解释世界的另一层概念。

崔莹：《天工开物》中的插图栩栩如生。除了描绘工艺本身，图中还包含有很多社会元素，比如以不同服装代表人们不同的社会等级。这些插图是否是宋应星画的么？

薛凤：中国文人一向重视图和文的关系，宋朝之后尤盛。宋应星也不例外。他一定参与了插图创作，精心设计了内容，但很难断定这些插图是否是他本人画的。

宋应星用插图来强调自己的观点。在介绍提花机和编织工艺时，他会特别提到社会的秩序："'治乱''经纶'字义，学者童而习之，而终身不见其形象，岂非缺憾也！"（"治乱"和"经纶"这样的治国名词，是从织布、制丝演变而来的。）所以在《天工开物》中有提花机的插图并非偶然。

还有一幅插画，描绘的是农夫从田地里捡拾或通过淘洗获得铁矿石，宋应星以此强调矿产来自"土"，可以像农产品那样被种出来。在某种程度上，的确如此，只是"种"钻石的时间比种玉米的长得多。

崔莹：在《天工开物》中，宋应星看待手工业者的态度非常值得玩味：他详细记录各种工艺，却将手工业者看得无关紧要，对他们鲜有文字记录。在对待手工业者的态度方面，他与当时的文人有何异同？

薛凤：实际上，和宋应星同时代的很多人认为手工业者很重要，他们尊重后者，看重其工艺。那个时代的文人很多也有手工业背景，参与过桥梁、建筑的建造。但他们明白，"炫耀"这些经历没有什么好处——学者在当时更受敬重。

相比之下，宋应星对手工业者有些嘲讽，我认为这是他本人的社会地位不高导致的。当他不是受人敬重的学者时，很难欣赏手工业者。在整本《天工开物》以及宋应星的其他作品中，他从未提到手工业者。在他眼中，只存在学者。

3
《天工开物》如何被后世再发现

崔莹：《天工开物》在明清时代的销售情况如何？

薛凤：并不好。宋应星无钱无名，书的传播范围很有限。即使在清朝初年书二版后，也没有获得社会认可。二版由福建书商杨素卿刊行。书的封面变化了，印着"一见奇能"以及小字"内载耕织造作、炼采金宝、一切生财备用、秘传要诀"。极有可能是出版商要这样做，以便为这本书寻求另一个群体的读者——普通老百姓。

我想，在明朝，大多数人会认为宋应星很荒谬：这样一个无关紧要的小官（写书期间，宋为江西省袁州府分宜县学教谕），如何能撰写这么高端的关于世界形成和发展的理论？他们因此彻底忽略他。而在清朝，出版商认为《天工开物》值得出版，显然是因为书中对各类工艺的描述。

崔莹：与此同时，《天工开物》问世后的两三百年里，却在日本和欧洲广泛传播。尤其是在日本，该书被视为"植产兴业"的指南。这是为什么？

薛凤：欧洲人、日本人未注意这本书中"气"的理论框架，只认为它很实用。它的命运和《本草纲目》类似——在日本，《本草纲目》也被视为百科全书。

有意思的是，日本、韩国幸存的《天工开物》古籍版本比中国的多。民国初年，中国地质学家丁文江到日本找到日本菅生堂的翻刻本（《天工开物》的第一个海外版本），再加上其他学者的努力，《天工开物》才重新与中国读者见面。

崔莹：宋应星在他的时代被遗忘了。在什么时代背景下，他才被中国社会再发现？

薛凤：丁文江将《天工开物》从日本带回了中国，中国科学技术史专家李约瑟对中国科技史的研究让宋应星更有名。20世纪五十年代末，中国学者编著了现代版的《天工开物》，宋应星因此变成中国科学史上的英雄。

崔莹：后世对他有哪些误读？

薛凤：中国社会希望在中国历史中找到与欧洲对等的个案，找到欧洲的镜像，宋应星就被认为是欧洲科学在中国的"对等人物"，而这并不真实。每种文化和科学传统，都应该被放在其自身的传统中进行理解。宋应星并未创造西方已有的东西，他独一无二的创造源于明朝的中国世界，他对工艺的解读也根植于中国的传统思想。

崔莹：李约瑟认为宋应星是"中国的狄德罗"，这样的评价是否合适？

薛凤：不应该将宋应星和狄德罗相比。主编《百科全书》的狄德罗只是在描述这个世界，未从知识中找到一种"体系"。而宋应星写《天工开物》，是为了解释世界，他的书具有宇宙学的成分。

崔莹：李约瑟提出了"李约瑟难题"："中国古代对人类科技发展做出了很多重要贡献，但为何科学和工业革命没有在近代中国发生？"你则在书中引用丽莎·罗伯茨等人的话说，像"科学""技术"这样的概念，"实际上严重地阻碍了我们去了解历史上的知识产出"。为什么？

薛凤："李约瑟难题"成果丰硕，但这些研究和李约瑟深信的观点紧密相关。他认为，"近现代科技是诞生于欧洲的独一无二的现象"。这实际上是误导——科学研究的原则不是单一而是多元的，并在不同的发展阶段具有多种可能。"李约瑟难题"阻止了我们去探寻历史的更多可能。

④
中国科学技术史包括所有我感兴趣的元素

崔莹：你曾说自己不算一个汉学家，只算一个科学技术史家。为什么？

薛凤：在欧洲传统中，汉学家一般主要研究文本和语言。我对这两者很感兴趣，但对物质、工具、文物的作用，对使用多元视角研究历史更感兴趣。中国科学技术史就包括了所有我感兴趣的元素。

崔莹：你曾说，对于中国所做的科学史、技术史，以及西方所做的科学史、技术史，你都非常不满意。因为这些研究很长时期以来只重视当时有什么科学和技术，未了解那时的科学、技术是什么意思，怎么来分类，以及真正承认这些技术在科学史上的价值。请对此详细解释。

薛凤：关于科学史和技术史，人们的研究多围绕"事件是如何发生的"（how）。我们可以了解很多细节，但我们从这些细节中收获了什么？

更有挑战的是问"为什么"（why）：为什么那样的事情发生了？它促进或阻碍了科学的发展吗？人们为什么修建水坝？它导致了什么结果？人们如何学习，他们又忽视了什么？通过这样的追问，才可以学到更多。

好的科学史应该关注大议题，注重深度分析，而非纠结于个别细节。好的科学史不仅要讲故事，还必须提出观点，然后捍卫、挑战、质疑这些观点，找到新角度及被人们忽视的东西。我并不是说这样的研究风气没有出现，只是很少。

阿尔伯特·克雷格 | 对西方而言，中国依然很陌生

在中国，学者阿尔伯特·克雷格的The heritage of Chinese Civilization一书，被译为《哈佛极简中国史》出版。业已90多岁的克雷格是著名东亚史研究专家，曾任哈佛燕京学社社长、赖肖尔日本研究所主席和哈佛大学东亚研究中心副主任。生于美国的他，对东亚、日本产生兴趣，是因为早年的军队生活：1947年，他应征入伍，被派往日本宫崎和京都服役。退伍在法国读完经济史本科后，他开始在京都大学读研。返回美国后，他在哈佛大学历史学家赖世和的指导下完成了博士论文。1959年，他留校任教，正式开启了学术生涯。

克雷格一直专注于日本研究，代表作包括《明治维新时期的长州》《东亚文明：传统与变革》等。20世纪90年代，克雷格开始研究中国史。2001年，他出版了The heritage of Chinese Civilization。

在这本270页的著作中，克雷格未采用传统的中国史叙事方式，而是将中国历史放在人类历史的大背景中考察。从诸子百家争鸣的早期中国，到构

建最早帝国的秦汉，从帝制时代高峰的隋唐宋元，到帝制时代晚期的明清，最后到探索出路的近代中国，克雷格以他者之眼、同情之笔，全景展现了中华文明5000年的荣辱兴衰。

1
研究日本史，首先得研究中国史

崔莹：在这本书的序言中，你向你的诸位老师致谢，他们分别是史华慈、赖世和、杨联陞、费正清。在你的印象中，这些老师各有哪些特点？

阿尔伯特·克雷格：在哈佛大学读书时，我在费正清、赖世和和史华慈的课程中了解了中国和日本，他们都是我的老师。通过他们，我了解到中国不同的朝代、古代中国的思想。

杨联陞是带有浓厚中国传统的学者，教学方式如同中国大学老师，但他的视角是中国人的，不是世界史的。费正清是美国人，在二战时到过中国，中国史是他所喜爱的世界史的一部分。赖世和出生于日本，是美国公认的日本问题专家，但他很熟悉中国史，写过关于唐代的《圆仁唐代中国之旅》等书。

崔莹：《哈佛极简中国史》写于何时？写作初衷是什么？

阿尔伯特·克雷格：我从上世纪90年代开始写这本书，大概用了四五年。说到写作初衷，首先，中国拥有悠久的历史，这些历史也非常有意思。其次，我对日本史很感兴趣，但日本在各个方面都深受中国影响。日本的文明很独特，但同时又多是在中国文明的影响下演变和发展的，所以研究日本史，首先得研究中国史。在写完《中华文明遗产》后，我又写了《日本文明遗产》。

崔莹：《哈佛极简中国史》的英文名是 *The Heritage of Chinese Civilization*（《中华文明遗产》）。你如何选择讲述中华文明的起点？

阿尔伯特·克雷格：根据传统，中华文明始于商朝，然后历经诸多封建王朝。尽管最早的中国人在商朝之前就存在了，但是人们对他们知之甚少。现有的文献和考古资料只能证明商朝是中国的第一个朝代，因此，我决定从商开始讲述。

2
中国的第三次商业革命是受西方影响

崔莹：你把"帝制时代的高峰"设定在隋唐、两宋甚至元朝。这个高峰是帝制的高峰，还是综合国力的高峰？

阿尔伯特·克雷格：我不想表述一些概括性的观点，有些关于中国史的概括性观点实际上是错的，或者无法被证实。比如我觉得唐诗宋词很棒，而我不喜欢明清诗词。这是否意味着唐宋时期的诗词更好一些？对我而言是这样，对其他人未必。

我觉得唐朝更开放，因为能容纳外界的影响，但明清排斥外界的影响，更加保守。从这个角度而言，唐朝处于高峰。而就军事力量而言，明清可能处于高峰。所以界定谁高谁低，并非只有一个标准。

崔莹：你在书中详细阐释了中国在1500—1800年的大扩张是"第三次商业革命"，但对第一次商业革命和第二次商业革命只是一笔带过。能否分别说明这两次商业革命？这三次商业革命的不同是什么？

阿尔伯特·克雷格：第一次商业革命和第二次商业革命分别发生在汉代和宋代，但汉代和宋代并非商业帝国。我认为，可以这样描述它们："在这两个帝国，商业占有重要的位置。"但在中国第三次商业革命的阶段，商业起到了举足轻重的作用。商人特别是广州地区的商人变得更强大，这也部分缘于当时政府统治的无力。

第三次商业革命与前两次不同的，还有西方对中国的影响。前两次商业革命是中国本土的，除了和日本、东南亚、中东偶尔的贸易往来，大多数商业发展来自中国内部。

3
西方并不了解多少中国史

崔莹：你在书中指出"中国在19世纪是失败的"这种观点并非是西方强加的，而是中国人自己总结的。你如何看待这段中国历史？

阿尔伯特·克雷格：在清朝，爱国主义情绪转移，从忠诚于政府转移到忠诚于新的思想。以孙中山为例，他代表的是中国的民族主义，它诞生于清朝。同时，孙中山的思想也代表了西方思想，代表了中国历史上的新思想：孙中山领导中国人走向共和，创立中华民国，而非另一个朝代。

蒋介石是孙中山的左膀右臂。他指挥军队，他的思想也深受西方影响。从19世纪开始，中国发生了巨大变化，因为受西方影响，新的朝代没有形成，王朝告一段落。西方思想涌入中国后，中国的新领导者不得不对原有思想进行一些调整，让西方思想为己所用。

崔莹：西方如何看待中国的这段历史？

阿尔伯特·克雷格：我认为西方并不了解多少中国史，尽管在西方有很多关于中国、中国和西方关系的书，但一般来说，对西方而言，中国依然很陌生。中国离美国、欧洲都很远，在某种程度上，当时和中国进行贸易往来的船长和商人主要依靠的是自己。即使在今天，西方对于中国史的了解依然是模糊的、不准确的。我对中国史的了解比一般人多，但我对很多内容仍然不清楚。

中国本身就很复杂。语言是巨大的障碍。要了解中国，必须要学习中国的语言，但汉语并不好学。在西方，人们曾给学习各种语言的难易程度排名，从易到难，排第一的是英语，第二是西班牙语和法语，第三是德语，那些接近中国的远东国家的语言排第四，汉语排名第五。汉语是最难学的语言之一，书写也很复杂。

崔莹：近代中国，传统价值观逐渐崩解，其中包括儒家价值观。你指出"儒家社会政治认同'崩塌的产物'之一是一种新的、强大的民族主义"，这是怎样的一个过程？

阿尔伯特·克雷格：对于民众而言，面临国家的崩溃，心情总是会很复杂，饱含各种滋味。这里所提及的民族主义，最初指反对清朝的感受，后来是反对西方的感受，这其中不仅包括对中国未来命运的乐观，也包括对外界影响的敌视情绪，这些描述看起来很简单，却是真实的情况。

这不像唐代。当时中亚其他国家不强大，东北亚地区的民族也很虚弱，中国非常强大。那时，民众对中国的认知不会为外来影响所左右。

崔莹：你最近在做什么研究？在中国和日本游历，分别给你什么印象？

阿尔伯特·克雷格：我目前的研究主要和日本有关。也是因为这个原因，我才对研究中国产生兴趣。

日本深受中国影响，在日本旅行，你会感觉穿越到中国唐代。中国历史上发生的战争都很有毁灭性，但在日本，战争的破坏性相对小一些，也许因为这个原因，一些古建筑能够留存下来。此外，日本对古建筑的修复原则和中国修复原则也不完全相同。

周锡瑞 | 从1943年看蒋介石的败因

《1943：中国在十字路口》的主编之一，是美国著名汉学家周锡瑞（Joseph W. Esherick）。周锡瑞是当今美国中国近代史研究领域的著名学者，曾获美国中国学研究的两个最高奖——费正清奖和列文森奖。

"作为历史学者，我们不能够光关注（中国历史）转折成功的那些年头，比如1911年、1949年和1978年。这些年头之前的那段时间，是我们应多关注的，也应多花时间来研究的。"周锡瑞表示。

他认为，对于国共政权更迭的历史转折点，外界的叙述多集中于1944年，但观察1943年这个"被遗忘的年份"，更能理解中国政治和社会的深层次变化：这一年，宋美龄在美国国会发表演讲，蒋介石参加了开罗会议，不平等条约被废除。与此同时，国民党军队士气持续低落，经济形势严峻，河南爆发大饥荒……"在很多方面，国民政府毁灭的种子在1943年就已种下。"

1
宋美龄的美国国会演讲影响没那么大

崔莹：你为什么要研究1943年？

周锡瑞：多年前，我编过美国外交官谢伟思有关国共关系的《在中国失掉的机会：美国前驻华外交官约翰·S·谢伟思第二次世界大战时期的报告》一书。我注意到，外国记者和外交官在1944年的报道和评论，都表明国民党在衰落，共产党在崛起。我就想，假如研究此前的一年，从当时的史料和报道中，能否看到一些转折点，比如国共两党政权更迭的端倪？

我认为抗战是中国历史上的重要转折点，可以说，没有抗战就没有中华人民共和国。抗战前几年，国民党在抗日方面做得相当不错，但后来就不行了。我要研究这个变化是如何发生的，从经济、政治和军事上来分析这个变化的原因，所以我选择了1943年。

崔莹：在这一年，国民党政府所面临的困境有哪些？这一年如何影响中国后来的国际局势？

周锡瑞：困境来自以下方面：当时美英主要关注欧洲战场，罗斯福在"欧洲第一"的战略指导下决定优先拯救英国，击败纳粹德国；随着欧洲殖民帝国在东南亚的垮台，中国在亚洲战场面临孤军奋战的局面；缅甸失陷后，中国失去了最后一条连接外部世界的交通线，更难获得同盟国援助；汪精卫在日本支持下建立汪伪政府，并于同年1月向美英等同盟国宣战；毛泽东领导的中共迅速发展；重庆等地通货膨胀情况恶化。这些都是国民党政府所面临的困境。

这一年，国际社会对国民政府的信心逐渐消失，开始怀疑蒋介石能否治理中国，担忧中国在战后会处于一个什么样的状况。

崔莹：1943年初的宋美龄访美，被称为中国在抗战时期的成功"外宣"。《1943：中国在十字路口》重新评价了这个事件的哪些价值？

周锡瑞：书中主要考察了宋美龄访美的美国舆论：作为女性，宋美龄的才华和美丽吸引了很多人；作为中国人，她向世界展示了中国也是一个现代国家，中国人可以说流利的英文，可以很国际化。但书中也指出，宋美龄出身上流社会，有优越感，专横，对水深火热中的同胞没多少同情心。

书中所提出的另一个微妙的观点是，回国后，宋美龄似乎想更多地插手政治——她在阻止撤换史迪威和赶走宋子文中起了举足轻重的作用。（当时宋子文一直为撤换史迪威奔走。）访美前，宋美龄并未如此直接地干涉政治。

崔莹：有一种观点认为，宋美龄在美国国会的演讲改写了中国的抗日战争，你怎么看？

周锡瑞：美国媒体和民众大都能预测到宋美龄演讲的内容，比如敦促美国国会和民众向中国提供军事援助等。我想，已有这样立场的人会继续坚持这样的立场，没有这样立场的人也不会因为她的一次演讲而改变，这次演讲的实际影响并没么大。

2
蒋介石完全不能胜任开罗会议谈判

崔莹：你在书中指出，蒋介石把自己塑造成孙中山最忠实的信徒。这是他的"政治手段"吗？

周锡瑞：国民党和共产党对于孙中山主张的理解分歧很大。共产党认为"联俄、联共、扶助农工"三大政策是孙中山新三民主义的基本原则，而国民党所理解的三民主义从来只是"民族、民权、民生"。

蒋介石的南京政府立志于继承孙中山的革命事业，意识形态也以信奉孙中山遗教为基础。蒋介石把自己塑造成孙中山最忠实的信徒，并将国民党和中国的现代化联系在一起。而他到底是孙中山的信徒，还是在玩"政治手段"，这是他内心的问题，很难探讨。我个人认为，一方面，蒋介石利用孙中山的政治主张；一方面，他也是孙中山的信徒。

崔莹：1943年，史迪威和蒋介石的关系有什么变化？

周锡瑞：蒋介石和史迪威非常不和。史迪威很直爽，说话一点不客气，经常鲁莽无礼。他蔑视蒋介石，在日记中称蒋为"花生米"。而从蒋介石的日记中看，蒋介石也特别讨厌史迪威。

蒋介石对史迪威的军事策略也极为不满。史迪威主张进攻性的战术，让中国远征军身处险境，这令蒋介石非常愤怒。1943年是蒋介石和史迪威关系白热化的一年，蒋介石坚决要求撤换史迪威，宋子文为此在美国不遗余力地奔走，最终争得罗斯福同意。

但宋美龄对撤换史迪威的后果感到担忧。她联合姐姐宋蔼龄，帮助史迪威免于撤职。在宋美龄劝说下，史迪威向蒋介石道歉，算是逃过一劫。这件事也反映出蒋介石的毛病：靠自己和亲信做决策。了解1943年的这些状况，能帮助我们了解蒋介石，了解他后来的败因。

崔莹：蒋介石在开罗会议代表中国跻身"四强"，这被认为是中国外交的重大胜利，他的威望也空前高涨。但《1943：中国在十字路口》认为蒋在开罗会议的表现只能用"差劲"来形容，为什么？

周锡瑞：当时国外的很多资料和回忆录显示，蒋介石在开罗会议的表现就是比较差劲。他给人的印象是遇事举棋不定，反复无常。要知道，关于二战的战略磋商，在美英两国之间已经进行了两年多，即使他们有分歧，也知道如何在会场上争辩，如何讨价还价，而且他们用的是母语。中国代表对此则完全陌生，蒋介石也没多少国际谈判经验，而且他的英语很糟糕。

后来罗斯福、丘吉尔和斯大林会面。他们将斯大林和蒋介石做了对比，认为斯大林是有头脑的战略家，特别能理解全球作战的战略，能敏锐察觉到同盟国各方在缅甸、太平洋、地中海及计划中的法国北部的战役之间存在着冲突；但蒋介石鼠目寸光，往往从狭隘的中国的立场提出要求，做不出全球化的战略计划。

崔莹：有人把蒋介石的这次失利归根于蒋夫人的翻译。假如宋子文参加开罗会议，担任谈判翻译，结果是否就不是这样？

周锡瑞：这是个值得探讨的问题。假如宋子文去，结果可能会好些。宋子文毕业于哈佛大学，聪慧过人，是比较优秀的政治家。之前在华盛顿，无论为中国争取援助，还是在史迪威与陈纳德的斗争中帮助后者，他都不辱使命。他也有国际经验，能理解英美的立场。

但开罗会议主要是军事会议，探讨的是中方的缅甸作战方案，而中方的缅甸作战方案完全是由史迪威起草的。宋子文和蒋介石吵架就因为史迪威的撤换问题。假如宋子文去开罗，史迪威一定没法去。史迪威不去，缅甸作战方案更成问题。

❸ 蒋介石过多关注中共问题而非全力抗日

崔莹：围绕开罗会议的重大议题——缅甸战役，中美英产生了巨大分歧。是否如宋子文所说，各方都想自己付出最小的代价？此种分歧对后来的中美关系产生了什么影响？

周锡瑞：出现这样的分歧很正常，因为任何一场谈判，谈判各方都希望自己付出的代价越小越好。问题在于各国首脑讨价还价的表现。

对罗斯福来说，开罗会议的本意是让蒋介石获得他期待已久的公众支持，提升中国士气，但蒋介石却希望用会议游说美国向中国提供更多援助。开罗会议中，中美英三国花大量时间讨论缅甸战役计划，但蒋介石并不看重缅甸战役。这些分歧导致之后的史迪威再次被撤职风波，美援几乎断绝，中美联盟迅速降温。

崔莹：据罗斯福儿子的回忆，开罗会议上蒋介石与罗斯福的会面，使罗斯福相信蒋介石并未将最好的军队用于抗日，而是用于在西北封锁中共。蒋介石这样做的原因是什么？导致了怎样的结果？

周锡瑞：在国内，蒋介石最担心的是中共的强大。他一直试图防止这种状况的发生，这也一直是他的战略。1943年5月共产国际解散后，他从中看到了新希望，随即开始筹划用10个军的力量进攻陕北，击溃中共部队。但他最终改变主意，转而把中共割据问题视为地方对中央的违抗，宣称中共问题将会通过政治而非武力途径解决。与此同时，美国也觉察到，蒋介石过多地关注中共问题，而非全力抗日。这也是中美关系的矛盾之一。

开罗会议前，蒋介石一直特别想见罗斯福。他认为美国不理解中共在中国国内的角色，想告诉罗斯福只有国民党真正在抗日，解决中共问题势在必行。蒋介石以为他可以说服罗斯福，结果并未成功。

罗斯福有自己的考虑，他认为八路军的游击战也在抗日中发挥了作用。开罗会议后，美方决定派一个调查团去延安调查，蒋介石被迫同意。结果这个调查团及外国记者对中共的印象普遍较好。

崔莹：1943年，罗斯福极力扶植中国，希望中国将日本牵制在东方大陆战场，减轻太平洋战区压力，稳定亚洲秩序。开罗会议后，美国的战略却做出了调整，为什么？

周锡瑞：罗斯福扶植中国的考虑是，不能够让日本成为亚洲的头号大国，中国战后也要在亚洲担任重要角色。

开罗会议后，美国的战略调整主要是针对"一号作战"（日军1944年在中国战场发动的最大规模作战计划）及西南太平洋战区战事的发展所做出的。在日军发起"一号作战"计划后，中国战场形势不断恶化，盟军的东亚战略遭到严重破坏。尽管在缅甸战场有进展，但美方对蒋介石逐渐失去了信心，并相信蒋介石只有不再与中共为敌，才能将军队用来抗日而非内战。

更重要的一点是，开罗会议后，德黑兰会议召开。斯大林在会上表示，一打败德国，苏联就将参加对日作战。这样美方就不再需要依靠蒋介石，而是可以依靠苏联来打日本。

4
中国在当时所面临的最主要问题是富国强兵

崔莹：书中提及战时中国的另一个面相，即战时避难所"广州湾"成为国统区与沦陷区之间的走私通道。在这里，走私行为远远盖过了爱国主义抵抗，地方精英和盗匪有着自己的生存策略。你如何看待这个群体？

周锡瑞：我们不能一概而论地只讨论民族意识问题，要从当时的实际情况来探讨。从书的这一部分我们可以了解到，战争对于远离政治中心的民众意味着什么。这种微观的地方研究，让我们得以看到战时中国的另一个面相。

在广州湾，中央政府任命的国民党官员、地方军阀和土匪三者之间的关系十分复杂。为了生存和利益，人们身不由己，尽管这样的生存策略可能与民族主义和爱国主义背道相驰。

崔莹：蒋介石在1943年提出了宪政主张，他是在什么形势下提出这个主张的？在知识分子和民主人士的推动下，它发展成了一场宪政运动，但最后以失败收场，你认为这场运动失败的原因是什么？

周锡瑞：这场立宪运动是由国民政府提出的。当时抗日战争已经进入第六年，盟军在太平洋和欧洲战争取得了战略性胜利，美英两国取消了对华不平等条约，增加了军事援助，但是从中国国内来看，国军的战果甚微，并经常和共产党军队产生摩擦，大城市通货膨胀恶化，国民政府内部腐败严重，越来越多的西方报道批评国民政府。蒋介石提出立宪主张，主要是为了对付共产党——他决定不用军事力量，而改用政治谋略。

知识分子所理解的宪政，强调的是民主，例如对言论、出版和人身自由等基本人权的保护。而国民政府所谓的宪政，主要是以修正和讨论《五五宪草》（突出特点是强大的总统制）为目的，依然是集权的方式。知识分子对宪政运动的理解和国民党大相径庭。

在宪政运动早期，不少知识分子对国民政府寄予厚望，到了中期，一些知识分子开始对政府失去耐心。到1944年末，广大知识分子要求迅速改革政府，建立全国统一的联合政府，这意味着宪政运动失败的衰退。最终，宪政运动在"救国第一"的口号下失败。

崔莹：一些学者认为，当时的中国知识分子的悲剧，在于他们身处民族危亡的时代，你是否认同？

周锡瑞：在中国历史上，知识分子占有重要的地位。很多知识分子深受儒家思想影响，通过科举考试成为重要的官员。但到了民国时期，"救国"成了主要的政治课题，而救国的主力来自军队。

回顾历史，清末的立宪运动以及整个民国时期的宪政运动，与西方的宪政运动是有区别的。我个人认为，中国在当时所面临的最主要问题是富国强兵，宪政在当时不见得是一个理想的路子。

崔莹：你最近在研究什么课题？

周锡瑞：我最近在研究上世纪30年代到1949年间陕甘宁边区的历史，也就是中共在中国北方崛起的历史。这项研究主要是从社会史的角度研究中国的革命史。

顾若鹏 | 国共两党如何改造日本战犯？

1945年8月15日日本投降后，蒋介石提出："对凡由国际引渡及在中国战区内逮捕最重要之日本战犯，依法审判，予以惩处，其普通战犯，则从宽处理；并在审理时，注重富有教育意义之惩处条例。"

中华人民共和国成立后，也对关押的日本战犯进行再教育和改造，令其从"魔鬼"变回"人"。从1950年7月到1964年6月，中华人民共和国改造的日本战犯有1109人。这些人回到日本后，很多人成为反对日本军国主义的和平人士。很多学者认为，中华人民共和国的日本战犯改造是一个伟大的"世界奇迹"。

在英国剑桥大学亚洲和中东学院教授现代日本史的副教授顾若鹏（Barak Kushner）指出，国共双方对待日本战犯的"以德报怨"或"宽大政策"，都是务实的选择。他研究了国共双方对日本战犯的审判过程、审判依据，以及这些审判如何影响中日关系，并完成著作《从人到鬼，从鬼到人：日本战犯与中国的审判》。顾若鹏曾在日本和中国生活数年，并曾在沈阳师范大学任教。他日语流利，也懂汉语。

❶ 同时研究国共两党的日本战犯审判

崔莹： 第二次世界大战后，远东国际军事法庭将战犯分为甲级、乙级和丙级，甲级战犯为犯有"破坏和平、发动侵略战争"的战犯，乙级战犯为犯有"战争罪行"的战犯，丙级战犯为犯有"违反人道罪行"的战犯。为何你的研究主要关注乙级和丙级战犯？

顾若鹏： 第一个原因是，东京审判对甲级战犯进行了审判，日本关于东京审判的研究已经很多，在西方和中国也都陆续有了相关的研究。但是对于乙级和丙级战犯审判的研究，直到最近也屈指可数，更没有人从中日关系的角度研究这个课题。对乙级和丙级战犯的审判过程，告诉我们很多战后的中日关系。

第二个原因是，当时的中国国民政府的确派梅汝璈任法官、向哲濬任检察官，但是总体而言，在东京审判中，中国人并没有起到很大的作用，主要是美国人和英国人说了算，他们更偏向西方国家。

第三个原因是，在东京审判中，有28个日本甲级战犯被审判，他们主要是军事或政治领导者，而其余乙级和丙级战犯呢？他们总共有5700人，有1000多人在中国。研究这些人在中国接受审判的过程以及日方的反应，可以告诉我们更多信息。

崔莹：为何国际社会对日本乙级和丙级战犯的审判过程关注较少？是因为冷战么？

顾若鹏：这是部分原因。毫无疑问，冷战对该局面所造成的影响一直延续到20世纪90年代。另外，到21世纪初，中国大陆、台湾、日本和美国的一些档案和资料才公开。

我想，真正的原因并非因为冷战或资料，而是我们的态度改变了——我们不再像约翰·道尔（John Dower）或其他历史学家那样，从日本侵占中国、中国内战或者毛泽东的角度去看待历史，我们开始关注这些问题意味着什么。我们不再站在某一个国家的角度研究问题，而是研究整个区域。我们用不同的视角看到二战后的历史，研究日本帝国是如何衰亡的，中国是如何振兴的。

崔莹：你的研究成果都体现在由哈佛大学出版社出版的新书《从人到鬼，从鬼到人：日本战犯与中国的审判》中，你认为你的研究对这个领域最大的贡献是什么？

顾若鹏：关于这个话题的研究，在英文世界几乎为零。中国学者做了一些相关研究，但是也不多，并仅仅只与中国共产党对这些战犯的审判有关，很少涉及国民党对这些战犯的审判。我是第一个研究国民党也研究共产党如何审判这些战犯的学者。我试图比较国民党和共产党审判的共性和差异。

更重要的是，我并非只对中国或日本的历史感兴趣，我所感兴趣的是二战后的东亚寻求公道和正义的过程，以及这个过程如何影响中日关系。

2
蒋介石和毛泽东都告诫民众不要复仇

崔莹：你为何用"从人到鬼，从鬼到人"为书命名？

顾若鹏：这个短语来自中国共产党。当时中华人民共和国政府对日本战犯的处置和英美荷法等国家对战犯的处置显然不同。中华人民共和国政府有自己的审判依据和过程，他们希望对战犯进行教育改造，帮助其恢复人性，让他们从"魔鬼"变回人。

1945年日本战败之后，蒋介石提出"以德报怨"，而不是报复。蒋介石是非常聪明的政客，日军投降后，蒋介石宣布将侵华日军总司令官冈村宁次无罪释放，因为他需要日本人的帮助。他们会惩治战犯，但只会按照他们的意愿，惩治他们认为犯了重要罪行的战犯。在当时，他们没有正式的法庭、法官以及律师，没有法治体系，只能靠策略做决定。

崔莹：战争结束后，为何国民党政权没有人呼吁严惩这些战犯，比如将其处决？

顾若鹏：因为他们做不到。国民党的很多军官曾经在日本留学，懂日语，对日本心存敬重——也可以说，这是一种恐惧，他们觉得打不过日本人。这是在当时没有大规模复仇行动的原因之一。

崔莹：国民党和中国共产党如何对待这些日本战犯？

顾若鹏：这些战犯的待遇不错。这也并非不正常，因为国际社会对如何对待战犯做了规定。并且在当时，无论是中国国民政府时期，还是中华人民共和国政府时期，中国都已经站在国际舞台上，被其他国家盯着看，所以他们对待战犯的态度也变得非常重要。

崔莹：从1950年开始，中国共产党决定对1000多名日本战犯进行人性化的改造。这一决定是否遭遇过一些阻力？

顾若鹏：当时的中国共产党内部存在各种各样的观点，他们花了好几年讨论，是把这些日本战犯处死，送回日本，还是关进监狱。

结果是，通过对战犯进行教育和改造告知世界：中国共产党了解法治，理解公正的含义。这也是我书中的观点。

❸ 日本战犯归国后致力于中日友好

崔莹：在日本战犯被关押在中国监狱的20世纪50年代，日本政府是什么态度？

顾若鹏：1952年之前，日本政府并不知道中国关押了多少日本战犯。之后日本政府开始做一些工作。1953年，2.5万在中国的日本人被遣送回日本，但他们大都是平民。我想在下一本书中探讨当时中国和日本政府为此达成了哪些共识。

我读到的一些资料显示，当时日本官员告诉英国官员，他们不希望这些日本战犯回到日本，宁愿他们离得远远的。当然，这只是一部分材料，我现在还不完全确定当时日本政府对这些战犯的态度，以及是否做了努力让他们回到日本。

崔莹：有学者认为，对战犯进行教育改造就是对其进行"洗脑"。你怎么看？

顾若鹏：我不认为是"洗脑"，如果是"洗脑"的话，等这些战犯回到日本，他们一定会恨中国。但实际上，在这些战犯的余生，他们很爱中国，爱中国共产党。这样的再教育并非"洗脑"。

崔莹：所以这些教育改造让战犯恢复了人性，是成功的？

顾若鹏：对。在全世界，这样的教育改造是独一无二的。对日本战犯进行教育改造的积极意义是：他们中的几乎所有人在返回日本后都心存愧疚，他们很努力地向日本社会坦白他们的罪行，很努力地改善中日关系。这些情景是在其他国家所看不到的。

崔莹：他们成了中日和平的呼吁者？

顾若鹏：是的。他们中的很多人撰写回忆录，创办杂志，他们很努力。但是他们的行为对日本社会有多大影响呢？也很难判断。他们回到日本后，充满了理想主义，但是他们有很长一段时间难以融入日本社会。

崔莹：为什么？

顾若鹏：就如有些学者所言，有些日本人觉得他们是"共产党"，认为这些战犯被"洗脑"了，成了中国共产党的傀儡。最初日本社会对他们产生了很多偏见，之后他们才逐渐被日本社会接受。

在很长一段时间里，关于他们的故事鲜为人知，也只是在最近10—15年，尤其是最近一两年，随着世界反法西斯战争胜利70周年的到来，他们的回忆录和关于他们的报道才越来越多。

穆盛博　｜　炸开黄河后国军先救灾还是先抗日

美国人穆盛博（Micah S. Muscolino）接我的电话时，像中国人那样脱口"喂"，而不是"Hi"。

穆盛博出生于1977年，是美国加利福尼亚人，现为英国牛津大学历史系教授，研究方向是近代中国环境史。他的《近代中国的渔业战争和环境变化》在中国出版，填补了民国环境史的空白。

他的另一部专著《洪水与饥荒：1938年至1950年河南黄泛区的战争与生态》则由剑桥大学出版社出版。该书从环境史角度研究中国抗日，关注1938年国民党军队对黄河进行的战略性改道及其对环境的影响，用他的话说，这本书"试图解释复杂的历史进程是如何使得中国的环境成为今天的样子"。

❶ 不认可国民党的扒堤决定

崔莹：1938年6月，为阻遏日军进攻，国民党做出扒开花园口堤坝的决策。这在当时是必要的么？

穆盛博：我认为这个决策是国民党"军事绝望"的体现，是国民党领导者在慌乱中做出的，是没有办法的办法。即使国民党在徐州战役中表现不错，在台儿庄战役中取得一些关键性胜利，但日军已经逼近河南，距郑州境内处于至关重要位置的铁路线特别近。日军如果占领郑州，就很容易通过另外一条铁路线（陇海线）进攻武汉。假如武汉在国民党撤退前失陷，就意味着中国战败。

当时的军事形势对国民党非常不利，这样的决定在他们看来是很有必要的，可以让国民党和日军继续战斗。蒋介石和他的军事顾问知道黄河改道会导致很多伤亡，但他们不太在意。他们认为国家的利益要比民众的利益重要得多，为了国家的利益而损失民众的利益是必要的，这是他们当时唯一的选择。

我并不认可这样的观点。我认为国家意味着民众，而不是政府。国民党对民众的冷漠和不在乎也影响了他们其他的军事决定，比如1938年11月，国民党对长沙实行焦土战术，将全城付之一炬，而不顾民众死活。

崔莹：花园口决堤和之后黄泛区的10年灾害（1938年—1947年）导致大量民众伤亡和财产损失，国民党预测到后果如此严重吗？

穆盛博：我想，有一些结果是蒋介石和他的军事顾问预测到了的。扒开花园口的决定一下，国民党立刻命令地方政府组织附近村民离开灾区，并实施救灾。就开展救灾的速度看，他们很清楚这个决定带来的损害。

崔莹：汹涌的黄河水造成一些民众伤亡，为何他们没有迅速撤离？

穆盛博：当时正处于收获季节，人们很犹豫是否丢下庄稼和家园逃走。另外，这里经常发生洪灾，按照惯例，河堤很快会被修复，黄河水很快会退去。他们根本不知道，这一次的洪灾持续了大约10年。

此外，知道决堤消息的主要是住在花园口附近的村民；离堤口较远的民众没有收到任何警告。

崔莹：国民党一度将"花园口决堤"归咎为日本滥炸，这是否能够说服民众？

穆盛博："花园口决堤是由日本滥炸导致"的消息最初由媒体发布，国民党用这样的宣传来避免谴责，但我觉得灾区民众可能不会接触到这样的说法——报纸受众主要是城市读者，住在黄河边的村民大都是不识字的农民。

我读过的资料中，有些记载了当地民众的谈论——他们很清楚这次黄河决堤是由国民党导致的。

崔莹：真相何时大白？

穆盛博：1945年前后。抗战期间，国民党一直声称是日军导致花园口决堤；抗战快结束时，国民党为了自己的"议程设置"改口："这是中国民众为抗日做出的巨大牺牲之一，为了拯救国家，他们不得不这样做。"

❷ 蒋介石"以水代兵"不成功

崔莹：洪灾发生后，哪些证据表明国民党更关注抗日而非救灾？

穆盛博：证据之一是，国民党不希望洪水退去，希望它继续成为阻挡日军的障碍。更明显的证据是，1942年河南发生大饥荒，国民党继续在灾区收税征粮，以养活军队继续抗日。

崔莹：黄河水改道后，堤坝需要重建。针对新建堤坝的位置，各村之间的争议多么？

穆盛博：非常多。堤坝内和堤坝外的村民之间存在很多的敌意。不满的村民会将新建的堤坝推倒，让黄河水从自己的村庄流到别的村庄。通常这些争议会在当地政府和当地重要人物协力合作下解决。我看到的很多记载，是有关这些重要人物如何到村里说服村民配合这些决定的。

灾难发生后，人与人之间的关系并非都十分友善。他们更关心各自的利益。

崔莹：当时国民党和日军竞相修堤坝，谁修得更好？

穆盛博：没有一方修得好。他们面对同样的挑战——无论多么努力，无论花费多少人力物力，谁也不能征服黄河。每次一修好，黄河水又决堤，他们总是忙于应对黄河。日军没有带来自己的工程师，他们雇的多是当地曾参与黄河治理的中国人。

崔莹：在修堤坝过程中，国民党和日军各自采用怎样的雇工方式？

穆盛博：他们采用的都是"以工代赈"，双方军官都会监督工程的进展。国民党用爱国之名动员灾民工作，政府官员在沟通的文件中谈了很多如何让民众保家卫国、积极参与的内容，但我认为这些动员对灾民产生的影响很小：当时人们最大的愿望是求生，而且项目收入很低，没什么吸引力。

崔莹：在日军占领区，是否发生过民众反抗？

穆盛博：在资料中我没有发现，但是劳工抱怨伪军要他们干很多活，报酬又低。在当时的环境下，人们都很害怕，不会公开反抗，但是存在另一种反抗，比如逃跑、怠工。这种反抗更聪明。

崔莹：日军推行的"以战养战、以华制华"在当时如何体现？

穆盛博：日军并不直接对付洪灾，而是让伪军及村里的重要人物去解决具体问题，组织修建堤坝等，这是"以华制华"。至于"以战养战"，是指日军从占领区获得食物等供给。

崔莹：蒋介石是否实现了"以水代兵"的目的？

穆盛博：蒋介石希望让黄河水改道流向东南，形成防御屏障，阻挡日军。国民党为此投建了很多水利和防御工程，阻止黄河的其他流向。

国民党付出很多努力，但结果相当不成功。原因之一是战争时期交通不便，供给有限，工程材料缺失，而且很多灾民都逃难去了，很难找到劳工。原因之二是黄河很难被控制，遑论战争期间。

想想战争中的各个角色：国民党、共产党、和日军合作的中国伪军……在这里，黄河也是一个角色，一个不容易被控制的重要角色。这也是将环境史和战争史结合起来研究的有趣之处。

3
花园口决堤部分导致河南大饥荒

崔莹：因为战争供给的原因，任何离开铁路线的攻势都不可持久。洪灾损坏了铁路线，国民党和日军如何补充各自供给？

穆盛博：这实际上是1942—1943年河南发生大饥荒的原因之一。因为花园口决堤后的水灾、蝗灾等，河南粮食产量非常少；而铁路线严重受损，粮食很难运进来。有些记载描述，人们只能用手推车或牛车从外地运粮食。

对国民党而言，当时的供给特别困难；因为可以依靠占领区铁路线，日军的处境相对好一些，但也不容易。在这样的情况下，最明智的选择是从当地获得供给。国民党和日军都这样做，灾区的压力越来越大，饥荒越来越严重。

崔莹：对于河南大饥荒，国民党是否赈灾？

穆盛博：最初蒋介石等高层并不了解饥荒的程度，因为很多地方官员试图隐瞒灾情。真相大白后，1942年底到1943年初，国民党尽全力赈灾，但是赈灾进程因交通瘫痪而延误。

赈灾受到了国民党内部腐败的影响。资料表明，有官员侵吞救灾资金，或从货币兑换率上做文章。

崔莹：日军对灾民是什么样的态度？

穆盛博：这个问题颇有争议。电影《一九四二》呈现了日军援救灾民的故事，然而我读过很多史料和相关记录，并没有发现任何日军赈灾的内容。

日军对灾民非常残酷，他们首先要保证自己士兵的粮食。我看到的资料多是关于日军征募当地村民做劳工修堤坝的，日军会给这些劳工一些粮食，"以工代赈"。但很多时候，这些工作都是强制性的，灾民并未获得合理的报酬。

4
湿地有利于共产党的游击战

崔莹：有一种说法是，"花园口决堤"事件令国民党失去人心，更多民众开始支持共产党。

穆盛博：很多人认为是这样，但我不认为两者存在简单的因果关系。对于洪灾事件，很多民众不会直接谴责国民党，而是谴责日军。而且他们更关心的是如何求生，而不是埋怨谁。

但洪灾和大饥荒的确为共产党的发展提供了良机。共产党也需要从河南当地村民那里获得粮食，但他们对待村民和应对饥荒的方式比国民党好得多，群众基础更坚固。在很多村庄，共产党的干部会组织村民应对饥荒。共产党在河南的发展，为他们后来的胜利打下了基础。

1944年日军向国民党发起大举进攻，国民党和日军都从河南东部撤出，共产党得以在这里建立自己的根据地。同时，共产党也将残酷的决堤真相告知民众，让他们了解国民党对民众的无情。

更有意思的是，洪灾后导致的湿地，实际上对共产党的"游击战"战术非常有利，而对国民党的坦克非常不利。之后的国共内战中，淮海战役的部分战斗就是在灾区的湿地上进行的。

崔莹：花园口决堤对当地生态造成了什么影响？

穆盛博：当地人口密度大，有很多村庄和耕地以及错综复杂的水道。洪灾发生后，很多水道被黄河水携带的泥沙堵塞，水利灌溉工程严重受损，当地生活环境被摧毁，很多地方荒无人烟。

洪灾对当地区域还有长期影响：它改变了当地的土壤结构，沉积的泥沙导致了沙尘暴。这些沙尘暴不仅在河南，也在山东出现。

另外一个影响是，洪灾区人口减少，给动物提供了新的生态系统：很多以前没有的鸟类来到这个区域。当地沼泽和池塘的蚊子增多，疟疾流行。此外，湿地为蝗虫提供了合适的生活环境，蝗灾爆发。

崔莹：大量灾民顺着陇海铁路逃向陕西，他们的重新安置给当地的环境带来哪些变化？

穆盛博：他们大都集中在西安。他们被西安的官员和居民视为"社会问题"，从当时的官方记录中，我看到一些资料：当地政府要求当地居民不要对灾民那么吝啬，不要欺负他们，不要推倒他们的临建房，向他们扔石头。从中可以推测，这一现象在当时频繁发生，陕西当地居民和河南灾民之间产生了很多摩擦。

大批灾民给当地的环境、资源带来压力——为增加战争期间的粮食供给，国民党政府鼓励灾民在陕西开垦荒地，导致这里的生态环境发生巨大变化：大量森林被砍伐，森林里的动物（比如野猪）不得不逃离。没有了森林，当地的水土流失越来越严重。

王德威 | 评莫言、余华、王安忆

苏格兰孔子学院邀请哈佛大学中国文学教授王德威（David Der-wei Wang），在爱丁堡大学人文学院举办了首场名家系列讲座。结合讲座的内容和中国文学，王德威接受了我的采访。

1 小说也可以推动历史

崔莹：你这次讲座的题目是"'后历史'以后的历史书写——当代中国小说"。"后历史"的概念是你提出来的吗？

王德威：我提出的这个概念有三个源头。第一个来自艺术史。上世纪60年代，美国哲学家和美学家阿瑟·丹托（Arthur C. Danto）提出"艺术终结"的理论，认为代表过去传统的历史主义消失了，绘画风格也从写实的现实主义转变到戏谑性的抽象主义。

第二个来自日裔美国政治哲学家福山（Francis Fukuyama）。1990年前后，他根据当时东欧剧变、苏联解体的形势，宣布了"历史的终结"。他认为黑格尔定义的历史已经终结，从此就没有历史了，也就是所谓的"后历史"。

第三个理论源头来自法国解构主义哲学家雅克·德里达。他在上世纪90年代发表著作《马克思的幽灵：债务国家、哀悼活动和新国际》，提出"马克思主义向何处去"等问题。实际上，在中国当代论述里，也有不少学者对"后历史"进行过思考。

崔莹：这个"后"，带有一种叛逆精神？

王德威：对，带有一种强烈的后现代主义精神，这种精神可以是批判的，可以是玩世不恭的，也可以像福山所谓的好像到这里已经没有了，或像德里达表示的"完而不了"的意思。在更多的时候，文学创作，尤其是小说的虚构创作，能带给我们更多对当代历史的反思。我们可以通过这些小说了解中国历史，但也要批判地看待这些历史。

小说不应该被当作被动反映历史、了解历史的渠道，小说本身也促进了历史现象的发生和转换。尤其是科幻小说，它们虚拟了历史，包括过去的历史，也包括未来的历史。回顾中国过去几十年的历史，我觉得，与其靠思想家、政论家和历史家——这些是我所谓的"大说"家——来认识中国的过去和将来，梳理各种关系，不如靠小说家。

崔莹：这些小说家包括谁？

王德威：首先是莫言，2012年诺贝尔文学奖获得者。他之所以获这个奖，主要是因为他在2007年出版的小说《生死疲劳》。莫言是很有争议的作家，但我们评价的，是莫言作为小说家的成就。无论是支持还是谴责他的人，我建议他们去看一下《生死疲劳》，这是本关于中国乡村生活的滑稽、搞笑的作品，内容从上世纪50年代一直到现在。读者可以从其中提及的不同运动中，目睹农村的起伏。这本书引导读者用不同以往的方式认识中国乡村的变化，这种变化或者变革，可以理解成是一种进化，像是佛教的轮回。

小说中，大地主西门闹含冤而死，经轮回转世为驴、牛、猪、狗、猴，这带有佛教的轮回观，又像是尼采提出的"永恒回归观"。无论发生什么，这个乡村的村民，努力用他们自己的方式适应所有的变革。

另一个例子是余华。2006年，他的小说《兄弟》发表。这部小说很巧妙地分为两部分，讲两个没有血缘关系、一起长大的兄弟的故事，讲述他们所经历的动荡岁月（"文化大革命"）和美好年华（改革开放）。小说的第一部分非常伤感，第二部分则富有弹性。

伴随着小说的两部分以及两个兄弟的互动，余华讲述了非常奇妙的故事：一方面，我们看到中国历史中的两个明显不同、几乎不可能产生关联的时段发生的故事；另一方面，我们看到历史不过是一场狂欢。这部小说是理解中国近代经济发展史的凄美参考。

崔莹：你在讲座中对王安忆评价很高，为什么？

王德威：她的作品永远让人有所思，令人耳目一新，我给她最高的评价！她的小说《启蒙时代》用另一种视角审视"文化大革命"。在某个时刻，所有的男男女女都热血沸腾，受到鼓舞，投身革命，感觉受到启蒙；但是在另一个时刻，他们面对的是比较苦涩的启蒙。他们发现，所谓的启蒙什么都不是，不过是一种魅惑。他们所一直追求的真相，不过是一个虚伪的诺言。

但是小说的逻辑并不简单：随着历史的进程，是会真相大白，还是会继续充满隐秘的魅惑？王安忆没有提供一个清晰的答案。

❷ 中国当代小说："启蒙"和"魅惑"并存

崔莹：你在讲座中援引冯梦龙"史统散而小说兴"的命题，这和当代中国"小说兴"的状况一样么？

王德威：冯梦龙是承续了儒家道德传统的文人，他提倡小说，显然和传统儒家文学观背道而驰。但他所谓的"史统",仍然是儒家君王之治中的"史统";他建议的"小说兴",是把小说带入到原来"史统"的体系里面。他用小说取代历史,是极端的,但又是保守的,他的主张体现的是用小说达到"忠孝仁义"的儒家历史观。

我认为,小说是一种"众声喧哗"的力量,具有发现人间各类境况的能量,不见得要合乎某一种道德尺度、意识形态或政治机器的预设。小说有它非常自我的空间。

崔莹:小说之所以繁荣,是否因为创作者和读者在这些小说中,可以看到另外一种可能性?

王德威:在小说中,作者用他的想象力,用他和现实不断接触的经历,在文字的空间里,创造出一种新的对抗现实、反思历史甚至批评虚拟历史的能量。同时,读者在阅读的过程中,让这些小说进入他们的脑海里,呈现他们对历史的想象,让这些文字再次活起来。我们应该把小说当作空间一样的场域,或是电脑游戏——它具有庞大的资料库,需要读者参与游戏、主动出击。

崔莹:你用"启蒙"和"魅惑"归纳中国当代小说中最主要的特点,这两个概念矛盾么?

王德威:从英文看,一个是"Enlightenment",一个是"Enchantment",是矛盾的。"启蒙"是理性的运动,打破了传统宗教以及各种神圣经典的藩篱,重新解释人与社会、人与自然的关系。"魅惑"从字面上就显示出一种魔术、一种诱惑。

我用"魅惑"是有理论根源的。德国著名社会学家马克斯·韦伯曾经用"魅惑"和"祛魅"(Disenchantment)之间的辩证关系来解释现代性。换句话说,当我们进入了现代的语境,我们把过去被视为魅惑的种种资源,包括宗教制度、各种各样的仪式,全部都驱散，所以，这种"祛魅"成为我们进入现代性的一种征兆，比如"五四"启蒙运动，提出"打倒孔家店""打倒封建传统的余孽"的口号，认为过去的一切都是牛鬼蛇神，等等，我们进入一个启蒙时代。

韦伯把"启蒙"和"魅惑"作为对立面，但在20世纪末的中国小说中，中国作家却指出：在中国近些年的历史里，有时明明看起来是疯言疯语的魅惑，却透露了最清明、最理性的时代辩证，就像《狂人日记》。狂人的话都是胡说八道，但是你从他疯狂的语言中，听到了一个清明的声音。

在过去的25年里，中国的小说家把这种"启蒙"和"魅惑"之间二律背反的关系、辩证的关系发挥到极致。这类作品包括苏童的小说《河岸》，讲的是在"文化大革命"中，一个男孩一夜之间命运的天翻地覆：他曾经是被人艳羡的烈属，如今却成了可耻的人。这个男孩不得不痛苦地接受所发生的一切，重新寻找自己的身份。林白的小说《致一九七五》也具有类似的特点，讲的是一个女孩的成长故事——她如何面对青春期、面对社会。

3
《狼图腾》更像是"交战守则"

崔莹：电影《狼图腾》已经上映。你怎么看这部小说和电影？

王德威：图腾是一种最原始的、部落的、野兽崇拜的仪式，以及由这个仪式所演化出来的符号系统。姜戎的《狼图腾》，似乎是给生活在现在的中国人一个新的启蒙：我们不要做龙的传人，不要做羊的传人，要做狼的传人。但是这种启蒙的兴奋，来自另外一种自我催眠化、自我魅惑化的过程。

这部小说受欢迎是很有意思的现象，它似乎是对"文化大革命"的反思。书中讲到知青下乡，讲到主人公在内蒙古草原各种痛苦的经历，讲到他对自己、对狼的认识等。小说出版于2006年，恰好是"文化大革命"爆发40周年，很多人买这本书是因为怀旧。

这本书同时指出，我们中国人太温顺了，像是一群小绵羊，但是现在我们要学会做狼。狼放荡不羁、危险、孤独、独立、凶残，但是它们有创造性，能够适应它们生活的环境。这让我想到中国现在市场经济中喧嚣无情的商战，我觉得这部小说更像是"交战守则"，教导年轻人在现在，在另外一种丛林里，怎么才能战胜对手。这部小说让人分不清楚是"启蒙"还是"魅惑"，或者说两者是混淆的。

我还没有去看电影《狼图腾》。这部作品从个人体验的阅读到电影院公映，结合大资本的运作，借助明星的力量、特技的使用，迎合方兴未艾的新消费模式，在春节期间上映……这一奇观式的操作方式，带着掠夺式的精神，本身也是"狼图腾"。要知道，中国电影背后的运作可不是那么简单，再说，过年的"年"也是一种野兽。过年的关口上上映这类题材的片子，似乎和中国的传统文化不太吻合，并且今年是羊年。

崔莹：最近湖北乡村女诗人余秀华一夜成名，你怎么看这种文学现象？

王德威：根据中国最古老的对文学的定义，"文"是指花纹，是征兆、显现的意思，文学是研究纹理、纹路的方法和学问。余秀华的现象正符合了中国传统中关于文学的定义,是一种征兆。

余秀华的诗歌当然是文学的一种,类似这样的草根文学作者很多。目前众说纷纭,我暂时不想表态。就算余秀华是反正统,不是"正典",她一定也是归属于另外一个别类,需要再进一步研究。

崔莹:《鬼吹灯》和《盗墓笔记》都是很热的网络小说。你认为这类作品是不是主流文学?

王德威:很抱歉,我对这类作品关注很少,但是它们是非常重要的。我举个例子,就像晚清小说,当晚清小说刚出现时,文人们吓坏了,认为小说怎么可以成为救国救民的东西?过了几十年,小说自然就有了它的一席之地。21世纪是文学最热闹的时期,每个人都可以成为作家。

新写中国现代文学史

在过去的15年里,最令王德威兴奋的,是中国的科幻小说——科幻小说的奇想性、激进性和预见性,令其在当代中国方兴未艾。

王德威的书桌上堆着一堆材料,他正在忙碌地编写《哈佛新编中国现代文学史》。这是一本有些另类的文学史著作,写作者包括哈金、王安忆、汪晖……采访中,王德威表示,"不必把文学史当作惊天动地的东西"。他想写的,是一本有趣的书。

❶ 中国科幻小说让人眼前一亮

崔莹：你用"乌托邦""恶托邦"和"异托邦"来分析中国当代文学中的科幻小说，这个视角很独特。

王德威：过去的15年，最让我眼前一亮的中国当代文学就是科幻小说。20世纪初，科幻小说就在中国出现了，比如梁启超的《中华人民共和国未来记》。在那部小说里，梁启超假想了美好的中国未来——他预言60年后（1962年）的中国繁荣富强，万国来朝。

但是在这部作品后，中国的科幻小说一度并不怎么繁荣，没有想到100年后，这个门类卷土重来，而且更惊心动魄。"恶托邦"的作品，就像《1984》《动物庄园》，虚拟的是不理想的社会。当大说家正迫不及待地勾画美好的未来时，小说家却说，不，我们有别的噩梦！这两者存在辩证的关系，只有当两者可以产生对话的时候，才是健康的现象。

"异托邦"的概念来自福柯，指的是在一个现存社会里特意隔绝出来的一种实存或虚拟的空间。比如迪士尼乐园，人们看到它，忘其所以，都以为是人间仙境，但他们明知它是假的。迪士尼乐园不是乌托邦，是现实人生所特意投射出来的虚拟境界，但是这个虚拟的世界又是现存的。如此，异托邦产生了。

崔莹：哪些中国科幻小说令你印象深刻？

王德威：在过去15年里，中国最精彩的科幻小说之一，是刘慈欣的《三体》。这部小说讲述的是地球人和来自半人马座的三体人争战的故事。故事以上世纪60年代为背景，讲述一帮中国科学家聚在一起打造了新的中国"历史"。这个历史不仅是中国的历史，也是世界的历史，这个历史要放在宇宙空间里去理解。这部作品引领大家思考人类多么渺小，文明多么有限，当面临未知的黑暗时，一场即使无望的战役也要开始。

韩松是我喜欢的作家，他是新华社记者，白天的工作是报道好新闻，晚上的工作是用小说写社会的黑暗面。他的小说《火星照耀美国：2066年之西行漫记》写的是在未来某一天，美国正经历第二次内战，中国成为世界第一大国。当中国正在庆祝繁荣富强时，外星人来了。中国有了一个新的使命——拯救全世界。当你认为外星人很危险的时候，韩松要说的是，还有比外星人威力更大的人工智能"阿曼多"。中国如何获胜？这部小说给了我们认识中国未来的新角度。

韩松2010年的小说《地铁》，讲的是发生在地铁里的灾难：地铁一直不停地疯狂行驶，非常恐怖。他2012年的小说《高铁》，又在想象高铁速度太快的话，会怎么样……他的作品是想象，但是谁也没有想到他的想象根植于现实生命，没有想到现实会模仿虚构。这样的作品都属于异托邦。这些作家，远比大说家更清楚地投射了这一代的中国人对国家未来既期待又害怕的心情。

崔莹：在西方，科幻小说早就盛行了。中国科幻小说作品的增多，是否表明中国小说创作的"国际化"？

王德威：在某种程度上，这些作家加入了"国际话语"。我认为更重要的是，他们脱离了传统的"感时忧国"的叙事，不再简单地写中国高不高兴，能不能站起来。

崔莹：有一种观点认为，科幻小说是文学作品中的"激进派"。

王德威：是这样，科幻小说也许文采不是最精彩的，但是有预言性,有张力。比如梁启超《中华人民共和国未来记》畅想60年后中国已繁荣昌盛,上海举办博览会,盛况空前,孔子后人孔觉民老先生为两万名听众演讲,全世界人都来旁听儒学……这是不是和现在的现象有些相似?

我们有很多的故事可以讲出来,讲故事最精彩的是小说家,最狂野的故事是科幻小说。因此,我给予科幻小说很高的评价,我也希望看到更多的中国作家写的科幻小说。

❷ 画中国文学的"星座图"

崔莹:你主编的《哈佛新编中国现代文学史》计划什么时候出版?这是一本怎样的著作?

王德威:计划今年夏天编完,最快也要等到2016年底出版。

这是一本书,它很特别,由150篇小文章组成,每篇不超过2000字。每一位写作者从某个时间点开始写,每篇文章包含一个引题或是引语,然后才是题目。比如我现在在写1988年7月1日,那我的引题是,"两位年轻的大学教授在《上海文论》开设了一个专栏",文章正标题就是"重写文学史",指的就是陈思和、王晓明在1988年提出的"重写文学史"事件。每篇文章只写一个时间点,讲一个故事,深入浅出,然后这150个不同的时间点汇集成一张"星座图"。

这个星座图的写史方式是德国社会学家勒佩尼斯(Le-penies)教授发明的,他的《德国历史中的文化诱惑》就是由一篇篇关于知识分子的散文组成，是德国近现代的"一个个历史片段或星座"。历史有时候像是长江大河，也像是天上闪烁的星星，只有特别敏锐的摘星者才能把星座描绘出来，否则就是一天空的繁星。这个书的作用就是遥望苍穹，画出我们自己的星座图。

这本书的独特之处，在于提出了另外一种看待中国现代文学史的方式。书中包括从19世纪初开始的各类文学现象和事件，比如晚清的东洋派、魏源的《海国图志》、太平天国的各种诏书，一直到科幻小说。

崔莹：《哈佛新编中国现代文学史》的作者有哪些？文章有什么风格？

王德威：作者有作家，有学者，有外国人，有中国人。这150篇文章风格非常不一样。比如，我邀请美国著名的华裔作家哈金写鲁迅，哈金说鲁迅是作家，不能用文学评论的方式写，所以就揣测鲁迅当时的心情，用创作的方式写了一篇像是小说的文章——1918年的某一天，一个叫鲁迅的人百无聊赖，突然想到写《狂人日记》，这个写《狂人日记》的过程就变成一个故事。哈金所用材料的每个细节都是真的，但是组织起来，就变成一部小说。

诺贝尔文学奖获得者大江健三郎帮我写了一篇他和莫言的对话。余华谈到1984年的"翻墙"——他当时经常翻墙去看国外的文学作品，这个"墙"指的是华东师范大学的校门。王安忆写的是她的母亲茹志鹃。汪晖写了一篇《石碑》，写的是他和鲁迅的"对话"。

崔莹：听起来非常博杂。这本文学史的主线是什么？

王德威：我用英文"Encounter"来体现这本文学史的思路，翻译成汉语，"相遇""遭遇"或"邂逅"都不太恰当，也有人告诉我，可以用"撞见"。

我所谓的"相遇"有三种可能：中国与世界的相遇，古典文学和现代文学的相遇，不同文学体裁的相遇。比如，在过去，中国现代文学史被划分得太清晰了：新文化运动后，人们就抛弃了古典。但实际上并非如此，有一篇文章讲到，1958年，毛泽东和郭沫若编著的《红旗歌谣》就沿袭了《诗经》的传统。再比如文学的不同体裁，有一篇文章写的是崔健《一无所有》的歌词，这些歌词非常震撼。另一篇文章写的是张乐平的漫画《三毛流浪记》。这些歌词和漫画都是文学体裁的一种。因此这本书表面上看很散漫，但是包括很多线索。

崔莹："文学史"这个字眼，给人很正统的感觉。你主编的《哈佛新编中国现代文学史》不是这一类。

王德威："文学史"这个词是现代人的发明。你我熟悉的文学史是1904年京师大学堂（北大前身）林传甲先生的《中国文学史》和东吴大学（苏州大学前身）黄人先生的《中国文学史》。在这两套书中，他们沿用西方的模式，讲述了文学的来龙去脉。

实际上，古典的文学史没有这样的传统和观念。现在你觉得很正式，因为你已经习惯了把"文学史"当作是学科制的东西。可是我这次特别希望《哈佛新编中国现代文学史》不是史料的堆积、苦涩的叙事，而是每篇文章都有可读性。

崔莹：你怎样评价现存的中国现代文学史，包括德国汉学家顾彬教授主编的十卷本《中国文学史》和北美汉学界合编的《剑桥中国文学史》？

王德威：顾彬主编的文学史有他的风格，但是我的底线是不必把文学史当作惊天动地的东西。文学史应该很有趣才是，因为文学本身就是很有意思的东西啊。中国是文学史的写作大国，据非正式统计，从上世纪二三十年代到现在，关于文学史的著作有2300多本，任何学者都可以写，但是很多不过就是教材而已。

闵福德 | 英国学者12年译完《易经》

英国汉学家闵福德（John Minford）耗时12年翻译了中国经典译著《易经》，全书928页。这本书由纽约企鹅出版集团下的维京出版社出版，书中有对《易经》及历代文人评注的详细叙述。

作为中国传统文化经典，《易经》被誉为六经之首。17世纪出使中国的法国传教士白晋，曾称赞它是中国一切科学和哲学的源头，高于当时欧洲的科学和哲学。18世纪初，《易经》在欧洲传播开来。心理学家荣格评价，它包含着中国文化的精神与心灵，有几千年来中国伟大智者的共同倾注，历久弥新。闵福德目前定居澳大利亚。

我的《易经》翻译更"中国化"

崔莹：此前西方较著名的《易经》译本，分别来自19世纪末英国传教士理雅各和德国传教士卫礼贤。你对这两个版本怎样评价？

闵福德：理雅各汉语特别好，除了《易经》还翻译了《论语》《大学》《中庸》《孟子》等书。但他根本不尊重《易经》，认为这本书是垃圾。他并不相信书里的内容。

卫礼贤就非常不同。他对《易经》非常感兴趣，在1924年完成了德译本《易经》（后被译成英文）。很长一段时间里，这本书在西方非常热销，影响也很大。卫礼贤和荣格的关系密切，后者为其《易经》作了序。但这也是这本书的缺陷——受荣格的影响太多。

崔莹：你怎么评价英国学者约翰·布洛菲尔德和美国芝加哥大学教授夏含夷的《易经》译本？

闵福德：布洛菲尔德的译本不错。夏含夷更擅长甲骨文，研究的主要是早期文字中有关《易经》的记载。他的译本不实用，偏学术。

崔莹：你翻译的《易经》和这些译本的区别在哪里？

闵福德：我的《易经》翻译更"中国化"。有人翻译《易经》会提及《圣经》或德国诗人歌德；基督徒理雅各从基督教的角度解析《易经》。我更多地引用中国文人的点评，尽量不涉及西方人对《易经》的点评和解析。

崔莹：《易经》在欧洲的影响如何？

闵福德：20世纪六七十年代，欧洲读《易经》的人很多，这在当时是一种"反文化"现象。我也是这代人中的一员。当时我的很多朋友都读《易经》。《易经》从一开始就被西方读者认为是一部帮助人们思考的"智慧之书"，而不是一部算命的书。我想这大概是《易经》在中西方的最大不同。

2
你就是这本书，你会成为这本书

崔莹：你如何安排这部译作的结构？

闵福德：我把书分成两部分，第一部分是"智慧之书"，用传统方式解读《易经》和其点评；第二部分是"卜卦"（Oracle），回归《易经》最初的用途——青铜器时代的占卜手册。那时《易经》的哲学性没那么多，人们主要用它来获得对一些即时问题的建议，比如"我应该和邻国开战么""我应该把女儿嫁给宋国国王吗"。但它也并非是用来算命的。

崔莹：你将《易经》解释为"The Book of Change"，而不是"The Book of Changes"，为什么？

闵福德：因为我认为这本书是关于变化的基本流程的，所以用单数，而不用复数。

崔莹：在你看来，《易经》有什么用？

闵福德：我在书的序言中引用了英国汉学家葛瑞汉对《易经》的评价："它帮助你进入你自己的内心，仿佛是一条能够帮助你开悟的'捷径'。"我非常赞同他的观点。

这本书的关键词是"修养"，清代道士刘一明在《周易阐真》中也多次提到这个词。他强调，学习《易经》的过程是提高自我修养的过程。我是不可知论者，不信奉某种特定的宗教，但我相信人们有必要自知、自省。《易经》是一本关于自我认知的书，能够引导人们如何思考，如何认识自我。它很简单，但又很难。

有人点评，《易经》不是一本书，而是一个"Spirit"。我也这样认为，因为《易经》原本也不像是一本书：它没有开始，没有结尾，没有作者。它更像是一个"精神的工程"，是一种可以和你对话的声音，但它最终是你自己的精神。

我在书的前言中这样写："这本书和你之间不存在任何区别，你就是这本书，你会成为这本书。"

崔莹：你在前言中还称，阅读《易经》是一个互动和对话的过程。如何理解这句话？

闵福德：开始读《易经》时，你便和这本书产生了互动。这本书的本质并非在于书，而是在于你阅读的方式。你要非常虔诚地坐下来，抛弃一切伪装和虚假的想法，真实面对自己——这是这个过程中最重要的。之后，你才可以开始读《易经》。

不能像对待一本普通的书那样对待《易经》。你得去参与，得做大量的工作。这个过程是互动的，就像是一个游戏，你和这本书做游戏。最后，《易经》帮助你看到你自己。

崔莹：听起来很玄妙。

闵福德：《易经》是一本客观存在的书，不是一种宗教，不是一个有魔力的特殊手段。它不强迫你去相信某种教义，它谈论的是世界背后的规律，但用的是非常简单的结构，比如八卦、六十四卦等。它鼓励你往后站一步，看全局，而不是只关注生命中一些细小的环节。

我常收到读者的邮件。他们告诉我："你翻译的《易经》帮我解决了难题。"这时候我就会很高兴。我的老师柳存仁教授（澳大利亚华裔汉学家，以道学研究闻名）经常说："《易经》《道德经》等书的目的，都是引导人们更善良、更慈爱。"

3
翻译时还用了拉丁文

崔莹：你用12年翻译《易经》，这是怎样的一个过程？

闵福德：我从2002年开始翻译。当时我住在法国，有一个葡萄园。通常我早上在葡萄园干活，中午回来，下午翻译。2004年我去了中国香港，到图书馆、书店变得很方便，于是我开始收集不同版本的《易经》和历代中国文人对《易经》的点评。2006年我搬到澳大利亚，因为工作很忙，翻译进展缓慢。2008年之后我的时间多了，开始全力翻译。从2012年开始，经常有朋友找我探讨《易经》，我会在探讨的同时检验我的翻译，做些修改。这个过程又持续了好几年。

我完成翻译的时间比出版社要求的晚了7年。出版商对我非常好，直到2013年底才要我一定交稿，不然，估计我的余生都会在翻译《易经》。

崔莹：很多中国人都觉得《易经》晦涩难懂。你在翻译的过程中，是否会做一些"简化"，让读者容易理解？

闵福德：我试图将《易经》翻译得有意思，会做些解释，但不会将《易经》翻译得很简单，因为这会曲解它的本意。我会根据我自己的理解翻译。我的翻译非常主观，但很实在，和人们的日常生活有关联，不神秘，不抽象。

崔莹：在你翻译的《易经》中，除了英文，还用了拉丁文。

闵福德：拉丁文是西方文明的根，直到18世纪都在欧洲通用。18世纪初期，一些耶稣会士把《易经》译成拉丁文。我在译文中使用拉丁文有两个原因：一、拉丁文给人一种很古老的感觉，看到拉丁文马上会联想到过去，想到一些不可知的东西。二、现在大部分读者不懂拉丁文，所以我故意用它。得知我要翻译《易经》后，我的导师霍克斯（英国著名汉学家、牛津大学教授大卫·霍克斯，他和闵福德合译的《红楼梦》英文版在西方世界享有盛誉）曾对我说："约翰，别忘记，没有谁真正明白《易经》的含义。"每个人都会"构建"自己的《易经》，我用拉丁文也是在提醒大家，我们也不知道这本书真正的意思。好像是你步入一所旧式教堂，听到神父在念叨一段拉丁文，没几个人能明白它。我希望给读者类似的感觉。你没有必要理解它们——旁边都有英文释义。我尽量少用拉丁文，但是我的妻子认为还是有点多。

崔莹：你的妻子是你的第一读者？

闵福德：她是我最好的读者、最亲密的朋友、最棒的编辑，总是给我很多的建议。她读了两三遍我翻译的《易经》。不幸的是，她今年年初去世了。

崔莹：希望你从《易经》中获得一些安慰。

闵福德：妻子去世后，我收到很多中国朋友的信息，请我"节哀顺变"。我研究了12年《易经》，完全懂得"顺变"的含义——你不得不适应这种变化，没有其他选择。

④ 从迷信、质疑到接受

崔莹：荣格发现，《易经》和西方的占星术都具有"相反相成"（Coincidentia Oppositorum）的特征，他因此认为《易经》同西方古代的学问是共通的。你怎么看待《易经》和西方占星术的异同？

闵福德：共性是，人们都试图通过它们去寻求一种意义。但是它们又非常不同：六十四卦并非天上的星星，而是人造的图案。

崔莹：近年来，西方占星学在中国流行，你怎么看这种现象？

闵福德：一种可能是，中国目前处于一个非常物质化的社会阶段，消费主义越来越蔓延，一些人自然而然地抵制物质主义和消费主义，想去寻找更多的意义。另一种可能是，星座运势来自西方，看上去非常时尚。

崔莹：你说《易经》改变了你的生活，为什么？

闵福德：我第一次接触《易经》，读的是卫礼贤的译本。那时我是个年轻的"嬉皮士"，很迷信也很虔诚，把它当成占卜的书，毫不质疑。我的一些朋友很蠢，甚至向《易经》请教早饭该吃什么。

当决定翻译《易经》时，我就开始质疑这本书——当你决定做一件事情时，你要搞明白做这件事情的价值。它有价值么？真能够和我对话？能起作用么？我边翻译边检验。随着翻译的进展，我越来越向《易经》妥协，越来越接受它，这个过程花了好几年。我发现《易经》在和我对话，我成了《易经》和读者之间的"通道"和媒介。每当有人向我请教《易经》，我都会筋疲力尽，像是我把我的嗓音借给了"Spirit"。

我越来越相信《易经》能起作用，尽管我也无法解释原因。这样的变化成了我生活的一部分，我重新思考自己，思考自己的生活。

《红楼梦》如何译成英文？

迄今为止，《红楼梦》有两个最权威的英文译本，一个是由英国著名汉学家霍克斯和闵福德合译的 The Story of the Stone（《石头记》）；另一个是由中国学者杨宪益和其英国夫人戴乃迭合译的 A Dream of Red Mansions（《红楼梦》）。两个译本都在20世纪70年代出版，四位翻译家也相知相惜，结下深厚友谊。杨宪益的英文自传《白虎星照命》（White Tiger）便由闵福德作序。

闵福德还创建了《红楼梦》的英汉双语网站，他希望更多的西方读者了解这部中国经典，步入《红楼梦》的世界。

除了《易经》与《红楼梦》，闵福德还是《道德经》《孙子兵法》《聊斋志异》等书的英文译者。闵福德在采访中回忆他和霍克斯共译《红楼梦》的过程，与杨宪益和戴乃迭的交往故事，以及他翻译书的心得。

1
喜欢贾宝玉和薛蟠

崔莹：你是怎么参与到《红楼梦》的翻译工作中的？霍克斯在翻译中起了什么作用？

闵福德：那时我还是牛津大学的年轻学生，我的本科老师霍克斯希望我和他一起翻译《红楼梦》，他翻前八十回，我翻后四十回。在翻译过程中，除了理解原文，我花了大量时间学习霍克斯的译文和风格，学习如何写英文小说。我当时非常穷，但放弃了其他工作，全心投入。霍克斯也一样——为了翻译《红楼梦》，他放弃了牛津大学中文系教授的工作。

我们的私交非常好，但是我们各自的工作都很独立，他从不干涉我的翻译。不是自夸，我觉得我翻译得还行。我觉得当读者读完前八十回、开始读第八十一回时，会感到中间的过渡比较自然流畅。霍克斯对我的译文也很满意。这是我此生做过的最令我感到开心的事情之一。

崔莹：你最喜欢《红楼梦》的哪个人物？

闵福德：贾宝玉。很多人认为贾宝玉不好，因为他易变、多情、敏感，但是我觉得，他从一个多情的人最终开悟，看破红尘，找到了真正的自我。

我喜欢的另外一个人物是薛蟠，虽然他经常招惹是非，但我觉得和他在一起相处一定很有意思。他一定是晚宴的主角，因为他不介意成为别人的笑柄。

崔莹：《红楼梦》在西方的影响大吗？

闵福德：说实话，读的人不太多。霍克斯和我翻译的《红楼梦》每年也就能卖出几百本。大概因为它太长了——《红楼梦》的英译本有5册，是《战争与和平》的2倍。对西方读者而言，读一部人物这么多、情节这么复杂的小说，是一个很大的挑战。而且这本书在西方的宣传也很不够，很多人连书名都没有听说过。

我正和《红楼梦》爱好者，主要是我的学生和同事，创建一个关于《红楼梦》的英汉双语网站，帮助人们步入《红楼梦》的世界。

崔莹：在西方名著中有类似《红楼梦》的作品么？

闵福德：最接近的应该是萨克雷的《名利场》，那本书的文笔也很优美，但是和《红楼梦》不在一个水平上。《红楼梦》是一座其他无法超越的高山。

2

中国文化始于《易经》，终于《红楼梦》

崔莹：你怎样评价杨宪益和戴乃迭合译的《红楼梦》？

闵福德：宪益和格莱迪丝（Gladys，戴乃迭英文名）是我的好朋友，我非常喜欢他们。以往我去北京，经常住在他们那里。我知道的是，他们两人并不怎么喜欢《红楼梦》，他们告诉我，他们更喜欢《儒林外史》。他们认为贾宝玉非常傻，他们不喜欢贾家这样享有特权的贵族，对小说中的人物不抱同情。

他们的译本算是准确的翻译，用的英文也很好，但是文字中不带有感情。宪益和格莱迪丝并不喜欢翻译《红楼梦》，只是不得不翻译。实际上,他们是被要求这样做的——他们不听话,所以受到这样的"惩罚"。(20世纪六十年代在外文局工作的杨宪益夫妇接到将《红楼梦》译成英文的任务。后二人在"文化大革命"中入狱4年,翻译一度中断。)

霍克斯的译文充满了感情,他总是会在文中解释很多细节;遇到这种情况,宪益和格莱迪丝可能只会加个脚注。有人评价,霍克斯的翻译是"极繁式的"(Maximalist),试图解释所有的信息;宪益和格莱迪丝的译文是"极简式的"(Minimalist),只是把原文的意思写出来。

霍克斯几乎是在和读者对话,你可以感觉到他的存在。当我在医院给妻子读《红楼梦》的前三十一回时,我们两人时常会停下来,因为我们仿佛听到霍克斯在讲话——他用的是很个人的语言,他的翻译充满想象力,对话很有趣,也很感人。

后来格莱迪丝写信告诉霍克斯,霍克斯翻译的《红楼梦》比他们翻译的强多了。

崔莹:有人指责霍克斯将原著中的道教文化改译成基督教文化,将中国词汇改写成符合外国读者习惯的词汇,比如把"潇湘馆"译成"the Naiad'd House"(Naiad'd是希腊神话中的湖滨仙女)。这样翻译合适么?

闵福德:在《红楼梦》的第一章,跛足道人唱了《好了歌》,其中一句话是"世人都晓神仙好"。霍克斯把这句话译成"Men all know that salvation should be won"。很多人批评霍克斯用"salvation"(拯救),认为这是基督教用语,其实不然——所有的宗教信仰都可以使用这个词。霍克斯本人也不是基督教徒,他反对任何宗教信仰。

再比如,霍克斯将中国春节的最后一天翻译成"Fifteenth

Night"，这借鉴了西方文化中的"Twelfth Night"（第十二夜），即基督教圣诞假期中最后一夜的用法。他的译文中类似的用法很多，这些只是翻译手段。霍克斯用西方文化中相关的词帮助读者理解中国文化，我倒觉得他这样处理非常聪明。这样译文更顺畅，读者可以理解故事，并且读得津津有味。霍克斯在和读者对话，他的翻译是以读者为主导的。

崔莹：有一种观点认为，你在《红楼梦》译著中有些夸张翻译得更直白。

闵福德：你可能指的是那位攻击我公开写妙玉对贾宝玉感"性趣"的德国人。读过后四十回的人都知道故事的情节，可能是我写得太清楚了，也可能是我不够含蓄……在那部分我想要表达的是，妙玉在庵中修行，但是她禁不住想念贾宝玉，这是她作为人的本性。我觉得我的译文还不错，一点都不色情。

崔莹：你认为《红楼梦》和《易经》有什么相似点？

闵福德：我用16年翻译了《红楼梦》，用12年翻译了《易经》。和《易经》一样，我觉得《红楼梦》也是一个"Spirit"。它们都是中国文化的巨著，都是读者的"镜子"——《红楼梦》的另一个标题"风月宝鉴"（Precious Mirror of Romance），指的就是一面两面皆可照人的镜子。

《红楼梦》的奇特在于，人们把《红楼梦》里的人物当作现实生活中存在的人物，比如王熙凤，人们好像都认识她，见过她。《红楼梦》有点像《易经》，一旦你进入它的世界，它可能会改变你的人生。我认为中国文化始于《易经》，终于《红楼梦》。

崔莹：为什么说中国文化始于《易经》，终于《红楼梦》？

闵福德：《红楼梦》是完全"中国化"的作品，没有受其他国家文化的影响——曹雪芹从来没有读过西方的文学作品。《红楼梦》诞生不久,鸦片战争爆发,西方文化开始影响中国文化。因此,《易经》和《红楼梦》,就像是彩虹的两端。

3
译者要完全向翻译的文稿"投降"

崔莹:在翻译《红楼梦》时,你就爱上霍克斯的女儿瑞切尔?

闵福德:最简单的回答就是"是"。那时我经常去霍克斯的家,经常看到她。

她从来没有读过霍克斯翻译的《红楼梦》,直到她去世前两三个月。那时候她得了癌症,已经住院了。我建议她看《红楼梦》,她说:"那你就读给我听吧!"于是我就一直读,读了前三十一回给她听,这是她第一次"读"《红楼梦》前四十回,她非常喜欢。

但是读完第三十一回,她说她听够了,让我给读点别的。我想,她是觉得贾宝玉很讨厌:连衣服都不会穿,六七个丫鬟帮他穿衣服……我想,如果她多活几年,一定会把《红楼梦》读完。她学的是英文文学,帮我编辑了所有出版作品,包括《红楼梦》后四十回。

崔莹:从诗歌到小说,从文言文到白话文,你翻译了很多中文作品。你认为翻译是否存在技巧?

闵福德:我不觉得翻译有任何技巧,或者我没有感觉到。我的翻译经验是:译者要对翻译的文稿有感觉,喜欢这些文稿,能够全身心地投入。我不认同一些翻译理论,实际上,我反对它们,因为它们并不适合具体的情况。翻译是一种非常特殊的、具有创造性的写作，在这种写作中，译者要忠实原文，也要投入自己的创造性，发挥想象力，而且译者的感觉和想象力要和原作者的不矛盾。总之，译者要完全向翻译的文稿"投降"。

在翻译《红楼梦》和《易经》的过程中，我完全沉浸于作品，这种投入帮助你找到合适的翻译方式。如同你在恋爱，只要你足够喜欢对方，即使出现问题，最终也可以找到解决方式。这种解决方式不是哪本书能够告诉你的，而是来自你的内心。

崔莹：严复的"信、达、雅"一直被认为是翻译的基本原则，后来你又加了一个"化"。

闵福德：严复的"信、达、雅"永不会过时。"信"指的是译文要忠实原文，如同译者和原作者有合约在先，译者不能想怎么译就怎么译。"雅"指的是怎么把文字写得优美——实际上，汉译英存在的一个主要的问题，在于译者并不知道怎么把英文写好。译者通常认为懂汉语最重要，但这只是翻译的第一步。霍克斯是优秀的翻译大师，这并非仅仅因为他的汉语好，而且因为他的英文写作也是一流的。他读过大量英文经典著作，如果你研究他的译作，你会发现他掌握了大量的英文措辞。伟大的翻译家都是如此，比如霍克斯的好友亚瑟·威利（Arthur Waley），他的英文也超棒。

"达"指的是译者要能将文稿融会贯通，译者要深入到文稿中去。至于"化"，指的是译者要能够在重铸、重塑、重组文稿等诸方面下功夫。

4
阅读《孙子兵法》要谨慎

崔莹：最近几十年，《孙子兵法》在西方非常流行。作为这本书的译者，你认为原因是什么？

闵福德：这是一本我至今都不喜欢的书，尽管我翻译了它——它太糟糕了。它很有意思，但也很令人讨厌。它教你很多策略、很多心理战术，比如怎么利用你的邻居，打败你的朋友等，很暗黑。西方的很多商校学习《孙子兵法》，教人如何在商战中获胜。在1987年的电影《华尔街》中，迈克尔·道格拉斯扮演的，就是一位熟读《孙子兵法》并灵活运用于商战的股市大亨。

但不幸的是，在我翻译的所有作品中，这本书的销量最高。

崔莹：你翻译的《孙子兵法》与之前版本的区别在哪里？

闵福德：我的翻译与之前的略有不同的是，因为我并不接受孙武的观点，所以在译文中，我不断质疑孙武的话是否正确。我的译文带有更多的批判精神。在序言中，我并没称赞这本书有多好。我写道："要谨慎阅读这本书，它可能会对你产生负面影响。"

崔莹：西方有这类书么？

闵福德：马基雅维利的《君主论》。我也不喜欢这本书。

崔莹：翻译完《易经》后，你现在的"挑战"是什么？

闵福德：我在翻译《道德经》。这本书不会很学术，而会是一本人们可以随时拿过来读一会儿的书。他们会由此了解如何做一个更好的人，如何和周围的人更好地相处，如何让生活更美好。

吴芳思 | 为何把《二十四孝》放进新书《中国文学》

英国汉学家吴芳思（Frances Wood）曾在大英图书馆中文部工作了36年，负责保管、整理包括1.4万件敦煌经卷在内的中国典藏，被誉为"掌管中国历史的人"。她的《马可·波罗到过中国吗？》一书出版后，曾在中国引起很大反响。

退休之后，吴芳思的"产出"反而更丰富了。其中包括在英国出版的著作《中国文学》（*Great Books of China*）。

《中国文学》以时间为线，囊括了66部中国作品，涉及小说、诗歌、传记、游记等不同种类。其中既有人们熟悉的《诗经》、《论语》、四大名著、《儒林外史》，以及从李白、杜甫到张爱玲、老舍、巴金、钱锺书、杨绛、赵树理等作家的作品，也有人们不那么熟悉的《通书》（《中国老黄历》）、《佛国记》、《琵琶记》，以及《二十四孝》。你甚至可以看到秋瑾的诗歌、吴晗的《朱元璋传》和溥仪的《我的前半生》。这些内容在一般的中国文学史中是很少涉及的。

❶ 和孔子相比,我更喜欢孟子

崔莹:《中国文学》包括66部书。你的甄选标准是什么?你都读过它们吗?

吴芳思: 基本上是依据我个人的喜好。我希望它能呈现不同类型的中国文学作品。我希望它对英语读者有用,让他们了解中国文化。

这些书我都读过。当然,不是一下子读的。比如赵树理的《小二黑结婚》是我在学中文的时候读的,《朱元璋传》是我在1975年读的。都是日积月累的结果。

崔莹:《中国文学》中包括秋瑾的诗歌、吴晗的《朱元璋传》、溥仪的《我的前半生》等,覆盖内容远比一般文学史广,为什么这样处理?

吴芳思: 我不希望这本书仅仅和文学有关,我希望读它的人可以了解中国的科学、地理和历史。吴晗的《朱元璋传》考证详细,非常精彩。尽管后人对朱元璋持有不同的观点,但他从无家可归的孤儿成为明朝第一个皇帝,统治6500万人口,这表明他是一位很强大、很有魅力的人物。

西方读者对中国的帝制所知甚少,溥仪的《我的前半生》涉及中国封建帝制的尾声,以及中国从传统文化过渡到现代文化的阶段。对那些想了解清末和紫禁城生活的读者而言,这本书非常宝贵。此外,它的可读性也很强。

崔莹:这本书的开篇就是《诗经》。你如何评价这部中国最早的诗歌总集?

吴芳思:《诗经》是如此古老,但不可思议的是,在过去,它一直影响着中国诗歌的创作,这证明了中国文化的连贯性和继承性。一部作品有如此悠久的历史,又有如此深远的影响力,这是欧洲人难以想象的。

崔莹:你曾经表示不喜欢孔子。那么,你对儒家的另一位代表人物孟子的态度呢?

吴芳思:和孔子相比,我更喜欢孟子。即使在今天来看,孟子所探讨的内容也很重要。比如他认为人和动物都具有本性、欲望,但人能思考,有精神追求,这是两者的根本区别。("人之所以异于禽兽者几希,庶民去之,君子存之。舜明于庶物,察于人伦,由仁义行,非行仁义也。")

孟子很关心生态环境,他说,"斧斤以时入山林,林木不可胜用也",即反对乱砍滥伐。这种观念同样适用于现在。

而《论语》的观念非常传统和保守,要求老百姓服从管理,以"正确"的方式做事。

但在编这本书的时候,我尽量不表现出个人的喜好。因为在中国文化中,《论语》是非常重要的作品。今天,孔子的思想也在复兴。

崔莹:儒家思想和道家思想,哪个对你更有吸引力?

吴芳思:我觉得道家思想更吸引人。因为道家思想探讨的是人类和自然界的关系,包括一些自相矛盾的有趣观点,引人思考。

儒家思想，特别是《论语》，强调的都是保守、固定、一成不变。儒家思想不向前看，没有行动力，也没有革新。

❷
喜欢《红楼梦》，不喜欢《三国演义》

崔莹：你将李白、杜甫和李商隐收入书中。读他们的作品时，你是否会想到对应的英国诗人？

吴芳思：很难将中国诗人和英国诗人放在一起对比。我觉得中国唐诗最大的特点，是大部分诗歌都与男性的友情有关，而在英国诗歌里，主题通常与男女之爱有关。

唐诗中有很多政治因素。即使是唐代的女诗人，写的也多是她们的生活，而不仅仅是爱情。可以说，唐诗的内容比英国诗歌更丰富。

崔莹：四大名著中，你最喜欢哪一部？

吴芳思：肯定是《红楼梦》。《红楼梦》的语言特别丰富，也不难理解。它接近西方小说，尤其是在对人与人的关系描述方面。大卫·霍克斯和闵福德共同翻译的《红楼梦》英译本非常精彩。

我不喜欢《三国演义》，因为其中大都是关于战争的描述，与男性政治有关。

我觉得最难理解的是《西游记》。我承认这本书很重要、很流行，但我不喜欢读关于鬼神和超自然力量的作品。

崔莹：这本书还包括一些在中国不是特别知名的作品，比如《通书》（《中国老黄历》）、《佛国记》和《琵琶记》。这是为什么？

吴芳思：我选的作品一部分是中国人熟知的，另一部分是人们有所了解但不太熟悉的。

对西方读者而言，《通书》很重要。因为他们都知道中国的新年，但这个新年的具体时间每年都会变化。而在西方，新年永远都是1月1日。

《通书》在中国的作用，要远远大于日历在西方的作用。它告诉你所有节日，还包括其他有意思的信息，比如哪天会有好运，哪天适合外出。在《红楼梦》里，人们就借助《通书》决定是否进城。

《佛国记》很重要，因为西方读者可能并不知道，中国人曾费尽周折收集佛经，然后把它们带回长安，进行翻译。很多梵语佛经早已流失，但很多中国版佛经保存了下来。这些资料不仅仅对中国，对整个世界的佛教研究都很重要。

选《琵琶记》，是因为我希望书中包括更多的中国传统故事。

崔莹：《二十四孝》的价值观和今天的不太相同，甚至被认为是不可效仿的。你为何把它放进去？西方读者能看懂吗？

吴芳思：书中的故事非常精彩，而且内容各异，它们本身就很有趣。

可能人们觉得这些故事和现在毫无关联，但是它们让我们了解到，在传统的中国社会，"孝"是很重要的观念。

即使在今天，中国人的家庭观念和家庭责任感依然比西方人强。在中国，越来越多的人离开家乡，和故土的联系不再那么紧密，但我认为很多人会因此感到懊悔，因为照顾、关爱父母，回报养育之恩，对他们来说依然很重要。

③ 中国文学很有魅力，也很复杂

崔莹：梁启超和胡适被视为大家，为何《中国文学》未涉及？

吴芳思：胡适和梁启超的作品都非常政治化，属于政治写作。实际上，你会发现，我选的很多作品未必是很优秀的文学作品，比如《徐霞客游记》。我也不喜欢《徐霞客游记》，它实在枯燥乏味，记录的大部分是从哪里到哪里的行程。徐霞客没有记录看到的美景、遇到的有意思的人。但这部书代表了中国文学作品中的一种类型，所以我也列进书中。我不想在书中包括那些很直接的政治文学作品，因为它们是非常不同的一系列。

崔莹：张爱玲的杰作很多，比如《金锁记》《倾城之恋》。为何你选的是《半生缘》和《色，戒》？

吴芳思：主要是因为我喜欢它们。当然，对于有很多作品的作家，你常常很难取舍。选《色，戒》，是因为根据同名短篇小说改编的电影《色，戒》在西方放映过。电影很不错，也是对那部短篇小说的完美诠释。一些读者可能看过这部电影，现在他们再来看书，这样的结合就非常棒。

崔莹：为什么《中国文学》涉及的作品到20世纪80年代戴厚英的《人啊，人！》为止，没有包括莫言等作家？

吴芳思：因为《人啊，人！》的英语版是我翻译的。最主要的原因，是20世纪80年代之后，中国的文学作品和出版界都发生了重大变化，作品主题变得更开阔，更容易被西方人接触和了解。它们受西方的影响也更深。如果介绍20世纪80年代之后的中国文学，大概需要另外一本书。而我希望这部书介绍给西方读者的是中国过去的、他们很难想到去读的作品。我不怎么喜欢莫言。我想，假如我囊括他的话，就要囊括更多其他作家。

崔莹：对西方读者而言，了解中国文学最权威的书是哪几本？

吴芳思：我认为最有用的书是美国汉学家倪豪士（William H. Nienhauser）主编的《印第安纳中国古典文学指南》和梅维恒（Victor Mair）主编的《哥伦比亚中国文学史》。它们是了解中国文学最有用的工具书。

崔莹：在大英图书馆中文部工作的经历，对你写《中国文学》有什么帮助？

吴芳思：帮助非常大。我被书环绕，不同的读者来让我帮忙找书，我也采购新的中文书，关注中国出版的趋势，这些经历都给我很多启发。

我记得汉学家韩南和霍克斯都来大英图书馆借过书，他们的兴趣也会引发我的兴趣。《肉蒲团》的英译本就是韩南翻译的，《中国文学》中有这部作品。大英图书馆收藏着一部非常漂亮的插画版《琵琶记》，我太喜欢那些插画了。《中国文学》中也有这部作品。

20世纪七八十年代，研究敦煌的中国学者来大英图书馆查阅资料，也引发了我对敦煌文献的兴趣。当时他们在英国访问了大概一年，我帮他们联系住处，安排饮食，成为很好的朋友。大英图书馆馆藏的唐刻本《金刚经》就是敦煌文献，《中国文学》中也包括这部作品。

崔莹：你当年选择汉语时，学这门语言的人并不多。现在看来，汉语和中国文学的魅力是什么？

吴芳思：我选择学汉语时，对汉语一无所知。我不想学日语，因为当时的日本社会对女性并不友好。出于同样的原因，我也不打算学阿拉伯语。当时我对中国并不了解，但一开始学汉语，我就喜欢上了它。

我喜欢汉语的表达方式、丰富含义，比如颜色的种类，以"青"而言，它是蓝色，还是绿色？每次学习新的汉语词汇，每次查字典，我总能学到新的东西。这是一件非常快乐的事情。

中国文学很有魅力，当然，也很复杂。比如中国诗歌所涉及的很多典故，西方读者一无所知。当云遮住太阳，就意味着皇帝身边的奸臣在隐瞒事情——中国文学中有很多类似的隐喻和暗示，要读懂它们，必须理解这些文学手法。一旦懂了，读诗就变成更有趣的经历。

宇文所安 | 杜甫在中国文学史上独一无二

杜甫被认为是中国的莎士比亚。截至目前,最权威、完整的杜甫诗全集的英文版由汉学家、哈佛大学教授宇文所安(Stephen Owen)翻译完成。它有6卷、3000页,含1400首杜甫诗,重达4公斤。宇文所安是美国唐诗研究领域首屈一指的汉学家,这本著作也是首部杜甫诗英文全译本。

宇文所安已从事汉学研究50多年。他的研究硕果累累,包括《初唐诗》《盛唐诗》《中国"中世纪"的终结:中唐文学文化论集》等。同时,他也是《剑桥中国文学史》的主编之一。他为翻译杜甫诗全集,用了8年时间。

宇文所安在采访中表示,"杜甫这样的诗人并不只代表过去,他也帮助我们理解当前的时代"。

❶ 在杜甫诗全集中蕴藏着另一个杜甫

崔莹：你第一次读杜甫的诗是在什么时候？他给你留下了怎样的印象？

宇文所安：我读杜甫的诗至少有50年了。人在70岁时喜欢的东西，总是会和20岁时喜欢的有些差异。杜甫的神奇之处在于，他会吸引20岁的读者、70岁的读者，也会吸引20岁到70岁之间的任何读者。这大概可以说是"伟大诗人"的明证吧。

崔莹：年轻时，你喜欢杜甫的什么诗？到现在，你更喜欢他的什么诗？

宇文所安：年轻时，我喜欢很多杜甫为人熟知的作品，像《兵车行》《对雪》《悲陈陶》，还有夔州诗里那些宏大、深邃的作品，比如《返照》。

现在我仍然喜欢这些诗，但是我越来越欣赏杜甫诗歌的宽广性、多样性，其中包括一些秦州诗（如《除架》）体现的怪异，以及很多成都诗（比如《江涨》）体现的淡淡幽默。最近10来年里，我对一些自己从前比较忽视的杜甫作品特别有感觉，比如《解闷十二首》，以及他写给仆人的《信行远修水筒》。我在其中看到了杜甫的天才。

一个读者必须到达一定的人生阶段,才会充分理解某一首诗。不同面貌的杜甫适合不同的情绪,而且随着一个读者的变化而变化。

崔莹:你认为杜甫在中国文学史上占据什么样的位置?

宇文所安:杜甫是中国文学史上的特殊存在,如同英国文学史上的莎士比亚。无论文化和价值观如何变化,每个时代的人都能从伟大的作者身上找到属于自己时代的内容。

杜甫这样的诗人并不只代表过去,他也帮助我们理解当前的时代。他诗中的很多东西和今天的很接近。在《醉为马坠,诸公携酒相看》中,杜甫写他醉酒后炫耀马术时坠马,成为笑柄。"人生快意多所辱",这句诗体现的人性真理,其他诗人写不出来。当知道1000多年以前的杜甫就这样自我解嘲,我们就不会对自己的类似经历自怨自伤。

"传统"并不是恪守死的价值观,而是从过去的文字中寻找新的方式来理解现代的价值观。在过去的很多个世纪里,人们对杜甫的理解发生了很多变化,如今在我们的时代也应该发生变化。对清朝人心目中的那个杜甫,我感到厌烦。(此处指道学"腐儒"对杜甫诗做出的道学阐释。)在杜甫诗全集的约1500首诗中蕴藏着另一个杜甫,对当代读者充满吸引力。

崔莹:你怎样看儒家思想对杜甫诗歌创作的影响?

宇文所安:现代中国读者喜欢相信有一套名为儒家思想的价值观,我看到的却是过去2000多年里,在不同的文化背景下产生戏剧性变化的一系列价值观。

我相信,杜甫之所以伟大,是因为他创作的多样化,而不是因为任何单一的特质。他不仅仅是一位儒家诗人,他是集大成者。或许杜甫在某种程度上服膺一种"唐代版本"的儒家思想,但我总能向学生们展示,他对道教或佛教也同样服膺。

崔莹:请举例说明这一点,以及后世的价值观如何影响人们阅读杜甫。

宇文所安:从宋代诗话的记载来看,晚唐有一部顾陶编的《唐诗类选》,其中有很多杜甫的诗,比如《冬日洛城北谒玄元皇帝庙》(玄元皇帝庙即老子庙)。唐玄宗支持道教,皇室也尊奉老子,所以这首诗的口气充满敬重——在杜甫的时代,赞美老子也就是在赞美大唐王朝。

后来,宋朝人想要一个"儒家的杜甫",所以对这首诗不屑一顾。清朝有些论者不相信杜甫会赞美老子庙,努力在诗里寻找讽刺感。而现代选集一般来说根本不收录这首诗。所以宋代诗话中提到的27首杜甫诗,只有寥寥一两首出现在今天的选集里。

至于杜甫对佛教的赞美,可谓俯拾即是。有兴趣的读者可以特别去看《秋日夔府咏怀奉寄郑监李宾客一百韵》,尤其是其后半部分。这是杜甫最长的一首诗。

2
杜甫诗歌的阶段也就是他的人生阶段

崔莹:你的这部译著是依据清代仇兆鳌《杜诗详注》的顺序翻译的,为什么?你如何评价关于杜甫诗的其他注释本?

宇文所安:需要澄清的是,我没有以仇兆鳌的《杜诗详注》本为底本——它用的版本并不好。我只是依据《杜诗详注》里诗歌排列的顺序进行翻译——它被频繁重印，所以读者看到的很多中文杜甫诗集都按这个顺序排列。这样一来，在看我翻译的杜甫诗集时，读者可以相对容易地参考中文的杜甫诗集。

就在我翻译完杜甫诗全集的同一年（2014年），萧涤非主编的《杜甫全集校注》上市了。它有十二卷，对杜甫诗歌研究贡献巨大，将会成为一部标准的杜集。不过这个项目开始于上世纪70年代，很少详细参考近三四十年的学者研究成果，而且对从宋到清的杜诗研究材料的使用带有偏见。

崔莹：用8年时间翻译杜甫诗全集，你是怎么做到的？你说过，如果要伴随某人8年，这个人一定要是你喜欢的、能让你一直感兴趣的。

宇文所安：这句话出自《哈佛公报》对我的采访。事实的确如此。你可能读某一首诗读过100遍，但是当读到第101遍时，当翻译这首诗时，你可能才突然意识到某一句诗中蕴含的幽默或深度，你突然感受到"听起来"到底是怎么样的，这令人很有成就感——你突然"悟"了。

翻译这部全集，靠的是勤奋工作。无论多喜爱杜甫，翻译他的诗都是一件很辛苦的工作。这8年里，像其他大学教授一样，我不得不备课、讲课、看论文、写邮件。我只有利用节假日、寒暑假和学术假翻译。

崔莹：你曾经说，翻译杜甫的诗歌，最难的是要找到对应的语气，因为杜甫不同的诗有不同的语气。

宇文所安：这一点非常重要。杜甫的诗歌兼备多种风格，他也擅长运用语言，可以轻而易举地把文字风格从典雅迅速转向口语。因为他是杜甫，所以他成了一个"标准"，但是翻译者一定要理解一个唐朝读者"听到"的一首诗是什么样的。在这方面,中国近些年来的语言学研究非常有帮助。

翻译者必须理解诗人的语言游戏,因为它意义深长。

崔莹:杜甫在人生不同时期的写作有不同的风格。对于他不同时期的诗歌,你的翻译风格是否有变化?

宇文所安:我尽力而为。

崔莹:如果让你把杜甫诗歌分期,你会分几个阶段?

宇文所安:我不喜欢分期。杜甫诗歌的阶段也就是他的人生阶段。

崔莹:杜甫诗歌中援引了很多典故。如何让读者理解它们?

宇文所安:典故总是很难处理的。在我发起的"中华经典文库"丛书中,我尝试建立一个系统来解决典故的问题。实际上,很多西方读者也不熟悉西方文学经典中的典故,就如同很多中国读者不熟悉中国文学中的典故。

在这两种文化中,典故最初都是人工化的,而到后来也都被理所当然地接受下来,好像最自然不过。我知道不少西方学生研究了很久中国文学,对中国的典故了如指掌,却并不清楚西方文学中的奥菲斯神话是怎么回事。这就是我们的新世界:人们的见识不是由种族决定,而是由教育决定的。

中国人倾向于认为只有中国才有用典的传统,事实并非如此。中国、印度、欧洲的古典文本中都蕴涵大量典故,一代又一代的老师必须一遍遍把它们教给下一代人。

3
未来会翻译李白、李清照的诗歌全集

崔莹： 在西方世界出版的杜甫诗译本包括查赫的德译《杜甫诗集》，美国译者汉米尔的《对雪：杜甫的视域》和华兹生的《杜甫诗选集》等，你如何评价这些译本？你的译本有何特别？

宇文所安： 这些作者中，只有查赫翻译了杜甫的全部诗歌。他把它们翻译成了德语散文。他翻译得不错，不过他用的底本不够好。其他译本通常只包含基本相同的杜诗。

一般的杜甫诗选集当然包括了很多好诗，但它们总是不断重复一个僵化、无趣的杜甫形象，难怪现在的学生会觉得杜甫的诗很无聊，对他进行各种恶搞。

而这一次出版的是第一个杜甫诗歌全集的英译本，很多诗歌在普通的杜甫诗歌选集中从未出现过。在读完整的杜甫诗全集时，你看到的，是一位比标准选集中的杜甫更伟大的诗人。可以说，他在诗歌中几乎写到所有的题材：他抱怨蔬菜不好，向给他送豆酱的人致谢；他称呼仆人的名字，写诗给他们（那时没有人在诗里这么做——仆人是无名无面目的）；他劝亲戚不要插树篱笆，好让贫苦的邻家寡妇可以打院里的枣……在这些诗里，我们看到了一个活生生的世界里的一个活生生的人。这在唐诗里是独一无二的，在后代诗歌里也是独一无二的。

读到杜甫全部的诗，你会立即明白他为什么独一无二。他活在他的世界里，如同我们活在我们的世界里。不同之处是，他在他的世界里发现了诗。

崔莹：在你的心目中，这部全集主要针对什么读者？

宇文所安：它主要针对那些对中文有所了解但并未完全掌握文言文知识的人。它帮助他们阅读和了解杜甫。最开始，我设想这部书的主要读者是美籍华人和美国的非华裔读者。而我现在发现，有些中国留学生的英文比他们的文言文要好。我希望这部译著对不同的读者都有用处。

崔莹：这本书是你发起成立的"中华经典文库"丛书翻译委员会出版的第一本书。听说你的参考样本是收录希腊文和拉丁文经典著作的洛布古典丛书。为什么想到这样做？"中华经典文库"的其他部分现在进行得如何了？

宇文所安：出版"中华经典文库"一直是我梦寐以求的梦想。在美国，1911年，洛布家族创办了洛布古典丛书项目。当时这个家族赠给哈佛大学一大笔钱，这笔钱每年的利息被用于资助出版希腊文、拉丁文的经典著作英译本（双语对照形式）。希腊文和拉丁文教育逐渐衰落的时候，这套丛书成了欧洲文学传统和文化传统得以延续的重要方式。几年前，墨提家族也赠予哈佛大学500万美元，赞助出版了一套类似的印度文学经典。还有人赞助出版阿拉伯文学经典系列。像其他的悠久文明一样，中国也应该有像洛布、墨提这样的经典英译丛书。

我希望通过翻译杜甫诗歌全集，鼓励出版一套相似的中国文学经典文库。我把美国麦伦基金会给我的杰出成就奖奖金用于这个项目，但它将在一两年内用完，我非常希望能筹集到更多资金。

我们陆续要进行的翻译项目，包括李白、李清照、嵇康、阮籍等人的诗歌全集。等有足够的资金后，我们可以筹划更多长期的项目，比如翻译《资治通鉴》。我们希望最终可以上达先秦，下通明清。

梅维恒 | 鲁迅是世界级的作家

约101万字的《哥伦比亚中国文学史》被西方汉学界认为是中国文学史的经典读本。这部作品的英文版2001年由哥伦比亚大学出版社出版。哈佛大学教授宇文所安曾评价，它"全面呈现了该领域的研究发展状况，为读者了解广大而又复杂的中国文学世界提供了最佳门径"。

这本书的主编，是美国汉学家、敦煌学家梅维恒（Victor H. Mair）。他曾潜心研究敦煌变文20年，被誉为敦煌学大师。他也曾将《道德经》《庄子》《孙子兵法》和《聊斋志异》译成英文。梅维恒是宾夕法尼亚大学亚洲及中东研究系教授。

编《哥伦比亚中国文学史》耗去了梅维恒10年的时间。在该书中文序言中，他写道："希望西方学者的研究方法能对中国读者有所启发，中西方的研究方法要碰撞出火花。"

❶ 编辑这本书历时10年，困难重重

崔莹：为何想到编这样一本书？它针对的读者是哪部分人？

梅维恒：这本书原本是我为我的本科生和研究生们出版的，但它的受众也包括在美国读书的、想了解中国文学史的其他学生。我觉得他们迫切需要这样一本书。在这本书出版前，没有关于中国文学史的特别好的著作。除了一本文学史，其他著作都只是文选。但这本文学史是35年前出版的，有些过时。

当然，我也很希望非中文专业的读者，比如研究日本、韩国甚至欧洲文学的人读这本书，将它作为参考。如果需要了解中国文学史，这本书很有价值。

崔莹：这本书耗时多久完成？经历了怎样的过程？

梅维恒：大概用了10年。我先制订计划，然后联络所有的作者，整个过程困难重重。当时我还不怎么擅长使用邮件，很多联络工作依靠邮寄的信件，要等很久。收到所有手稿后，查看、核对、编辑也花了很多时间。在美国出版学术书过程很漫长：需要同行评议、出版社审稿、排版……即使书的材料都收集齐了，也要好几年才能出版上市。

崔莹：你称这本书的各章作者都是目前各领域的最权威学者。如何挑选出他们？

梅维恒：每年我都会参加很多会议，几乎认识这个领域的所有学者，只要选择其中最优秀的就行，我觉得我也做到了。

作者来自世界各地，大部分是美国人——出版这本书的初衷是为了美国的学生，我希望作者能按照美国的学术标准撰写书稿，他们也得熟悉美国的学术生活。不过，作者也来自其他国家，比如撰写"二十世纪八十至九十年代海峡两岸的小说"章节的马汉茂（Helmut Martin）教授，就是德国汉学家。

崔莹：你如何给每位作者拟定一个写作标准和规范？

梅维恒：这本书并非由很多人策划，而是只有我一个人。在它出版前，我的脑海里已经有了它大致的模样。我会告诉作者需要撰写章节的大致长度，比如每人撰写25—30页。我向他们提供样章，列出要求和提示，指出希望他们着重撰写哪些内容。

《哥伦比亚中国文学史》与《剑桥中国文学史》有明显不同

崔莹：中国文学史如此宏大，你以什么为主线，将其串起来？

梅维恒：以文化为线索，而不是以儒家思想、佛教思想、道教思想，或者以知识分子为线索。我将中国文化视为复杂的、多层面的，编这本书所遵循的主线，是"中国的文化和社会由多样成分构成"。而在过去甚至现在，很多人依然带有偏见地认为，儒家思想、佛教或道教等思想是中国文学史的脉络。这取决于他们各自的立场。

我并不认为中国的文学和中国的文化只是一种"美学",只与美学家有关。我认为,它和日常生活密切相关——比如说,农民是怎么想的。这并非意味着我是一名共产主义者,后者通常关注工人、农民和手工业者的感受。不过,我所理解的中国文学史,以及我所理解的中国文明,要包括中国社会各个阶层、各个部分的文化和文明,要呈现的是一幅完整的画面。

崔莹:得出这样的认识,与你的个人经历有什么关系?

梅维恒:首先,我来自一个工人阶级家庭,我的父亲曾在工厂工作。其次,我以研究敦煌文献开始了最初的学术生涯,当时主要从事古白话研究和通俗文化研究,也可以说是早期民间文学。敦煌文献中,大约5%的内容来自社会精英,95%的内容来自非社会精英——我认为要理解中国文学历史和发展,不能够忽视这95%的人。

崔莹:你称全书的主要目的是揭示中国文学史的核心特征。在你看来,这一特征是什么?

梅维恒:如果了解我,你会知道我非常关注语言问题。我一直在为一个流行的语言学博客"语言日志"(Language Log)写作,主题都和中国的语言有关。我对中国文字和语言的关系,以及这种关系如何影响中国文学很感兴趣。这也是这本书所揭示的中国文学史的核心特征之一。如果你想很好地理解中国文学,首先要了解中国文学作品的创作特征和中国的语言。

同时,也要了解中国文学和某种思想、宗教的关系。儒家思想、佛教、道教,都对中国文学产生了重要影响。另外,《哥伦比亚中国文学史》论述了中国文学和朝鲜、日本、越南文学之间的关系，这些内容是独一无二的。中国的文化并不孤立，而是和周边国家保持着密切联系。换句话说，长城并没有把中国封闭起来。

崔莹：作为主编，你为这本书增加了哪些部分，删除了哪些部分？

梅维恒：我的工作是确保每个章节的完整和流畅，不遗漏任何重要的信息。我在几乎每个章节都有增加的部分，也删改了一些可商榷的部分。我会和作者讨论，直到我们对此都认可。

我也要保证每个章节的篇幅适当。如果我要求对方写35页，结果对方发来45页，我就得把这部分删成35页。删减的过程并不容易，要保留最重要的部分，尽量删掉那些重复的、不太重要的部分。我不会因为自己的喜好和政治观点而故意删除某些部分。我是按照文学本身的特征，删除掉那些繁冗的内容。

当时我没有用计算机，而是在手稿上改写，我的房间里聚满了一堆堆的手稿。有几个章节我不得不自己撰写。比如写"二十世纪八十至九十年代海峡两岸的小说"一章的德国汉学家马汉茂是位天才，但他还没写完就不幸去世，我不得不帮他完成。我不是中国当代文学专家，就请了很多朋友帮助我。

崔莹：和《剑桥中国文学史》相比，在你看来，《哥伦比亚中国文学史》的不同之处主要在哪里？

梅维恒：《剑桥中国文学史》包括两卷，有两位主编（宇文所安和孙康宜），他们的编辑观念和我的编辑观念有不少差别。我希望《哥伦比亚中国文学史》就是完整的一册（《哥伦比亚中国文学史》英文版未分上下卷），一气呵成，在风格上保持一致，可以成为美国高校学生学习中国文学史的教科书。《剑桥中国文学史》更适合学者研究、参考时使用。可以说，《哥伦比亚中国文学史》面对更广泛的读者，《剑桥中国文学史》更专业。

已有的关于中国文学史的著作，从来没有一本像《哥伦比亚中国文学史》。比如很少有人会将中国的民间文学列入中国文学史。在此之前，我出版了《哥伦比亚中国古典文学选集》，将中国的小说、诗歌、戏剧、民间故事、悼文、信件、游记、批评和理论结合在一起，通过局部解析，突出中国文学的显著特征。《哥伦比亚中国文学史》和它一脉相承。

《哥伦比亚中国文学史》中既包括中国文学史中的古典文学，也包括白话文学；既包括精英文学，也包括通俗文学或者民间文学；甚至包括少数民族文学。我希望这本书综合而全面，不只关于精英文学、经典文学。这样做是前所未有的，有革命性。

3
书中未过多强调张爱玲，个人喜欢鲁迅

崔莹：书中有专门一章是"敦煌文学"。你的学术背景和对日文、梵文、藏文的了解，对编这本书有何帮助？

梅维恒：作为敦煌学专家，我应该在这本书中多加些关于敦煌的内容，但我并没有。加入这一章节是合适的，但我并没有过分强调这部分内容。

《哥伦比亚中国文学史》包括55章，是一本很厚重的书，我必须严格、公正、小心翼翼地决定每部分内容的比例。"敦煌文学"一章的作者史密德（Neil Schmid）是我带的博士生，我告诫他，不要过于强调他所擅长的敦煌文学的内容。我希望为了解中国文学史的

读者负责，为他们提供一本全面的、比例适当的书。

崔莹：这本书把中西方诗人做了类比，比如把李白比作文学中的莫扎特，把杜甫的反省沉郁风格比作杰拉德·曼尼·霍普金斯晚期的十四行诗风格，把李贺称为"中国的马拉美"，把韩愈比作斯威夫特。你怎么看作者的这种类比法？

梅维恒：这种类比的坏处是很容易趋于表面化，好处是有助于西方读者了解中国的诗人和中国的文学，特别是当《哥伦比亚中国文学史》的读者没多少关于中国文学的背景时。但这样的类比不宜过多，也有必要指出类比双方之间的共性和差异。

崔莹：这本书在编排上兼取年代与主题，这不可避免地会在内容上造成一些重复，尤其是不同作者之间。比如李清照就既出现在"文学中的女性"一章，也出现在"词"一章。对此你如何看？

梅维恒：中国文学史上有几位大师，比如李清照、苏东坡，我们十分希望西方读者能了解他们。如果只在某一章节提到他们，就不能给人留下深刻的印象。此外，这些大师也是从不同角度对中国文学产生影响的，所以我们就有必要在不同的章节提到他们，以强调其重要性，展示他们的多面性和多才多艺。这也是他们各自的特征。

我还想强调的是，我希望整本书能尽可能连贯紧凑——不是独立的55个章节，而是互相交织在一起，如同一幅大型的挂毯、一幅精巧编织的工艺品。而在不同的章节提到同样的文学人物，有助于此。

崔莹：夏志清在《中国现代小说史》中以很大篇幅高度评价张爱玲，为什么你没有，只简单提及？

梅维恒：我认识夏志清，和他很熟。夏志清很聪明，他时常持有很鲜明的观点。我想说的是，他非常喜爱张爱玲，但也许可以说他太多地强调她，几乎将张爱玲塑造成了女神。

张爱玲所处的历史阶段、生活的地点都比较特别。她是一个乖僻的人，与世隔绝，她没有融入中国的主流，而囿于自己的角落。夏志清对张爱玲用过多的笔墨是他个人的喜好，但我们不能依靠某一个学者的观点来评价某一个作家。所以，我没有在书中过多地强调张爱玲。

写那部分的作者是马汉茂。在那个章节中，要提及海峡两岸不同的文化，涉及很多作者，在这些作者中，张爱玲并非"巨人"。因此，我并不觉得没有更多地提她会不合适。

崔莹：书中给了鲁迅不少篇幅。你如何评价鲁迅？

梅维恒：鲁迅是我最喜欢的现代作家。他没有写过一部长篇小说，但他是短篇小说天才，也是杂文写作的天才。他是世界级的作家。

崔莹：几年前，在中国文化界出现了一个风波。媒体报道，德国汉学家顾彬说"中国当代文学是垃圾"，引起热议，后来顾彬指责媒体断章取义，称自己说的只是某三位作家。不过，顾彬对其他许多中国当代作家的评价也确实不高。作为《哥伦比亚中国文学史》的主编，你如何评价中国当代文学作品的水平？

梅维恒：我也怀疑顾彬是否说过这样的话。顾彬是很戏剧化的人物，也许他说过类似的话，在他喝醉的时候。（笑）

在中国当代，存在不同种类的文学作品。我认为，当作者变得政治化时，他的作品也就凋萎了。中国最好的作者是那些远离政治影响、避免政治干涉的，比如王朔。

我很喜欢王朔，他有时使用"污秽"的语言，他的作品被认为是"流氓痞子"文学，但他的作品是鲜活的。这样的作品怎么可以是垃圾呢？我肯定不会做出"中国当代文学作品是垃圾"的评价。我们需要把这样令人兴奋的作品更多地译成英文。

艾超世 | 洪秀全早年珍贵文献仅藏于剑桥

剑桥大学图书馆是世界上规模最大、历史最悠久的图书馆之一。其馆藏中文文献的历史颇为悠久,到2019年,已有387年历史。这里的中文部藏有大量珍贵的古代甲骨文献和太平天国运动史料,因此被称为世界上最好的中文图书馆之一。

其中文部负责人艾超世(Charles Aylmer)已经在这里工作了30多年。他曾在北大留学,说一口流利的汉语,能辨识所有的甲骨文。除了完善可检索浏览具体内容的中国丛书目录,他同时主持了中文部数字图书馆项目,将中文部所藏重要文献资料数字化,让世界各地的读者足不出户就能一览无遗。艾超世对中文部的藏书史如数家珍。

❶ 中文部的珍品从何而来

崔莹：剑桥大学图书馆中文部的规模有多大？它在剑桥大学图书馆的地位是怎样的？

艾超世：剑桥大学图书馆共有800万册藏书，其中，中文部有50万册中文书（包括30万册实体书和20万册电子书）。

整个剑桥大学图书馆包括28个部门：法语藏书部、德语藏书部、日语藏书部、期刊部……我们中文部的员工总共有"一个半"：一个是我，全职；一个是我的助手，兼职。是不是很不可思议？所以我们一直都在很努力地工作。

崔莹：剑桥大学图书馆中文部的收藏主要分几阶段？

艾超世：剑桥大学图书馆最早于1632年获得第一本中文书。那是明代《丹溪心法》中的一册，由白金汉公爵乔治·维利尔斯赠送。

第一批大量捐赠的中文藏书来自威妥玛爵士，包括883部著作，4304册书。这些书覆盖清朝廷礼仪、政治、法律、外交等领域，有很多珍品，如清初抄本《明实录》、清抄本满文《养正图解》和明刊孤本《异域图志》。

二战之后，中文部的藏书量迅速增长，包括大量詹姆斯·骆克哈特爵士（曾任威海卫行政长官）的赠书。1949年，中文部用政府拨款购买了10000多册中文书。后来中文部又获得3000种《美国国会图书馆摄制北平图书馆善本书胶片》，以及大英图书馆、巴黎法国国立图书馆和北京图书馆所藏敦煌中文文书的全套微型胶卷。

1952年，金璋（Lionel Charles Hopkins，英国驻华外交官、汉学家）赠给中文部800余片甲骨——这些甲骨是世界上现存最古老的中文文献资料。中文部还藏有5000册《钦定古今图书集成》。这些书是光绪在1908年送给伦敦中国协会的礼物，该会将它们存放于本部。

1986年，中国政府送给中文部4468册书。1988年，台北故宫博物院送给中文部一套500册的《景印摛藻堂四库全书荟要》。2009年，时任国务院总理的温家宝送给中文部包括20万册电子书的《中华数字书苑》。这是近年来中文部获得的最大馈赠。

崔莹：在你的讲述中，有几段故事很有意思。具体来说，你们收藏的第一本中文书（明版《丹溪心法》中的一册），是怎么从中国来到英国的？

艾超世：它的捐赠者白金汉公爵是英国国王詹姆士一世的好朋友。1626年，34岁的白金汉公爵被任命为剑桥大学校长。两年后，他遇刺身亡，后来他的妻子把他的全部藏书捐赠给剑桥大学图书馆，其中包括这本中文书。

白金汉公爵为什么藏书？我认为他并不喜欢学术，只希望显得有学问。他让助手从荷兰买进一批书，《丹溪心法》是其中之一。当时很多荷兰人航海到中国，带回很多中文书，这本书也在其中。他们看不懂中文，仅仅知道这是本中文书。

有意思的是，被收进剑桥大学图书馆后，馆员并未意识到这是一本中文书。直到200多年后的1919年4月，这本书才在馆员整理图书目录时被识别出来。

崔莹：在白金汉公爵之后，威妥玛捐赠的中文著作、手稿和私人信件，构成了剑桥大学图书馆中文库藏的基础。他的这些藏书有什么特点？

艾超世：威妥玛在剑桥大学上过3个学期课，后来随英军到了中国，并在中国生活了40多年，成了英国驻华公使。1886年，他将自己的藏书捐赠给剑桥大学图书馆，他也成为剑桥大学首位汉学教授。

他捐赠的这批书有4304册，包括《钦定二十四史》《文献通考》《通典》和《异域图志》等。他的继任者——剑桥大学的第二位汉学教授翟理斯形容，这批书是"关于中国文学重要流派的最杰出的作品"，经过"明智的挑选"，是"最好的版本"。翟理斯将这些书整理后编印了《剑桥大学图书馆威妥玛文库汉、满文书目录》。

崔莹：中文部还藏有大量太平天国文书。它们有何学术价值？

艾超世：它们也是威妥玛爵士捐赠给剑桥大学图书馆的。这些文书非常珍贵——太平天国运动失败后，清政府将太平天国刻印的书籍全部销毁，流传下来的寥寥可数。

文书中的《太平天日》，是现在记述洪秀全早年活动的唯一存世资料。书中记载了洪秀全的幻觉：和基督教传教士见面，然后"升天"，被赋予拯救中国的使命……书中也描述了1844年—1847年洪秀全在中国南方活动的经历。学者可以据此了解太平天国运动的起源。

崔莹：甲骨也是剑桥大学图书馆中文部的重要藏品。捐赠者金璋和后来的学者对它们进行过什么研究？

艾超世：被农民发现时，有些甲骨并不带字。但收藏者只对有字的甲骨感兴趣——当时有字的甲骨收购价是1个字1两白银。为了多卖钱，农民就在甲骨上刻字。现在我们可以认出哪些字是后加上去的了。在我们收藏的800余片甲骨中，有622片是真品。

金璋用了44年研究甲骨文，并在《皇家亚洲学会学刊》发表了40多篇相关论文。但这些论文的价值并不高——他当时没能认出哪些甲骨文是真的，哪些是假的。

1982年，中国社科院历史所的甲骨研究员齐文心女士来到英国。她调查了所有的甲骨公私收藏机构，制作了拓片。后来，她和李学勤、艾兰教授合作出版了《英国所藏甲骨集》。这本书第一次详细介绍了金璋收藏的甲骨。她还为图书馆拍摄了录像，展示如何制作拓片。

❷ 李约瑟根据中文部藏书写成《中国科学技术史》

崔莹：在你看来，剑桥大学图书馆的中文藏书给英国的汉学研究带来了怎样的影响？

艾超世：很多重要的汉学研究著作是依托我们的资料写成的，比如李约瑟的《中国科学技术史》。当然，李约瑟本人也有些藏书，但和我们的比就相形见绌了。

另一个例子是《剑桥中国史》。这套西方研究中国历史的著作极具影响力，写作时也主要用了我们的藏书。

崔莹：同大英图书馆、牛津大学图书馆的中文库藏相比，剑桥大学图书馆中文库藏的主要特点是什么？

艾超世：就藏书量而言，牛津大学图书馆和剑桥大学图书馆旗鼓相当，大英图书馆的要少些。就内容而言，牛津大学图书馆和剑桥大学图书馆的中文藏书差不多，而大英图书馆倾向于采购与敦煌有关的历史书，现当代的书不多。

三大图书馆最主要的区别是，在牛津图书馆和大英图书馆借阅中文书很不方便。牛津大学图书馆的大部分中文藏书并不藏在馆内，而是在离牛津有50英里远的斯温顿镇，牛津总部只藏有约5000册中文书。大英图书馆的中文书也大都藏在西约克郡的波士顿温泉区书库。而在我们这儿，所有中文藏书都在馆内，读者马上就能看到，还是开架借阅。假如是珍藏本，也可以委托工作人员找到，然后在指定的阅览室阅读。如果是一些脆弱的古旧资料，我们会建议读者先看它们的微型胶卷和再版书。

崔莹：三家图书馆的中文部是否存在竞争关系？

艾超世：剑桥大学和牛津大学一直都在竞争，比如牛津剑桥赛艇对抗赛，但两馆的中文部却是合作关系。比如中国的一些数据库非常昂贵，我们就一起买。此外，我们也互相借调对方的书。

大英图书馆是国家图书馆，我们大学性质的图书馆通常不和它合作。

崔莹：除捐赠外，中文部收藏图书的资金从哪里来？

艾超世：每一年，剑桥大学图书馆会给各部门下拨采购资金。这些信息是公开的，可以在学校网站上找到。

3
部分藏品正在陆续数字化

崔莹：剑桥大学图书馆中文部开始在网络上开设数字图书馆，展示珍藏的中文文献资料。为什么这样做？

艾超世：剑桥大学数字图书馆项目开始于2010年，第一件被数字化的藏品是牛顿的手稿。2014年，达尔文的手稿也被数字化。这两个事件给学校带来很多正面反馈——人们都很期待看到两位科学家的手稿。

随后，剑桥大学图书馆开始鼓励各部选择可以数字化的藏品。我负责挑选数字化的中国藏品。目前中文部已数字化的藏品有19件。这只是开始。

崔莹：这个项目遇到了挑战吗？

艾超世：是的。第一个挑战是资金。对图书进行高清数字化的仪器价格昂贵，专职人员的待遇也不菲，我们需要更多的资金。举个例子，明末清初胡正言编辑的《十竹斋书画谱》是中文部首推的数字化藏品，但将其数字化就用了两周时间。

如何准确地介绍藏品，也是一个挑战。《十竹斋书画谱》包含诗和画，诗多为草书，很难辨认，一些图章也很难懂。很多不清楚的地方，我只能打个问号，也许有些读者可以帮忙辨认。

崔莹：所有藏品都会被数字化么？你会优先选择哪类藏品数字化？

艾超世：我们并不打算将大多数藏品数字化，因为它们是普通图书，而且大都有了电子版。

我数字化的原则是：这个藏品一定是有代表性的、独一无二的。具体来说，我先从网上了解其他图书馆和组织是否已将类似藏品数字化，有就不再重复。接下来，我会数字化那些非常漂亮的藏品。对于它们，人们不用懂中文也会喜欢。此外，中文部藏有300多件手稿，尽管有些不怎么好看，但科研价值很高，所以有必要先数字化。最后，一些孤本也是我优先考虑的对象。

崔莹：中文部的数字图书馆开设半年来，外界有什么反馈？

艾超世：包括BBC、CNN在内的世界各大媒体都报道了我们的项目。一些艺术网站也对这些藏品感兴趣，进行了转载。

崔莹：剑桥大学图书馆600周年生日特展，除了展示甲骨，还会展示哪些中文部藏品？

艾超世：还会展示《佛说大乘观想曼拏罗净诸恶趣经》。这部佛经印于1107年，是中国僧人法贤译成，用木版雕刻术印制。这一技术比欧洲最早的印刷术——古登堡印刷术早200多年。

除了以实物展庆祝剑桥大学图书馆600周年生日，我们还会举办"虚拟展览"，即用3D技术在网上呈现展品。中文部的清抄本满文《养正图解》是虚拟展品之一。这本书非常漂亮，我已经写好所有注解，就等着开展了。

❹ 曾去北京琉璃厂淘书

崔莹：从上世纪80年代开始，你就在剑桥大学图书馆工作。之前你曾在北大留学，这段留学经历是否影响了你从事现在的工作？

艾超世：我11岁时就开始对中国感兴趣了，因为我喜欢汉字，喜欢中国书法。我也喜欢图书馆。20世纪70年代末期在北大留学时，我基本上每天都去北大图书馆，在那里读了很多书。我在北大读的是古文字学，我也对甲骨文很感兴趣，认识所有的甲骨文。剑桥大学图书馆中文部收藏着世界上最好的甲骨，我可以在这里尽情探索。

此外，在采购图书的过程中，我可以接触各种各样的中文书，了解中国的方方面面。这是一份非常有意思的工作。

崔莹：有哪些中国客人造访过剑桥大学图书馆中文部？

艾超世：有据可查的最早到访剑桥大学图书馆的中国客人是载泽。清政府派他来英国考察时，他参观了剑桥大学图书馆中文阅览室，并在《考察政治日记》中描述："所藏中国书一室，有七经、廿四史、诸子集之属，云为前驻华公使威妥玛所赠。"

后来，中国驻英国大使查培新、傅莹和中共中央政治局委员刘延东等，都曾访问剑桥大学图书馆，参观中文部。令我印象最深的接待经历是1999年中国国家领导人江泽民的到来。我向他展示甲骨，他非常感兴趣，问了我很多问题。

近年来，越来越多的中国人来这里看书，有学者，也有中国学生。后者主要是在剑桥大学读书的中国学生，他们来自包括化学系、物理系在内的各个院系，因为个人兴趣来这里看书。我们很开心接待这样的读者，因为我们的目的就是为读者服务。

崔莹：你个人喜欢藏书吗？平时主要会看哪类书？

艾超世：我有三四千册中文书，其中有很多北大留学时买的中文书。那时我经常去北京琉璃厂的中国书店，那里卖很多民国时期的书，我买了500多本。我还有各种各样的中国字典。我尤其喜欢关于中国历史的书。

崔莹：翟理斯在中西文化交流中发挥了重要作用，而你根据第一手资料写过《翟理斯的回忆录》。这些资料是翟理斯捐赠给剑桥大学图书馆的吗？

艾超世：在一次拍卖会中，我偶然发现了翟理斯的手稿。我以剑桥大学图书馆的名义购买了这些资料，并根据它们写了《翟理斯的回忆录》。

可惜的是，翟理斯没有把他的藏书和手稿捐赠给剑桥大学图书馆——在晚年，他和剑桥大学就退休金问题产生了争执。去世后，他的藏书大都被出售，有些被美国的国会图书馆收藏。

白馥兰 | 李约瑟的科技史太拔高中国文明？

"我是女性主义者。"白馥兰对我说。从这句话你就可以理解，她在1984年写完《中国科学技术史》农业册后，为何坚持册子只署自己的名字，而非与主编李约瑟联合署名。

由英国著名科学史家李约瑟耗时近50年编著的《中国科学技术史》，第一次向全世界系统介绍了中国古代光辉的科技成就，成为全世界中国科技史研究的里程碑。这套巨著的中心论题，即著名的"李约瑟难题"："尽管中国古代对人类科技发展做出了很多重要贡献，但为什么科学和工业革命没有在近代的中国发生？"

当时参与写作《中国科学技术史》的年轻学者很多，如唐立、孟泽思、卜正民、柯玫瑰，不少人后来走上了汉学研究道路。白馥兰则选择了社会人类学，开始研究科技与社会、政治之间的关系。不过，几乎在每本专著中，她都会提到李约瑟的名字。

但尽管视李约瑟如师如父，在学术问题上，白馥兰毫不妥协。在充分认可《中国科学技术史》对中国和世界的贡献后，白馥兰指出，书中一些内容已过时，"李约瑟难题"是个伪问题。

❶ 受李约瑟邀请参与《中国科学技术史》写作

崔莹：你是怎么认识李约瑟的？

白馥兰：我们第一次见面是在伦敦英中了解协会（SACU）组织的活动中。那是1965年的一天，我去听他的讲座。去听的都是对中国感兴趣的人。李约瑟对年轻人特别友善，不仅喜欢和他们讲话，还会记住他们。后来我到剑桥读书，仍不断收到李约瑟组织的聚会的邀请函，这大概也和我学习中文有关。（白馥兰在剑桥学了一年理科，后转学中文。）

崔莹：李约瑟是怎样一个人？

白馥兰：他是很有魅力的男人。他一出现，就连树上的鸟儿也会被他吸引下来，围着他唱歌。他喜欢记笔记，会把笔记记在晚宴菜单、火车票或随便一张纸片上。在剑桥大学李约瑟研究所，有一个个装满了他笔记的盒子。

他是很好的交谈对象，会认真听对方讲述他们感兴趣的话题。他是很棒的导师和顾问，能给你启发。

崔莹：据你所知，李约瑟为什么想写《中国科学技术史》？

白馥兰：李约瑟是一位优秀的生物化学家。上世纪30年代，3名来自中国的研究生和李约瑟一起工作，李约瑟问："中国有这么辉煌的历史,是否在科技上有很多成就?"中国学生回答:"当然。"李约瑟就开始关注这个问题,而且上了瘾。

李约瑟本人信仰马克思主义,是一群马克思主义史学者中的一员。除了他,生物学家荷尔登(J.B.S. Haldane)和贝尔纳(J.D.Bernal)也深受马克思主义观点的影响,认为科学是社会的产物,每个社会都有自己的科学;科学是人类文明的一部分,并非仅仅诞生于有优越感的西方学者头脑。

李约瑟决定为中国科技史"正名"。抗日战争期间,他来到中国的甘肃和重庆等地,支持战时中国的科学研究。在这一时期,李约瑟几乎向遇到的所有人谈论自己写书的想法,对方会推荐一些报刊和书籍,或告诉他哪里可以收集资料。他回英国后,就全身心地投入这个项目。他是凭着一腔热情开始的。

崔莹:你是怎么参与到这个项目中来的?

白馥兰:本科毕业,妈妈说:"你学了理科,也学了中文,该去问问李约瑟未来你该做什么,他一定会给一些好建议。"我就去了。

他说:"正好,我们刚要组织人撰写《中国科学技术史》,还没有人写农业册,你愿意写吗?"我说我对农业一点不懂。他说:"你可以学啊!"一周后,我就坐在他的办公室,和他一起工作了。

❷ 力争单独署名权并首获成功

崔莹:写农业册时,你是否按李约瑟要求的思路来?

白馥兰：写这本书时，我注意到一些由不同因素导致的变化，比如文化导致的景观变化。我通常会渐进式地思考。但李约瑟不这样——他把学识分门别类，归纳成不同的主题和次主题，然后据此写作。

写农业册之前，李约瑟给我一个清单，上面列着需要写的名目（当时他对农业不怎么感兴趣，对医药和炼丹术特别感兴趣）。当意识到我想写的和他的要求不一致时，我告诉他，我把单子上的名目改了，他说好。

我看过一些中国的农书，发现它们的结构很值得借鉴，就问李约瑟能否采用农书的结构。他回答："可以啊，多么好的主意啊。"他根本不干预我的写作，会看我写的东西然后说："写得很好！"

崔莹：当时参与《中国科学技术史》写作的还有很多年轻人。

白馥兰：李约瑟将一群充满热情和才华的年轻学者聚集到了一起，他们为《中国科学技术史》的撰写贡献了各自的力量，也受到这个项目的启发和鼓舞。这些人中，后来最出色的是加拿大学者卜正民（Timothy Brook），他是研究明朝和耶稣会的专家。其余的汉学家包括唐立（Christian Daniels）、孟泽思（Nicholas K. Menzies）和柯玫瑰（Rose Kerr）等。

崔莹：《中国科学技术史》由很多人协助撰写，但有些人并没有署名。听说你也是通过力争才获得署名。

白馥兰：当时我的先生开玩笑说："你可不能让李约瑟得逞！"可能李约瑟没怎么想过这个问题。他可能认为大家是一个团队，而他是一名科学家——在科研工作中，通常都由首席研究员署名，无论他是否参与具体工作。

但对人文学科而言，情况就不同了。事实是，这册书完全是我一个人写的，李约瑟没有写，不该是李约瑟单独署名，或李约瑟和我联合署名。应该只署我一个人的名字。我不得不去争取这个权利，而且我成功了——我是第一个在《中国科学技术史》的分册中只署我一个人名字的作者。在我"破例"后，后来的作者也这样署名。

崔莹：听起来是很棘手的一件事。

白馥兰：当然。当时有一种说法："你们这些年轻人，就想利用李约瑟的项目让自己出名！"

崔莹：之后你是否和李约瑟有更多的交流？

白馥兰：在完成那册农业书之后，我们反倒成为更好的朋友了，彼此也没有什么不愉快。

我很爱李约瑟，他就像是我的父亲。每次去剑桥，我一定会去看他。1997年，我的书《技术与性别：晚期帝制中国的权力经纬》出版，在书的首页，我写了"将这本书献给李约瑟"。不幸的是，当时李约瑟已经去世。

3
"李约瑟难题"是个伪问题

崔莹：《中国科学技术史》第一卷是1954年出版的，那时的东西方世界如何看待李约瑟和他的书？

白馥兰：李约瑟为中国的科技文明史"平反"，中国人都很高兴。他的研究也有了特殊的政治意义：他对中国科技史的认可，和中国希望本国的科技发展史被世界认知的愿望完美结合在一起。但严谨的中国学者对这套书抱着"一分为二"的态度,既有认可,也有质疑。

而在之后的很多年,美国都拒绝李约瑟踏上美国国土——他被视为"危险的共产主义煽动者"。

在欧洲呢?学者们常常带有批判精神,但普通大众都感到很开心,甚至惊喜。李约瑟是非常棒的作者,知道如何吸引读者对科技史产生兴趣。当时关于《中国科学技术史》第一卷书的书评里,这本书被认为是继弗兰西斯·培根和亚里士多德的作品之后最杰出的读物。这让一些平时对科技史或中国不感兴趣的读者也开始读这书。

崔莹:在让西方大众理解中国方面,李约瑟的《中国科学技术史》起到了很积极的作用。

白馥兰:是的。北京2008年奥运会开幕式上展现了中国古代科技文明,尤其是"四大发明"。弗兰西斯·培根在他的著作中提到过这些发明,但他不知道它们从哪里来。

这样看来,李约瑟采用了一个"讨巧"的概念——他首次提出"四大发明"的说法,称这些巨大发明都来自中国。他帮着推广了这"四大发明"。

《中国科学技术史》让李约瑟一举成名,他对自己的研究出发点和研究框架从未更改过。假如有人批评他的观点,他会毫不犹豫地和对方辩驳。

崔莹:在20世纪50年代之后的大多数西方学者看来,《中国科学技术史》对中国古代文明的介绍是客观的,还是过分拔高的?

白馥兰:这取决于哪个时期。上世纪80年代到90年代初,有整整一代研究中国问题的西方学者对李约瑟的项目充满怀疑。他们认为,"科学技术"主要是西方人对科学、知识和价值等的观点,中国没有对应的词汇。很多人攻击"李约瑟难题"，也攻击李约瑟的马克思主义历史研究框架。

在今天，大多数严谨的学者会认为，书中的细节很重要，很令人兴奋，很有揭示力，但是有些内容已经过时，尤其是关于早期现代中国植物学和物理学的内容。

他们还认为，李约瑟所提出的"渐进式地迈向现代化"的观点是错误的。"渐进式地迈向现代化"观点认为，人类社会是不断进步的，文明的演进最终将百川归海，所有社会都会逐渐达到"现代化"的目标。

崔莹：也就是说，"李约瑟难题"是个伪问题？

白馥兰：是的。"李约瑟难题"问的是为什么中国没有出现科学革命和工业革命，言外之意是，欧洲人认为自己是文明和先进的；非欧洲人是落后的，不具备足够的智慧和社会常识。这种观点将西方近代科学的成就作为潜在的参照标准。

这样思考会导致：一、将中国科技文化的发展情况和西方近代科学的各学科作比较，却令双方都脱离了各自的文化和历史背景。二、把科学革命和工业革命作为人类进步的一种自然结果，以欧洲经验作为判断中国发展的依据，武断地认为任何偏离都是失败。

我们不能忽视的是，李约瑟的第一卷《中国科学技术史》出版后没多久，欧洲历史学家自己都开始质疑欧洲的工业革命和科学革命算不算革命。也就是说，"李约瑟难题"的参照物本身都可能有问题。

当然，通过设问"为何资本主义没有在早期现代中国发生""为何中国没有发展西方模式的工业"，我们也能了解很多关于中国社会的情况。但就中国而言，这并非是有效的研究历史的方法。

❹ 从性别视角研究古代中国

崔莹：李约瑟去世后，《中国科学技术史》的出版情况如何？

白馥兰：目前《中国科学技术史》共出版了7卷，每卷包括数个分册（3册或6册），有些卷册至今仍在编撰出版中。李约瑟去世后，这个项目由剑桥大学李约瑟研究所负责。

崔莹：目前西方世界对中国科技史的研究状况如何？

白馥兰：学者们不再对探寻人类进步的某些事实感兴趣，而是对"某种事实为何发生、如何发生在这样的社会和历史背景下"感兴趣。越来越多的哲学史、文化史和宗教史学者采用这样的视角。

我注意到，有些学者开始采用新方法研究中国科技史，并获得认可。比如德国汉学家薛凤（Dagmar Schafer）教授的著作《工开万物：17世纪中国的知识与技术》，研究的是宋应星和他的《天工开物》。这本书获得了美国科学史学会的辉瑞奖和美国历史学会的费正清奖。

在过去，如果你写关于中国科技的书，关注的人非常有限——研究中国问题的学者和研究科学的学者都不会读。但是现在不一样了，研究中国科技史的学者越来越有成就感。

崔莹：你的《技术与性别：晚期帝制中国的权力经纬》一书曾在中国出版，它关注的是从宋代到清代中国传统社会中的女性技术。这一研究方向是从《中国科学技术史》农业册延伸的吗？

白馥兰：在《中国科学技术史》农业册中，我并没有采用性别的视角。写完那册书后，我在马来西亚做了1年田野调查，和农民生活在一起，看他们如何种地，如何做决定，观察国家政策对他们意味着什么。我对科学技术与社会、政治的关系越来越感兴趣。我对人们日常生活中使用的"科学技术"也很感兴趣，比如女性如何操持家务。

后来一位同事（她是女权主义者）对我说："你也可以研究中国女性。"受其影响，我开始以性别为研究视角，完成了《技术与性别：晚期帝制中国的权力经纬》。我选取家庭生活空间、女性的纺织生产、生育三方面研究。这是女性主义史学研究的一部分，美国学者苏珊·曼（Susan Mann）也在做类似的事情。

我还对大米研究感兴趣。我主编的《大米：全球网络和新历史》由剑桥大学出版社出版。它是我1986年著作《大米经济：亚洲社会的技术和发展》的"续篇"，其中有两个章节从社会人类学角度，分析大米在中国历史发展中的地位与作用。

世界史

克里斯·威廉斯 | 英国学者谈漫画里的政治

追溯历史,政治漫画在欧洲历史上发挥着特殊的作用。而战争期间所诞生的漫画,一直是历史学家们津津乐道的话题。英国卡的夫大学历史、考古和宗教学院院长克里斯·威廉斯(Chris Williams)教授是研究"漫画一战"的专家。他接受我的采访,介绍了英国战争题材漫画的创作和发展,并解析了英国历史上最著名的几幅战争题材的漫画。

❶ 战争漫画是"鼓动和宣传"?

崔莹：在英国，战争题材的漫画主要是谁创作的？有何用处？

克里斯·威廉斯：它们通常刊登在评论员文章旁，是报纸对某事件评论观点的一部分。大多数漫画家和报纸编辑的观点、政治立场一致。

多数在一战期间创作的漫画家没有去过战场，没有第一手资料，对战情、战况也不是很了解。我想，他们和普通市民没有多少区别，通过读报纸了解战情，创作漫画。报纸编辑会告诉漫画家要画的内容；有时候，漫画家会根据编辑的意图创作很多漫画，编辑从中挑选。也有一些独立的漫画家随意创作。

崔莹：不同的报纸，所刊登的漫画政治立场也不同？

克里斯·威廉斯：各报之间存在很多差异，有的报纸是坚定的右翼，有的报纸兼容并收，但当时它们对战争的态度基本是一致的：反战、呼吁停战的基本没有（但是有报纸建议和平谈判）。无论左翼还是右翼漫画师，其作品都谴责德潜艇攻击协约国商船，谴责德国齐柏林飞艇轰炸伦敦。

崔莹：有人认为，这些漫画是"鼓动宣传"，你认为呢？

克里斯·威廉斯：显然，有些漫画是鼓动和宣传，用来说服读者或者影响舆论。最能说明这一点的是，在1917年美国参战前，为说服美国加入协约国，很多报纸的漫画以德国"无限制潜艇战"（德国潜艇可以事先不发警告，任意击沉任何开往英国水域的商船）为主题。这些信息给美国总统决定是否参战提供了参考。毫无疑问，这类漫画是起鼓动宣传作用的。

崔莹：这类鼓动宣传并非来自英国政府，而是来自报纸自身。

克里斯·威廉斯：一战期间，英国政府也有一些鼓动宣传，但是这类漫画不算。因为报纸做的事情并不由政府买单。民间和政府的意见一致，并不意味着这是政府鼓动宣传的结果，两者没有因果关系。漫画通常是报纸编辑或漫画家观点的产物，同时，它们的创作也考虑了报纸读者的喜好。

2 幽默地面对战争

崔莹：你研究战争题材的漫画多年，最近在研究哪些漫画家？

克里斯·威廉斯：目前，我正在研究的是著名的威尔士漫画家斯塔尼福思（J. M. Staniforth），他为《卡迪夫每日新闻报》《西部邮报》和《世界新闻报》画漫画。

他的创作从19世纪90年代一直持续到20世纪20年代。这也是英国各大报刊载漫画的黄金时期。30年间，斯塔尼福思的漫画几乎出现在每期《世界新闻报》的头版位置。他是很独立的漫画家，创作了1300多幅一战主题的漫画，它们多带有政治寓意，不怎么幽默。比如《英国人绝对不会成为奴隶》（Britons Never Shall be Slaves）和《无效率的枪炮》（The Inefficient Gun）等。

崔莹：以战争为题材的著名漫画家还有哪些？

克里斯·威廉斯：比如布鲁斯·班斯法瑟（Bruce Bairnsfather），和其他大多数漫画家不同的是，他是一名士兵，参与过一战。他画的关于军队生活的漫画最先在《旁观者》杂志发表，立即获得成功。在二战中，布鲁斯·班斯法瑟成为军队专职漫画师。

他的漫画政治性并不强，大多数是关于普通士兵的遭遇和生活体验，关于战争的疯狂，以及普通人身处战场所经历的荒唐愚蠢的故事。这些作品充满幽默、智慧和讽刺，并没有直接动员什么或攻击谁。它们给士兵枯燥乏味、黑暗的生活带去很多快乐。

他的漫画帮助人们了解这场战争。作家、诗人和艺术家会以不同的方式对待"战争"这个主题，布鲁斯·班斯法瑟的方式是"幽默"，这大概也是一种英式文化：置身于外，通过轻描淡写、含而不露的幽默表现自己的态度。

崔莹：布鲁斯·班斯法瑟创作的漫画人物中，最著名的是"老比尔"。

克里斯·威廉斯：老比尔是一名老士兵，他留着八字胡，见多识广。他在一战中度过很多难熬的日子，但是他能伸能屈、乐观、斗志顽强，拥有不动声色的幽默。虽然他看上去并不聪明，但实际上聪明过人。他在漫画中的主要任务是应付各种各样的难题。

3
漫画家预测到二战

崔莹：战争题材漫画中，约翰·布尔（John Bull）也是很有名的形象。

克里斯·威廉斯：这个形象源于1727年，苏格兰作家约翰·阿布斯诺特写的讽刺小说《约翰·布尔的生平》。主人公约翰·布尔是一个头戴高帽、足蹬长靴、手持雨伞的矮胖绅士，为人愚笨高傲。后来，他成为英国人自嘲的形象。在一战中，约翰·布尔个性坚定、敦厚，为人可靠。

在维多利亚时代、爱德华时代和一战期间，在漫画中使用某一形象代表一个国家非常普遍。除了约翰·布尔，还有人用不列颠尼亚（Britannia）女神、用狮子和斗牛犬等动物代表英国。

此外，人们通常用恺撒（Kaiser），偶尔也用德国女性吉曼尼雅（Germania）来代表德国。刻板化的德国人形象则是：一定有络腮胡，一定带着一串香肠。有时人们还用达克斯狗（一种短腿长身的德国猎犬）或老鹰代表德国。人们用小公鸡代表法国。

崔莹：能介绍一些著名的战争题材的漫画么？

克里斯·威廉斯：《我们的小战争之一》（*One of Our Minor Wars*）是布鲁斯·班斯法瑟的代表作之一。图中，两名士兵躲在战壕里，周围枪炮轰鸣。一名士兵对另外一名士兵说："好吧，如果你知道哪里有比这更好的地方，那赶紧去吧！"言外之意，他们已经位于最好的位置。他们蓬头垢面，没有头盔，步枪就横在面前。他们所有的注意力都放在求生上，而不是搏战。

崔莹：它自嘲了英军备战不充分。

克里斯·威廉斯：布鲁斯·班斯法瑟的另一幅著名的漫画叫《我们又得去修战壕了》（*There goes our blinkin' parapet again*）。在这幅漫画中，"老比尔"和一个士兵坐在简陋的防空洞里，旁边随意搁置着沙袋和几块钢板，不远处的战壕被炸毁，空中扬起被炸飞的杂物。它要表达的是，因为长久处于危险境地，战士们已经麻木得不再考虑自己的安危，只关心修战壕的问题。漫画中的士兵抽着烟斗——在当时，烟草是士兵很大的慰藉。

崔莹：士兵们看到这类漫画，可以苦中寻乐。

克里斯·威廉斯：是的。关于战士抽烟的漫画，还有一幅非常有名。它的作者是威尔士漫画家波特·汤玛斯（Bert Thomas）。漫画中，一名准备赶赴前线的英国士兵正从容不迫地站在那里点烟斗，漫画说明是："等一下，恺撒。"（Arf a Mo' Kaiser.）"恺撒"指德国士兵。言外之意，英国士兵胸有成竹。这样的漫画就很幽默。

崔莹：被视为敌人的德国士兵是怎样的形象？

克里斯·威廉斯：比如这幅《勇敢的比利时》（*Bravo Belgium*）。画中，一名比利时男孩目光坚毅，毫不畏惧地站在一名凶恶的德国士兵前。为什么断定这个人是德国人？因为他留着络腮胡，叼着大烟斗，身上挂着一串德国香肠。小男孩背后的栅栏上写着"不准通行"。这幅漫画表现的是比利时人不畏德兵，保卫家园。

崔莹：真实人物会被画进此类漫画么？

克里斯·威廉斯：会，比如这幅很多人所熟知的维尔·戴尔森（Will Dyson）的漫画《和平和未来的士兵》（*Peace and future canon fodder*）。1919年，巴黎和会召开，漫画中的人物有法国总理克里蒙梭、美国总统威尔逊、英国首相大卫·劳合·乔治和意大利首相奥兰多。漫画中还有一个裸体哭泣的孩子，旁边写着"1940年的课堂"（1940 Class）。克里蒙梭（昵称"老虎"）说："有意思，我好像听到有个小孩在哭。"

4 现代漫画更"恶劣"

崔莹：研究战争题材漫画，对历史学研究的贡献是什么呢？

克里斯·威廉斯：从这些漫画，我们可以得知漫画家本人和报纸读者的观点，了解当时的人对战争的态度。

任何漫画反映的都是公共舆论。它们不是回忆录，是人们对于战事的即时反应，提供了时人看问题的不同角度和心态。

崔莹：它们和现在的漫画有哪些差异？

克里斯·威廉斯：对于现在的读者而言，布鲁斯·班斯法瑟的作品依然很有趣，但实际上，现代漫画的风格已经改变了很多。通过对比现代漫画和传统漫画，我们可以了解现代社会和过去社会的差异，现代文化和过去文化的差异等。

崔莹：英国漫画的风格是什么时候开始改变的？

克里斯·威廉斯：一战后，越来越多激进的漫画师诞生，漫画的风格产生巨变。比如，英国漫画家戴维·洛（David Low）的作品越来越流行，他不再只画象征性质的主人公，还画真实存在的人物，比如画斯大林、希特勒，漫画中的人物更"个人"化。

崔莹：和一战、二战漫画相比，现在英国漫画最大的改变是什么？

　　克里斯·威廉斯：总体而言，我觉得今天的漫画不再那么收敛和克制。一个显著的变化是，以前，漫画家会质疑、讥讽，但绝对不会攻击对方。但是如今的一些漫画，经常会对英国的某些政客毫不留情，甚至恶劣攻击。

杰弗里·罗伯茨 | 朱可夫靠什么最终击败希特勒？

1945年6月24日，苏联红军在莫斯科红场举行胜利大阅兵，元帅朱可夫任阅兵首长。这是他一生中最辉煌的时刻。此前的5月8日深夜，他主持了德国的无条件投降仪式，并代表苏联签字。第二次世界大战欧洲战事结束。

在西方，朱可夫被誉为"统帅中的统帅"，其功勋堪称同时代军事将领之最：他参与了二战的诸多重要战事，尤其是两次关键战役——斯大林格勒保卫战和攻破柏林之战，并带领苏联红军最终获胜。他还帮助苏联红军策划进入中国东北战场，与中国军民联合对日作战。

然而，围绕朱可夫也有不少争议。他在战后的几次大起大落，以及他和斯大林、赫鲁晓夫的关系，一直扑朔迷离。

爱尔兰皇家历史学会研究员、科克大学历史学院教授杰弗里·罗伯茨（Geoffrey Roberts），是研究二战、斯大林和苏联政策的著名学者。他的著作《朱可夫：斯大林的将军》在中国很受欢迎。

❶ 新书揭开朱可夫的谜团

崔莹：你为什么关注朱可夫？

杰弗里·罗伯茨：朱可夫是二战中最重要的将领，参与了二战的所有重要战役。他的个性丰富，他在战后饱受争议。朱可夫的一生饱含戏剧性和悲剧性，和苏联复杂的历史相交织。因为这些，我决定写一本有关他的书。

崔莹：你写过有关苏德条约、二战起源和斯大林格勒战役的著作，反响很大。你是怎么把关注点从这些事件一步步转移到朱可夫身上？

杰弗里·罗伯茨：这几本书是我早期的著作，当时我主要关注苏联的外交政策和军事政策。近几年，我关注的点从政策转向个人，所以我最近的三本书都是人物传记：《斯大林的战争》研究斯大林在二战期间和二战后的领导问题，《莫洛托夫：斯大林的冷战战士》讲的是斯大林的外交部长莫洛托夫的一生，然后是这本《朱可夫：斯大林的将军》。

崔莹：同其他朱可夫传记相比，这本书有哪些不同？

杰弗里·罗伯茨：大多数关于朱可夫的著作，主要关注朱可夫在二战中的作用。这当然是他一生中的顶峰，但这并非是他的故事的全部。我的书叙述了朱可夫的战前生活、战后的政治生涯。

此外，不同于之前的朱可夫传记，我未过多引用朱可夫自己回忆录中的内容，而是用了很多新发现的资料，比如俄罗斯国家军事档案馆收藏的朱可夫私人信件。以这些事实为基础，我重新构建了朱可夫的一生，同时揭开了很多谜团。比如朱可夫声称，1941年7月，斯大林撤销了他总参谋长的职务。实际上有证据表明，是朱可夫自己要求调换职务的——他想担任前线军队的总指挥。

2
1939年在中蒙边境打败日军

崔莹：请概括一下朱可夫的二战战史。

杰弗里·罗伯茨：1941年6月，德军突袭苏联，朱可夫立即指挥了一系列对德反击战，但因准备不足，苏联红军被围剿，惨败。8月，苏联红军重新部署，朱可夫领导了一场胜利的反击战，成功阻止德军进一步向苏联进军。

此后，斯大林把朱可夫派往列宁格勒，指挥列宁格勒保卫战。朱可夫合理利用有限兵力重点防御与反击，稳住了防线。10月，斯大林把朱可夫调往莫斯科防守德军。在朱可夫指挥下，经过奋战，莫斯科解围。12月，朱可夫指挥了大量反击战，迫使德军撤退。1942年夏天，朱可夫被任命为苏军副总司令，负责斯大林格勒地区总体战略。

1943年7月，朱可夫策划并配合了库尔斯克战役，德军装甲力量的最后储备部分被摧毁。

朱可夫在"巴格拉季昂行动"中也起了关键作用，这场战役解放了白俄罗斯。1945年，朱可夫指挥了波兰和德国地区的反击战。1945年4月，由朱可夫率领的军队进攻柏林，最终击溃德军，结束了二战。

正如美国艾森豪威尔将军对朱可夫的评价："他是指挥过重要战役的负责任的将领，比同期其他任何人的作战经验都丰富。"有些人质疑朱可夫为胜利付出了很高的代价，朱可夫反驳称，在战事结束后，指出如何以更少的代价获胜不是难事，但在战场上，并没有这样的捷径。

崔莹：1939年，日本关东军在有苏联驻军的蒙古国和日本扶植建立的伪满洲国边境制造摩擦，朱可夫被派往边境，组织对日军事部署。后来日本败退。这一事件对朱可夫产生怎样的影响？

杰弗里·罗伯茨：和关东军的这场冲突，发生于1939年8月的中蒙边境。这场冲突是朱可夫军事生涯的转折点：这是他第一次指挥作战，并获得了决定性的胜利，他的声誉由此树立起来。冲突之后，日军受挫，加上在中国战场处境艰难，他们不得不改变进攻策略，转而依靠强大的海军向东南亚扩张。因此，1941年12月，日本联合舰队袭击了美国太平洋舰队基地珍珠港。

在中日战争期间，苏联保持中立，但的确向共产党和国民党提供了很多帮助和建议。之后，朱可夫没有再参与东亚战场的战争，直到1945年8月，他帮助苏联红军策划出兵中国东北，展开粉碎日关东军的军事行动。

崔莹：他具体是怎么做的？

杰弗里·罗伯茨：在此之前，也就是1945年5月到6月，朱可夫出席了在莫斯科举办的一系列指挥部会议，讨论如何和日军作战。8月，苏联出兵中国东北，指挥是朱可夫的"亲密战友"——元帅亚历山大·华西列夫斯基。

❸
朱可夫是很吸引读者的人物

崔莹：在二战中，斯大林最终战胜了希特勒，而朱可夫被誉为"那个击败希特勒的人"。在战胜希特勒的过程中，斯大林和朱可夫各自起了什么作用？

杰弗里·罗伯茨：斯大林是不可或缺的最高指挥官，朱可夫是最具才华、最重要的将领。如果没有斯大林的领导，希特勒很有可能会胜利，没有人可以替代斯大林；但是苏联有无数有才华的将领，可能出现能替代朱可夫的角色。总之，这场战争的胜利是由斯大林的领导、红军的奋战、英勇的将领指挥，以及苏联人民付出的巨大牺牲共同换来的。

崔莹：希特勒曾经说，假如他有一名像朱可夫这样的将领，他早就统治世界了。你如何评价希特勒和朱可夫的军事才能？

杰弗里·罗伯茨：希特勒和斯大林都是业余的"军事将领"，只有朱可夫才是专业的。但和希特勒不同的是，斯大林尊敬他的将领，愿意向他们学习。二战后，斯大林差不多成为一名成功的作战指挥官，并且他的执行力很强。在1941—1942年，斯大林一度失利，但是他很快表现出他的冷静和军事才华，而希特勒在斯大林格勒战役溃败后便失去了冷静，再也没能恢复。

二战初期，希特勒在波兰和法国战场获得巨大的胜利，在与苏联作战时也险胜，所以，希特勒作为军事首领的才能不可以被低估。德国将领经常指责希特勒，认为他要对德国的战败负责，但实际上，纳粹独裁者的错误通常也是这些将领的错误。和这些将领相比，希特勒更能做出全局的、出于政治考虑的进攻决策。

斯大林也是如此。战争初期，斯大林认为撤退一定会导致溃败，因此坚持要苏联红军顽强抵抗。斯大林不准撤退的命令让很多苏联红军丧命，但对于最后的胜利而言，这样的策略可能是至关重要的。

崔莹：和朱可夫对峙作战的德军将领，怎么评价朱可夫？

杰弗里·罗伯茨：德国人熟知朱可夫。朱可夫是德军重点袭击的对象，在前线，他坐的车多次被袭击。

德军将领通常会低估苏联将领的能力。同样，朱可夫也不会说德军将领的好话。此外，朱可夫很反感对方在战后说什么德军是不适应天气才失败的，苏联国家大、苏联人多之类的话——好像在开战之前，他们对此一无所知。

崔莹：同其他苏军将领相比，朱可夫的军事策略有什么不同？

杰弗里·罗伯茨：朱可夫一直否认他采用和其他苏军将领不同的军事策略。实际上，朱可夫并非一个伟大的战略理论家和战术实施者，他最大的才能在于计划、准备、对军队力量的调遣和对决策的实施，以及坚持不懈地达到目的。

同其他苏联将领相比，朱可夫更严厉。他的座右铭是："艰苦训练，充分备战，幸免于难，最终获胜。"

崔莹：朱可夫当时在同盟国内部获得的评价如何？二战后，是否有所变化？

杰弗里·罗伯茨：在同盟国内部，朱可夫多多少少被视为英雄，这个形象因为他在柏林战役中的胜利更加鲜明。此外，实际上是朱可夫代替斯大林，接受了法西斯德国的投降。朱可夫在西方所受到的关注，和他在苏联所受到的关注是一致的。

当朱可夫被斯大林和赫鲁晓夫贬黜后，他在西方逐渐被淡忘。斯大林去世后，朱可夫返回公众视野。1969年，朱可夫的回忆录发表，西方媒体、学者对他产生了浓厚的兴趣。苏联解体后，朱可夫被重新视为俄罗斯的英雄，哪怕朱可夫是坚定的共产主义者，以及斯大林和苏联体制的忠实支持者。根据我这本书的反响来看，在西方，朱可夫是很吸引读者的人物，我希望在中国也是如此。

❹ 斯大林和赫鲁晓夫都很妒忌朱可夫

崔莹：朱可夫被斯大林和赫鲁晓夫贬黜，是因为什么？

杰弗里·罗伯茨：二战结束后不久，因为和斯大林闹翻，朱可夫在苏联销声匿迹：他不再出现于公共场合，他的战绩被淡化，电影、艺术作品不再以他的形象做文章。斯大林在世期间，朱可夫仿佛被雪藏，但是1953年斯大林去世后，朱可夫被任命为苏联副国防部长，然后是国防部长。

1957年，朱可夫又和新的苏联领导人赫鲁晓夫产生矛盾，再次被罢免。他所立下的赫赫战功也受到赫鲁晓夫支持者的质疑。朱可夫撰写回忆录，反驳这些攻击——这也解释了为什么朱可夫的回忆录带有一些偏见。1964年赫鲁晓夫下台后，这些回忆录才得以发表。

朱可夫是备受欢迎的苏联英雄，斯大林和赫鲁晓夫都很妒忌他，都很担心他有政治野心。但实际上，朱可夫并不怎么热衷政治，他对两位领导人不会产生任何威胁。顺便要说的是，朱可夫对赫鲁晓夫的怨恨要超过对斯大林的怨恨——斯大林只不过把他降职下放，没有结束他的军事生涯。

崔莹：最初，斯大林还是非常欣赏朱可夫的，对他委以重任。

杰弗里·罗伯茨：朱可夫和斯大林之间主要是工作关系，而非私交。朱可夫不像莫洛托夫，后者是"斯大林身边的人"。有一种观点是，朱可夫独立、个性强硬，在斯大林面前比其他人更不卑不亢。在某种程度上，这种观点是对的，但是在他们两人的关系中，占主导地位的是斯大林。和所有人一样，朱可夫对斯大林充满敬畏。

朱可夫也是斯大林最信任和依靠的将领。斯大林把朱可夫看成是和他本人一样坚强、不妥协的人，至少在战场上是这样。战后，斯大林和朱可夫关系决裂，主要是因为斯大林觉得苏联的胜利都被归功于朱可夫。

崔莹：赫鲁晓夫和朱可夫曾是亲密盟友，后来也决裂了。

杰弗里·罗伯茨：在斯大林格勒保卫战和1943—1944年的乌克兰战役中，朱可夫和赫鲁晓夫紧密合作，共同抗战，相处很融洽。斯大林去世后，朱可夫曾一度是赫鲁晓夫的亲密盟友。1953年，朱可夫自作主张，逮捕了当时苏联的安全部长拉夫连季·贝利亚，被认为是策划政变，这实际上是有赫鲁晓夫支持的。1955年，根据赫鲁晓夫的提名，朱可夫出任国防部长。1957年，支持莫洛托夫的强硬派企图除掉赫鲁晓夫，朱可夫为保住赫鲁晓夫出过很大的力。

但是赫鲁晓夫并不喜欢朱可夫在苏联各种公共场合的抛头露面，以及对方的显赫声名，他也不喜欢朱可夫质疑他的策略。1957年10月，赫鲁晓夫将时任国防部长的朱可夫撤职，并逼迫他退休。赫鲁晓夫的支持者还质疑朱可夫立下的战功，其中甚至包括一些和朱可夫共同作过战的将军，朱可夫为此勃然大怒。

朱可夫永远不会原谅赫鲁晓夫，因为他认为对方不但过河拆桥，而且背叛了自己。

崔莹：斯大林和赫鲁晓夫把朱可夫"搞掉"的导火索各是什么？

杰弗里·罗伯茨：斯大林决定"搞掉"朱可夫的导火索，是1945年6月24日在莫斯科红场举办的胜利大阅兵。当时朱可夫担任胜利阅兵式首长，骑马通过广场并接受敬礼。结果大家都在朱可夫的身边欢呼雀跃，而不是斯大林。

赫鲁晓夫决定"搞掉"朱可夫的导火索，是他们和南斯拉夫总统铁托会见时，朱可夫公然质疑赫鲁晓夫对南斯拉夫的政策。

赫鲁晓夫和斯大林的共同点，是都对朱可夫的一个说法表示不屑——朱可夫称自己是1942年斯大林格勒保卫战的总策划师，围剿了攻城的德军。这样说的确有些夸大其词，但无可置疑的是，朱可夫在这场战役中的功绩超过斯大林和赫鲁晓夫。

崔莹：朱可夫本人的个性如何？生活中的他是怎样的人？

杰弗里·罗伯茨：朱可夫首先被外界视为一名坚定、执着的军人。他很情绪化（这也是他的领导风格），但是总体而言，他比较能控制自己。在生活中，他性情温和，也会关心人。他很有个人魅力，有很多忠实朋友。他个人的生活有些复杂：前后有两位妻子，还有两个比较固定的情人——但他总以事业为先。晚年，他更加成熟，并多了一些自我反思。他对自己的一生感到满意，只要他在摧毁希特勒和德国纳粹中的作用被认可。

崔莹：关于朱可夫，目前的主要争议是什么？

杰弗里·罗伯茨：因为对士兵过分严厉，苏联特工维克多·苏沃罗夫（Victor Suvorov）、俄罗斯历史学家伯瑞斯·索科洛夫（Boris Sokolov）等指责朱可夫是战犯。有人谴责朱可夫和斯大林走得太近。其他对朱可夫的极端评价包括朱可夫曾经策划背叛苏联、投靠德国，但是被斯大林识破并阻止。这些谴责都没有事实依据，只能代表少数人的观点。对于大多数俄罗斯人而言，朱可夫是英雄将领，尽管他有缺陷，比如指挥风格过于残暴。

崔莹：西方关于朱可夫的研究比较少，为什么？

杰弗里·罗伯茨：实际上，相对于其他苏联将领，西方对朱可夫的研究算是比较多的。但目前在英文著作里，只有两本比较权威的关于朱可夫生平的作品，一本是奥托·普雷斯顿·切尼（Otto Preston Cheney）的著作，出版于20世纪70年代，一本是我这本《朱可夫：斯大林的将军》。

对朱可夫研究少的部分原因是语言障碍，毕竟他的很多资料是俄语的。但也要注意的是，冷战时期，像朱可夫这样的经常会被西方刻板化地视为简单、对士兵毫不关心、靠"野蛮"的大规模袭击方式才获胜的将领。

崔莹：从对朱可夫的研究过程中，你收获了什么？

杰弗里·罗伯茨：在研究朱可夫之初，我对他有很多质疑，但是现在，我能够理解、同情他的很多观点。我最重要的收获是，不能把一个人的故事仅仅聚焦在某一段时期或某一个镜头，写人物就要写他的一生。我努力叙述朱可夫一生的故事——戏剧化的，悲伤的，成功的，失败的，他的成就，他的缺点……像大多数英雄一样，朱可夫有缺点，但正是这所有一切，让他成为一个有意思的、完整的人。

西蒙·沙玛 | 英国正在经历"毫无必要的自我毁灭"

1066年是英国历史的转折点。这一年，英格兰国王爱德华去世。著名的威斯敏斯特教堂就是由他下令修建的。爱德华没有子嗣，因为他不肯同被迫娶的妻子同床。爱德华去世后，王后之兄哈罗德·戈德温森（Harold Godwinson）成为英格兰国王，他和来自法国北部的诺曼人对战时不幸战死疆场，他的情人伊迪丝（Edith Swanneck）在战场上找回他的尸体。英格兰进入诺曼底王朝时期。

在诺曼底王朝之后，开启金雀花王朝的亨利二世，和托马斯·贝克特（Thomas Becket）是好朋友。亨利非常欣赏贝克特，让他担任英国大法官兼上议院议长，以及后来的坎特伯雷大主教。但是两人后来就教会的税收问题、神职人员的管理问题产生矛盾，贝克特被迫流亡。6年后，贝克特归来和国王短暂和解。没多久，国王又抱怨贝克特有夺权野心。4位武士听到国王的吐槽，便在教堂刺死了贝克特，这就是著名的"坎特伯雷谋杀案"。

以上片段出自BBC出品的纪录片《英国史》。这套15集的纪录片由英国历史学家、哥伦比亚大学艺术史教授西蒙·沙玛（Simon Schama）爵士撰稿并担任解说。纪录片情节紧凑、跌宕起伏，沙玛的解说深入浅出、抑扬顿挫。该片被誉为关于英国历史的经典纪录片，沙玛也因此片获得英国广播新闻协会作家奖。

沙玛结合该纪录片撰写了图书《英国史》（全三卷）。这套书从全新视角，用通俗生动的语言，讲述英国历史上那些或被人熟知，或鲜为人知的故事。从罗马入侵到诺曼征服，从黑死病到伊丽莎白的辉煌，从光荣革命到两次世界大战，沙玛讲述英国的形成、领土的变迁，也讲述战争、饥荒、瘟疫的恐怖，以及英国如何对外扩张，成为强大的帝国。

在《英国史》的序言中，沙玛表示，最早点燃他对英国史激情的是丘吉尔的《英语民族史》。然而在今天，无论是《英语民族史》，还是一度被人热捧的麦考莱的《英国史》都少有人问津。沙玛反思："在当今日益全球化的世界，不再阅读这一类历史是不是更好些？或者干脆不读任何不列颠历史更好呢？"他认为并非如此，"这将是令人不寒而栗的自残行为,即一次集体记忆的丧失。这种伤害造成的结果将应验西塞罗早已发出的警告,没有历史的文化将自取灭亡"。沙玛希望这套《英国史》纪录片和图书,能够让人们重新对英国史产生兴趣。

  采访在2018年12月圣诞节前夕,因悬而未决的脱欧事件,英国正处于严峻的历史关头。采访中,除了谈论《英国史》,沙玛也对英国脱欧前景表示担忧。

❶ 最想穿越看《哈姆雷特》的首演

崔莹：三卷本的《英国史》涉及英国近千年历史，娓娓道来，你本人对英国历史上哪一个100年最着迷？

西蒙·沙玛：首先浮现在我脑海中的是1750年到1850年这100年。这个时期的文学和艺术是我所熟悉的，比如画家威廉·布莱克和威廉·特纳，诗人拜伦、雪莱和济慈等，都令我着迷。另一个原因是我也研究法国革命史，写过一本关于法国大革命的书，讲的也是发生在这段时期的故事。在这100年时间里，英国转变为工业社会。我对这100年有一种心理上的熟悉感。

崔莹：如果请你选择英国历史上最令人着迷的一天，你会选择哪一天？

西蒙·沙玛：《哈姆雷特》首场演出的那一天。如果能够穿越到那一天，我一定会感受到文化的震撼：观看这部用可以想象出的最美丽的英文写成的令人惊叹的杰作，目睹语言不可阻挡的转变。我认为这一天比英国历史上任何一场革命或战争都更令我感动。如果非要我选一个特定的日子，我会想一些令人快乐的日子，比如1867年《第二次改革法案》通过的那一天。这个法案赋予更多家庭选举权。那是一个伟大的时刻，你会觉得英国在那一天成为一个真正的民主国家。1918年2月6日，英国女性获得选举投票权，也是振奋人心的一天。1945年5月8日的"二战欧洲胜利日"（V.E.Day）意味着第三帝国的失败，也是一个非凡的日子。

崔莹：写《英国史》时，最令你动情的是哪一部分内容？

西蒙·沙玛：写作《英国史》的结尾部分《两个温斯顿》时。这部分是对英国历史上所有事件、人物的挽歌。其中主要对比了丘吉尔和乔治·奥威尔两人。我非常迷恋奥威尔，喜欢一遍遍去研究他。他对我、对我们这一代人的影响很深。丘吉尔和奥威尔都很爱国，他们对英国，特别是英格兰很有感情，并且他们的思想并不狭隘。如果今天他们依然活着，他们一定会被英国脱欧的处境吓坏。虽然他们在世时英国还没有加入欧盟，但丘吉尔是"欧洲煤钢共同体"的最大赢家，若他在世，他一定不会开心。

崔莹：你如何看待"英国迟暮"的说法？

西蒙·沙玛：自从2016年脱欧公投后，英国正在经历毫无必要的自我毁灭。显然，现在的英国不再是维多利亚时代的英国，让我们拭目以待，一个国家的历史经常是偶然发生的。

❷ 英国"议会民主制"面临挑战

崔莹：和其他欧洲国家相比，英国历史发展的独特之处是什么？

西蒙·沙玛：显然是1215年《大宪章》的诞生，《大宪章》对英国历史的发展起了重要作用。设想一下暴政者的行径：他们将反对自己的人定为犯罪，让对方消失。"人身保护令"起源于《大宪章》，意味着当权者不能任意逮捕某人，也无权夺走他人的财产。到了中世纪，国王不能自己制定法律，而必须通过议会来制定。

崔莹：历史上，英国政权是否对其他国家产生影响？

西蒙·沙玛：并没有，在某种程度上，这也说明英国"自成一格"。英国曾与荷兰关系密切，部分原因是伊丽莎白女王曾向荷兰派遣军队，帮助荷兰捍卫其宗教。但荷兰也独具一格：它的政府非常本土化，并未受多少英国的影响。荷兰国王和英国王室存在血缘关系（荷兰国王的母亲玛丽公主是英国国王查理一世之女），这导致荷兰国王威廉三世可以拥有双重身份。1688年，英国时机成熟之际，威廉三世登陆英国，同时成为英国国王。除此之外，很难说英国对其他国家有多少影响。

崔莹：英国的议会、《大宪章》给其他国家有怎样的启发？

西蒙·沙玛：法国哲学家孟德斯鸠对英国的君主立宪制有着极大的崇拜。他的《论法的精神》深受英国影响。但是议会的自由主义花了很长时间才到达法国，并且也主要受法国本土学说的影响。英国的《宪法》并没有影响到法国大革命，在某种程度上是相反的，因为法国大革命体现的是革命力量的集中，而非分散。英国《宪法》在美国的实践也自相矛盾，尽管它影响了托马斯·杰斐逊（Thomas Jefferson）、詹姆斯·麦迪逊（James Madison）和亚历山大·汉密尔顿（Alexander Hamilton）。特别是汉密尔顿，他是支持美国独立的重要人物，但他在早期文章和演讲中表明自己强烈支持君主立宪制，认为美国也应该采用这样的政体。

不仅是《大宪章》，英国1689年的《权利法案》、新闻自由，以及对宗教的宽容政策等，在世界历史上都很重要。目前，议会民主制在英国面临挑战，当你认为它最安全可靠时，它却并非那么安全。它正在欧洲某些地区消失，每一代人都必须再次为之奋斗。

3 钦佩女王的隐忍和坚韧

崔莹：《英国史》中的一个重要主题是宗教纷争，它是导致英国风云变幻的因素之一，也在最近的脱欧问题中时常被人提及，你如何看待英国的宗教纷争？

西蒙·沙玛：英国的宗教纷争在维多利亚时期达到相对稳定。然而，宗教战争在爱尔兰依然继续，持续到我成长的阶段，即20世纪60年代末到20世纪90年代末，我们称之为"北爱尔兰问题"（The Toubles）。这个难题最终以谈判的方式结束。1998年的《受难日协议》结束了长久的争战。最近，因为英国脱欧，有人建议在爱尔兰设置一个"硬边界"（hard border），这很有可能会导致"北爱尔兰问题"重演。一件让我意想不到的事情是，20多年前，当我写这本书时，我从未想到英国会再次面临分裂的危险。如果能够再写一个额外的章节，我会写现在发生的事情。在苏格兰，支持独立的想法略有复苏，并且，65%的苏格兰人支持留在欧盟，只有35%的苏格兰人支持离开欧盟。

崔莹：你如何看待"君主制"？最欣赏英国历史上哪位君主？

西蒙·沙玛：这完全取决于君主在相应国家所起的作用。

在荷兰，君主本质上是象征性质的。当这个国家面临分裂时，他们会围绕君主这个点集结起来。荷兰人喜欢荷兰前女王贝娅特丽克丝（Beatrix），也喜欢荷兰国王威廉·亚历山大（Willem Alexander）。很多时候，人们对君主的热爱常常与君主能行使的权力成反比。

几乎所有人都喜欢伊丽莎白一世，她在各个方面都很出色。她充满魅力，任性、坚定。她度过了不起的一生。

崔莹：英国历史经常成为影视剧的素材，你如何评价Netflix出品的英国历史剧《王冠》？

西蒙·沙玛：非常喜欢，我甚至很惊讶自己能够如此喜欢这部剧。彼得·摩根（Peter Morgan）是一位伟大的作家。当然，除了遵循历史，这部剧也有一定的发挥，比如关于玛格丽特公主、肯尼迪总统的剧情等。

我在《英国史》中表达过这样的观点：君主需要具备两个"身体"，一个真实的身体，即要有继承人，一个是政治机构的代表，即抽象的身体。这一点贯穿于《王冠》始终。最终，女王的"政治身体"战胜了她个人的情感。克莱尔·福伊（Claire Foy）的表演很出色，她演出女王内心的挣扎，她最终意识到自己必须放弃"自然的身体"，选择"政治的身体"。

崔莹：那你如何评价现实生活中的英国女王伊丽莎白二世？

西蒙·沙玛：英国《金融时报》交给我一个尴尬的任务：等英国女王去世时，要我写一篇大稿子纪念她。但我觉得，女王会在我死后继续活很久，我可能永远都不用写这篇文章。

我见过女王几次，有一次，女王和皇室成员在泰晤士河边观看帆船比赛，那天我也在现场。那天的天气很糟糕，下着很冷的雨。

我们在室内喝茶,甚至把威士忌倒进茶里御寒,但是女王和她的丈夫爱丁堡公爵继续待在室外。虽然有华盖为他们遮雨,但雨水从另一角度打在他们的身上,他们在那里站了几个小时。果然第二天,爱丁堡公爵病重住院。我心想:哇,你们真的配得上在白金汉宫中的生活。我非常钦佩女王的隐忍和坚韧。

我发现"小矮马"帮诺曼人征服英格兰

"所有新闻公报中,年轻女王将要领导的号称自由国家联合体的联邦,说白了就是帝国崩塌后的一块遮羞布。游行队伍中,代表忠诚的自治领的部队戴着遮阳帽,头发蓬松;来自彼时仍然名为不列颠属地的部队更具异国情调,他们按照排列的次序规规矩矩地沿林荫路快步行进——帝国之后,万国来朝只剩下个空名。"在《英国史》的序言,英国历史学家西蒙·沙玛(Simon Schama)爵士如此描述1953年伊丽莎白二世的加冕仪式,那一年他刚好8岁。女王加冕后开始巡游世界,沙玛和其他小学生一样,跟随女王的行程,把小旗子插到地球仪上相应的地区。

沙玛以自己的经历掀开宏大的英国历史的序章。在三卷本的《英国史》中,他不仅描述了英国的通史,将英国的历史人物、历史事件娓娓道来,更敏锐地指出这些事件发生的历史背景,这些人物的心理动机等。沙玛的文笔优美严谨,词汇丰富华丽,并有近乎小说的叙事风格。他如此描述英格兰国王亨利二世的大法官托马斯·贝克特："他是一只公鸡,一个街头斗士,他像斗篷下藏着的旧靴子一样坚韧。"

《英国史》所表明的一个重要观点是:历史事件通过变化,而非连续性来实现。在激烈的变革中,彰显出人的本性。沙玛认为一些个人的命运影响了英国的历史,比如,亨利八世为了休妻另娶新皇后,毅然和罗马教廷决裂;贝克特不妥协于亨利二世的统治,才永远改变了教会与国家之间的关系。沙玛也解释说,还有一些事件,而非个人,改变了英国历史的进程,比如黑死病导致众多人死亡,严重打击了当时的封建制度,促进了英国乡下社会的转型。

沙玛出生于伦敦,毕业于剑桥大学,随后在剑桥大学、牛津大学任教。1977年,他完成处女作《爱国者和解放者》,该书获得沃尔夫森历史奖。1980年,沙玛在哈佛大学谋得教席,后转到哥伦比亚大学任教。沙玛的其他著作包括《财富的窘境》《公民们》《风景与记忆》等。2001年,沙玛获得大英帝国司令勋章(CBE)。

❶ 顿悟决定写作视角

崔莹:在《英国史》的序言部分,你首先从1953年伊丽莎白二世加冕开始写起,为什么这个事件如此重要?

西蒙·沙玛:这个事件是我个人的记忆,也是令我对英国历史充满想象力的时刻,当然,这个事件本身也很重要。苏伊士运河事件后,英国的民族凝聚力萎缩,而伊丽莎白二世加冕事件象征了英国的稳定。之前,英国已经幸免于法西斯和各种不稳定的革命等,加冕典仪是能够振奋人心的好事。实际上那场加冕仪式滑稽而荒谬,也是对一个帝国的告别。很多人都有这样一种幻觉:用"联邦"代替帝国,它将成为前帝国的俱乐部,但是这样的想法很荒谬。

崔莹:贯穿三卷《英国史》的线索是什么?

西蒙·沙玛:不仅有一个线索,部分原因是英国由4个部分组成,我不仅要写英格兰,还要写苏格兰、爱尔兰和威尔士。"英国"是一个非常有弹性的概念,英国的边界有弹性和变化。

崔莹:撰写《英国史》的过程中,你最惊讶的发现是什么?

西蒙·沙玛:我发现宗教在英国历史上所起的作用,特别是在英国内部冲突中所起的作用。这让我感到惊讶。我是犹太人,在我成长的阶段,英国的基督教氛围已经不算浓厚了,去教堂的人不多。学校老师也并未告诉我们很多和基督教有密切关系的历史故事。

实际上,我的发现也不算偶然。在英国历史上,宗教的确很重要。中世纪早期的历史学家圣贝德(Bede)曾最先给"英格兰"下定义,他眼中的英格兰是带有强烈基督教色彩的英格兰。效忠教会还是效忠国王一直是中世纪的最大争议。都铎王朝后,甚至在宗教改革之后,英国的宗教战争依然不停。

崔莹:你如何从新的角度书写英国的历史事件和历史人物?

西蒙·沙玛:首先从我脑海里的形象开始,但随着某些新材料、证据的发现,这个形象会改变。我会根据新的材料更改故事。有时我的发现会令我大吃一惊。有一次,我在哥伦比亚大学图书馆查找关于黑斯廷斯战役的资料。我翻阅着图书架上的各类书,突然发现一本关于诺曼人的马的书。在尘土飞扬的小房间里,我打开这本书,得知诺曼人用船运马,并将马用于战斗。这些马都是阿拉伯小马,个头小,但速度很快,并且很有耐力,它们完全不像十字军东征中所使用的那些高头大马。我继续思考,诺曼人曾扩张到地中海区域,他们在西西里岛安营扎寨,他们和整个阿拉伯世界都有联系,他们知道如何培育这种小马。我眼前一亮,这类拥有无穷耐力的小马在对抗盎格鲁-撒克逊的军队时起到了重要的作用。类似这样的顿悟经常会改变我写故事的视角。

2 英国与欧洲他国文化共享

崔莹:你在《英国史》中经常提到"英国性"(Britishness)和"英格兰性"(Englishness),这两者有什么区别?

西蒙·沙玛:非常不同。在《英国史》的第一卷末尾、第二卷的开始,苏格兰才成为英国的一部分,"英国性"是后来形成的,主要诞生于18世纪。

导致英国脱欧的因素是"英格兰性",是人们"对过去的英格兰的浪漫幻想"。北爱尔兰和苏格兰的大部分选民并不支持脱欧。这次脱欧公投测试了北爱尔兰和苏格兰到底和欧洲更亲近,还是和英格兰更亲近。威尔士选民的观点较中立,他们开始支持脱欧,后来意识到脱欧可能会彻底摧毁威尔士的畜牧业,大部分选民改变了主意。

崔莹：两三百年来，"英国性"本身的含义是否产生变化？

西蒙·沙玛：最关键的是如何理解"英国性"在19世纪的含义。英国帝国一度靠对外掠夺获利，这样的帝国造就的"英国"比我们想象中的更具临时性和脆弱性。当帝国结束后，英国还剩下什么？这个问题的答案因为两次世界大战，特别是二战所激发的人们的凝聚力而延迟了。来自英国不同地区、不同阶层的人紧密团结，共同作战。英国所面临的真正的压力发生在苏伊士运河事件之后。但20世纪六七十年代英国所面临的压力都没有现在所面临的压力大，英国正在分裂，或者接近分裂。

崔莹："岛屿思维"如何影响英国的历史？

西蒙·沙玛："岛屿思维"促进了英国的"个体意识"，像是莎士比亚所写的"国王的小岛"（The sceptred isle）中的演说。但是所有人都忘记《理查二世》中"冈特的约翰"（John of Gaunt）的这段演讲是非常苦涩和气愤的，是关于王国如何被其他人掠夺的。当然，这段话也确实反映了一种孤立的自信。但实际上，这种孤立同时折射出英国与欧洲其他国家的文化共享关系。当诺曼人来到英格兰时，他们讲法语：诺曼法语。并且，诺曼法国人和盎格鲁-撒克逊人的文化并存。直到爱德华一世，也就是13世纪，英国的政府官员和国王才讲英语。在英格兰蓬勃发展的艺术家，包括德国人汉斯·霍尔拜因（Hans Holbein），佛拉芒人安东尼·凡·戴克（Anthony van Dyke）等。欧洲其他国家对英国的影响也很显著。位于伦敦皮卡迪利（Piccadilly）附近的白厅（Whitehall）是一座美丽的17世纪建筑，里面有德国画家鲁本斯绘制的詹姆斯一世的壁画。这座建筑由英国建筑师琼斯（Inigo Jones）设计，其风格深受意大利建筑师安德烈亚·帕拉第奥（Andrea Palladio）的影响。英国境内很多类似风格的建筑,被誉为"帕拉第奥式建筑"。我不认为欧洲其他国家对英国的影响导致英国要"孤立"、寻求"身份认同",我的意思是:英国和其他欧洲国家一直在对话。

❸ 用人性化的故事吸引人

崔莹:你一向是讲故事的高手,在写作《英国史》的过程中,你所选用的史料有什么样的标准?比如你会侧重选择故事性强的史料?

西蒙·沙玛:无论这些历史事件有多么被人熟知,比如亨利八世在1536—1541年解散修道院等,我都认为:如果没有故事,历史就不复存在。从《圣经》开始,历史就是讲故事。《英国史》的材料筛选,我的原则是:要对不寻常或人们不熟悉的故事拥有敏锐的感知力。比如制作出英国历史上第一张伟大的地图的人是裁缝,这就是一个很有趣的故事。写历史书时,不要把这些看上去微不足道的事情做成脚注,这些才是人们真正想要知道的精彩的故事。

崔莹:那具体如何展开讲历史故事?

西蒙·沙玛:讲故事的艺术在于首先概括出某论点,比如君主制或议会政府应该存在吗?然后,再就这些抽象的概念展开讲述,这些讲述必须充实而饱满,比如人们想知道查尔斯一世、亨利二世到底是什么性格的人。

崔莹:如何讲好人们听说过但并不了解的故事?

西蒙·沙玛：打个比方，最初我对讲玫瑰战争的历史，即兰开斯特家族和约克家族之间的争战并不怎么感兴趣，但一封信改变了我的态度。大英图书馆收藏了某家族保存下来的在玫瑰战争时期，他们的家人写给牧师的信件，这些信件是东安格利亚的一位女士写的。信中描述断断续续的战争，她的儿子、兄弟和丈夫的来来往往，她很希望家人团聚在一起等。用这些信件来讲那个特定时期的故事就非同寻常。我所有的著作都具有这样的特点：用人性化的故事吸引人。我基本上算不上是历史学家，我是书写真实的过去的作家，我要把死人写得活灵活现。

崔莹：休谟、麦考莱都写过《英国史》，狄更斯、丘吉尔也写了和英国历史有关的著作，这些作品是否给你启发？

西蒙·沙玛：这些作品给我不同的启发。休谟充满魅力、超级聪明，他的《英国史》充满质疑精神，但阅读起来很费劲。我更喜欢哲学家的他，而不是历史学家的他。《狄更斯讲英国史》在某种程度上是陈词滥调，我更喜欢狄更斯的小说和他的儿童作品。麦考莱的《英国史》相当精彩，他对进步的力量有一种"辉格党"（Whiggish）式的信念（辉格党，历史学派，该学派认为人类文明不可逆转地从落后向先进，从愚昧到开蒙）。他的文笔并不时髦，但语言美妙，他描述的场面令人难忘。比如他描述查尔斯一世死亡时的情景："他的脸色变成了蓝色"，"这个顽固的好色之徒即将结束他的生命"，非常生动。麦考莱曾为苏格兰作家沃尔特·司各特辩护，指出司各特不太在乎人们如何评价他的小说，他忙于收集民谣、边境的歌曲文学。他认为司各特深谙人们日常穿着、人们世世代代使用什么样的家具，对文学创作的重要性。麦考莱指出，对很多历史学家而言，这些细节可能微不足道，但正是这些实实在在的材料构建了一个消失的世界。

崔莹：丘吉尔的《英语民族史》对你的影响呢？

西蒙·沙玛：我爱丘吉尔！我10岁时，父亲就给我买了丘吉尔的《英语民族史》。假如让我从中选择我喜欢的段落，我一定会选择丘吉尔对亚伯拉罕·林肯（Abraham Lincoln）的热情浪漫的描述。这本书是英语民族史，所以其中包含了美国历史。丘吉尔关于林肯的描写很精彩。丘吉尔对英国前首相威廉·尤尔特·格莱斯顿（William Ewart Gladstone）和中世纪英国历史的描写也很棒。我已经有50年没看过这些书了，但它们是我小时候的最爱，是我的宝贝。

崔莹：你写《英国史》是怎样的状态？是在图书馆翻书寻找灵感吗？大概参考了多少本书？

西蒙·沙玛：是的，我在图书馆查资料写作。我大概看了至少1000多本书。我是一个快速阅读者，一位老教授告诉我：当你知道要寻找的内容时，你这样做，像是切开一条鱼，快速取出鱼骨头。我很擅长这一点。有时我也会缓慢阅读一本书，通常是文件汇编。

崔莹：写作《英国史》的过程中，有助手帮你收集资料吗？

西蒙·沙玛：在拍纪录片时有助手，比如对方需要确定拍摄场地等。在单纯的写作过程中，我没有任何助理，全部独自完成。我刚才谈到我在图书馆找参考书时偶然看到关于诺曼人的马的书，如果让助手帮我找关于某战争的书，他绝不会带一本关于马的书回来。《英国史》是非常个人化的写作，是我在灵感的触动下对材料进行选择的写作。

诺曼·斯通 | 二战简史怎么写

诺曼·斯通（Norman Stone）是英国著名历史学家。他的作品《二战简史：黑暗时代》已在中国面世。此前，他的《一战简史：帝国幻觉》也广受好评。

诺曼·斯通在二战中长大，他童年记忆的开始就充满了警报声——那时他只有2岁，住在苏格兰的格拉斯哥。警报响起时，他和家人便藏进附近的防空洞。他至今记得防空洞黑色的厚帘子和防毒面具的味道。他没有见过父亲。在他出生前，他当空军的父亲在威尔士执行任务时遇难。因为父亲为国捐躯，他获得了全额奖学金，在格拉斯哥学院接受免费教育，后来他以优异成绩毕业于剑桥大学历史系。

诺曼·斯通当过牛津大学近代史教授，当过撒切尔政府顾问，也当过首相演讲稿撰写人。学术造诣不俗的他曾获英国沃尔夫森历史写作奖、方塔那欧洲历史奖。英国《独立报》用"标新立异的历史学家"来形容他。目前他在土耳其生活和任教，是土耳其比尔肯大学国际关系学院的教授。他接下来计划在匈牙利布达佩斯特"驻扎"一两年,研究匈牙利的历史人物,并写一本《匈牙利简史》。

围绕《一战简史》,我分两次对诺曼·斯通进行了电话采访。"中国这么大,问题这么多,作为外国人很难搞懂。"在采访中谈及中国时,诺曼·斯通感慨道。他说自己特别佩服史景迁——后者花了很多时间学习汉语,了解中国。

很不幸的是,诺曼·斯通于2019年6月19日去世,享年78岁。

1

《一战简史》比《二战简史》好写

崔莹：你的《一战简史》和《二战简史》都非常受欢迎。你的父亲在二战中去世。这是否意味着在写《二战简史》时，你会投入更多的情感？

诺曼·斯通：是的。我之所以对二战更感兴趣，大概也因为这个原因。我从十三四岁就开始了解二战的历史，而且我懂德语，所以我知道德国人是怎么叙述那段历史的。

崔莹：听说你懂多国语言。

诺曼·斯通：我大概有学习语言的天赋。当然，你也要努力。1958年我考入剑桥，当时我的法语已经非常好，然后我想，那就学学意大利语吧。我随便找了本意大利语书——著名的小说《豹》，边读边从中找意大利语和法语的联系，没过多久，我就可以用意大利语问路了。欧洲各国的语言存在共性。我在法国、德国、匈牙利、土耳其和俄罗斯都生活过，这些经历对掌握不同国家的语言也很重要。

崔莹：英文版的《二战简史》只有199页，非常简短。你如何用这么少的文字把这么宏大的战争讲清楚？

诺曼·斯通：通常历史学家会坐在电脑前长篇累牍地写，关于一战、二战的大部头书源源不断地被送进大学图书馆，但在写关于一战、二战的简史，方便人们随时阅读方面，依然有很多空间。这也是我所做的。坦白地讲，《一战简史》比《二战简史》容易写，因为一战主要写欧洲战场，不必涉及整个太平洋区，但是二战就不同了。

崔莹：写简史的挑战是什么？

诺曼·斯通：你要有能力总结一些很复杂的主题，这也就意味着你要迅速阅读大量资料，并将内容提炼成一两句话。比如为了了解某场战役，我要查看一本关于这场战役的700多页的书。我的前辈A.J.P.泰勒（Alan John Percivale Taylor，英国著名历史学家）很擅长这一点，如果他遇到很复杂、很难说清楚的内容，他就写："这部分很复杂。"

崔莹：这是否意味着书中有很多你自己的判断和观点？

诺曼·斯通：是，但我是很认真做的研究。

崔莹：在写《二战简史》时，你参阅了哪些材料？用多长时间完成？

诺曼·斯通：关于二战的文献资料特别多，特别是在英国和美国。德语的资料也很多，其中一套书包括十五卷对二战的研究，我主要参阅了这套德语资料。在过去的20多年里，我也一直在阅读各种新出版的关于一战、二战的书，有一些积累。我用6个月时间完成了《一战简史》，《二战简史》花的时间稍长一些。

崔莹：在看到不同国家关于某段历史的不同记载时，你如何决定选取哪种说法？

诺曼·斯通：你要站在旁观者的位置，要了解各方观点。比如我在德国时，看到英国皇家空军（RAF）把德国的城市摧毁成那样，就感到很尴尬。英军在战争快要结束时发起对德的大规模轰炸，这一军事举动非常荒唐。（从1943年11月22日开始，英国皇家空军对柏林发起13次大规模空袭，摧毁柏林1/4的市区，炸死1万多人。）我很尊重德国人，因为他们很少抱怨，他们继续自己的生活，现在德国已经重新成为西欧最成功的国家之一。

崔莹：很多历史学家曾一度忽略中国对二战的贡献，为什么？

诺曼·斯通：的确如此。但是英国历史学家安东尼·比弗（Anthony Beevor）的书已经补正这段历史，而且美国卷入了远东战场，美国学者也对这段历史进行了很多研究。很多英国学者对这部分历史是忽略的，主要是因为不熟悉。中国这么大，问题这么多，作为外国人很难搞懂。

崔莹：在写二战远东战场这部分内容时，你主要参看了哪些文献？关于这段历史，比较权威的著作有哪些？

诺曼·斯通：安东尼·比弗的书对我启发很大，一些关于美国在菲律宾据点的文献资料亦然。但因为《二战简史》的内容有限，所涉及的远东战场部分内容比较少。关于这部分历史，我推荐看马克斯·黑斯廷斯的《复仇女神：对日之战1944—1945》，这本书描述了二战太平洋战场的情况。我还推荐美国历史学家罗纳德·斯佩克特研究太平洋战争的《老鹰对太阳：美日之战》。

崔莹：能向中国读者推荐几本关于二战历史的权威书籍么？

诺曼·斯通：最应该看的是安东尼·比弗写的《二战史》，其中涉及很多关于中国战场的内容。英国历史学家伊恩·克肖（Ian Kershaw）写的希特勒传记也很精彩，包括上册《希特勒1889—1936：狂妄篇》和下册《1936—1945年的希特勒：复仇之神》。再就是我最喜欢的英国历史学家A.J.P.泰勒的著作，他的每本书我都喜欢，他也写过一本二战简史《第二次世界大战的起源》。最好看的是这本书的美国版本，他在其中有针对美国读者的序言，讨论20世纪30年代美国的角色，写得非常尖锐。

❷
德国人为何拥护希特勒？

崔莹：一战和二战的联系有多密切？

诺曼·斯通：在某种程度上，二战是由一战导致的。1919年，同盟国的做法（指针对德国的《凡尔赛合约》）显然是公开"邀请"德国人推选出他们的恶魔。

崔莹：你在《二战简史》中很多次用"疯狂"一词形容希特勒和德国人，为什么？

诺曼·斯通：希特勒狂妄自大，没有理智，就像电影《帝国的毁灭》中刻画的那样。令人不解的是，在意大利，墨索里尼是被民众赶下台的，但是在德国，希特勒平安无事——他早该被纳粹党卫队头子海因里希·希姆莱暗杀才合情理。

崔莹：希特勒和墨索里尼两人都是独裁者，你怎样看待他们两人的关系？

诺曼·斯通：希特勒像是学校里的小男生一样，对墨索里尼充满了仰慕。毕竟是墨索里尼先开始实行法西斯主义、要求民众穿颜色鲜艳的衣服、关闭议会、宣布法西斯党为意大利唯一合法的政党……希特勒处处步其后尘。

20世纪20年代，墨索里尼非常成功。1938年，墨索里尼决定让希特勒占领奥地利，并成为希特勒的盟友。当时希特勒欣喜若狂，在电话中对墨索里尼说："我永远不会忘，不会，不会，不会！"（I will never forget this, never, never, never.）希特勒也的确没有忘，1943年墨索里尼的统治被推翻，墨索里尼被软禁，希特勒设法营救了他。这也是一种令希特勒引以为豪的"忠诚"吧。

崔莹：希特勒和墨索里尼有相似之处吗？

诺曼·斯通：两人有共性，但不完全像。墨索里尼并不想实行暴政，意大利没有集中营，墨索里尼只不过是将异己流放，还有一些人性。而希特勒是恶魔。

崔莹：在当时希特勒为何能赢得德国人的拥护？

诺曼·斯通：这是最大的谜之一。希特勒怎么受到拥护呢？1919年后，德国的处境几乎让所有德国人都处于疯狂状态，同盟国对于德国的处理方式明摆着就是让德国发动第二次战争。民主制国家（魏玛共和国）建立了，但是要赔偿巨款，要赔偿到1984年。不久，世界经济大萧条，德国800多万人失业，大量德国中产阶级也憎恨当时的国家政权。

再看看希特勒的竞选对手吧！德国的社会民主党无计可施，那些领导人非常自私。德国自由党解体，可以说，除了希特勒，别无选择。很多德国民众投票选希特勒，在他们看来，希特勒代表了希望，希特勒也恰好迈进这个"真空"。

崔莹：希特勒也是擅长忽悠民众的人，他因此获胜。

诺曼·斯通：并非如此。到1936年，希特勒解决了德国大众的失业问题，恢复了德国经济，让德国在欧洲又有了话语权。他的确给了德国人希望，这也是在1936年和1937年，他受德国大众喜欢的原因之一。

崔莹：你怎样看待希特勒？

诺曼·斯通：他是很有争议的人物。20世纪30年代，希特勒振兴了德国经济。有学者提出，希特勒重整军备的计划是否和德国国力恢复有关，是否在重整军备的过程中出了差错。但希特勒依然是恶魔，是屠杀犹太人的始作俑者——即使是之前最坏的反犹主义者，也不过是把犹太人驱逐到乌干达等地，而不会杀害他们。

崔莹：你认为目前对德国纳粹的研究客观、充分么？

诺曼·斯通：关于第三帝国的研究已经很多，实际上是太多了，我认为不需要更多的相关著作了。

崔莹：在《二战简史》中，你对诺曼底登陆的描述很精彩。它是二战中最关键的一次战役。你在书中曾认为，诺曼底登陆可以提前一年。现在你还这样看吗？

诺曼·斯通：我过去也常想，为何英军和美军不早点深入法国内陆？但是仔细想想，之前英国所有从海上向陆地进攻的战役都打得很艰难。比如一战中的加里波利战役，英军举步维艰——在距离本国几百里外的地方作战，还要保证海军和空军的供给，非常难。而且英国和美国当时军事化的程度弱，不像在日本，男人可以随时上战场。培训士兵如何使用武器等都需要时间。

崔莹：任何军队都不可能十全十美。

诺曼·斯通：是的，比如没有酒，能带好一支军队吗？美国就是这样的。不让士兵抽烟已经够糟糕的了，没有酒，没门！

崔莹：你怎么看待二战后的中日关系？

诺曼·斯通：这个问题很难回答。我想所有人都知道日本在二战中的行径骇人听闻，他们建立伪满洲国，又进一步入侵中国更多领土……在欧洲，很多国家因为二战也有过摩擦，但是现在都能和平共处。比如德国已经彻底变了。我认为德国是欧洲国家的楷模，现在每次去德国，我都对那个国家充满敬仰。

崔莹：第三次世界大战有可能发生么？

诺曼·斯通：我觉得不可能。发生的前提一定是哪国政府无可救药失去理智。但如果这件事发生的话，破坏性将是巨大的。

入江昭 | 多数日本人不了解过去

只要不出差，每天上午，80多岁的美国历史学家入江昭（Akira Iriye）都去他位于哈佛大学怀德纳图书馆的办公室看书、写作。作为有国际知名度的日裔美籍学者，19岁之前，入江昭生活在日本；之后的62年，他几乎都在美国度过。独特的经历影响了入江昭的学术研究，他提倡以多国视角研究"国际史"。因其卓越的学术创新能力，他被费正清称为"非同寻常的天才史学家"。

《第二次世界大战在亚洲及太平洋的起源》出版后，我对入江昭进行了电话采访。在这本书中，他以宏大的国际史视野审视了二战中的亚洲和太平洋战场，其解释框架更是独一无二。他清晰而令人信服地阐明了当时日本是如何一步步被孤立，直至战败的。

❶ 二战始于1931年日军侵华

崔莹：你称二战是一战的延续。一战是如何影响日本后来的侵略行为的？

入江昭：1919年的巴黎和会确立了帝国主义在欧洲、西亚和非洲统治的新秩序，1921年的华盛顿会议确定了远东、太平洋区域的帝国主义国际关系体系。美、英、日和中方代表都接受了这样的秩序，但日本军国主义政府却希望用武力建立新秩序。20世纪20年代，日本是国际联盟的成员国，但到30年代，日本就不管不顾其他成员国的态度，单独行动了。

在纳粹上台前，日本的侵略已经开始了。

崔莹：在你看来，日本侵略中国的主要动机是什么？

入江昭：要从1931年日本侵占中国满洲说起。日本侵略满洲，是因为希望扩张自己的领土。日本有野心的军事领袖认为，日本的居民太多，需要移居到满洲，他们也需要满洲的资源。但是显然，侵占别国的领土是侵略行为。

之前的1910年，日本已经吞并韩国，开始了在那里的殖民统治。1895年，中国台湾也成为日本的殖民地。20世纪30年代，日本的军国主义政府、政客甚至大众媒体都支持日本占领满洲,建立更大的日本帝国。

然后是侵占时机的问题。1928年,国民党统一了中国,日本担心中国会变得越来越强大,若要行动,就要趁早。当时全球正处于经济危机中,日本估计萧条的美国无暇帮助中国,苏联和英国也不会干涉。

崔莹:日本占领中国东北三省,建立伪满洲国后,面临多大的国际压力?

入江昭:1932年,国联派人调查此事,认为日本违反国联盟约。国联要求日本恢复"九一八事变"之前的局面,但被拒绝,日本同时宣布退出国联。

就这样,日本变成了国际社会的"亡命之徒"。

崔莹:英国历史学家安东尼·比弗曾称,从中国的角度看,把1931年日本侵占中国东北或1937年日本发动侵华战争作为二战的开端,都是可以理解的。而你认为,二战始于1931年日本侵略中国,这是为什么?

入江昭:我认为在亚洲战场,二战始于1931年——正是日本对中国东北的侵略,将美国、英国和苏联卷入亚洲战场,导致了世界大战。1935年,苏联已经在谴责日本了。1937年,美国干涉日本侵略中国。1939年,德国进攻波兰,点燃二战欧洲战场的战火。这一年,亚洲战场和欧洲战场合并在一起,成为世界大战。

尽管实际争斗始于1937年日本发动全面侵华战争,如果将德国、日本和意大利看成战争的一方,其他国家是战争的另一方,那么,二战肯定始于1931年日本侵略中国东北。

❷ 日本注定会失败

崔莹：你的《第二次世界大战在亚洲及太平洋的起源》一书，对日美关系的描述贯穿始终。为何在日本侵占中国之初，美国对这一事态置之不理？

入江昭：当时美国因经济危机元气大伤，美国总统胡佛主张尽量不卷入外国事务。1933年罗斯福上台后，也首先致力于国内经济重建。到1937年美国经济有些起色，罗斯福才逐渐考虑阻止日本侵略中国。

崔莹：具体来说，二战的欧洲战场对亚洲战场的影响是什么？

入江昭：英法忙于欧洲战场，没法帮助中国。到1940年，德国占领了法国和欧洲其他几个国家，主要国家只剩下英国和苏联没有被征服。

1939年，日本开始进攻越南、柬埔寨等东南亚国家，它们曾是法国殖民地。到1940年，日本试图建立新秩序，成立一个新的日本帝国。这一年，日本和德国、意大利签署《三国同盟条约》，确立了三个轴心国的联盟关系。而英国、美国、苏联和中国结成了同盟国。

崔莹：日本最终之所以战败，主要是因为美国军事力量的强大吗？

入江昭：仅仅评断军事力量的强弱是不对的，那时的日本侵略者忽视所有的人，包括中国人和美国人，也包括日本人。20世纪30年代，日本、德国和意大利民族主义甚嚣尘上。他们太自以为是，注定会失败。

崔莹：割裂亚洲战场和欧洲战场，这样的二战研究会导致什么？

入江昭：整个世界是联系在一起的，不可以孤立亚洲和太平洋地区的战事。在亚洲战场发生的事情会影响欧洲战场的局势，反之亦然。更理想的是，也关心中东、非洲等地发生的事情，从而更全面地理解在亚洲发生的事情。

所有的国家、所有国家的人都是相互关联的，我们无法更改过去，但是我们可以从过去中收获一些教训，争取更美好的未来。

崔莹：在今天，就你所了解到的，日本人如何看待二战这段历史？

入江昭：现在的大多数日本人对日本的过去了解很少，他们不清楚日本曾经如何侵略别的国家，如何战败。

很多国家都希望为过去辩解，日本也是如此，但这样做是不对的。历史是对发生的事情的真实记录，人们需要知道这些记录。

3
父亲告诉我这场战争多恐怖

崔莹：你生于1934年，这场战争对你而言意味着什么？

入江昭：上世纪30年代发生的事情我已经不记得了。1941年我刚上一年级，我清楚地记得1941年到1945年间发生的事情。这场战争给我的全家带来了很大的影响。当时我家在东京，我记得1944年，日本政府担心美国或其他国家进攻或轰炸日本，便要求小孩子们都从大城市撤离,我是其中之一。我不得不离开家,到东京附近的山区生活,并在那里待了一年。

崔莹:那你的父母呢?他们在二战期间的生活如何?

入江昭:我的母亲一直在东京。我的父亲是记者,20世纪30年代,他主要在欧洲采访报道。1941年,他被派往中国。1945年5月之前,我的父亲大部分时间在南京采访报道。可以说,二战结束前,我没见过我父亲几面。

二战结束后,我和父母在东京团聚了。1956年,我去了美国。算起来,我和父亲只共同生活了10年左右。

崔莹:父亲给你讲述过他在中国的经历吗?

入江昭:父亲当时为日本同盟通信社工作。1945年5月父亲从南京回来,我记得他告诉我,这场战争多么恐怖。他还告诉我,这场战争是由日本导致的,原因是因为日本对外界的无知。日本不了解中国,不了解美国。要重建日本,必须多了解其他国家。

父亲的感慨给我很多启发。1956年,我决定去美国,他很高兴。我觉得,只有了解世界后,才有资格发言,假如继续生活在日本,我很可能会变成民族主义者。

崔莹:父亲的经历是否影响你研究二战,写《第二次世界大战在亚洲及太平洋的起源》这本书?

入江昭:是这样的。我父亲汉语讲得很好,他非常喜欢中国和中国文化,总教导我要多了解中国——不仅是中国,也包括其他国家。后来我对研究国际关系和其他国家的历史感兴趣,也是受了父亲的影响。

我在美国生活了很多年,虽然很少见面,但我和父亲经常通信。他1945年对我说的话一直伴随着我:"尽可能地去了解外面的世界。"

崔莹：你曾经表明自己只是擅长"纸上谈兵"的学者，但今年5月，你联合186名欧美历史学家发表联名信，呼吁安倍政府正视日本战时强征"慰安妇"等历史问题。出现这种变化的原因是什么？

入江昭：我对政党并不感兴趣，无论是日本还是美国的政党。我对公共事务很感兴趣，比如人权问题、环境问题和教育问题。我认为教育很重要，我希望人们能够理解过去，共享知识。我希望更多的人能够超越国界，聚在一起，互相对话交流。这种融合实际上已经在发生，比如很多年轻人到外国留学，很多商人到外国做生意。

我已经教了50多年课。我教的内容非常简单："历史就是对过去的记录。过去无法改变，我们应该分享各自对过去的认识。"无论日本、中国还是美国，都要共同合作、学习，共同分享。

我的书已陆续在中国出版。很高兴更多的中国读者能了解我的观点，我们可以探讨，交换观点。

我出生在一个很糟糕的时代，幸运的是，今天的世界要和平很多。它尽管依然存在很多问题，但是也有更多的希望。我认为，美好的未来取决于人们是否能够合作，分享彼此的灵感和兴趣。

崔莹：你最近在做什么样的研究？

入江昭：我对从文化视角研究国际事务很感兴趣。我认为，观点、影像、灵感或类似的东西，会影响人与人之间的关系。我打算写的新书是从文化视角看19世纪之后的国际事务，比如贸易和旅行。

托马斯·伯根索尔 | 有德国年轻人不信奥斯维辛存在过

"很多个夜晚,我都会被焚尸炉那边传来的尖叫声和呼喊声吵醒。这些声音十分可怕。"

这是《幸运男孩:从奥斯维辛集中营幸存的回忆》一书中的描述。书的作者是10岁就被送进奥斯维辛的犹太人托马斯·伯根索尔(Thomas Buergenthal)。他在集中营长大,最终幸免于难,并成为著名的国际法学者和大法官。

《幸运男孩》的出版之路颇为曲折:书是用英文写的。写完之后,美国和英国的出版商不止一次地告诉托马斯·伯根索尔:"关于大屠杀内容的书卖不出去。"结果这本书是在德国先出的。以多种其他语言出版后,这本书的英文版终在美国问世,并成为畅销书。"我觉得我肩负一个特殊的使命:通过亲身经历,提醒全世界不要忘记这场人间悲剧。它给人类留下了永久的污点。"托马斯·伯根索尔说。

❶ 一听到"奥斯维辛"就想起焚尸炉的浓烟

崔莹：现在一听到"奥斯维辛"，你脑海里浮现的是什么？

托马斯·伯根索尔：浓烟从焚尸炉烟囱里冒出来的情景。被送到集中营后没通过初步筛选的人，比如儿童、老人和残疾人，会被直接送入毒气室，然后焚烧。

崔莹：你说只有通过大屠杀幸存者们的眼睛来看大屠杀，才能完全了解大屠杀。这是为什么？

托马斯·伯根索尔：长久以来，说到大屠杀的遇难者，人们通常用"600万"来概括。这种说法将遇难者转化成一群没有名字也没有灵魂的躯体，以非人的数字符号淡化了这场悲剧。实际上，这场灾难如此惨烈，未曾亲身经历的人很难描述。每一个经历过大屠杀的人，都有一个值得去讲述的故事。

集中营也是了解人性的地方，因为它让你明白：有些人为了生存可以做任何事；有些人则为了帮助别人不惜自己的生命。我希望我能知道，到底是什么促使人做出这两种截然不同的选择。

崔莹：这本书的书名是"幸运男孩"。该如何理解"幸运"一词？

托马斯·伯根索尔：我常被问到这个问题。1939年希特勒攻占波兰，那一年，我的母亲去了一个很有名的占卜大师家。占卜大师告诉母亲："很糟糕的事情即将发生在你家人的身上，但你的儿子会是'永远幸运的孩子'，他会在未来艰难的人生旅途中安然无恙。"后来我们在奥斯维辛分散了，但母亲一直在找我。占卜大师的这个预测成了她的精神支柱。所以，用"幸运男孩"这个词是为了怀念我的母亲。

我的确也很幸运。我很"幸运"能进入奥斯维辛——大多数到达比克瑙火车站（位于奥斯维辛附近）的人会被初步筛选，我们这拨人则被直接送进了集中营。我们是由一所劳动集中营送来的，党卫军负责人大概认为我们中的儿童和老人已经被淘汰了。这样说来，我是幸运的。

崔莹：在奥斯维辛，你失去了父亲。这件事对你造成多大的伤害？

托马斯·伯根索尔：回答这个问题的感觉很独特。就在昨天，我还对妻子说，我依旧想念我的父亲，虽然现在我已经82岁了。再也没有机会向父亲告别了。

在一次集中营的筛选中，父亲在前，我跟在他身后。他们让父亲往左，让我往右。父亲使劲拉着我，但一个党卫军看守拽住我，另一个把父亲赶出了囚房。这是我们的最后一次见面。

至今我依然想念父亲，我想这样的情况常发生在早年失去父母的孩子身上。我想念那个原本可以陪我长大、给我很多建议的人。当这个人不在了，这件事可能会影响你的一生。

崔莹：在书中，你描述了很多乐观而非恐惧的故事。在集中营里的生活，哪些是被你选择性遗忘了的？

托马斯·伯根索尔：和父亲分开后，我住在一个囚房，那里离毒气室很近。哪怕是晚上睡着时，我也能听见人们的呼喊。我已经分不清哪些是真实发生的，哪些是梦里的。

我曾经做过一个噩梦：我站在犹太人的队伍里，等待被枪毙。一个晚上，我告诉自己："别怕，这不过是梦。"从那之后，我再也没有做过关于集中营的噩梦。但我知道很多人，包括我母亲，都会经常梦见这段可怕的经历。

❷ 几十年后才有勇气重返奥斯维辛

崔莹：1991年，你第一次返回奥斯维辛。当时为什么有勇气重返那里？

托马斯·伯根索尔：实际上，20世纪80年代末我就到过波兰。当时别人问我是否想去奥斯维辛参观，我回答："不，我不敢一个人去。"

1991年，我的母亲去世了。我最终有了勇气，也觉得有义务回奥斯维辛看看。我告诉妻子，我们就像游客一样去，别的什么都不要做。

当时的感受很奇怪，奥斯维辛已经不是我记忆中的奥斯维辛了：鸟在天上飞，地上冒出了青草，还有星星点点的野花。而我被关押在这里时，天空总是灰暗的，空气中弥漫着焚尸炉的烟雾。因为那些刺鼻的烟雾，鸟儿早就远走高飞了，也看不到绿草。

很多囚房也不在了。二战后，波兰人需要木头，把它们拆掉，当柴火烧了。对我而言，这样的情景反倒容易接受——倘使一切是老样子，我一定无法控制自己的情绪。

崔莹：你哭了吗？

托马斯·伯根索尔：看到一个囚房时，我告诉妻子："我妈妈曾经关在那里。"然后我哭了。

崔莹：后来你又回过奥斯维辛吗？

托马斯·伯根索尔：2000年，一名英国记者希望等"死亡行军"（二战末期纳粹强迫囚犯进行的大迁移，很多囚犯在途中死去）55周年纪念日那天，在集中营旧址采访我。我同意了。此后，我再也没有去过。

有人曾邀请我在二战结束70周年时重返奥斯维辛，但我不想。萨克森豪森集中营我也只去过两次，我后来是在这里被解放的。我想让这些过去永远成为过去。

3
他们大概认为关于大屠杀已经没什么好说的了

崔莹：这本书是你在60年后的回忆。你为什么感到这个时候该回忆了？

托马斯·伯根索尔：在有自己的家庭和孩子后，我就希望写本书，让孩子了解我的经历和我们家族的历史，但我一直没有动笔。后来，在某个瞬间，我意识到，如果现在不写，以后就很难有机会写了。那时我已经是国际法官，恰好夏天有点时间，我就开始动笔。书的初稿是在3周内完成的。所有记忆都那么清晰，文字喷涌而出。我一直担心我会忘记一些情节,但我什么都没忘。

如果我在早些年前写书,书中一定会充满了仇恨和报复的情绪,不会像60年后的这本。我想,如果罪犯得到了惩罚,有关国家道了歉,我们就应该向前看,否则冤冤相报何时了啊。我们应该从这些悲剧性事件中获得启示,致力于研究为什么人类会重复过去的错误,设法终止这些恶性循环,而不是一味沉浸于过去的苦难。

崔莹:这样的想法应该与你后来的经历有关:二战结束后,你回到德国与母亲团聚。你说,当时德国的氛围帮助你和母亲逐渐克服了仇恨和报复的欲望。

托马斯·伯根索尔:是的。最初看到在我周围走来走去的德国人,想起他们对我家人的所作所为,我对他们充满了仇恨。但上学后,我和德国孩子在一起相处。我逐渐意识到,德国的孩子不应该对那场灾难负责。不久我认识了他们的父母,他们也都是很善良的人,然后我开始反思我的仇恨心态。在集中营帮助过我的挪威人也曾告诉我,仇恨是没有用处的。大概两年后,我对德国人的仇恨消失了。

当然,我不会忘记在集中营的经历,不会忘记纳粹德国对犹太人的伤害。但我也明白,这些恶行是上一代人犯下的。而我的一些没有经历过大屠杀的亲戚早年去了美国,他们至今没有放下那些仇恨。也许亲历过大屠杀的人,恰恰希望快些忘掉那些痛苦的经历。

崔莹:在写这本书时,你遇到过障碍吗?

托马斯·伯根索尔:在动笔时我才意识到:孩子并不擅长记忆具体的时间和日期,他们只会记情节和画面。我不知道我是哪一天被送进奥斯维辛集中营的。在咨询了奥斯维辛集中营档案馆后,我才得知确切的日期。我也不知道后来我在的萨克森豪森集中营是哪一天被解放的,我在网上找到了这个信息。

崔莹:书里有很多你童年的照片,比如你和父母的合影。经历过那场浩劫,它们是怎么保存下来的?

托马斯·伯根索尔:当我的爷爷奶奶知道将被送往波兰犹太人隔离区时,他们把杂物装进一只行李箱,交给一家德国邻居保管。(伯根索尔的爷爷奶奶后均在波兰丧生。)二战后,母亲回到德国,这家德国邻居把箱子给了母亲。这些照片就在箱子里。这家邻居太了不起了,他们冒着生命危险保存了我们的行李箱。

另外,还有一些照片来自我叔叔。他于1938年离开德国,幸免于难。

崔莹:这本书的首版是2007年在德国出版的。之前美国和英国的一些出版商拒绝你的理由是,"关于大屠杀内容的书卖不出去"。为什么他们会有这样的判断?

托马斯·伯根索尔:他们大概认为关于大屠杀已经没什么好说的了,那些内容读者已经都知道了。

然而,具有讽刺意味的是,这本书由德国首先出版,并且在德国畅销书排行榜上好几个星期。在美国,这本书现在也已经销售了20万册。我告诉妻子,我最想做的,是写信给所有拒绝出版《幸运男孩》的出版社,告诉他们这本书有多么受欢迎。

加上中译本,这本书现在已经在15个国家出版了。对我而言,这具有特殊的意义。作为大屠杀的幸存者,我觉得我肩负一个特殊使命:通过亲身经历,提醒全世界不要忘记这场人间悲剧。它给人类留下了永久的污点。

崔莹:其他奥斯维辛幸存者怎么评价这本书?

托马斯·伯根索尔:他们评价过我在书中所提到的一些情节。

在华盛顿的美国大屠杀纪念博物馆发表演讲时，我说到在被党卫军转移的途中经过捷克斯洛伐克时，有人往车厢里扔面包，这些面包让我活了下来。我问其他幸存者是否记得这样的情景。他们都记得。这些面包也让他们活了下来。

除此之外，我很少听到其他幸存者对这本书的评价。我想，大多数幸存者和我一样，不去读关于大屠杀的书，不去看关于大屠杀的电影。我可以和别人讨论我的经历，但仅此而已。

4
有德国年轻人不相信奥斯维辛真的存在过

崔莹：奥斯维辛的这段经历，对你后来的人生产生了什么影响？

托马斯·伯根索尔：它对我人格的形成，对我成为国际法教授、人权律师和国际法官，都有着非常大的影响。我后来开始关注国际法及其分支——国际人权法。

我一直努力和人与人之间的歧视与仇恨斗争，它们常纠结在一起。在我看来，那些可怕的事件都是歧视和仇恨、一个群体和另一个群体对峙的结果。随着时间的流逝，我越来越坚定地认为，自己工作的目的，是建立一个人类权利和尊严在任何地方都能被保护的世界。

崔莹：你曾在美洲国家间人权法院和联合国萨尔瓦多内战真相调查委员会工作。在此期间，你主要做了什么？

托马斯·伯根索尔：在美洲国家间人权法院任职期间，我们最重要的成就，是下达了有史以来第一个判决书，认定一个国家（洪都拉斯）应对实行强迫失踪政策承担责任，并判定政府向受害人家属支付赔偿金。因为我自己的经历，在情感上，我能迅速理解受害者的境遇。当然，我也会担忧，因为自己的经历，我可能更偏向受害者而非加害者，所以我时刻叮嘱自己要保持客观。

崔莹：2015年，奥斯维辛前记账员奥斯卡·格罗宁被控是谋杀从犯。你是否关注了当时的审判？

托马斯·伯根索尔：我知道这场审判。这场审判旨在提醒人们不要忘记由这些人导致的那场悲剧，但是，这样审判是否也会产生一些负面影响？按理说，战后真相委员会早就应该揭露所有的罪行，对罪犯进行审判，不该拖到今天。这么晚才去审判对方的罪行，而且这个人已经90多岁，这只会令公众对当事人产生同情。

崔莹：那讨论这些事是否有意义？

托马斯·伯根索尔：有，而且很重要，因为这有助于避免类似的悲剧再次发生。但是在今天，那些主要罪犯已经被审判，得到相应的处罚，或者已经去世。目前接受审判的那些在世的人，像奥斯卡·格罗宁，只是普通的士兵。

崔莹：他在法庭上称自己只是杀人机器的齿轮，只不过"在道德上有罪"（morally guilty）。你如何看待他的辩解？

托马斯·伯根索尔：我不知道什么是"在道德上有罪"。法庭只会审判他本人的行为，不会审判他的道德和良心。我认为，在此案中，他负有刑事责任，而他拒绝认罪。但是在他这样的年纪，并且是在二战后70年对他进行审判，则是另外一回事。我也不知道该怎么评定这场审判，各方争论都有道理。

在今天，德国的极右势力依然存在，尽管只是极少数。《幸运男孩》出版后，我在德国做讲座，也有年轻人告诉我，他们之前并不相信奥斯维辛这样的悲剧真正发生过。我希望用我自己的经历和反思，唤起国际社会采取行动，进一步保护人权。

崔莹：随着奥斯维辛幸存者逐渐去世，这段历史的见证者越来越少。人们该如何抵抗遗忘？

托马斯·伯根索尔：我相信教育的力量。我们应该在孩子很小的时候就教育他们，人类是平等的，无论各自的肤色和语言存在多大的差异。我们应该教会他们宽容。

类似的悲剧可能再次发生吗？我相信会，因为一些恶的因素依旧存在。但我们要努力避免它，同恶魔斗争只能通过教育。

马克斯·黑斯廷斯 | 二战中最出色的间谍是谁？

《秘密战：1939—1945年的间谍、密码和游击队》是英国著名历史学家马克斯·黑斯廷斯（Max Hastings）的第25部作品。在书中，黑斯廷斯分析了二战中间谍、密码破译者和其他情报机构的工作，并采用全新的视角审视了二战历史。

黑斯廷斯是相当高产的二战史专家。他关于二战的著名作品包括《大决战：对德之战1944—1945》《复仇女神：对日之战1944—1945》《登陆日与诺曼底之战1944》《轰炸机军团》和《德意志帝国：1944年6月纳粹第二装甲师进军法国》等。因在军事写作领域的杰出成就，黑斯廷斯被授予爵士称号。

① 从全球视角来写间谍故事

崔莹：你最拿手的题材是两次世界大战。你为何对战争史写作如此感兴趣？你的成长经历对此有何影响？

马克斯·黑斯廷斯：我想，所有专业作家都会考虑写读者感兴趣、卖得出的书。上世纪六七十年代，我是BBC的驻外记者，报道过越南战争、中东战争和印巴战争。从那时起，我开始对战争研究产生兴趣。

1979年，我的第一本关于二战的书——《轰炸机军团》出版，它是根据我所采访的100多位二战老兵的回忆写成的。书的销量很好，而且得了很多奖。然后，我继续写这类东西。

我的妈妈很聪明也很严厉。她对我说："你为什么要写这些无聊的战争啊？为什么不写19世纪的历史、十字军东征的故事？"我回答："我是为了生存啊！"很多读者对这类题材感兴趣，尤其是关于二战的——二战是人类历史上最重要的事件。

我的父亲是战地记者，他也写小说。实际上，我家三代（包括祖父）都是作家，我好像别无选择。（笑）

崔莹：为写《秘密战》，你参阅了英、德、法、美等国的二战史资料。获取这些资料是否有难度？

马克斯·黑斯廷斯：二战结束后，日本销毁了和二战有关的大量资料，保留下的部分也不允许历史学者查阅。所以我的绝大部分资料来自英美。

有趣的是，当我读英国档案馆的资料时，读到了很多份英国密码破译者破译的德国情报，其中很多信息和苏联有关——二战时期，即使和英美是同盟国，苏联也什么都不告诉英美，英美只能通过破译德国密码了解苏联的情况。

崔莹：如何保证收集到的资料是真实的？

马克斯·黑斯廷斯：没法保证。很多资料是二战亲历者的回忆，估计其中只有一半准确，而你没有把握是哪一半。（笑）我只能尽力进行接近事实的推测，因为历史从来不会是明确的。

崔莹：和其他此类二战书籍相比，《秘密战》有何不同？

马克斯·黑斯廷斯：首先，《秘密战》是从全球视角来写间谍故事——我个人觉得，我们不该再从单独一个国家的视角看问题。其次，它评估了这些间谍行动和情报机构工作的有效性。

关于间谍行动和情报机构的书很多，但差不多所有的书都只与这些行为本身有关：人们发现了哪些机密文件，密码破译者破译了哪些内容。但实际上这些并不重要，重要的是这些行动是否影响了战争。

2
破译了密码，并不意味着就能成为战胜方

崔莹：请说一下《秘密战》的具体内容。在这本书里，你有哪些新的发现？

马克斯·黑斯廷斯：我的发现包括：苏联有当时最好的间谍网络，特别是"红色管弦乐队"（一个打入德国政府内部的苏联间谍组织）。这个组织为斯大林提供了大量的重要情报，包括纳粹德国很快要进攻苏联的消息。但斯大林根本不听——他不相信他们。

日本也是如此。他们破译了大量国民党的密码，但日本军官非常高傲，认为这些间谍行动是在浪费时间。他们对这些情报并不感兴趣。他们还安排很蠢的人开展这类行动。我采访过一名二战期间在日本情报机构工作的军官，他告诉我，在当时的日军中，如果某人被派往情报机构工作，就意味着他的事业到了终点。

纳粹德国呢？希特勒也不能客观地对待情报。进攻苏联前，德国情报机构收获了大量情报，提及苏联的武器产量，以及红军变得有多强大。希特勒对此根本不相信，并且感到不快。之后，希特勒的元帅威廉·凯特尔就命令情报机构：不要汇报可能让希特勒不开心的情报。1935年，对情报工作一无所知的卡纳里斯被任命为德国情报机构的头儿。

德国的一个间谍人员一度让英国情报机构大伤脑筋。当时英国几乎破译了德国所有的密码，他们发现一个德国间谍在斯德哥尔摩不停向柏林发信息，说这些信息是从英国渠道获得的。它们的内容匪夷所思，其中一条是：1944年9月，盟军将派伞兵占领莱茵河

大桥。英国情报机构一度动用大量人力物力调查此事，战后他们发现，这个德国间谍发的信息都是他自己瞎编的。

我还发现，盟军的将领也很自满。在1944年9月的阿登森林战役前，有很多情报表明德国士兵会聚在一起发动一场大战，但盟军认为德军缺少汽油等战争物资，不会发动进攻。他们错了。

崔莹：简单归纳的话，二战期间盟军的谍战，对盟军获胜的贡献主要体现在哪些方面？

马克斯·黑斯廷斯：首先，对于海战而言，情报机构的用处要大一些——无论过去还是现在，在海战中，最重要的是知道敌人的战舰在哪儿，因此密码破译工作和间谍工作就有用了。依靠情报，在1942年之后，我们能确定敌方潜艇的位置，这些信息为同盟国赢得大西洋海战做出了贡献。

其次，密码破译者真正影响了战争。密码破译改变了情报机构工作的性质。战后很长一段时间内，人们都认为英国军情六处没有尽职，因为他们的间谍没人混进纳粹德国的高层。的确如此。但英美的情报工作者成功破译了纳粹德国与其驻日大使馆之间频繁沟通的密码信息。根据这些信息，盟国可以部署行动。

崔莹：《秘密战》的结论之一，是谍战在二战中的作用被高估了。这和人们此前的理解有很大出入。你为何得出这样的结论？

马克斯·黑斯廷斯：这个结论来自我的一位美国同事。他说，他研究了一辈子二战时期的情报工作，结果发现这些工作并没有改变什么。我个人认为这个判断有些极端。我的观点是，二战中，情报机构起到了一些非凡的作用，但情报机构收集的情报中，只有0.01%起了作用。

我为什么这么说？首先，情报机构的工作人员的确做出了一些非凡的工作，比如布莱奇利公园的密码破译者破译了德军的密码。但结果呢？当时有6000多人在布莱奇利公园工作，破译工作规模之大，几乎成了一大产业。但盟军依然用了一年多时间才到达柏林，因为同德军作战相当困难。

破译了密码，并不意味着就能成为战胜方——胜利需要真枪实弹的对抗。战争初期，布莱奇利公园破译的密码给盟军提供了很重要的参考，比如德军在哪里登陆，日军要攻击马来西亚的哪个位置。但是即使知道了这些情报，也不能改变之后英军惨败的事实，因为当时英军的力量很弱，指挥作战的将领能力也不行。

1944年末，盟军到达了荷兰的阿纳姆。他们从情报机构那里得知：德国有两个装甲师在这里。消息是真的，但他们依旧战败，因为德军军力强大。

3
理查德·佐尔格是历史上最出色的间谍

崔莹：你个人认为历史上最出色的间谍是谁？

马克斯·黑斯廷斯：理查德·佐尔格。我认为他是二战期间最出色的间谍，也是历史上最出色的间谍。

理查德·佐尔格曾经在中国进行间谍活动。他的父亲是德国人，母亲是苏联人。他是坚定的共产主义者，非常有魅力，所有见过他的人都会被吸引。被派往东京后，他在东京的德国大使馆工作，为苏联收集情报。他和驻东京的德国大使成为朋友，和大使的妻子有绯闻。

实际上,在之后的八九年里,几乎没有他勾引不到的女性,同时他也几乎向苏联汇报了德国大使馆所有的秘密。(1941年5月,佐尔格得知德国将于6月22日前后进攻苏联;当年8月23日,他获知日本不准备在当年向苏联宣战,这使得斯大林放心地从东线抽调11个步兵师到西线作战,在莫斯科城下遏制了德军,保证了苏军斯大林格勒保卫战的胜利。)

也是这一年,他被逮捕。1944年,他被处死。

崔莹:你如何看待情报工作在现代社会的作用和挑战?

马克斯·黑斯廷斯:令人惊喜的是,在英国,密码破译者继续做着非凡的工作。过去几年里,他们发现并阻止了多起恐怖袭击计划。和二战不同的是,如今我们进入了一个新时期。我们可以避免大的、白热化的战争,我对此很乐观,但我们正处于网络战争的阴影下。

此外,在今天,即使所有国家都拥有出色的情报收集机器,人们却依然很不理解收集到的这些情报。英国和美国在伊拉克的表现就不好。我经常对在情报部门工作过的人说:"美国在情报机构的工作上花了十多亿美元,但他们依然搞不清中东到底有哪些组织。"

崔莹:让我们再谈谈世界大战的写作趋势。在你看来,近年来,在两次世界大战的写作方面,有哪些内容值得挖掘?

马克斯·黑斯廷斯:关于二战,总有些新的内容可以挖掘,比如中国在二战中的作用——大部分西方读者几乎不知道中国卷入了二战。我曾在某场讲座中提到,有1500万中国人死于二战。我依然记得当时观众惊讶的表情。

2007年,我的《复仇女神:对日之战1944—1945》一书出版。为了写它,我曾到中国北方采访二战亲历者。一位农民向我讲述他的童年,然后我问他:"你是否记得童年里令你快乐的时刻?"他有点生气地望着我说:"怎么有快乐而言?我们就只能工作、工作,根本不知道快乐的含义。"当时他生活的地方被日军占领,后者对中国人非常残暴。大多数西方读者对中国人的这些经历一无所知。

我希望我的书以及更多的书,能告诉西方读者这些他们还不知道的故事。

崔莹:你目前在写什么?

马克斯·黑斯廷斯:我在写一本关于越南战争的书。下个月,我就会去越南采访。

沙希利·浦洛基 | 书写切尔诺贝利的悲剧史

"那些在操作室的人突然听到一声巨响……他们以为地震了。过了好一会他们才意识到是人造地震——他们自己导致的地震。"

哈佛大学乌克兰史专家沙希利·浦洛基（Serhii Plokhy）在他的著作《切尔诺贝利：一部悲剧史》（*Chernobyl: History of a Tragedy*）中如此描述发生在1986年4月26日的切尔诺贝利核事故。

这本书赢得2018年英国最顶尖的非虚构文学奖贝利·吉福德奖（The Baillie Gifford Prize，前称塞缪尔·约翰逊奖）。

切尔诺贝利核事故是世界史上最严重的核泄漏事件。事故发生时，时任大学讲师的浦洛基就住在距离切尔诺贝利约800公里的地方。当苏联当局惊慌失措地寻找事故原因时，住在附近核辐射污染区域的民众纷纷背井离乡，撤离人数达35万人。

这起爆炸令世界处于核毁灭的边缘，导致欧洲一半区域受核辐射污染。在《切尔诺贝利：一部悲剧史》中，浦洛基借助最近几年刚刚对外公布的历史资料，搜集到丰富的访谈素材，重塑当时紧张的情境，完整地讲述了身陷核噩梦的科学家、工人、消防员、警察、政客和当地人的故事。

浦洛基出生于俄罗斯，父母是乌克兰人，如今他已经在美国生活了20多年。他认为这本书受欢迎的关键在于充满人性化的故事：工厂管理者犯下了可怕的错误为此付出生命代价或最终入狱，消防员和士兵试图控制反应堆却使自己陷入必死无疑的境地，科学家逃避责任试图掩盖设计缺陷等。在冰冷的档案文件之后，沙希利·浦洛基梳理出令人动情的个体故事。

浦洛基是这场灾难的亲历者，写一本关于这场灾难的专著是他的夙愿，但他一直苦于没有可查的史料。直到2013年，乌克兰"尊严革命"爆发，并推动政府改革，涉及核事故的档案资料变得容易获得。在之后的4年时间里，浦洛基完成了这部内容丰富、资料翔实的著作。

33年过去，切尔诺贝利核事故的阴影不散，核辐射下的空城阴森骇人，还有一大批人继续为如何处理受损的核反应堆忙碌着。

浦洛基在书的结尾写道："一起切尔诺贝利核事

故和一个核心禁区已经令全世界不堪重负,人类无法承受再多的核事故。我们必须从1986年4月26日的切尔诺贝利核事故和之后的救灾过程中获得教训。"

❶ 切尔诺贝利遗址可能是人类未来的一瞥

崔莹：谈起切尔诺贝利核事故，通常人们最先想到的是诺贝尔文学奖得主、白俄罗斯女记者阿列克谢耶维奇的《切尔诺贝利的悲鸣》，她的作品给你哪些启发？

沙希利·浦洛基：《切尔诺贝利的悲鸣》是我写《切尔诺贝利：一部悲剧史》之前阅读的第一本关于切尔诺贝利核事故的书。这本书充满感染力，我不得不把它放在一边，暂时不写关于切尔诺贝利核事故的任何内容，因为我无法面对这些悲惨。

几个月后，我才觉得自己做好了准备，继续写作。我的书中不仅包括切尔诺贝利核事故发生前后的政治事件，也包括人性的故事，这些人性的故事是阿列克谢耶维奇著作给我的启发。

崔莹：你是切尔诺贝利核事故的亲历者，为何在很多年后才决定写这本书？

沙希利·浦洛基：过去四五年，乌克兰发生了"档案革命"，即作为乌克兰政治变革的一部分，前政党的档案和苏联克格勃（KGB）的档案变得比之前容易获得了。乌克兰政府公开了关于切尔诺贝利核事故的资料，并且我有机会获得在政府委员会的灾难应对的资料、克格勃（KGB）关于事故的资料，这些因素成为我写作《切尔诺贝利》的前提。

崔莹：在《切尔诺贝利》的序言部分你首先写了跟旅游团前往切尔诺贝利参观的经历，为何去那里参观？当时是怎样的情形？

沙希利·浦洛基：参观切尔诺贝利是我写作前的第二个准备，也正是在那里，我觉得我一定要写这本书，讲在这里发生的故事，因为我是这段历史的亲历者，我有责任将这些历史告诉年轻人。

很多人将切尔诺贝利核电厂附近的小城普里皮亚季（Pripyat）比作意大利的庞贝古城，但两者有巨大的区别。庞贝因火山爆发而被摧毁，所有的建筑被损坏；在普里皮亚季，所有的建筑依旧保持原样，仿佛被封进了"时间胶囊"。

在那里，你可以看到20世纪80年代的标语，可以看到列宁纪念碑。大自然侵占了这个小城，树林占领了以前的城市广场，两座体育馆也被灌木丛覆盖。很多种野生动物在那里出没，仿佛已经接管了这个小城。这大概是未来的一瞥——假如人类不够谨慎，对科学使用不当的话，未来可能就是这样。

崔莹：如今，切尔诺贝利核事故遗址已经成为乌克兰的"景点"，吸引了很多游客，你怎样评价这个现象？

沙希利·浦洛基：在距离切尔诺贝利大约140公里的基辅，你可以看到很多旅行公司，竞相吸引国内外游客去切尔诺贝利一日游、两日游。

人们也在就如何利用切尔诺贝利的核心禁区（Chernobyl Exclusion Zone）提出建议，其中一个建议是在核反应堆上建造能够储藏核废料的储存库。乌克兰继续使用核能，该国50%的能源来自核能，显然，核废料储藏库是必要的，但这个建议不受欢迎。也有人建议在那里建太阳能发电站，我知道一家中国公司对这个项目很感兴趣。为能够从禁区获得经济收益，人们正在进行不同的尝试。

❷ 所获得的材料会引导我的写作方向

崔莹：《切尔诺贝利》的第一章不是从事故发生那一天写起，而是写灾难两个月前的1986年2月，将切尔诺贝利核事故放在这样的历史背景下，是否表明事故的发生是个必然？

沙希利·浦洛基：是这样。这一章介绍切尔诺贝利核事故发生的背景，因为这个背景对灾难的发生非常重要。那次事故发生在1975年，发生地是圣彼得堡（当时的列宁格勒）附近的核电站，规模较小，很少有人知情。这种极端保密的气氛由冷战导致，也是导致切尔诺贝利核事故的重要因素。

另一个重要的背景是，苏联经济衰退，为了遏制这种状况，他们决定未来五年兴建更多核反应堆，并缩短每个反应堆的建设时间。

崔莹：书的素材来自哪里？你是否对当事人、受害者进行采访？

沙希利·浦洛基：主要来自档案资料、公开发表的报刊书籍等，我本人没有做任何采访，但我搜集到成百上千其他人做过的采访，包括事故发生时在附近上班的人的访谈，曾住在普里皮亚季、后来被迫搬离的人的访谈等。我侧重选择一些人性化的内容，并尽量塑造关键人物，比如切尔诺贝利核电厂主任Briukhanov先生，他曾经在身体尚可时接受了很多记者的采访，他的妻子也接受了很多采访。我决定写他，就搜索和他相关的采访内容。

崔莹：这是否意味着——在搜集材料之前，你就知道要写哪些方面的内容了？

沙希利·浦洛基：有时我知道要写的内容，然后去搜集相关资料。有时我所获得的材料会引导我的写作方向，即一些有意思的采访、一些鲜为人知的资料，启发我用不同的视角，或写不同的章节。比如，我获得了乌克兰政府委员会关于切尔诺贝利核电厂事故的材料，这些材料讨论如何处理被污染的牛奶、被污染的田间农作物，以及假如基辅民众发生恐慌，该如何应对等问题，这些资料启发我写了相关的章节。

3
隐患依然存在

崔莹：戈尔巴乔夫曾表示：切尔诺贝利核事故可能是苏联解体的真正原因。你赞同这一观点吗？你认为事故在苏联解体中起了什么样的作用？

沙希利·浦洛基：切尔诺贝利核事故呈现出的是苏联在解体前，其经济和执政层面存在的深层次错误。切尔诺贝利核事故的发生加速了一个已经濒临死亡的政治体系的解体。

事故发生后，乌克兰、立陶宛和亚美尼亚相继举办国际聚会。立陶宛是第一个举行独立公投的苏联加盟共和国，它于1990年3月宣布独立。乌克兰于1991年12月举行全民公决宣告正式独立。

崔莹：你如何评价戈尔巴乔夫在这起事故中的反应？

沙希利·浦洛基：戈尔巴乔夫是隐瞒信息的罪魁祸首。全球性的重大灾难发生后，国家领导者却保持沉默，事故消息首先来自西方。当然，将所有罪责归咎于戈尔巴乔夫也是不公平的，因为他也试图改变苏联的保密制度。讽刺的是，在瑞典公布核辐射水平不断上升的同一天，戈尔巴乔夫说服了官方公布事故信息。戈尔巴乔夫最终提出"开放政策"（glasnost），切尔诺贝利核事故成为人们最想知道真相的事件。

崔莹：乌克兰执政者如何对待核能？

沙希利·浦洛基：乌克兰议会最初决定叫停所有新反应堆的建设，尽快关闭其他反应堆。但20世纪90年代末，乌克兰经济崩溃，没过多久，原本投票要求结束核工业的议员转而投票支持投建新反应堆，继续使用核能。乌克兰政府只是在西方国家的迫使下，关闭了切尔诺贝利核电厂。

同时，乌克兰政府向国际社会寻求帮助，进行切尔诺贝利核事故后的处理工作，包括在受损的反应堆上搭建"金属保护罩"，这是一个由七国（G7）集团和国际社会承担的项目，使用的是国际资金。

崔莹：切尔诺贝利核电厂遗址现在安全了吗？

沙希利·浦洛基：1986年夏天，工作人员在高核辐射的环境下用几个月时间建造了保护罩，如今，新的保护罩很重要，并能起到一定作用，但真正解决遗址的安全问题则需另外的方法。据统计，只有5%的放射性燃料和废物被释放到了大气中，大部分放射性物质依然在反应堆内。

我并非危言耸听，乌克兰科学家告诉我，他们并不知道反应堆内正在发生什么。想象一下，就算关闭所有核电厂，也并不意味着核危险已经结束——因为那些核燃料、核废料依然存在，大量的辐射依然存在，依然需要被处理。也就是说，新的保护罩不能从根本上解决问题，正确的处理方法是去现场提取燃料，进行分析，但这需要很多钱。未来几十年、几百年，这个隐患依然在，人们要继续投资对遗址进行监控和维护。

崔莹：据报道，新建的保护罩耗资16亿美元，截止到今天，切尔诺贝利核事故的灾后处理已经花了多少钱？

沙希利·浦洛基：国际社会的捐款有据可查，但没人知道苏联政府用于灾后处理的花销。苏联官员曾回答这个数字大概是数十亿美元，但苏联政府调动的资源是无法用钱衡量的，比如他们让10万名身强力壮的民众停下各自的工作，派他们到切尔诺贝利核电厂进行灾后清理工作，这需要多少钱？没人知道。

❹ 灾难不会遵守国界

崔莹：你在书中写到，乌克兰民众的一部分工资被政府征用来进行灾后处理。乌克兰政府要为核事故的受害者提供哪些资助？

沙希利·浦洛基：是的，这是一种特殊的"切尔诺贝利税"。在乌克兰，还有一笔巨大的支出是为切尔诺贝利核事故的受害者提供健康和经济支持。人类学家阿德里亚娜·佩特里纳（Adriana Petryna）在《暴露下的生活：切尔诺贝利核事故后的生物公民》

(Life Exposed: Biological Citizens after Chernobyl)一书中描述了这一现象，并提出"生物公民身份"（biological citizenship）这一概念，指出公民依据其受伤害的"生物性身体"，有权向政府索要相关的生物医药资源、社会平等权利和其他基本人权。

这也是乌克兰政府所面临的一个重大政治问题。医学界人士很难总结切尔诺贝利核事故到底会给人们带来什么。日本广岛和长崎原子弹爆炸，是在短时间内释放了大量的核辐射，而切尔诺贝利核事故则是在很长一段时间内持续放射低剂量的核辐射。科学家们为此争论不休，无法判断长期接触低剂量核辐射对人体健康意味着什么。

崔莹：灾难发生后，负责清理工作的人被称为"清理人"，他们在工作过程中接触了高剂量的辐射，这些"清理人"现在的生活状况如何？

沙希利·浦洛基："清理人"是一个特殊的群体，即受核辐射影响的受害者。他们不仅存在于乌克兰，也存在于其他国家。切尔诺贝利核事故发生时，苏联调遣的是整个苏联地区的民众去救灾，这些人通过军队招募的方式被派遣到切尔诺贝利。今天，这些"清理人"聚居在俄罗斯西伯利亚、俄罗斯中部、白俄罗斯和哈萨克斯坦等地区。他们一直呼吁所在的国家能够保护他们的利益。

在乌克兰，"清理人"能获得很多帮助，但在其他苏联加盟共和国，他们的处境艰难。其中，白俄罗斯是受切尔诺贝利核事故影响较大的国家，尽管反应堆位于乌克兰，但事故发生后的头几天，风是向北和西北吹的，这意味着白俄罗斯至少有四分之一的领土受核辐射影响。

在灾难处理方面，白俄罗斯和乌克兰的态度截然不同。乌克兰将其转变成了一场政治动员，寻求全世界援助，但白俄罗斯一直封闭,称核辐射水平较低,不会影响民众健康,这很令人担忧。

崔莹:切尔诺贝利核事故和2011年的日本福岛核事故相比,有哪些不同?

沙希利·浦洛基:两次事故明显不同。切尔诺贝利核事故由人为错误、工作人员无视安全等问题导致,福岛核事故则由大自然引发。与此同时,将福岛核电站设置于不稳定、多地震,并且离海很近的区域,并非是上帝的旨意,而是人类的决定。两次事故人类都有罪责,只是程度不同。我希望人们能从这两次灾难中吸取教训。

崔莹:什么样的教训?

沙希利·浦洛基:历史不能重来,我们也不可能假装事故从未发生。既然已经发生,这段历史就要被铭记。我不建议禁用核能,但我们必须非常小心地对待核能,或寻求比核能危险性小的能源。切尔诺贝利核事故发生后,整个行业已经吸取教训,有了很大改进,但福岛核灾难再次提醒人们核能的危险性和未知性。

崔莹:这个事故给世人带来怎样的启发?

沙希利·浦洛基:这个事故引发国家主权和核电厂关系的讨论。一些中东国家和苏联国家,包括白俄罗斯和立陶宛等,正在考虑或建造新的核反应堆,但一旦发生核泄漏事故,这些国家没有足够的实力和财力应对灾害。灾难不会遵守国界,一旦发生,便会影响其他国家。这启发人们思考:应当有国际组织介入核电厂的建造、监督核安全。我认为,应该加强这类组织的作用。

彼得·伯克 | 布罗代尔受马克思的影响有多深？

在20世纪，影响最大的史学革新运动是由法国年鉴学派发起的。这一学派因创办于1929年的《经济社会史年鉴》而得名。（该杂志四次改名，目前名为《历史与社会科学年鉴》）他们主张以问题导向的分析史学取代传统的事件叙述；以人类活动的整体历史取代以政治为主体的历史。他们还主张史学研究要与地理学、社会学、心理学、经济学、语言学、人类学等学科合作。可以说，年鉴学派是"新史学"发展过程中最重要的推动力，影响深远。

系统介绍这一学派的《法国史学革命：年鉴学派，1929—2014》一书已经在中国问世。它的作者是80多岁的英国历史学家彼得·伯克（Peter Burke）。他也是剑桥大学文化史荣休教授和伊曼纽学院研究员。

"我像许许多多其他外国历史学家一样，受年鉴学派运动的启发。"专门研究西方史学思想和欧洲文化史的彼得·伯克自认是年鉴学派的同路人，也一直关注着年鉴学派的命运。在书中，他把年鉴学派区分为三代学人：第一代的代表人物是创建者吕西安·费弗尔和马克·布洛赫，第二代的代表人物是费尔南·布罗代尔，第三代则包括乔治·杜比、勒高夫、勒华拉杜里等人。

❶ 如果只写布罗代尔一个人,不够"布罗代尔"

崔莹: 这本新书的前身《法国史学革命:年鉴学派,1929—1989》出版于1990年。你是在怎样的背景下写下这本书的?

彼得·伯克: 当时英国政体出版社邀请我写一本有关布罗代尔的书。这是他们"社会学思想家"系列丛书中的一本。我回复称,如果只写布罗代尔一个人,不够"布罗代尔",我希望能写写年鉴学派这整个群体。1989年这本书完成时,恰逢年鉴学派创建60周年和法国大革命200周年纪念日。

令我难忘的是,1977年,我受邀参加了在美国宾厄姆顿召开的总结布罗代尔学术贡献的研讨会,并就英国对年鉴学派的接受情况发言。当时布罗代尔就坐在第一排!我的发言主题是"对法国史学革命的思考"。当时我开玩笑说:"我可不是埃德蒙·伯克的后裔。"布罗代尔也觉得这个玩笑很有趣。后来,在我写关于年鉴学派的这本书时,我就用"法国史学革命"作书名。

崔莹: 根据你的经验,写学派综述,需要关注哪些方面?要避免哪些容易犯的错误?

彼得·伯克: 我们需要强调这个学派和其所处的更宽泛的外界

环境的关系,学派内不同成员之间的关系,比如他们是否都追随学派领导人,是否有异端,学派领导者是否听从追随者的建议。

我们需要避免给"学派"贴标签,仅凭表象做判断。比如在"当权"许久后,布罗代尔还认为自己是异端;拉维斯与瑟诺博司都是优秀的历史学家,但年鉴学派并未太推崇他们,他们需要更了解他们的权威人物来认可和维护。

崔莹:年鉴学派像是一个大家庭:布罗代尔是勒华拉杜里的老师,费弗尔对待布罗代尔和芒德鲁像是对待自己的儿子……学派成员之间也经常存在亲属关系。你如何看待这样的"学术裙带关系"?在西方学术圈,人们对这种状态持什么态度?

彼得·伯克:我觉得"子承父业"并没有什么错啊!当然,他们通常很聪明,会选择不同的领域做研究,但如果在有其他更胜任的人选的情况下,只因为存在关系——无论是真正的亲属关系,还是象征性的家庭关系——而把这项工作给自己的"家人",那我和其他西欧学者就会感到忧虑。

当然,我也不清楚除"家人"外,是否还有其他更合适的人选。布罗代尔也曾任命学生莫里斯·埃玛尔为法国巴黎人文科学之家的头。

崔莹:众所周知,布罗代尔的理想是续写一部综合的、无所不包的"总体史",你认为他是否实现了这个愿望?

彼得·伯克:差不多吧。但我认为布罗代尔并没有很重视文化,即他所谓的"文明史"。尽管他在《菲利普二世时代的地中海和地中海世界》等作品中对此涉及了一部分,但他错失了书写地中海世界基督教文明和伊斯兰文明之间文化交流的机会。

② 从1949年之后，布罗代尔的研究方式就备受质疑

崔莹：布罗代尔最大的贡献是提出用三层分立的运行模式（物质生活、市场经济、资本主义三层）看历史，以及总体史的研究方法，但一些学者批评他的研究不够深刻和复杂。你如何看待这样的观点？

彼得·伯克：我认为布罗代尔的研究方法足够复杂，他对能揭露事实的文件和资料有着敏感的嗅觉，但就历史研究中的计量方法而言，他可能缺乏必要的训练。

实际上，他自己也不怎么做计量研究。他或是和同事合作，或用别人的结论进行合成，比如《地中海》的第二版。

崔莹：布罗代尔不止一次地强调单个事件、单个人物，甚至重要人物在历史上并不那么重要，他认为事件史最为肤浅。年鉴学派也经常因不重视事件史被批评。但事实上，在写作中，年鉴学派都不可能规避对"事件"的书写。在你看来，年鉴学派笔下的事件写作有何主要特点？

彼得·伯克：要因人而异。马克·费罗写了《1917年10月：俄国革命的社会史》《第一次世界大战，1914—1918》，弗朗索瓦·福雷和莫娜·奥祖夫都写过法国大革命史。

从新的角度书写事件的年鉴学派成员当属乔治·杜比，他的《布汶的星期天：1214年7月27日》就很有特点。他受约写一本书，叫"塑造了法国的那些岁月"，这原本是个很常规的主题，但他实际上写的却是后世如何看待这场战争，这就是从长远角度来审视一个事件对后世的影响。

崔莹：如果布罗代尔仍然在世，在今天的政治和事件背景下，你认为他会被怎样质疑？

彼得·伯克：从1949年之后，布罗代尔的研究方式就备受质疑，特别是受政治历史学者的质疑。质疑在今天依旧存在。

如果让我指出一种新类型的批评，我会说是"社会生态学"。比如布罗代尔的地理历史部分并没有讨论从古典时代开始的森林毁坏和水土流失，尽管这种情况在16世纪因为营造海军工程还恶化了。

3
布罗代尔的"总体史"和马史思的"整体历史"区别不大

崔莹：你在书中提到，布罗代尔受到马克思的影响，这一点在他晚年的著作中尤其明显。具体来说，他在哪些方面受到马克思主义理论的影响？

彼得·伯克：主要在排斥经济决定论方面。布罗代尔更倾向于地理决定论或半决定论。他的观点有些模糊不清，甚至自相矛盾。无论如何，他承认经济和社会因素在政治和文化中的重要性。

崔莹：不光布罗代尔，其他一些年鉴学人也深受马克思主义影响；与此同时，布罗代尔又建议与马克思主义保持一定距离。热衷于马克思主义史学方法的莫里斯·阿居隆和米歇尔·伏维尔也被置于年鉴学派核心圈之外。为何出现这样的情况？

彼得·伯克：很显而易见的是，他们也受到了沃勒斯坦"世界体系"理论的影响。是布罗代尔拒绝承认莫里斯·阿居隆和米歇尔·伏维尔是核心圈内的人,还是说后两者故意远离核心圈,我不是很清楚。在英国,马克思主义者,比如霍布斯鲍姆,是最先欢迎使用年鉴学派研究方式的学者。在某种程度上,在当时的史学界,这也是一种受欢迎的"人民路线"。

崔莹:在你看来,马克思主义的史学研究方法和年鉴学派的史学研究方法最大的区别是什么?

彼得·伯克:布罗代尔的总体史(Histoire totale)和马克思的整体历史(Gesamtgeschichte)并没有多大区别。在生前,布罗代尔最崇拜的在世历史学家就是马克思主义者霍布斯鲍姆和维托尔德·库拉。

4 当代汉学家从年鉴学派那里学到了很多

崔莹:你在书中较少提及年鉴学派的中国研究。多数年鉴学人对法国汉学家葛兰言和谢和耐的成就持何种态度?中国研究在年鉴学派眼中,是否仅算法国之外的一个"区域研究"?

彼得·伯克:年鉴学派非常重视区域研究,无论是法国朗格多克这样的小区域,还是东南亚这样的大区域。

布罗代尔也很重视中国研究,他让汉学家白乐日和让·谢诺在巴黎高等社会科学研究院(其前身为巴黎高等实践学院)任要职。谢诺是法国共产党员,当时支持区域研究的洛克菲勒基金会表示了异议,但布罗代尔坚持对他委以重任。布罗代尔没有敌视马克思主义。

崔莹:在你看来,年鉴学派对当代汉学产生了什么影响?

彼得·伯克：我对汉学的了解不太多，所以不能很好地回答这个问题。我认为汉学家卜正民和伊懋可从年鉴学派那里学到了很多，但他们并没有成为年鉴学派的学者。更值得一提的是，学者王国斌一直很关注亚洲的布罗代尔主义者。

崔莹：有人评价你看到了年鉴学派争夺权力的那方面，比如你说"费弗尔和布罗代尔两人都是令人生畏的学术政客"。但《法国史学革命：年鉴学派，1929—2014》只是集中介绍年鉴派的学术成就，很少涉及争权夺利的斗争。这是为什么？

彼得·伯克：成就是非常重要的内容，这也是能让外人对年鉴学派产生兴趣的原因。我提到布洛赫和费弗尔的不同观点、布罗代尔和芒德鲁之间的争执，但只是一笔带过，没有详述。的确，这部分内容需要展开探讨。

崔莹：理查德·莫文·安德鲁（Richard Mowery Andrews）在其著作《年鉴学派的暗示》中指出："尽管法国模式的区域研究对美国深具重要性，年鉴学人的著作几乎没有吸引北美史学家的兴趣"，你在书中援引了这一观点。这样的情况有所改变吗？

彼得·伯克：我记得安德鲁在1977年说过这样的话，我相信当时的情况是这样的。但是今天，我不这样认为了。今天的环境史更加重视对区域的研究。

马修·德安科纳 | 后真相时代：现在的问题是，我们开始不在意谎言

在今天，真相对我们还那么重要吗？英国脱欧公投，支持脱欧者喊出似是而非的口号。美国大选，特朗普煽动了支持者的情绪。他们都赢了。2016年，《牛津英语词典》将"后真相"（Post-Truth）选为年度词汇，并将其定义为："诉诸情感及个人信念，较陈述客观事实更能影响舆论的情况。"也就是说，事实已经变得不重要，重要的是人们对此所产生的情绪。

"只传达事实是不够的，后真相不会被数据的轰炸撼动。"在2017年8月底的爱丁堡国际图书节上，以"后真相时代"为题，英国《旁观者》杂志前主编、《卫报》专栏作者马修·德安科纳（Matthew d'Ancona）发表了演讲。作为资深媒体人，他曾入选"英国媒体最具权力一百人"和"英国百位最有影响的知识分子"之列。而他的新书，就叫作《后真相：关于真相的新战争及如何反击》。

在书中，马修·德安科纳详细阐述了自己对后真相的理解：它代表的不是政客的谎言，而是公众对这些言论的反应，以及数字技术和社交媒体影响舆论、左右民意的能力。他表示，后真相在腐蚀世界，人们有必要对此进行反思和反击。

针对后真相问题，在书展现场，我对马修·德安科纳进行了专访。

后真相与西方危机

崔莹：你如何理解后真相？为什么从2016年开始，这个词被广泛提起，成为英美政治评论的焦点？

马修·德安科纳：后真相不是关于谎言的，而是关于人们如何认识、看待这些谎言的方式，是人们对谎言的回应，是人们的态度。

现在的问题是，我们开始不在意谎言，不担心说谎的危害，而更多地去关心某种主张所包含的情感因素，以及这种主张对个人的价值。这就是后真相时代的特征：人们不评价某种主张是否真实，只评估它在某种程度上是否符合自身感受。

2016年后真相之所以成为西方的重大议题，主要是因为两个标志性事件：英国脱欧、特朗普当选美国总统。此后后真相被《牛津英语词典》选为年度词汇。这几件事表明，后真相已经成为困扰人们、令人深思的问题。

关心社会发展、社会运转方式和社会凝聚力的人，都对后真相现象表示忧虑。令人震惊的是，后真相问题不仅存在于美国和英国，我和来自世界各地的读者交流后，意识到后真相无处不在。这也是我写这本书的原因。我希望我的书能让人们重视后真相，并采取行动。

崔莹：后真相一直存在吗？

马修·德安科纳：后真相的某些元素早已存在。但近期最大的变化，是人们对某些组织和机构的信任彻底崩溃了。这些组织结构包括议会、媒体和金融机构等。另一个重大的变化，是数字技术和社交媒体对人们的生活方式产生了巨大影响，人们获取信息的方式发生了根本性的变化。

"旧的政治观点，比如'自由'和'民主'，在某种程度上可以保留和传达真相。"这样的说法已经和目前的状况不搭调。乔治·奥威尔在《1984》中表述的很多观点，诸如"真相是相对的""人们不得不接受谎言"，如今也正在非专制或非极权主义的社会中应验，人们对此感到不安。

我今年49岁，冷战结束时我21岁。在我成长的过程中，西方一直宣称自由民主才行得通，而现在西方正遭遇危机：2008、2009年，金融体系溃败，令人感到不适的民粹主义在欧洲和美国蔓延。冷战结束时，我们看到糟糕透顶的西方方式的胜利："我们赢了，我们冲破了共产主义的封锁。"弗朗西斯·福山在《历史的终结：最后的人》中讨论：这是政治发展的终点吗？当然不是。政治不断发展，没有什么是确定的。西方名义上倡导的民主和言论自由制度，依然可能导致劣质的结果。这正是西方吞下的一大枚苦涩的药丸。目前我们需要超越西方，向其他国家比如中国、日本和印度学习如何处理这类问题。

❷ 特朗普的当选本身就是后真相的一部分

崔莹：你在书中指出，后真相不同于谎言、政治宣传和歪曲造假。能举例说明这一点吗？

马修·德安科纳：在水门事件中，尼克松总统说了谎。谎言被识破，他被人们反对，最终不得不辞职。在去年美国选举前的造势运动中，特朗普说了很多谎，比如关于墨西哥的。在当总统后，他甚至在出席他就职典礼的人数问题上也说了谎——总统公开地、没有任何羞耻感地说谎。他这样做，支持他的人还会继续支持他。这就很匪夷所思。这意味着，对竞选而言，"说实话"不再是一个必要的条件。

在英国脱欧公投的过程中，公众也不在乎哪些是真相，哪些是谎言。这样的状况是从未发生过的，这也是谎言和后真相的区别。

崔莹：从社会发展的角度，应该如何理解人们诉诸后真相的情感？

马修·德安科纳：首先，全球化、人口流动、气候变化和恐怖主义等因素，都对人们的生活产生了重大影响。他们会感到恐惧，甚至愤怒。很多情况下，他们对政客、官员颇为不满，所以会有充满情绪化的回应。

其次，人们获取信息的方式和10年前明显不同了。互联网的新技术，在某种程度上把人们聚到一起——新技术打破了空间障碍，让人们更容易进行联系和交谈。但同时，新技术也导致人们只与"志同道合"的人聚在一起：种族主义者和种族主义者聚在一起，自由主义者和自由主义者聚在一起，左派和左派聚在一起。把他们联系在一起的，是一种共同的情感。

作为数字部落的成员，人们失去了彼此辩论的机会。要知道，维持社会正常运转，需要不断质疑、核查和问责的制度。如果人们只停留在各自的数字泡沫中，就很容易情绪化。在英国脱欧公投时，这种情绪化随处可见，到处充斥着仇外心理、本土主义，甚至还有种族主义，移民问题成为决定很多人投什么票的重要因素。

崔莹：据你观察，特朗普的言论和行事风格是他的智囊团有意包装的吗？特朗普现象是偶然还是必然？

马修·德安科纳：我认为特朗普就是他自己的公关团队。特朗普之前的每位总统都被工作人员围得团团转，以确保他们说的每句话都深思熟虑过。即便是奥巴马这样一个非常雄辩、非常聪明的人，也有一群顾问，这些人会为他的讲话稿把关。

特朗普不这样。特朗普早上5点起床，起来就发Twitter，内容从亚马逊到电视节目《周六夜现场》。所有关于媒体管理、媒体关系的规则都不适用于他。最近他原定在特朗普大厦就美国基础建设问题发表讲话，但他转而对夏洛茨维尔发生的暴力事件进行评价，并认为在这件事情上，双方都有责任："新纳粹"可能做得不对，但抗议者呢？特朗普不是被谁"控制"的，他说的是他想说的，尽管他可能也不知道自己在说什么。

特朗普并不傻。他想当总统很久了，至少有20年。2016年，他意识到发挥自己"才能"——激发民愤、忽悠大众——的时机到了。特朗普最擅长做什么？他曾经是电视真人秀中的角色，是庸俗的炫耀者。这意味着什么？他懂得如何调节气氛。2016年，人们感到非常不安、愤怒，而特朗普所能提供的、他所发挥的"才能"，和这一时局正好契合。

我不认为他的这些方式在以往的选举中会奏效。特朗普当选并非导致后真相的原因,他的当选本身就是后真相的一部分。

崔莹:以特朗普和支持脱欧的造势运动为例,你是否认为事实已经不重要,重要的是传达的信息能起到的作用,比如情感共鸣?

马修·德安科纳:在任何时候,事实都非常重要。但我认为,只传达事实是不够的。如果你面对的是说谎的人,你不能只说"你说2+2=5,实际上等于4"。你也必须用一种能触动人们情感的方式进行回击。

以去年的英国脱欧公投为例。留欧派向公众展示了大量的统计数据:一旦脱欧,英国将失去95万个工作机会,人们每周的平均工资将下降38英镑,每个家庭每年要多支付350英镑以购买生活品,欧盟在英国的6600万英镑投资将面临风险……这些冰冷的数据令人难以消化——数字无法和人对话。

那些脱欧的拥护者呢?他们懂得情感共鸣的重要性。他们用了简单明确的口号,用了讲故事的方式。支持英国脱欧的造势运动主管多米尼克·卡明斯当时指出,要把脱欧的原因表达清楚,特别要针对公众的特殊不满来表达。他们当时的口号"拿回控制权"就被证明是有效的。

如果想和谎言对抗,就必须在人们的价值观和内心信仰方面做文章,必须以能打动人们心灵和思想的方式来传达事实。过去杰出的演讲都是如此。

崔莹:那媒体在后真相中的责任呢?现在的新闻报道是否已经不能满足公众的需求了?

马修·德安科纳:是这样的。为了打击谎言,新闻报道者也必须学会同人们的内心和思想对话，信息把关者也要意识到这一点。只呈现事实是不够的，必须以公众能理解的方式呈现事实，并且尽量影响他们的情绪。

3
我们必须比我们的前辈更警觉

崔莹：具体而言，后真相会有哪些危害？

马修·德安科纳：如果数字技术是硬件，后真相就是一个强大的软件。随着世界的碎片化和复杂化，阴谋论、伪科学、否认大屠杀的信息，在网上普遍蔓延。

后真相如何影响社会民主？它影响我们对政治家的判断，影响我们选出一个负责任的政客。人们需要质疑政客的言论，而不是感情用事。在西方，人们常犯的错误是认为"民主会自然而然地产生"，实际上并非如此。现在，写信向议员抱怨道路上的坑洼，抱怨街角坍塌的学校，质疑为何关掉医院的某个部门的人越来越少。这些都是后真相时代的特点。

崔莹：你在书中提到了"谷歌大学"，人们依靠网络信息做判断，但网络信息会产生很多误导。如何避免人们继续接受错误信息？

马修·德安科纳：这个问题很难回答，因为人们对谷歌等机构搜索信息的方式知之甚少。如果往谷歌里输入几个单词，很难解释屏幕上呈现出的搜索结果是按照什么逻辑排列的。我相信背后有非常复杂的算法，但大多数人对此并不太了解。

举例来说，如果输入"大屠杀是真实发生过的吗"，你会获得大量结果，其中很大一部分都在否认大屠杀。这太可怕了！因为大屠杀的幸存者和目击者越来越少，大屠杀的实物证据在消失，比如含毒剂齐克隆B的头发（集中营采用"齐克隆B"作为屠杀毒剂）就在腐烂。不久之后，下一代人很有可能怀疑大屠杀是否发生过。

在谷歌等数字技术诞生前，这样的事情很少发生。我上学时，大家都看历史书，看电视里大屠杀幸存者的采访，虽然也有人否认大屠杀，但没人把他的话当真。而现在网上到处是否认大屠杀的信息。

我们必须教孩子以全新的方式对待数字技术。我也觉得谷歌需要更透明。

崔莹：在信息爆炸的时代，如何辨别真实有效的信息？

马修·德安科纳：必须要有选择，但不能仅仅选择你喜欢的东西。必须学会质疑和挑战，从多个信息源了解某一个事件。遇到不同观点时，要善于思考为什么它们会产生。

我们每个人都要成为网络编辑，或者要有网络编辑的眼光，随时思考"这是真的吗？""为什么会这样？""有哪些话被扭曲了？"我们必须比我们的前辈更警觉。

克里斯多夫·弗雷林 | 20世纪西方恐华与鸦片有关？

"中国人傅满洲"诞生于1875年，是英国作家萨克斯·罗默的侦探小说《福尔摩斯遭遇傅满洲博士》中的主人公。清朝灭亡后的1912年，罗默创作了傅满洲系列小说。在小说中，傅满洲是心狠手辣、狡诈神秘的天才，不断向西方复仇，被称为"世界上最邪恶的华人角色"。

很长一段时间里，"傅满洲"都是"黄祸"的代名词。这个恶棍的形象让西方人恐慌，影响着他们对中国人和海外华人的看法。

1965年英国电影《傅满洲的脸》中的傅满洲由英国著名演员克里斯托弗·李出演。

没人真正思考，为何一个虚构的人物如此兴风作浪，直到《黄祸：傅满洲博士与恐华症之兴起》的出版。这本书的作者是英国艺术委员会前主席、英国皇家艺术学院院长、历史学家克里斯多夫·弗雷林（Christopher Frayling）爵士。在书中，他毫不留情地揭露了西方对中国的病态多疑，对西方大众媒体、流行文化刻板定义华人的现象进行了剖析和反思。

《金融时报》称，这本书揭露了"一个虚构的恶魔如何诞生，并且如何加深西方人认为中国人深不可测的看法"。围绕这本书，我采访了弗雷林，了解他写这本书的初衷，他对今昔"恐华症"原因的分析，以及在"东方主义"影响下，西方大众文化的新趋势。

❶ 天哪！他们会不会抢走白人的老婆？

傅满洲博士身材高瘦，长着一对竖挑眉，留着晚清的发辫与胡须，有点像魔鬼撒旦。他学识渊博，拥有多个学位，精通多国语言。他经常绑架勒索，喜欢抢白人女性为妻，还擅长使用蟒蛇、眼镜蛇、真菌和杆菌等生化武器……

"我常想为什么在此之前，我没有这个灵感。1912年，似乎一切时机都成熟了，可以为大众文化市场创造一个中国恶棍的形象。义和团暴乱引起的黄祸传言，依旧在坊间流行，不久前伦敦贫民区发生的谋杀事件，也使公众的注意力转向东方。"罗默曾表示。在那个时代，傅满洲和吸血鬼德古拉伯爵、福尔摩斯侦探齐名。他的故事被拍成多部电影，热映于整个20世纪。

（"黄祸论"是19世纪后期在西方出现的，针对中国和日本的煽动、污蔑和诋毁的话语，是欧美白种人对黄种人，尤其是中国人的一种歧视。）

崔莹：这本书用Chinaphobia表示"恐华症"。网上搜不到这个词。
克里斯多夫·弗雷林：这个词是我创造的，我希望它被沿用下去。学者一般用Sinophobia这个词表示"恐华、惧华",但是我的很多学生不喜欢它,认为它含有对中国的蔑称,也无法一目了然。所以我创造了Chinaphobia这个词,所有人一下就明白了它的意思。

崔莹:你10多年前就开始酝酿《黄祸:傅满洲博士与恐华症之兴起》这本书,是什么触发了你?

克里斯多夫·弗雷林:最初给我灵感的是美国巴勒斯坦裔作家、批评家爱德华·萨义德,他是《东方学》一书的作者。在《东方学》中,萨义德解剖了西方人眼中作为"他者"存在的"东方"形象,指出其背后隐藏的种族主义和帝国主义意识。它是第一本研究西方如何呈现东方的书。

1995年的一天,我和萨义德在巴黎录制BBC的电台节目。我告诉他,我对他的书有两点疑惑:疑惑一,是《东方学》一书中所指的东方主要指中东,为何不包括中国?萨义德回答:"好吧,我应该把中国加上。"

疑惑二,是《东方学》主要关注"高雅文化",分析的多是学术文章,那流行文化和大众视觉艺术呢?萨义德其实对流行文化做了很多研究,但他决定不涉及这部分。我没有问他具体的原因,但我认为他在写一本史无前例的书,为别的学者清出一条路,以关注这个领域的研究。谈到最后,萨义德对我说:"好吧,好吧,你来写吧!"这本书的种子就此播下。

崔莹:还有别的原因吗?

克里斯多夫·弗雷林:是的。我采访过罗默的遗孀,她告诉我,20世纪初,音乐剧对大众文化产生了重要影响——在电影电视流行之前,音乐剧是大众娱乐的主要媒介。我于是到大英图书馆查阅19世纪末到20世纪初的音乐剧剧本,看到了华人在其中被塑造成什么形象。

还有个人的原因。我出生于1946年，我们这代人是在英国帝国文学的熏陶下长大的，我小时候看的是《比科尔在戈壁》（*Biggles in the Gobi*）、《和联军去北京》（*With the Allies to Pekin*）这类书；因为冷战，身边很少有人去中国，我又在比较封闭的英国萨塞克斯郊区长大，不可能用自己的经历和体验去"对照"电影和文学作品中的中国。所以写这本书，也是我给自己驱魔化的过程。

崔莹：你从什么时候开始动笔？

克里斯多夫·弗雷林：在上述原因的驱使下，我收集资料、调研，发现资料很丰富，但是相关研究很少。我很惊讶之前没人做过类似的研究。

最终促使我动笔的是这样一件事：2008年，为纪念"詹姆斯·邦德之父"——英国间谍小说大师伊恩·弗莱明诞辰100周年，美国发行了纪念邮票，上面的人物是20世纪40年代美国电影《飞侠哥顿》中的"飞侠哥顿"和他的对手——"无情的明"（Ming the Merciless）。无情的明是要征服世界的华人"奸臣"，和傅满洲一样"卑鄙邪恶"。

为纪念伊恩·弗莱明，英国皇家邮政也发行了邮票，选的是007小说的封面，其中四张邮票以"诺博士"为主角。诺博士是邦德片中的反面人物，曾在中国位居要职，犯罪后卷款外逃。同样企图统治世界的他，也是西方人想象的典型中国人："怪异""狡诈""邪恶"。

纪念邮票中的两个华人形象都是"坏人"，我对自己说，这样做太无礼了，要是这样对待非裔加勒比海人或印度人，抗议将无处不在，但是在英美的华人保持沉默。这个现象很有意思，大概可以解释为何之前没人做过这方面的研究。这是一段被隐藏了的历史。

再拿最近发生的事来说。2014年，英国举办了纪念一战爆发100周年的大规模活动，但很少有人提到14万中国劳工的作用：他们奔赴战场、挖战壕、建公路、铺铁路……约2万人牺牲。这些历史都鲜为人知。我要写的，就是这些被隐藏的、人们不肯说出来的东西。

崔莹：这是因为在西方生活的华人很低调，不太愿意关心政治？

克里斯多夫·弗雷林：嗯，这是很有趣的现象。在英国生活的华人一直都比较低调、内向，他们保护自己的文化传统，似乎在树立防御他人的城墙。

这可以理解，因为关于这个群体的偏见很多。从历史上来看，这个群体主要是男性——20世纪初，很多中国男性把家人留在中国，乘商船来到伦敦，经营旅馆、洗衣店和饭店。关于这些单身汉的传言不胫而走："他们怎么生活啊？""天哪！他们会不会抢走白人的老婆？"1919年的美国电影《残花泪》，讲的就是中国男人和白人女性的爱情故事。对华人的种族歧视，首先是从肤色开始的。

崔莹："中国城要是住着二十个中国人，他们的记载上一定是五千；而且这五千黄脸鬼是个个抽大烟、私运军火、害死人把尸首往床底下藏、强奸妇女不问老少，和做一切至少该千刀万剐的事情的。作小说的、写戏剧的、作电影的，描写中国人全根据着这种传说和报告。"——你为何在这本书的首页引用老舍小说《二马》中的段落？

克里斯多夫·弗雷林：我在调研中发现，英国人对中国城的印象实际上是虚构的。美国旧金山和纽约的中国城规模相对较大，有很多人，一些英国作家便把英国的中国城也描述成类似的样子。

但是我调查后发现，当时华人聚居的英国莱姆豪斯区总共只有

120多名华人。《二马》中的这段话,讲的就是外界对这个群体的偏见。这段描述太精彩了,所以我把它放在书的首页。

❷ "恐华症"病因:以前是种族,现在是经济

在《黄祸:傅满洲博士与恐华症之兴起》的开头,弗雷林参考《韦氏新国际英语词典》,解释了"黄祸"的概念:因东方人权利和影响力的扩张,产生的对西方文明的威胁;在西方工作的东方劳工愿意接受很低的薪酬和糟糕的工作条件,造成的对西方生活水准的威胁。

现实中,"恐华症"不但存在于过去,也存在于现在。

崔莹:从历史照片上看,伦敦中国城的华人男子都不是很高。为何傅满洲被塑造得高大魁梧?

克里斯多夫·弗雷林:在维多利亚时代,身材高大、飞扬跋扈的华人形象经常出现在音乐剧里,因为"坏人"通常要高大啊。他们一定得比好人高,这样才是真正的"战斗"。

崔莹:20世纪初,中国面临内忧外患,西方人为何还会惧怕中国人?

克里斯多夫·弗雷林:这种情绪很复杂,我认为一个主要原因和鸦片有关。为了平衡贸易逆差,英国东印度公司将鸦片运到中国销售。我认为,英国人一方面对此感到很愧疚,一方面担心中国人

"以其人之道还治其人之身",把鸦片带到英国来。所以很多这样的故事诞生了:"天啊,伦敦的中国人要诱惑我们吸鸦片!"

在19世纪末到20世纪初,你可以读到很多关于伦敦鸦片馆的报道。我的发现之一是,在这些报道里,鸦片馆——印象中阴森黑暗的地方,通常在餐馆的楼上。一位年长的中国女人会为顾客提供一支陶制烟斗,协助他们吸鸦片。

这个场景是狄更斯创造的。他在小说《艾德温·德鲁德之谜》中,描述伦敦华人聚居的莱姆豪斯区是一个"烟雾迷离,鸦片馆充斥"的地方,小说还配了鸦片馆的插图。后来几乎所有来莱姆豪斯区的记者都是来找鸦片馆的。可哪有什么鸦片馆?他们大都失望而归。

调研时,我遇到了一位嫁给中国人的英国女人。她依然记得20世纪20年代坐车到伦敦中国城附近时,司机对她说的话:"快看这些房子!它们看起来很无辜,但房后都是鸦片馆!"英国人说这些房子无辜,恰恰表明他们内心有多愧疚。

崔莹:你认为,现在还有"恐华症"么?

克里斯多夫·弗雷林:2007年,中国制造的一些出口产品被美国和欧盟退货。当时西方世界一片恐慌,有报道称中国正通过劣质产品向全世界输出毒物。当时美国玩具商美泰宣布大量回收中国制造的玩具,主要原因是设计缺陷,但美国媒体就此进行了大量负面报道,让消费者产生了"中国制造都很劣质"的印象。这其实是"恐华症"的表现。

"恐华症"依然在发生,虽然原因在变化:以前是种族原因,现在是经济原因。

崔莹:当时的"恐华症"主要源于华人移民,而今天的"恐华症"则源于中国本身?

克里斯多夫·弗雷林：是的。在英国，本地人也担心华人移民会抢走他们的工作，但最主要的还是对于中国的恐惧："中国的野心是什么？""中国会对外扩张，还是只满足于发展自己？"

在美国，很多共和党政客很肯定地认为中国野心勃勃，准备占有美国和其他国家——我了解到，一本正在撰写的书就叫《未来中国战争》。很多战略专家还预测，未来中西方会有大规模的冲突。

我认为，这些都是西方人对自己的帝国能否长久维持的担忧：希腊帝国诞生然后消亡，罗马帝国诞生然后消亡，如今美国帝国也开始动摇——当东方崛起、西方没落的时候，将会怎么样？一种新时代的对中国人的恐慌。

崔莹：你是否认为英国在衰落，中国在强大？

克里斯多夫·弗雷林：我们总是说，至少我们有自己的专利，至少我们擅长设计，至少我们有自己品牌的奢侈品……但是假如中国也有了这些，我们还剩下什么？我们如履薄冰。

在过去的20年，因为重视创意产业、金融服务业和旅游业等，英国成功地步入后工业经济阶段。我们不再依靠制造业，别人会帮我们造。我们负责写东西，别人会帮我们印刷。但假如别人也写东西了，我们该怎么办？假如中国自己的创意产业也发展起来，那我们该怎么办？金融服务业、旅游业也是如此。

我认为英国正处于转折期，这种转折不是上下起伏，而是如何调整自己更适合环境，如何为英国经济找到自己的"声音"。

❸ 终于有西方人把这些写出来了

2012年,英国皇家莎士比亚剧团上演了由英国人詹姆斯·芬顿任编剧的《赵氏孤儿》,这是传统的中国剧目,被称为中国的《哈姆雷特》。剧中的17个角色中,只有3个无关紧要的角色由中国演员扮演——两只狗和一个侍从。在伦敦居住的华人艺术家联合致信,要求剧团公开道歉。

很多英国媒体报道了这一事件。剧团负责人在接受采访时表示:"我们只是选了最好的演员,而不考虑对方的种族。抗议的人不过是酸葡萄心理。"

崔莹:最近几年,海外华人仍然对被刻板化呈现沉默吗?

克里斯多夫·弗雷林:我已经注意到他们开始采取行动,对被继续刻板化呈现和污名化感到气愤,特别是在大众文化领域。伦敦舞台剧《赵氏孤儿》几乎没有选用中国演员的事件,就引发了很多讨论。

2014年,音乐剧《西贡小姐》在英国西区上映,关于是否选用亚洲演员做主角的问题也引起热议,最后剧团用了一名南亚演员。

最有意思的是,去年5月,舞台剧《黄脸孔》在英国皇家国家剧院上映,它由美国华裔导演、剧本作家黄哲伦创作。黄哲伦用他个人选角的经历,探讨种族、媒体和政治的关系。这些都证明,华人已经开始对自己被排斥表示不满,发出自己的声音。

崔莹:那今天的中国人在西方又是什么样的刻板形象?

克里斯多夫·弗雷林：似乎是另外一个极端：他们或者是电脑天才，戴着眼镜，点击键盘飞快，超级聪明；或者是敏锐的商人，可能有黑帮背景，所以打交道时得小心翼翼！他们通常穿阿玛尼，开豪车——这些形象也主要源自电影。当然，"傅满洲"现在已经"搬家"了！

崔莹：比如？

克里斯多夫·弗雷林：现在中国人都喜欢看好莱坞的电影，好莱坞也不再把中国人塑造成"坏人"——他们想在中国放电影。

好莱坞20世纪80年代有一部电影《赤色黎明》，讲科罗拉多州一所高中遭到古巴军队入侵的故事。2012年，这部电影重拍，改成了中国人入侵美国，但在后期制作时，老板说："我们特别希望这部电影在中国上映。"于是片中所有关于中国的信息都被改成了别的，包括坦克的名字。

崔莹：你在书中引用了莎士比亚《暴风雨》中的话："这个蠢陋的东西我承认是我的。"你似乎在自我批评？

克里斯多夫·弗雷林：整个写书的过程中，我都在"解剖"我自己，分析我自己偏见的成因。这本书分析的，也是在这些对华人有偏见的大众文化影响下长大的几代人。对英国而言，这段历史并不光彩，我要揭开这段历史的表层，让更多人就此进行讨论和研究。

最令我开心的是，英国的华人很喜欢这本书。有中国读者告诉我，终于有西方人把这些写出来了："如果我们自己写这些，没人会看。"

现在我正在写一本冷战时期西方大众文化如何刻板呈现中国的书。

崔莹：在中国的大众文化中，也存在对英国人的刻板化呈现。

克里斯多夫·弗雷林：我也很想知道中国人对英国人有怎样的印象。英国维多利亚和阿尔伯特博物馆曾经举办了一个主题叫《相遇》的展览，介绍16—19世纪亚欧文化的交流和融合。我看到当时中国艺术品上的英国人形象都十分高大，并且都有胡子。建议你来写《黄祸：傅满洲博士与恐华症之兴起》的姊妹篇，探讨在同一时期，中国人是怎样看英国人和欧洲人的，展示"硬币的另外一面"。

　　一名读者认为，我的这本书的主题是"中国人都对，西方人都错"，但并非如此。我写的是我们戴着什么样的眼镜来看中国，我也想知道中国人戴着什么样的眼镜来看我们。

　　我曾在清华大学讲课。在那里时，我去一家书店，一本书引起了我的注意。书的名字是《简明国耻辞典》。我猜想，书中肯定包括鸦片战争、义和团运动和圆明园大劫难等，对这些事件，英国人要负很多责任。我不禁想，这些历史依旧深深刻在中国人的脑海里。

　　我们不应该忘记历史，但也不应该延续仇恨，要以史为鉴，坦诚相对。

文学

恩古吉·瓦·提安哥 | 应把殖民创伤转变成财富

1962年,一群以英语写作的非洲作家在乌干达首都坎帕拉聚集,探讨非洲文学的未来。与会者中,有钦努阿·阿契贝、沃莱·索因卡等著名作家。会议期间的一个傍晚,阿契贝收到了一份书稿。它的作者,是一位年轻的本科生恩古吉·瓦·提安哥(Ngugi Wa Thiong'O)。阿契贝看了书稿,把它推荐给了一家出版社。两年后,书稿出版了,名为《孩子,你别哭》。这是秉承非洲英语作家研讨会精神出版的第一部小说。多年后,提安哥成了非洲最重要的作家之一。

1938年,提安哥出生在肯尼亚一个贫困的吉库尤族农民家庭。吉库尤族是肯尼亚最大的部族,使用吉库尤语。但当时的肯尼亚处于英国的统治之下,提安哥从14岁就开始学英语。他面对的是一个分裂的世界:一边是族人的传统生活,一边是白人的殖民统治。

20世纪50年代,肯尼亚爆发了反抗英国殖民统治的"茅茅起义"。提安哥目睹了这一场起义:他的叔叔和一个兄弟因反抗而死,另一个聋哑的兄弟被英军误杀。他的母亲也被牵连,关了三个月禁闭。这段经历对他产生了深刻影响。20世纪60年代，他到英国利兹大学读硕士，在那里阅读了大量马克思和弗朗茨·法农的著作。结合自身经历，他开始从事文学创作，写出了许多反殖民主义作品。

在提安哥的作品中，《孩子，你别哭》《大河两岸》《一粒麦种》和《血的花瓣》都较具代表性。《孩子，你别哭》围绕土地问题，呈现了贫穷的恩戈索一家和依附于白人的大地主贾科波所走的不同道路。《大河两岸》展现了基督教教会组织与吉库尤族的传统主义者之间的对抗，以及吉库尤族内部在抛弃还是保留传统文化方面的分裂。《一粒麦种》通过一位叛徒的回忆，追述了茅茅起义的历史，揭示了肯尼亚人对自由和独立的渴望，对英国殖民者遗留的腐败和暴力的恐惧。《血的花瓣》写的则是独立后肯尼亚本土政权的腐败。这些书深入人心，被译成30多种语言，在全世界出版。提安哥也被认为是后殖民主义理论的先驱。

20世纪70年代末，为进一步表明自己的反殖民主义立场，提安哥决定改掉自己当时"殖民色彩浓厚的名字"詹姆士·恩古吉，用回原名恩古吉·瓦·提安哥。与此同时，提安哥决定放弃英语，只用母语吉库尤语写作——他希望可以写出自己的母亲和普通的肯尼亚人能理解的作品。

这一做法遭到了肯尼亚政府的反对，政府找借口逮捕了他。经过不断斗争，提安哥去了英国，直到肯尼亚总统阿拉普·莫伊下台，他才回国。在这段时间里，提安哥继续坚持"以书写进行文化抵抗"。除了创作诗歌、小说，他也从事殖民主义文学理论研究，出版了《政治中的作家》《去殖民化思维：非洲文学语言中的政治》《书写对抗新殖民主义》等代表作。提安哥认为，只有在文化上觉醒了，才会有真正的独立。可以说，在所有非洲作家中，提安哥是最激进、最具民族独立意识的，他也因此被誉为"非洲民族文学的守灵者"。

1
写作的最大变化，是从英语写作转变为用母语写作

崔莹：你的《一粒麦种》《大河两岸》和《孩子，你别哭》都有中文版，我们先来谈谈这些书。在《一粒麦种》中，你客观描写了经历去殖民化后的非洲面临的复杂现实：地区议员巧取豪夺，出卖革命领袖的叛徒穆苟被不知情的群众坚持推举为领袖。你为何选择写这些人物，打破"独立即光明"的神话？

恩古吉·瓦·提安哥：对人的期待与现实之间的冲突，我很感兴趣。现实中的"抵达"，可能并不总与人们想象的一致，但这并不意味着这个过程不重要。穆苟这个角色本身充满了矛盾。影响历史进展的重要人物并非总是纯粹和完美的。当然，他们也并非总是恶魔——生命本身就包含不同的特点。

在社会解放的历史中，摆脱殖民统治、成为独立国家是一个非常重要的阶段，但它只不过在表明这样一个事实：这个国家还有更长的道路要走。

崔莹："大河两岸"和"一粒麦种"都有怎样的象征含义？

恩古吉·瓦·提安哥：生命、历史、社会和人对它们的思考，都没有绝对的终点。"一条大河"很好地象征了生命和历史：它不

停地流动，不停地变化，但依然保持河的特性。

"麦种"是另外一个类似的象征。一粒麦种被埋进土里，它结出了更多的麦子。但前提是，一粒种子消失了。

生命中有无限的可能性，在现实世界中，没有最终的解决方案，只有一个不断追寻的过程。我们不断地抗争，是想为后代提供一个他们可以继续追寻的、更好的起点。

崔莹："在现实世界中，没有最终的解决方案，只有一个不断追寻的过程。"这句话具有形而上的意义。作为一个作家，你是何时开始形成这样的观念的？

恩古吉·瓦·提安哥：我写作的过程，就是我探索的过程。有些问题会自然而然地出现，对于作家而言，这也是个学习的过程。作家写的内容与人生有关，写作也帮助作家理解人生中的辩证法。

崔莹：你从事写作已经有50多年了。在你自己看来，这些年来，你的写作风格和关注点都有哪些转变？

恩古吉·瓦·提安哥：我尽量不写重复的内容，但我想，《孩子，你别哭》和《大河两岸》都由一个主人公做主线，都按照时间发展的顺序讲故事。而其他作品，如《一粒麦种》《血的花瓣》和《天才乌鸦》，都包括多个主人公、多种观点，故事也沿着多条线索发展，在多个空间展开。

我写作最大的变化，是从英语写作转变为用母语——吉库尤语写作。《血的花瓣》是我最后一部用英语完成的小说。而后来的《十字架上的恶魔》《马蒂加里》和《乌鸦魔法师》，都是我用母语写的小说。

崔莹：用母语写作和用英语写作，最大的不同是什么？

恩古吉·瓦·提安哥：老师和语法课本教会了我英语，而吉库尤语才是我的母语。吉库尤语伴随我长大，遍布我的周围，像是我的本能，而用英语写作，有点像是我在翻译这种本能。

崔莹：在你看来，语言与文化是什么样的关系？

恩古吉·瓦·提安哥：语言是文化的中心。

崔莹：用母语写作的挑战是什么？

恩古吉·瓦·提安哥：最大的挑战来自政府的政策和出版社的规定。在非洲，欧洲语言是有权有势的人使用的语言，这也意味着知识产品多使用欧洲语言。所以我不得不一直抗争，有时候这会令人感到很沮丧，但是我不会放弃。

最近令我很开心的是，我用吉库尤语写作的短篇小说《正直的革命》被翻译成30多种其他的非洲语言，以及阿拉伯语、英语、法语、瑞典语和印度语等。这个成果是在"Jalada"翻译项目的协助下实现的。一些年轻的知识分子很执着地翻译各种非洲语言，也很令人欣慰。

② 用改名彻底反对殖民时代的"奴役"传统

崔莹：1962年与索因卡和阿契贝在非洲英语作家研讨会上的会面，让你决心走上"终身非洲作家"的道路。当时是什么触动你做出这样的决定？

恩古吉·瓦·提安哥：在我即将出版的回忆录《造梦者的诞生：一个作家的觉醒》(*Birth of a Dream Weaver: A Writer's Awakening*) 中，我详细记述了1962年的非洲英语作家研讨会。当时作为一个写作新手，能见到这么多来自非洲各地的作家，是很令人鼓舞的事情。

要知道，20世纪60年代正处于非洲去殖民化运动的高潮，非洲各地涌现出游行示威、要求改变的人们，有些人不惜牺牲自己的生命去抗争。我感觉我也是这个"集体梦想"中的一分子。

在1962年的非洲英语作家研讨会上，我也是第一次见到阿契贝。我请他看了我早期的作品《孩子，你别哭》，然后他把这部小说推荐给了海涅曼（Heinneman）出版社。1964年4月，这家出版社出版了这部小说。

崔莹：在1977年，你改了名字，为什么？

恩古吉·瓦·提安哥：我曾用的名字是詹姆士·恩古吉（James Ngugi），然后，我决定改回我的原名——恩古吉·瓦·提安哥。

非洲人不得不更改原来的名字、起一个欧洲名字的做法，源于奴隶贸易和美国南方种植园的奴隶制。被捕获的非洲人被迫放弃自己的本名，使用种植园主人起的名字，以表明他们是种植园主人的财产。

在殖民时期，这样的做法被沿袭。因为身处基督教文化中，命名习惯也是用欧洲的名字。我用改名的方式表示我彻底反对这种"奴役"的传统。

崔莹：马克思主义对你的影响大吗？在你的《马蒂加里》一书中，有评论者认为，你采用了马克思主义–非洲式的视角。

恩古吉·瓦·提安哥：是的，它更是贯穿文章的一种语调。这种语调的根源是黑格尔，也沿袭了古希腊哲人柏拉图的哲学传统。其实，在所有的语言中，都可以发现这种语调。在吉库尤语中就存在这样的语调。

崔莹：很多人在谈到你的作品时想到康拉德。康拉德对你的写作有多大影响？

恩古吉·瓦·提安哥：在读大学时，我研究了康拉德的作品。他的写作方式，而不是他的政治立场，让我印象深刻。

崔莹：还有哪些作家的后殖民主义作品给过你启发？

恩古吉·瓦·提安哥：乔治·拉明（George Lamming）的作品，特别是他的小说《在我皮肤的城堡中》。

崔莹：有评论认为，你是后殖民主义理论的先驱，你对此认可吗？在今天，后殖民主义写作如果要与时俱进，应该具备什么特点？

恩古吉·瓦·提安哥：我认为，上世纪60年代末和70年代初在内罗毕展开的文学讨论，为后殖民主义理论提供了理论框架。我们挑战了英语以及其他欧洲（殖民）语言的核心地位，也挑战了英国文学以及其他欧洲文学的核心地位。

后殖民主义写作的主题一直在发展变化，关于这方面的理论研究，可以读我的著作《全球化辩证：获知的理论和政治》（Globalectics: Theory and politics of Knowing）。（在此书中，提安哥指出了文化相互影响的必要性。他认为，无论在历史作品中，还是自传中，反殖民写作者不仅要有自己的政治立场，也要试图理解殖民者的知识和文学，特别是他们强加于殖民地区的知识和文化。）

崔莹：在你看来，殖民主义经历如何影响现在的肯尼亚社会和肯尼亚人？

恩古吉·瓦·提安哥：1895年，肯尼亚成为英国的"东非保护地"。1963年，肯尼亚宣告独立。殖民主义统治给后殖民时期的肯尼亚留下了精神创伤。

我们要努力去做的，是如何将这些创伤转变成财富。需要这样做的，不仅仅是非洲的知识分子，而且是每一个人。一个人只有爬到山顶，才能同时看到远处和近处的风景。前提是，这个人首先得爬到山顶。

❸ 我是肯尼亚人、非洲人和全球主义者

崔莹：作为在后殖民时代旅居美国的非洲作家，你如何看待个人的身份认同问题？

恩古吉·瓦·提安哥：我认为自己是非洲作家。考虑身份的话，我是肯尼亚的班图人（中部和南部非洲一带的居民）、泛非洲主义者和人道主义者。

简言之，我是肯尼亚人、非洲人和全球主义者。

崔莹：你经常在《卫报》等报纸上发表关于非洲时政的文章，你也写过《政治中的作家》一书。那么，你的政治理想是什么？

恩古吉·瓦·提安哥：我是肯尼亚的全球主义者。我的政治理想可以用一句非洲的谚语总结："我是怎样的人由你决定，你是怎样的人由我决定。"（I am because you are; you are because I am. 意为每个人的人性都是由他人决定的，人与人相互联系。）

崔莹：非洲作家上一次获得诺贝尔文学奖是在2003年。（得主为南非作家库切。）近年来，你也被格外关注。这种关注对你的写作来说是压力，还是动力？

恩古吉·瓦·提安哥：幸运的是，诺贝尔奖没有申请表格，评

选结果完全由那些我甚至不认识的人决定。显然，听这么多人议论我可能会获得诺贝尔文学奖，也是一件很荣幸的事。但是我并非为了获诺贝尔奖或其他奖而写作。如果人们认为我的作品值得获这样或者那样的奖项，这是一个额外的奖励。

崔莹：你最近在写什么？

恩古吉·瓦·提安哥：我在写我的第三部回忆录《造梦者的诞生：一个作家的觉醒》。在写书间隙，我也一直在用吉库尤语写些故事和诗歌。

崔莹：近些年，你在关注哪些非洲作家？

恩古吉·瓦·提安哥：后生可畏，比如尼日利亚籍女作家奇玛曼达·恩戈齐·阿迪奇埃。我的儿子穆科玛·瓦·恩古吉（Mukoma Wa Ngugi）的作品也很不错，他的侦探小说《内罗毕之热》是非洲新侦探文学的重要代表作。

崔莹：你最想向中国读者推荐哪位非洲作家？

恩古吉·瓦·提安哥：乌斯曼·塞姆班。他的电影和小说绝对精彩，特别是他的经典之作《众神之木》（*God's Bits of Wood*）非常棒。

阿米塔夫·高希 | 印度如何深深卷入鸦片战争

《火海》诞生后，印度著名作家阿米塔夫·高希（Amitav Ghosh）就此完成其"朱鹭号"三部曲。这三部小说以19世纪印度参与英国对华走私鸦片、参与鸦片战争为背景，又被称为"鸦片战争"三部曲。

高希出生于加尔各答，成长于印度、孟加拉国和斯里兰卡等地。在获得牛津大学社会人类学博士学位后，他曾担任加尔各答社会科学研究中心研究员和记者等职，但最终选择专职写作。自1986年出版第一部小说《理性环》后，他又出版了《阴影线》《加尔各答染色体》《玻璃宫殿》《饿潮》等书。他先后获得法国美第奇文学奖、印度掌诃德耶学院奖、英国阿瑟·克拉克科幻奖和詹南斯奖等奖项，并被印度总统授予印度最高荣誉"卓越贡献奖"。

"朱鹭号"三部曲从构思到写作跨越10年。第一部《罂粟海》讲述鸦片战争前夕，载着囚犯和契约劳工、从印度加尔各答驶往毛里求斯群岛的船只"朱鹭号"上各色人物的故事。第二部《烟河》讲述"朱鹭号"因暴风雨被迫驶往广东,被中国官方截获,船上乘客被软禁的故事(这场暴风雨也改变了鸦片运输船"安娜希塔号"上人物的命运)。最后一部《火海》讲述第一次鸦片战争爆发、英国强占香港的故事。

高希表示,为了写作三部曲,他曾多次来中国调研,去过广东多家和鸦片战争有关的纪念馆,甚至专门学了粤语。

1

听粤语广播，崇拜林则徐

崔莹："朱鹭号"三部曲写的是19世纪印度参与英国对华鸦片贸易和鸦片战争的故事。你为何选择这样的主题？

阿米塔夫·高希：我开始想写的并非是鸦片贸易，而是19世纪移民海外的印度劳工和苦力的故事——当时很多印度契约劳工移民到马来西亚、斐济和特立尼达等地。后来我发现，他们大都来自英国在印度种植鸦片的地区，所以我的小说就和鸦片贸易联系在一起了。

崔莹：为何给这艘船起名"朱鹭号"？

阿米塔夫·高希：当时印度的很多船都以鸟为名，所以我就给它起了这个名字——朱鹭全身漆黑，有着鹤般的腿，在古埃及人的信仰中，它是一种很神圣的鸟。

崔莹："朱鹭号"上集聚了各阶层的人物。

阿米塔夫·高希：船本身就是一个微观的社会，乘客来自世界各地。19世纪，在这种航行于印度洋的船上，管理者主要是欧洲人，水手主要来自印度、中国、马来西亚、菲律宾和非洲国家，乘客主要来自欧洲国家。

崔莹：在"朱鹭号"三部曲的第二部《烟河》中，有一章叫"广东"。你去过广东么？收集了哪些资料？

阿米塔夫·高希：是的，我去过很多次。我第一次去广东时，在那里待了一个月，主要是参观与鸦片战争有关的遗址和纪念馆，包括虎门的鸦片战争博物馆、三元里人民抗英斗争纪念馆等。我也和当地的历史学家、学者见面交流。一些中国学者朋友推荐了一些中文资料，我请人把它们翻译成了英语。这些经历对我的创作非常有启发。如果没有去广东调研的经历，这些小说写不出来。

我还学了粤语。我说得不是很好，但是我能听懂很多。每年我有一半时间在纽约生活，那里有一家粤语电台，我经常听。

崔莹：《烟河》有一章叫"Commissioner Lin"，专门写林则徐。为了写林则徐，你做了哪些功课？

阿米塔夫·高希：我请人翻译了林则徐的日记。我看了好几本关于林则徐的书，特别是年轻的美国历史学家、美国威廉与玛丽学院历史系助理教授马世嘉（Matthew W. Mosca）的著作《破译边疆·破译帝国：印度问题与清代中国地缘政治的转型》，它对我的启发很大。

林则徐是个非常了不起的人物。他很聪明，是当时为数不多的真正思考中国在世界上的处境的人。我读到的关于他的所有材料都对他充满了肯定和赞誉，这也让我越来越崇拜他。

❷ 鸦片战争的历史被印度人遗忘

崔莹："朱鹭号"三部曲中的第一部《罂粟海》中,英国商业新贵伯纳姆称,将鸦片售往中国,是为了维护自由贸易原则。当时这样的观点很普遍吗?

阿米塔夫·高希:我并没有编造,在当时,大多数英国商人持有这样的观点。整个鸦片战争就是以"自由贸易"的名义发生的,他们称鸦片贸易是自由贸易的体现,鸦片战争可以给中国带去自由……但是谁在这些说法之后呢?怎么样才算是"自由贸易"呢?当时的鸦片贸易实际上是被东印度公司垄断的,而且英国商人依靠政府,依靠士兵,发动了鸦片战争,这也是整个资本主义思维方式令人感到怪异的地方——他们所谓的自由贸易是要依靠政府来实现的!在某种程度上,这样的说法是一种障眼法和骗局。

除此之外,他们声称市场是自由的,不该受到任何道德约束。这种说法让林则徐感到震惊,也令很多印度人感到吃惊。今天英美依旧在讨论贸易自由,但他们都不允许鸦片自由地进口到他们的国家。

崔莹:鸦片战争是英国在资本主义扩张中的产物吗?

阿米塔夫·高希:英国发动鸦片战争,主要是在商业利益的驱使下。毫无疑问,这也是英国试图削弱中国的方式。当时盛行着很多奇特怪异的理论,很多人甚至认为,通过鸦片贸易可以将基督教介绍到中国。

崔莹:你曾经说,在印度,关于鸦片战争的资料非常少,这是为什么?

阿米塔夫·高希：我也解释不清。在印度，鸦片战争这段历史被严重遗忘了。我的书出版之后，很多印度读者才意识到，原来印度这么深地卷入鸦片战争。我猜，这可能因为这是一段令印度人感到耻辱的历史。

第二个原因是，尽管印度人参与了鸦片战争，但他们是被迫的，他们是为当时的英国人服务的。我知道中国关于鸦片战争的研究很多，但有趣的是，我发现，大多数中国人脑海中的鸦片战争也和印度无关，他们甚至很少提及印度参与了鸦片战争。我在很多和鸦片战争有关的纪念馆看到，展出的士兵照片大都是英国士兵，而不是印度士兵。

崔莹：这是为什么？

阿米塔夫·高希：我想，这大概因为鸦片战争被中国视为帝国主义的侵略战争，因此中国并不把印度当作主角。而实际上，两次鸦片战争中，英军里只有一小部分是真正的英国人，大多数士兵来自印度。

崔莹：这些印度士兵是被迫参军的吗？

阿米塔夫·高希：他们大多是穷人，为了赚钱，把参军作为"职业"。实际上，在两次鸦片战争以及镇压义和团的行动中，印度士兵对中国产生了极大的同情。一名参与过镇压义和团运动的印度士兵专门写了回忆录，认为印度和中国有相似的处境，不应该和中国为敌。

当时印度士兵反抗英国统治的事件常有发生。在镇压义和团的过程中，甚至有很多印度士兵叛变，加入义和团。在第一次鸦片战争中，林则徐曾专门提议说服英国军队中的印度士兵叛变，只是后来没有成功。

崔莹：在写作"朱鹭号"三部曲时，你还有哪些发现？

阿米塔夫·高希：当时很多英国官商勾结。我在调研中发现，当时的鸦片商威廉·渣甸（William Jardine）贿赂英国政客。因为官商交易，很多印度士兵白白丢失了性命——他们坐的船质量太差，经不住大浪冲击沉没了。很多史料显示，英国官方也曾对这些事故进行过调查。

3
印度从未颁发禁吸鸦片规定

崔莹：在鸦片贸易中，东印度公司起了什么作用？

阿米塔夫·高希：东印度公司是始作俑者。英国从中国大量进口茶叶，之前东印度公司主要和中国进行茶叶贸易。但英国对华贸易逆差逐年增多，他们要找到一种中国人愿意买的东西，于是很快向中国贩卖在印度种植的鸦片。可以说，是东印度公司"开辟"出了这个市场，在此之前，中国国内的鸦片市场非常小。

崔莹：在印度国内，鸦片贸易是如何兴盛和衰亡的？

阿米塔夫·高希：18世纪，针对中国市场，英国在印度种植大量鸦片，鸦片生意也在印度本国内获得扩张，但它们主要被东印度公司垄断。到20世纪初，在全球禁烟的呼声中，尤其是在1912年召开的海牙《国际鸦片公约》的约束下，印度国内的鸦片生意衰亡。

崔莹：主要是英国商人从对华鸦片贸易中获利么？

阿米塔夫·高希：主要是英国商人。也有大量美国人参与到在印度种植鸦片、对华销售中。美国总统罗斯福的爷爷就是当时最大的鸦片商之一。

崔莹：印度人吸食鸦片么？

阿米塔夫·高希：吸食，但印度人吸食的方式和中国的不同。在中国，人们像吸烟一样吸鸦片，鸦片对人体产生的影响很大，吸食者会迅速上瘾。在印度，人们通常直接吃鸦片，或将鸦片泡水喝，这种方式对人体的影响相对较小。当时不仅是印度人，在印度生活的英国人也吸食鸦片，上瘾的人也很多。

崔莹：为何鸦片在相邻的两国的吸食方式不同？

阿米塔夫·高希：我能想到的答案之一是，在中国，从16世纪开始，烟草业变得特别发达，鸦片被当作一种类似烟草的东西吸食。最初人们还将鸦片和烟草混合吸食。

崔莹：在中国，嘉庆皇帝在位时，清政府就已宣布禁止鸦片输入。道光皇帝继任后，重申禁止吸食鸦片。同一时期的印度是否颁布过类似的规定？

阿米塔夫·高希：印度官方从来没有颁布禁止吸食鸦片的规定，因为印度是鸦片出口方，如何禁止啊？！同一时期，无论在印度还是英国，都没有禁止吸食鸦片的规定，但是他们会对鸦片贸易实行严格控制，规定它们如何销售、销售到什么地方。

❹ 《浮生六记》对我影响特别大

崔莹："朱鹭号"三部曲在印度的影响如何？

阿米塔夫·高希：很多印度学者对我说，三部曲将鸦片战争这段历史重新介绍给读者，让印度人重新审视印度和中国的历史、印度在亚洲的历史等。

崔莹：你是牛津大学社会人类学博士。社会人类学学者的身份，对你的小说创作有哪些帮助？

阿米塔夫·高希：我不仅是社会人类学学者，也做过记者，曾供职于《印度快报》。我也是历史学者。所有这些技能都从不同的角度帮助我写作。比如做学者的经历有助于我收集资料——对于作家而言，收集资料的能力很重要。俄国作家托尔斯泰就非常擅长收集资料，他在创作《战争与和平》的过程中挖掘出很多新史料，他对这些发现引以为傲。赫尔曼·梅尔维尔写《白鲸记》时也是如此。

崔莹：你通常有怎样的写作习惯？

阿米塔夫·高希：我现在依旧用手写作。我首先用铅笔写底稿，然后用钢笔修改，再把这些文字输入电脑。除了星期日，我基本每天都在家写作。我有一张可以供站着写作用的书桌，我已经习惯了站着写作。

崔莹：你读过中国作家的作品吗？

阿米塔夫·高希：非常多，比如沈复的《浮生六记》、蒲松龄的《聊斋志异》。沈复的《浮生六记》对我的影响特别大，这本书太棒了，作者本人的感性令人惊叹。作者对广州的描写也非常形象,帮助我想象这个城市在清朝的样子。我也读过莫言、鲁迅等人的作品。我觉得莫言的作品非常令人震撼。

崔莹:在你看来,和中国作家相比,印度作家被西方世界认可的最大优势是什么?

阿米塔夫·高希:我不觉得存在什么优势或是劣势。当然,我可以用英语直接写作,这也许是一种优势;但从另一方面看,这也可能是一种劣势。比如说,我用"印式英语"写作,其他国家的读者可能会看不懂。印式英语和英式英语的区别非常大:发音不同,用词不同,句法也不同。当然,有些印度作家并非如此,他们只用英式英语写作。

崔莹:印度当代小说中,除了你的作品,还有涉及中印关系的作品吗?

阿米塔夫·高希:我能够想到的以中国为背景的印度小说不太多,但有一部印度作家的非虚构作品很有意思——帕拉维·艾雅尔(Pallavi Aiyar)的《烟与镜:亲历中国》。

崔莹:听说你也在写作一部非虚构作品。

阿米塔夫·高希:这部小说与我在写作"朱鹭号"三部曲的过程中如何收集史料、如何做调研有关。其中有我在广东收集材料、和中国学者对话的经历。

大卫·格罗斯曼 | 现实世界野蛮而残暴

大卫·格罗斯曼的家位于耶路撒冷西北部,他已经在这里住了30多年。房子在郊区,顺着平缓的山势而建,被各种绿植包围得严严实实。房子的主人就像是住进了自己打造的森林。不远处是一家购物商场,里面有一家书店,摆着六七本格罗斯曼的英译作品。

我按了一下门铃。门开了,格罗斯曼迎了出来。

作为和奥兹一样享有国际声誉的以色列作家,格罗斯曼被认为是诺贝尔文学奖的热门人选之一。他出生在耶路撒冷,父亲是波兰移民,母亲是以色列本地人。尽管英语流畅,但格罗斯曼一直用希伯来语创作,因为他认为,希伯来语是他唯一可以自由表达的语言。

作为公共知识分子,格罗斯曼有很强的社会参与意识,长期关注巴以关系、巴勒斯坦人的生存状况、日益升级的暴力、大屠杀等问题。他把对这些问题的思考,都写进了自己的11部小说和5部非虚构作品中。

在格罗斯曼家宽大的客厅里,最显眼的,就

是一个摆满书的书架。上面有他的第一部长篇小说《羔羊的微笑》，它是以色列文学史上第一部涉及约旦河西岸问题，并将巴勒斯坦阿拉伯人作为主人公的长篇小说；有让他跻身伟大作家之列的《证之于：爱》，它描述了大屠杀幸存者如何摆脱噩梦般的生活；有他的《一匹马走进酒吧》，格罗斯曼因为它在2017年获得国际布克奖；有他的《到大地尽头》，其中的主角是一位在战争阴霾下的普通以色列母亲……

在书架上，还有一个简单的相框，里面是一个年轻人的半身照。照片中，那个戴着眼镜的年轻人稚气未消，一脸笑容。

他是格罗斯曼的小儿子乌里，他的生命定格在20岁。2006年，作为以色列国防军的一员，乌里在以色列与黎巴嫩之间的战争中丧生。而当时格罗斯曼正在创作《到大地尽头》，现实与虚构作品竟然如此相似。

"那是一个周日的凌晨，差20分钟3点，我们家的门铃响了。门外的人通过对讲机告诉我，他来自部队……我下楼打开门,告诉自己,一切都结束了,乌里不在了。"在回忆丧子之痛时,格罗斯曼这样写道。

他忍着悲伤,完成了《到大地尽头》。"这是同巨大的悲伤对抗的方式。我感觉被扔进了无人的地带,唯一能够让我接受儿子的死亡并继续生活下去的方式,就是把这场灾难写出来。"他还为乌里写了一本诗体小说,名为《摆脱时间》。

格罗斯曼如今的生活规律得有些可怕:每天5:45起床,和妻子一起开车到附近山区和朋友会合,然后一起徒步4公里。他们能看到狐狸、羚羊和初升的太阳。他用"疯狂"来形容这个习惯,因为12年来,只要他在家,只要不下雨,每天都是如此。

徒步之后,格罗斯曼会回到自己位于地下室的书房,在早上8点准时开始写作,一直写到晚上8点——除去休息时间,他尽量保证每天写10个小时。

1
人们为什么要就某种灾难的处境开玩笑

崔莹：《一匹马走进酒吧》全书讲述的是一个晚上的连续事件：一个落魄的中年脱口秀喜剧演员在酒吧表演。只讲述一个晚上的故事，已经是有些冒险的做法了，但更加冒险的，是你选择去写一场脱口秀表演——这场表演持续了200页。在写作时，你有没有觉得这是一次冒险的尝试？

大卫·格罗斯曼：写作的一个乐趣就来自冒险——你可以尝试不同的题材，创作不同的人物。我不想写熟悉的东西，想不断进行新的尝试。所以我的作品《到大地尽头》像电台剧本，《摆脱时间》是诗体。

刚开始写作的时候，我不知道我要写多少页，不知道故事会如何发展，更不知道它的结局。在写作过程中，故事是一直都在变化的。写作是一门艺术，我不知道将有怎样的艺术品诞生。

崔莹：你平常喜欢看脱口秀表演吗？

大卫·格罗斯曼：脱口秀表演在以色列非常流行，但直到现在，我都是在电视上看，没在现场看过。

电视上，大多数脱口秀演员的表演都很野蛮，真正有天赋的喜剧演员很少，而《一匹马走进酒吧》的主角杜瓦雷则是两者的结合。写完这本书之后，我快要变成脱口秀表演的专家了。

崔莹：作为喜剧演员，杜瓦雷不是非常成功，他的表演很大程度上是由性笑话、对观众的冒犯性语言和自贬构成的。他是一个复杂的人物，一个读者很难快速认同的人物。在塑造这个人物时，你的初衷是什么？

大卫·格罗斯曼：我唯一的希望，是塑造一个令读者感到真实的、有复杂性的人物。之后这个人物会带领我，向我展示他有哪些能量，他是怎样一个人。

写作最大的魅力，是你可以到达自己最开始没打算去的地方。我正在写新小说，已经写了几个月，现在我才刚"入戏"，这个故事和我最初的设想有很大的区别，但目前故事的发展方向是好的，是我想继续探索的。

对作家而言，非常重要的一点是，不要一开始就决定要怎么写，不要强迫自己必须写什么样的故事。

崔莹：主人公杜瓦雷这个角色的灵感是从何而来呢？你周围有这样一个角色么？

大卫·格罗斯曼：灵感是突然出现的。它可以出现在任何时候，比如我看牙医时、听广播时、看收据时……创作杜瓦雷的灵感也是如此。之后的几个月，我开始写这个人物。突然有一天，我清楚了他应该是怎样一个人，他生命中有什么起伏。他是充满能量和活力的，很戏剧化……

我不认识像杜瓦雷这样的人，我从不同的人物身上找到了他的特点，他是一个结合体。在写杜瓦雷时，我感觉自己和他很像。

杜瓦雷不是读者看第一页就会喜欢上的角色。要知道，写让人喜欢的角色太容易了，我对这丝毫不感兴趣。我喜欢写内心充满矛盾、情感外露、具有爆发力的人物。这样的人物更接近真实。《一匹马走进酒吧》是我3年前的作品，到现在，这个人物依旧活跃在我的脑海里。

崔莹：在《一匹马走进酒吧》中，你用喜剧的方式探讨悲剧事件，为什么？

大卫·格罗斯曼：如果写脱口秀表演，一定会涉及喜剧。好的喜剧可以让我们以不同的视角看待问题，让我们少些对自己和对生命的自以为是。所有优秀的喜剧，在最深处往往都包含了悲剧的成分。

崔莹：在书中，杜瓦雷会以大屠杀这个主题开玩笑。在集中营，犹太受害者也曾彼此开玩笑。对他们而言，这些玩笑意味着什么？

大卫·格罗斯曼：我读过集中营的回忆录，即便在那样恶劣的条件下，犹太人也会开玩笑。幽默是生命的火花，人们会尽力捕捉它。只有在笑的时候，人们才能够呼吸。

就某种灾难的处境开玩笑，你可以暂时让自己从那种暴行中解脱出来，蔑视那样的野蛮，你好像在重新布局，好像有了其他出路，好像有了自由，有了活动的空间，在那一秒钟，你是自由的。杜瓦雷是大屠杀的受害者，他拿大屠杀开玩笑，在一笑而过时，他可以呼吸，他知道如何面对大屠杀的暴行，获得暂时的解脱。

② 生活在战争的恐怖中,人会忘记其他种生活的可能

崔莹:在小说中,你经常采用多个叙事者、多线叙事的方式。你常常让叙事者被另一个叙事者观看,在叙事者讲述他的故事时,另一个与他的生活有一定关系(但并不十分亲密)的人在观察叙事者,同时与之辩论、对抗。《一匹马走进酒吧》《迷狂》和《到大地尽头》都使用了这样的叙事结构。你为什么喜欢这种结构?

大卫·格罗斯曼:我喜欢各种尝试。文学创作可以很深奥,也可以多样化。作家可以通过不同的形式和想象力,使用从未使用过的组合和方式,让作品充满创意。而无论是创造一个词语,还是创造一个世界,都是令人开心的事情。这也是我热衷使用多个叙事者叙述的原因。

崔莹:《到大地尽头》是你影响很大的一部小说,小说写的是一位担心儿子在战场上阵亡的母亲。令人难过的是,小说还没有完成,你的小儿子就在战场上遇难了。这段经历如何影响你的创作,影响你对战争的看法?

大卫·格罗斯曼:是的,我失去了儿子,他就在那里……(指向书架上的儿子照片,他的神情突然黯然,沉默了几秒钟。)

在他遇难3年前,我开始写《到大地尽头》。在以色列,很多家庭都有失去孩子的经历,几乎每个人身边也都有这样的家庭。我用这部小说展示的,是长期生活在可能失去孩子的恐怖中,会意味着什么:孩子一出生,你就知道他18岁要参军、要上战场。你教育他要宽容,要接受多元文化,要追求和平,但实际上,现实世界是野

蛮而残暴的。

生活在战争的恐怖中，人会受到巨大的影响。他们的生活会被战争扭曲，甚至忘记了其他种生活的可能。比如在以色列和巴勒斯坦，三四代人都生活在战争的阴影下，大家甚至不知道和平时期的生活是什么样子，也不能理解和平的真正意义。所以我一直希望以色列能和邻居，特别是和巴勒斯坦保持和平，为此不断地写文章，接受采访。

我的脑海里总会出现这样的场景：我们的国家投入大量资金用于战争，用于边防，最终，我们变成了一具冷冰冰的盔甲，那是没有骑士的空壳。关于冲突，以色列和巴勒斯坦有各自的叙述，两种叙述都存在矛盾，我厌恶这些叙述。在书里面，我尽量梳理他们各自的叙述，将其变成有人性的故事，关于人的故事。

崔莹：《到大地尽头》的主题之一是以色列的义务兵役制度，你如何看待义务兵役制度？

大卫·格罗斯曼：在以色列，战争无处不在，每隔10来年，就有或大或小的战争爆发。生活在这样的现实里，你根本不会去质问为什么要去参军。我18岁的时候去服兵役，我的3个孩子也是如此。

在中东，没有强大的军事力量是一件很危险的事情，但仅仅靠军队也不行，因为终有一天，别人的军队会更强大，我们可能战败。为了缓和冲突、争取和平，我们需要做更多的事情。

崔莹：巴以冲突是以色列作家很难绕开的主题。以你对于以色列时政与社会的长期观察，你认为解决巴以关系问题最大的挑战是什么？你支持怎样的解决方案？

大卫·格罗斯曼：以色列的领导人是选举产生的，某些人之所以被选中，是因为他们能够激起民众的焦虑。有的人知道如何把以色列现在所面临的危险和过去的灾难搅和在一起，认为以色列所面临的任何威胁都像是大屠杀的"最终解决方案"，似乎纳粹分子要卷土重来。我们要特别留意他们所使用的语言，尤其是那种操纵性的语言。

以色列的确是中东的一个小国家，很脆弱，也正是因为这一点，人们的焦虑和恐惧很容易被引发。目前以色列的民意越来越倾向于右翼，因为右翼比左翼更能强调这些焦虑和恐惧。

以色列应该与巴勒斯坦、叙利亚、伊拉克和黎巴嫩保持和平，这才是长远之计。在讨论政治时，我们要记住：我们所面对的另一方是和我们一样的人，我们可能成为他们，他们也可能成为我们。我们应该对他们的境遇给予更多的同情。

我支持巴以"两国方案"，希望以色列和巴勒斯坦两国并存，有友好的关系、共同的兴趣，两国人一起做生意，建立联合大学，一起研究冲突的起源，一起举办文学节……这个梦想很简单，却很难实现。因为暴力已经让很多人难以摆脱恐惧，恶性循环很难被打破。

崔莹：不久前，美国总统特朗普宣布承认耶路撒冷作为以色列首都，并做出计划"迁馆"的举动，你对此怎么看？

大卫·格罗斯曼：这会令巴以关系更加恶化。因为耶路撒冷不仅仅被认为是以色列的首都，也被认为是巴勒斯坦的首都，这个问题尚未解决。

单方面宣布耶路撒冷为以色列首都，这个决定是无效的。巴以双方的领土问题、定居点问题、耶路撒冷问题、难民问题，等等，都需要双方协商解决，需要双方妥协、让步，才能最终实现和平。

只有学会让步，我们才能成熟，你成熟了，你的对手才会成熟，你们才有更多机会达成共识。

3
在以色列基本上看不到巴勒斯坦的书

崔莹：巴勒斯坦的作家如何描写当地现实？以色列作家与巴勒斯坦作家这两个群体之间有交流吗？他们是否阅读彼此的作品？

大卫·格罗斯曼：巴勒斯坦的领土被占领，他们的作家备受屈辱，充满了愤怒，所以巴勒斯坦文学会更直接地描述被占领事件。

以色列和巴勒斯坦的作家群体基本上没有什么交流，而且巴勒斯坦是抵制以色列文学作品的。我个人一直和巴勒斯坦的作家有联系，但这种联系不是关于文学的，是关于政治的。

巴勒斯坦人有种错觉，认为以色列作家有能力影响以色列政客，改变以色列的现实，实际并非如此。真实的以色列有很多狂热分子，民族主义情绪高涨，现实比以色列左翼作家想象的还要糟。

在以色列基本上看不到巴勒斯坦的书，因为很少有出版商翻译引进它们。我们对巴勒斯坦的文化、巴勒斯坦人的生活，都了解得非常少。这也是战争导致的悲哀——我们是邻居，但彼此用偏见和刻板的眼光看对方。

崔莹：那么，文学作品能对此产生什么影响？

大卫·格罗斯曼：打破这种偏见和刻板印象，让人们去了解对方，了解活生生的人。要用丰富多彩的文学作品，用不同的文学人物，展现每个人物内在的矛盾。要通过文学作品，提醒人们生活并非总是苦难，并非只有战争的恐惧。要通过文学作品告诉人们，你们并非注定要生活在战争和冲突之中，你们可以有其他选择。

崔莹：在以色列人的情感结构中，大概存在着一对复杂的关系,即受害者与施害者的关系。以色列人是大屠杀幸存者的后代,但如今是巴以关系中霸权的一方,成了施害者。这种从受害者到施害者身份的转换耐人寻味,你认为为何会有这样的转变?

大卫·格罗斯曼:因为是受害者,我们总觉得自己的生命处于深渊的边缘,没有多少可以改变的空间。我们对军事力量、对武器的态度,也源自历史上我们没有足够的力量保护自己,备受摧残。

我们是受过创伤的群体,我们充满恐惧。恐惧令人变得越来越有攻击性,越来越暴力。我们强烈希望拥有强大的军事力量,这样我们经历过的灾难才不会重演。这也是即使受到很小的威胁,以色列人的反应也会很强烈的原因。

目前,以色列人依然无法从过去的阴影中走出来。关于和平的议题,成了"我们能否继续存在"的议题。

❹ 以孩子的视角写大屠杀

崔莹:除了战争,"爱"对你来说也是一个重要的主题。在你的小说中,"爱"有时是一种拯救的力量,有时是一种摧毁的力量。特殊的外部环境是否会影响人们对于古老主题的思考?比如对经历过大屠杀的犹太人来说,"爱"这个词的意义是不是会变得不太一样?

大卫·格罗斯曼:因为令人恐惧的外界局势,以色列人更会紧紧团结在一起。也许是因为很多人在大屠杀中失去了亲人,以色列人非常重视家庭，也非常重视友情。关于"爱"的主题，会深受这些因素的影响。战争让人们彼此更亲近，个人也更能够在更亲密的关系中展现本性。

崔莹：你已经出版了5本非虚构作品，包括《在黑暗中写作：关于文学和政治的随笔》《在火线上沉睡：和以色列的巴勒斯坦人对话》等。写非虚构作品时，你会提醒自己需要注意什么？

大卫·格罗斯曼：我认为目前以色列的政治和军事局势过于极端，这对社会和民众都很危险。所以在非虚构作品中，我尽量描述以色列的现实，以色列邻国的现实，上世纪犹太人到底经历了什么……

这些作品不是对事件的枯燥陈述，而是包含着戏剧性。我很用心地选择语言，用写小说的方式来写非虚构作品。我也提醒自己不要被某种意识操纵，要避免刻板印象。在书中，我尽量多让巴勒斯坦人发声——我们给他们的声音越多，和他们达成对话的机会也会越多。

但我更喜欢写小说，因为我喜欢小说的完整性。通过小说，你可以创造一个从无到有的世界。

我也喜欢写童书。每写完一部长篇小说，我都会写三四本童书。我已经写了20多本童书了，它们主要是给三四岁的孩子看的。通常来说，我会把一个故事改写20多遍，直到他们能看懂。写童书也是在发现这个世界，理解这个世界，理解周围的人。

崔莹：你的小说，比如《锯齿形的孩子》《证之于：爱》《我心深处的文法》，也都是以孩子的视角来讲故事，你为什么选择这样的视角？

大卫·格罗斯曼：有的事也许已被人们讲述了很多遍，但假如用孩子的视角来讲，就会完全不一样。

比如在《证之于：爱》中，我以孩子的视角写大屠杀：一个孩子的父母都是大屠杀的幸存者，他经常听父母提及"纳粹野兽"（Nazi Beast）。这个孩子开始真的相信：有种可怕的野兽会出来恐吓人类。他想知道在哪里可以找到它……在这个过程中，他开始了解大屠杀，了解身为犹太人意味着什么。

以孩子的视角看问题，会和人们原本的认知产生碰撞，改变他们看事情的方式。这正是我希望做到的。

托马斯·林奇 | 给生者写诗的殡葬师

男人枪杀了自己两个年幼的孩子后自杀，案发时他的妻子正坐在城里的餐馆，等候丈夫和孩子们过来一同晚餐。灾难发生后，妻子变卖家产，携款远走高飞。

林奇和他的同事为他们收殓了尸身，男人被单独放在雕刻了《最后的晚餐》的棺材里，两个孩子被放在相搭配的另一口棺材里，直到现在也没人来支付三人殡葬的费用。

林奇永远忘不了那个男人的名字，这段故事被他记录在《殡葬人手记：一个阴森行业的生活研究》中。

爱尔兰裔美国人托马斯·林奇（Thomas Lynch）是密歇根州米尔福德镇的殡葬师。他从业40余年，每年要安葬大约200名死者。他的父亲和兄弟也都是殡葬师。这些特殊的经历，成为林奇创作的源泉。他用诗歌阐述生命中的爱和悲伤，用细微的洞察力写出令人笑中带泪的散文。

林奇出版过数部诗集，他的散文更是让他在世界文学圈崭露头角。散文集《殡葬人手记》曾获得美国国家图书奖提名,它的姊妹篇《酗酒、猫与赞美诗:一个殡葬师的自白》获得"大湖图书奖",被评为《洛杉矶时报》年度好书。

《殡葬人手记》是一本关于死亡的散文集,既包括死亡的哲学,也涉及死亡本身,既有林奇个人的感受,也有人们的共识。书中有各色人物的故事,也有对自杀、协助自杀、慢性疾病、意外事故、谋杀和暴力血腥等事件的记录。这些文字有趣而悲伤,但又充满温情。

正如林奇所说:对我而言,尸体永远不仅是一具尸体。在目睹过那么多尸体后,他从未麻木也从未停止思考,这是这本书的动人之处。

《酗酒、猫与赞美诗》是《殡葬人手记》的姊妹篇,这本书涉及的话题更宽泛、更具个性化。林奇试图在一些看似无关紧要的片断中寻找意义,如同他自己的身份,既是殡葬师,又是诗人,还是父亲和儿子。林奇在书中总结:"葬礼让我们意识到我们是凡人,就像标点符号一样,无论以感叹号、问号还是句号结束,它们都为我们的生命、为人类带来了意义。"

爱尔兰大饥荒时期,林奇的高祖父从爱尔兰来到美利坚,因为这个原因,林奇经常返回爱尔兰"寻根",他的文学创作也深受爱尔兰诗歌的影响。如今,70多岁的林奇已将家族殡葬业交给儿子打理,自己专心写作。

❶ 死亡，只对活着的人有意义

崔莹：你是殡葬师，你的父亲和三个兄弟也是殡葬师，现在你的孩子也从事这个行业，你从小就决定"子承父业"吗？成为殡葬师需要经过哪些学习？

托马斯·林奇：1971年开始我决定从事"家族产业"，因为这份工作很稳定。这样我就会有更多时间读书写作，而且这份工作能为我的写作提供素材。我对各种各样人的经历很感兴趣，和在特殊处境中的人相处，对我也是一种激励。

同时我很熟悉殡葬业。在大学里我进修了英文专业，然后去殡葬学校学习社会学、心理学、生物学等课程，当然还包括一些例如如何处理尸体之类的实践课。之后在拿到殡葬执业资格许可证之前还需要到殡仪馆实习一年。

崔莹：你平均每年主持200次葬礼，是离死亡最近的人，你会觉得自己和其他人不同么？

托马斯·林奇：作为殡葬师的儿子，从很小的时候我就知道所有人都会死，死亡是人类的特征之一。存在只是短暂的美丽。对死人而言，死亡没有任何意义，死亡只对活着的人有意义。

崔莹：你什么时候开始写诗？是谁给你的启发？

托马斯·林奇：我一直都很喜欢阅读，写作和阅读相辅相成。在读了很多书以后，我决定自己动笔写点东西。同时我一直很喜欢"听书"，喜欢听文字被朗诵时的音色和旋律。

我在大学的英文老师迈克尔·艾弗里姆（Michael Ephraim）给我很多启发，他是我见过的第一个活着的诗人，已经出版了近10本诗歌集，是我的人生榜样。我会把我写的诗给他看，听他的建议。除此之外，我也喜欢叶芝、杰拉尔德·曼利·霍普金斯、艾米莉·狄金森、威廉·华兹华斯和美国诗人埃德温·阿林顿·罗宾逊的诗歌。

崔莹：你曾说，一场好葬礼如同一首好诗，诗与葬礼之间存在怎样的关联？

托马斯·林奇：诗歌要遵循某种格式，即一些传统，比如，要讲究押韵、音节和行数等。葬礼也如此。比如在爱尔兰，人们会把死者摆放在厨房，亲朋好友过来悼念并慰问逝者家属。几天后，经牧师祷告，尸体将被埋入坟墓。葬礼必须在当日中午之前结束，之后人们会聚在厨房里吃东西，然后回归各自的正常生活。

崔莹：怎样才是一场好的葬礼？

托马斯·林奇：无论哪个民族、什么宗教信仰，或在任何地方，葬礼的目的都是让死者到达"应该去的地方"。一场好葬礼的核心是让活着的人参与这个仪式。因此，葬礼本身通常很直接，即埋葬、烧掉死者尸体，或将尸体放在山顶上，让鸟儿吃掉。这些仪式帮助人们通过象征性的、隐喻性的或宗教性的方式给那些已经发生的无意义的事情赋予意义。

动物死去，它们的同类不会做任何事情，而人死去，其他人会停止正在做的事情，为死者举办葬礼，将尸身埋进墓地，对他进行纪念与缅怀，这些都是人性。

❷ 一个人的死亡只会发生一次

崔莹：《酗酒、猫与赞美诗》和《殡葬人手记》这两本书被喻为姊妹篇，它们如何诞生，有怎样的联系？

托马斯·林奇：这两本文集存在顺承关系。最初诗歌杂志的编辑约我写一些散文，觉得读者会喜欢。当时《伦敦书评》的主编兼作家约翰·兰彻斯特（John Lanchester）看到这些文章，他很喜欢，并建议我出版。于是《殡葬人手记》诞生，并且卖得不错，编辑建议我再写一本。写《酗酒、猫与赞美诗》时，我知道这些散文最终会被出版，而写《殡葬人手记》时，目的很纯粹，有种纯创作的快感。

崔莹：这两本书中都有你对生老病死的感悟，有些观点充满哲理，如何具备这种思辨能力？

托马斯·林奇：我也不知道，当你"在深水里游泳时，你肯定会湿漉漉的"。对于一个家庭而言，死亡就是深渊，一个人的死亡只会发生一次，是他生命中最重要的时刻，这本身就像是哲学。

崔莹：你的文字有一种"冷幽默"似的嘲讽风格，这是对工作中的"黑暗"和"悲哀"的一种排遣吗？你的同事会读你的诗吗？

托马斯·林奇：哭和笑没有区别，都是一种情感释放。我认为开怀大笑和痛哭流涕需要吸入同样分量的空气。有很多关于死亡的问题既有趣又充满黑暗和压抑。关于性也是如此。如果你看色情影片，可能会认为"好看的人好像做得更好"，但用专业视角评价，这个观点就很可笑。

我同事大都知道诗歌重要，但他们不读诗。没关系，诗人大都很自恋，也不会关心谁会读他们的作品。

崔莹：爱尔兰文化如何影响你的写作？

托马斯·林奇：我经常去爱尔兰西海岸的乡下，那里的人和社会对我影响很深。在那里，每当有人去世，大家都知道自己该做什么：有人做炖菜，有人准备护柩者的衣服，有人安排葬礼，有人打扫房间，有人负责邀请亲戚。

葬礼结束后，每个人继续正常的生活，但他们不会停止谈论死者。这与美国文化大相径庭，一旦某人病入膏肓，人们就会停止和他交流、避免提及有关他的话题，等他死了，人们更会远离。因为美国人喜欢热闹，而不喜欢悲伤，但我认为这两种体验都很重要。

崔莹：书中，你对生死的思考带给人们很多启发，你希望人们从中获得什么？

托马斯·林奇：如果这些书帮到某些人，我很高兴。美国制片人艾伦·鲍尔（Alan Ball）曾对我说，"你将死亡视为人类的自然延伸的方式，这使我更容易面对自己妹妹、母亲和父亲的死亡。"这对我而言是很高的赞誉。

❸
殡葬业一直在变，可棺材依然是棺材

崔莹：你会主动向死者家属了解死者的生前吗？他们愿意谈论吗？

托马斯·林奇：为逝者写讣告是殡葬师的工作内容之一。讣告像是人物传记，由逝者生前的故事组成，通常不超过1000字。通过讣告人们可以了解死者，知道他如何"独一无二"。用讣告分享死者的故事，说出对逝者的评价，这个时刻非常神圣，像是在见证其他生命。这些信息是上天给我的财富。

崔莹：会有人因为你诗人的身份找你办葬礼，拿着你写的书在葬礼上请你签名吗？

托马斯·林奇：有人找我办葬礼，是因为知道我文笔还不错。这是对我极大的信任。但作为殡葬师，我们基本上是他们的"敌人"，因为我们试图卖出更好的骨灰盒、更好的花束等。也有人在葬礼上找我签名，非常友善。

崔莹：在某些地区，葬礼的花费越来越贵，甚至成为人们的负担，美国也是如此吗？

托马斯·林奇：葬礼不应该成为人们的负担。为葬礼花钱是应该的，毕竟要请人大半夜过去抬尸体，但这些费用不该很高。费钱的是昂贵的骨灰盒和装饰品等，我们的很多同行都专注于推销这些商品。我知道白宫打算花56亿美元在美墨边界建隔离墙，如果这笔钱能投入到殡葬业，足以支付未来3年内美国境内的所有葬礼，葬礼或许能够成为一项公益事业。

在北美一些地方，有人为葬礼花成千上万美元，以期死者投生到未来，这样做很不理智。因为死者不关心这些事，只有生者关心。这是一个令人困惑的问题：我反对奢侈浪费的葬礼，但我并不反对葬礼这种形式。

崔莹：你每年都参加殡葬者从业者年会，最近几十年，美国殡葬业的变化是什么？

托马斯·林奇：这个行业一直在变化，但实质内容依旧。棺材的材料、样式，葬礼的饰品一直在改变，但棺材依然是棺材。更多的高科技被运用于葬礼，比如，可以把参加葬礼的人带入网络空间，把讣告存在闪存盘里送给来客，把逝者的人生剪辑成小电影播放等。

4
艺术作品的生命力比艺术家更长久

崔莹：亲近的人去世后，我们如何从阴影中走出？

托马斯·林奇：当你在乎的人去世时，如果能帮着做一些事情，会让你的心情变好。无论是出席葬礼，还是协助筹备葬礼，或是坐下来写信给逝者，这些事情都可以转移悲伤。

我们镇上有一个女人，每当有人去世，教堂就会请她去做饭——"她因悲伤而做饭"。你几乎可以通过她烹饪的食物了解她对逝者的感情。她会在最亲近人的葬礼上做草莓大黄派。

葬礼像是个大舞台，人们要在葬礼上扮演好各自的角色，各尽其职，包括抬尸体、挖坟墓、做炖菜、听寡妇哭诉等，表现各自的友爱、和睦、不信任或仇恨。这些传统很重要，也是物种的天性。

崔莹：你怕死吗？活着的人应该从死亡本身学到什么？

托马斯·林奇：当然怕死，所以我不会去蹦极、滑雪，很小心地开车，开车时系安全带，注意饮食……生命只有一次，我尽量不去冒险。

人们应该接受死亡会发生。知道自己会死和不去想自己会死，这两种人对生活的态度完全不一样。意识到死亡，某种程度上会令我们对自己、对别人更负责任。

崔莹：宗教信仰是否有助于减轻人们对死亡的恐惧？

托马斯·林奇：我有时信，有时不信，我觉得爱神在掌管着一切。我不知道人死后会发生什么，但写作能令人"永生"。作者去世了，他的作品永存。在爱尔兰诗人谢默斯·希尼（Seamus Heaney）的葬礼上，我朗读了他的诗，感觉他似乎还活着。艺术作品的生命比艺术家的生命长久，所以我们要努力在世间留下一些痕迹。

加布瑞埃拉·泽文 | 读书是非常孤独的一种行为

美国女作家加布瑞埃拉·泽文的《玛格丽特小镇》一出版，便备受追捧。此前，她最受欢迎的小说是《岛上书店》。该书出版不久，《岛上书店》便成为美国独立书商选书榜第一名。有人将其列为"治愈系小说"，有人评价这个小说塑造了书迷们的理想国。在当年亚马逊中国年度图书排行榜上，《岛上书店》位列畅销图书榜第三。在豆瓣网上，关于此书的评价已经超过3万条。

《玛格丽特小镇》充满反思，《岛上书店》关注更广阔的世界

崔莹：你的处女作《玛格丽特小镇》在中国问世，这本书是你在《岛上书店》出版之前的作品。这两本书的异同是什么？

加布瑞埃拉·泽文：《玛格丽特小镇》是我20多岁时的作品。假如在今天，我是写不出《玛格丽特小镇》这样的书的——它写的都是我在20多岁时关注的内容，现在的我和当时的差异很大。现在我再去读那本书，感觉它仿佛是别人写的。

谈到相似点，《玛格丽特小镇》和《岛上书店》的风格相似。不同的是，前者是关于女人的书，后者是关于男人的书。我想，在20多岁时，我是写不出一本关于男人的书的。此外，《玛格丽特小镇》充满了反思，而《岛上书店》关注更广阔的世界。

崔莹：这或许意味着现在的你比20多岁时的你更成熟了。

加布瑞埃拉·泽文：现在的我比20多岁时的我少了些自恋。当你更多地考虑世界而不是你自己时，你也能更多地了解你周围的人。

崔莹：《玛格丽特小镇》的构思很奇妙。男主人公在一个夏天看到了女主人公玛格丽特人生的各个断面——她的过去、现在和将来。在这一点上，你是否从《时间旅行者的妻子》中得到启发？

加布瑞埃拉·泽文：在写《玛格丽特小镇》时，我还没有读过《时间旅行者的妻子》。不过后来我也意识到这两本书的共性，甚至我的出版商在推广《玛格丽特小镇》时，也将其同《时间旅行者的妻子》相比，这样的对比很恰当。

《玛格丽特小镇》写的是一个女人在一生中不同阶段的变化。随着年龄的增长，女性的变化通常要比男性的大，特别是身体上的，比如怀孕生子，所以《玛格丽特小镇》也是对男性的"警告"吧——当男人和一个女人结婚的时候，他实际上娶的是好几个女人。

崔莹：这本书的一大特点是叙述主体的不断转换：男主角、玛格丽特、胎儿、旁观者……你选择复杂的穿插讲述，为什么？

加布瑞埃拉·泽文：我想让大家感受到玛格丽特的不同层面，所以在每个部分，我让不同的人物（包括玛格丽特自己）来讲述她的故事。人的一生仿佛不同风格的书，孩童时期像图画书或童话书；假如得了癌症，这本书就变成了科幻小说或恐怖小说。我很喜欢用这些讲故事的不同技巧，来展现一个人的一生。

崔莹：在这本书中，你想体现怎样的爱情观？你个人如何看待爱情？

加布瑞埃拉·泽文：《莎士比亚十四行诗集》中写道："如果世事变迁，爱情就变质，这就不是真爱。"也就是说，当你的爱人生病、变得不再美丽时，你也要继续爱对方。当决定和某人结婚时，你要准备好应对对方有可能发生的变化。我相信的爱情也是在这样的框架下——爱情要允许对方的成长和变化。

我个人呢？我和同一个男人在一起21年了。我认为在某种程度上，不幸的婚姻就是还没来得及调整好的婚姻。所以大多数时候，如果两人相处发生不愉快，不必焦虑，就是时间长短的问题。

❷ 只有成为好的读者，才能成为好的作者

崔莹：《岛上书店》是你创作的第8本小说。2014年，这本书当选美国独立书商选书榜第一名。这本书的故事是围绕一家书店展开的，它的灵感从何而来？

加布瑞埃拉·泽文：在过去的10多年时间里，我对现代科技（比如电子阅读器的出现）如何影响人们阅读方式的问题很感兴趣。我也开始思考，在越来越多的人可以通过网络或阅读器阅读时，为何纸质书依然重要，书店依然重要。某种程度上，我是用《岛上书店》这本书来回答这个问题。

另外，读书是非常孤独的一种行为，所以我把这个书店设置在岛上。这里使用了隐喻。而当不同的人读同一本书时，这本书又将大家联系在了一起。我在小说中也尽量体现这些读书的奇妙之处。

崔莹：你为什么对书店如此钟爱？

加布瑞埃拉·泽文：实际上，以前我就很喜欢书店。我喜欢在书店里看书，喜欢书店里的味道。在我很小的时候，父母唯一放心让我自己待着的地方就是书店。父亲会给我5美元，让我挑自己喜欢的书。对我而言，书店也意味着自由。

我的第一本书在2005年出版，之后我到书店进行讲座和签售，接触了大量书店。我和书店的关系发生了变化，我将其视为商业场所，好像不如以往那么热爱它了。然后我就想通过写《岛上书店》重新爱上书店，重新成为好的读者。因为只有成为好的读者，才能成为好的作者。

崔莹：现实生活中，给你留下最深印象的书店有哪几家？

加布瑞埃拉·泽文：在美国，我最喜欢的书店是位于马萨诸塞州剑桥的格罗利尔诗歌书店（Grolier Poetry Book Shop）。它完全是为诗歌爱好者量身打造的，我特别渴望住在这样的一家书店里。

我喜欢的另一家书店，是位于纽约百老汇大街的莎士比亚书店（Shakespeare and Company）。这家书店有很多关于话剧的书。我还喜欢迈阿密海边的"书和书"书店。它的中央有个很大的海明威式酒吧。

我个人认为，书店最重要的部分是经营书店的人，他们选书的喜好也影响着书店的品位。有些书店很漂亮，但是没有灵魂。

崔莹：你曾在采访中表示：我们读的书决定我们的生活。你读过的哪几本书对你的生活影响较大？

加布瑞埃拉·泽文：16岁上高中，英语老师推荐我读小说——之前我从未读过小说，只读过一些经典著作，我甚至不知道当代人也可以写小说。我读了拉尔夫·埃利森的《看不见的人》。这本书讲述的是一名非洲裔美国人遭遇种族歧视的经历。虽然这本书和我的生活没有关系，但是书中的最后一句话给我留下很深的印象："谁知道呢，也许故事讲的就是你。"正是这句话让我体会到小说的可能性——你可以读一本描写和你完全不同的人的书，作者可以通过它与跟自己完全不同的人对话。由此，我感到小说创作的力量。

另一本影响我的书是托妮·莫里森的《所罗门之歌》。它充满艺术感，同样向我展示了小说创作的方式。

小时候，影响我的书是E. B. 怀特的《夏洛的网》。它讲的是一只蜘蛛如何织网救小猪的故事。现在再看，那本书也是关于写作的。夏洛是作家，她写作不是为了获得名誉，而是为了改变生命。

这本书也督促我思考写作的重要意义。

崔莹：你也提到，《岛上书店》主人公A. J. 费克里的阅读品味并不总等同于你的。那你喜欢读什么样的书？

加布瑞埃拉·泽文：我近些年更喜欢读短篇小说。人们（至少在美国）通常认为，长篇小说比短篇小说好，但我觉得有些长篇小说比较失败。

最近我读到的最喜欢的小说，包括詹尼·奥菲尔的《猜测部门》、柳原汉雅的《小生活》、埃米莉·圣约翰·曼德尔的《第十一站：写给这世界的一封情书》和伊丽莎白·斯特劳特的《我的名字叫露西·巴顿》。最近我还读了弗吉尼亚·伍尔夫的一些书。弗吉尼亚·伍尔夫是我最喜欢的作家之一，但她的作品我尽量少读，因为读她的书需要我认真地坐在那里，完全投入。

有趣的是，这些作品大都出自女性作者之手。

3 "局外人"的视角是作家的理想视角

崔莹：你的母亲是韩国人，父亲是俄罗斯裔美国人，这样的身份如何影响你的创作？比如《岛上书店》的主人公A. J. 费克里就来自东南亚。

加布瑞埃拉·泽文：有这样的背景，我感到很幸运。有趣的是，无论我在哪里，人们都不觉得我是当地人。这让我很容易沉浸于不同的文化——因为人们不知道怎么把我分类。

在某种程度上，这样的身份也赋予我局外人的视角，这也是小说创作者的理想视角。我们的世界上充满了来自不同文化背景的人，作家很有必要将这些反映在作品里。

崔莹：你在哈佛大学学习英美文学的经历，对你从事写作有帮助吗？

加布瑞埃拉·泽文：是的，非常有帮助。英美文学的学习教会我更深刻地理解别人的作品，掌握更多的写作技巧，尤其是那些优秀作家的写作技巧。也是在哈佛读书阶段，我接触到大量国际和美国作家的文学作品。此外，我不是基督徒，但我当时选修的一门课是《圣经》。大家可以像研究文学作品那样研究《圣经》。

我想，现在的作家总是和以前的作家对话，在前人创作的基础之上创作，书与书也通过历史对话。这些都是我在哈佛领悟到的。

崔莹：《玛格丽特小镇》和《岛上书店》被誉为"治愈系"小说、鸡汤文学。对此你怎么看？

加布瑞埃拉·泽文：这并非我写书的目的。大家通常认为，如果一部作品只是让人感觉良好，起到"治愈"功效，那么它的文学性就弱，书的质量就差。在美国，也有一系列"心灵鸡汤文学"。这些书质量很差，里面大都是些小故事和励志语，不是真正的文学创作，甚至并非出自作家之手。

而我希望我的作品可以更好地理解世界，也帮助读者理解世界。我想，我的书中展现了形形色色的人，它并非在教人"如何生活"。当然，如果读者看完感到心情好一些，我也会很开心。

崔莹：有网络读者从你的著作中摘抄出成千条"引言"。你是怎么写出这么多让读者感兴趣的句子的？

加布瑞埃拉·泽文：我喜欢不断打磨语句，几乎吹毛求疵，但我并非故意写成引言。

　　崔莹：你通常在什么环境中写作？

　　加布瑞埃拉·泽文：我每天的工作都比较有规划。我起床很早，喜欢午休，这样写作效率更高。

　　我写作时不回邮件，不看社交软件，完全沉浸在故事里。我习惯在完全安静的环境里写作。我也喜欢收拾房间，房间很整洁。（笑）在不受外界打扰的、整洁的环境里，我才能产生写作灵感。

　　崔莹：你最近在写什么？

　　加布瑞埃拉·泽文：我刚完成一部新小说。这是关于一个在年轻时犯了错的女人的故事，这个错误伴随了她一生。这也是一个母亲如何防止女儿再次犯错的故事。

莉迪亚·戴维斯 | 我哥哥就是故事中的男孩

　　莉迪亚·戴维斯的《困扰种种》问世,这是她英文小说《困扰种种》和《塞缪尔·约翰逊很愤慨》的合集,包括113篇故事。

　　莉迪亚·戴维斯出生于美国马萨诸塞州的北安普敦。她对文学的爱好深受家庭影响。她的父母都是作家,父亲曾在哈佛和哥伦比亚大学当文学教授。在写作之前,她当过翻译,翻译了普鲁斯特《追忆逝水年华》的一部分,以及福楼拜的《包法利夫人》等法语小说。

　　1976年,她开始出版小说。她以形象、温情、充满哲理的语言,将寻常事件写成耐人寻味的短篇。它们短小精悍,有些甚至只有一段话、一个句子,因此被文学评论家称为"微小说""超短篇小说"。

　　可以说,她的小说完全打破了人们对传统小说的印象。在她看来,小说可以用任何形式来写,所以文学评论者称她为"自创文学形式的大师"。在她的小说中,很难找出传统小说的基本元素:没有跌宕起伏的情节,没有人物冲突,甚至主人公都可以没有名字。小说的主人公可以是一个女孩、一位母亲、一个丈夫,甚至可以是"X""Y""Mrs.D"。

在她笔下,描写对象也不一定是人。它可以是一只老鼠、一只鱼缸里的鱼,也可以是一种奇特的行为、一些概念、一段思考。《困扰种种》中的小说《热带风暴》只有一句话:"就像一场热带风暴,我,有一天也可能变得'更有条理'。"这种充满自我意识的分析是莉迪亚·戴维斯的一个特色。它们简洁、尖锐而机智,充满哲学思辨性。

描写冷静客观,带有狡黠的幽默感,是莉迪亚·戴维斯作品的另一特色。比如《困扰种种》中的小说《与苍蝇合作》:"我把那个词写在纸页上,但它加了那个撇号。"这个"撇号"在英文中代表"谁的",即归谁所有。苍蝇不动声色地落在纸上,像是在和写字的人合作。这一情景令人感到滑稽可笑,也给读者很多想象的空间。

莉迪亚·戴维斯似乎沿袭了海明威写作的"冰山原理",然而不同的是,海明威用文字表达冰山在海面上的八分之一,莉迪亚·戴维斯则用文字表达一块块破碎的冰块。在浮躁的时代,一切都变得碎片化，人们的记忆、情感连同表达都变得不完整，莉迪亚·戴维斯捕捉到这种充满后现代意味的破碎感，并凭此创作出独特的小说。正如一位评论者所评价的，"她常常在思考我们思想边缘的东西"。

因为这些小说，莉迪亚·戴维斯闻名美国文学界。她曾获得古根海姆奖、兰南文学奖、麦克阿瑟天才奖，也曾入围美国国家图书奖。她获得2013年布克国际奖。布克奖评委会评价，她的作品是"极具创造力的，精巧的，并且极难归类的"。英国《卫报》评价她"像卡夫卡那样有力，像福楼拜那样敏感，像普鲁斯特那样划世纪"。

❶ 好标题能让人眼前一亮

崔莹：这本短篇小说集名为《困扰种种》，这个名字也是其中一篇短篇小说的名字，为何选择把它作为书名？

莉迪亚·戴维斯：我总是喜欢选取书中一篇短篇小说的名字，以此命名整部短篇小说集。我选择的，通常是某种程度上能描述或代表书的主题的名字，《困扰种种》再合适不过了——这部短篇小说集包含好几篇以"困扰"为主题的作品。我也喜欢听起来响亮、悦耳、有趣的名字。书名的作用是吸引读者产生好奇心和兴趣，吸引读者来读它。

在我的短篇小说集中，也有一本书的书名并非整本书的主题，它是《塞缪尔·约翰逊很愤慨》——我觉得这个名字很幽默，令人眼前一亮。

崔莹：在书中的小说《心不在焉》中，你描写了一只猫。说说你和猫的故事吧。你也曾经写关于其他动物的故事，它们为何吸引你？

莉迪亚·戴维斯：我目前养了三只猫。以前，我最多的时候同时养了四只猫。这些猫有的是自己跑到我家后院来的，有的是我从动物收容所领养的。我也曾经养过一只狗。哈哈,我不光喜欢猫。

我对动物非常感兴趣,包括大象那样的庞然大物,也包括小昆虫。我之所以对动物感兴趣,是因为我们人类做的很多事情,它们也能做——不过它们是通过和人类不同的方式完成的,非常神秘。我尽量不杀生。我感觉即使是一只从我身边爬过的蚂蚁也身肩重任,有自己的使命。蜘蛛也是如此。我没有权利杀害它。

你大概可以猜出来了,我是素食主义者。我也尽量不吃鸡蛋和奶制品——出于保护动物的目的。

崔莹:书中有一篇名为《我们想你:一份对四年级生慰问信的研究》小说。它从社会学的角度对孩子们写的27封信件进行了分析。为何要分析这些信?分析的结果令你感到惊讶吗?

莉迪亚·戴维斯:有一次,我偶然发现了一叠妈妈保存的信——它们是我哥哥生病住院时,他的同学写给他的。我发现它们很感人,也很有趣,就决定把它们写进我的小说里。是的,我哥哥就是故事中的男孩。

让我感到吃惊的是,一旦分析这些信,我居然分析得这么透彻。还令我感到吃惊的是,这个故事的叙述者——一位社会学者,就这样自然而然地产生了。我在写作前根本没有设定她是谁,她有什么特点。看到这个故事,有些读者觉得无聊,有些读者被逗乐,这些都表明读者的口味有多么不同啊。

自传体小说非常有趣

崔莹：你经常用第一人称讲故事，这些故事读起来像是你自己的经历。这些故事发生过吗？你如何评价自传体小说？

莉迪亚·戴维斯：很多故事是根据我的亲身经历写的，但我会更改其中的一些要素。有时候，我也会将朋友或他人的经历写进我的作品，尽管我会或更改故事发生的时间，或将几个事件结合。因为是小说，叙述者并非真实的我。比如在《我们想你：一份对四年级生慰问信的研究》中，叙述者完全是虚构的。

我觉得自传体小说非常有趣。很多用第一人称叙述的小说，都带有自传体小说的痕迹——这种写作风格并不是很新。但即使最接近自传的文字，也会出现错误的叙述，或者把事实搞错，因为人们的记忆容易出错。让家里人回忆大家共同经历过的某个事件吧，你会看到将出现多少个版本！

崔莹：如果很多故事是根据你的亲身经历写的，你怎么会认识那么多形形色色的人，了解各种各样的关系呢？

莉迪亚·戴维斯：喔，尽管我不觉得自己老，但我的年纪已经很大了。我在不同的国家生活过，比如在法国生活了很久，也在爱尔兰和南美生活过。但我大多数写作的素材，是从我现在生活的地方获得的，它们来源于我日常生活中最普通的方面，比如婚姻、孩子、宠物、邻居、园艺……

崔莹：《困扰种种》中的小说涉及不同的话题：死亡、电视节、苍蝇、慰问信……你如何选取这些话题？你如何决定一个话题是否值得写?

莉迪亚·戴维斯:我的兴趣和情感,通常会催生一个个故事。我不会坐在那里问自己:"我现在该写些什么?"我会迎接各种各样的思绪,看到底是什么打动我,到底会让我产生怎样的灵感。

对我而言,可以用于小说创作的材料一定要具备情感说服力,一定要是我在乎的——无论是风景,还是一只从洗手间地板上爬过的瓢虫。我会被风景的美丽感动,描述这种美是一种乐趣。看到瓢虫,我会想象它是一个正去执行某项任务的生灵,能够思考。这种想象把我自己都逗乐了。无论是什么样的情感,都促使我把这些体验转变成文字,写成故事。在这个过程中,我感到巨大的快乐。

❸ 故事的长度是由故事本身决定的

崔莹:你的文字充满了哲学的洞察力、美感及自我意识,你是如何形成这样的风格的?你通常会思考什么问题?

莉迪亚·戴维斯:我没有故意要保持某种风格。我倾向于清晰简洁的语言。此外,很重要的是,要找到能准确表达我的意思的单词。

我也花很多时间思考,思考如何解决写作中遇到的难题,思考如何解决世界上的难题——怎样做,才能让人们更好地相处。尽管它是国际性的大问题,但我能在我生活的小村子里看到这一点。这些麻烦通常都是因为领土争端导致。"我们可以分享领土和权力吗?"——跟它们相关的问题,或许威胁着我们的身份认同。这也是我们如此强烈地维护各自的领土和权力的原因。

崔莹：一位中国作家看完《困扰种种》后评价："戴维斯是概述大师，小说写得像提纲或者台本。"你是如何决定故事的长短的？

莉迪亚·戴维斯：他能看我的书并做出评价，我感到很荣幸。故事的长度是由故事本身决定的。如果需要很多文字才能讲一个故事，我就会用很多文字——但是要确保故事中没有废话和空话。也就是说，如果某部分叙述只需要简洁的一句话，我不会写第二句。这也是一种本能。我凭感觉判断一个故事需要什么，不会提前计划。

我觉得很重要的是，不要提前决定故事怎么写，不然它就无法成为顺其自然的样子。我不想扼杀这个故事。

崔莹：你的小说几乎都有幽默元素。这些幽默元素从何而来？你觉得你本人是幽默的人吗？

莉迪亚·戴维斯：我认为，作品的风格和特点是由作者的个人特点直接决定的。没幽默感的人很难写出有幽默感的小说。所以我是一个幽默的人，至少在我心情还不错的时候。这个世界有时会令我失望，令我觉得很难找到有意思的事情。不过，我会继续尝试看到某个事件幽默的一面。

我常常在想家庭和幽默之间的关系：一个非常幽默的人能否来自一个毫无幽默感的家庭？幽默是受家庭环境影响产生的吗？我也在想，幽默分很多种：有些人本人就很有趣。另一些人虽然无趣，但是喜欢幽默。还有些人既无趣也没有幽默感。

崔莹：除了写作，你也从事翻译工作。你翻译过普鲁斯特名作《追忆似水年华》中的《在斯万家那边》一卷，它在评论界广受好评。你的翻译工作是否影响你的写作？

莉迪亚·戴维斯：我从读大学时就开始翻译作品了，毕业后继续做翻译，并以此赚取生活费。现在我翻译的作品，大都是我感兴趣、想翻译的。我喜欢学习其他语言，喜欢从事和语言相关的工作。到目前为止，我尝试的都是和英语比较接近的语言的翻译，包括日耳曼语和罗曼语等。或许将来我会冒险尝试翻译汉语作品。

经常学习和翻译其他语言，让我对英语有了更细致的了解，我总是不断地学习英语，包括发现不认识的英语单词。我对此从不厌倦。

希拉里·曼特尔 | 我为何写《狼厅》

英国女作家希拉里·曼特尔（Hilary Mantel）因《狼厅》和《提堂》两获布克奖，她是英国史上两次获此殊荣的第一位本土作家，也是布克奖历史上获此殊荣的首位女作家。

作为爱尔兰后裔，1952年，曼特尔生于英格兰中部德比郡的一个小村子。在她11岁时，父母分手。不久，曼特尔随母亲和继父搬离村子。此后，她再也没见过自己的生父。

曼特尔曾就读于伦敦政治经济学院和谢菲尔德大学。毕业不久，她跟着当地质学家的丈夫到非洲南部的博茨瓦纳共和国工作。接下来，她经历了人生中的一系列大事：大病、离婚、复婚。但哪怕在最沮丧的时候，她也没有放弃过阅读与写作。

《一个更安全的地方》是曼特尔创作的第一部作品。这部历史小说以法国大革命为主题，讲述了大革命的三位领导者——丹东、罗伯斯庇尔和卡米尔的故事，展现了波澜壮阔的大革命全景。

令曼特尔一举成名的，是历史小说《狼厅》。小说的主人公是16世纪英王亨利八世最重要的谋臣托马斯·克伦威尔。克伦威尔被很多历史著作和文学作品描绘成狡猾、无原则的人物,但在曼特尔笔下,除了野心勃勃、不择手段,他博学、能干、有主见,也有温情的一面;他辅佐亨利八世推行宗教和政治改革,为英国向近代化国家过渡打下了良好基础。曼特尔在书中使用了大量的内心独白和对话,以及闪回和倒叙,让读者置身历史现场。《狼厅》获得了2009年布克奖与全美书评人协会奖。英国BBC则以小说为基础,拍摄了同名电视连续剧。该剧成为BBC近10年来收视率最高的剧集。

曼特尔的《提堂》是《狼厅》的续集。这部作品中以克伦威尔的视角,讲述了亨利八世的第二任妻子安·博林是如何失宠,并被女侍官简·西摩取而代之的。《提堂》获得了2012年布克奖。当年的布克奖评委会主席彼得·斯托瑟德认为,《提堂》完全超越了《狼厅》的成就。"曼特尔是最伟大的当代英语小说家,改写了历史小说的艺术。"他称。

我采访曼特尔时,她正忙于写作"克伦威尔三部曲"的第三部《镜与灯》。

❶ 童年不连贯的生活促使我写作

崔莹：《学说话》中的6篇小说都涉及童年。童年经历对你成为一个作家有多大影响？

希拉里·曼特尔：这些故事并非自传，而是以我的童年为背景讲述的小说。我在英国德比郡一个凋敝、寒冷的村子长大，附近都是荒野，与世隔绝。11岁时，我的家庭发生了戏剧性的变故——我的父母分居了。母亲带我搬到了几英里外的另一个小镇。它和我之前生活的村子差别很大。后来，我有了新的父亲、新的名字、新的学校，以及更接近中产阶级的生活。我甚至不得不重新学说话。

大概正是这种不连贯的生活，促使我开始写作。我变得警觉、敏锐、善于观察，并且有些刻薄，因为我试图为我新旧生活之间的每一个差异寻找答案。我仔细倾听大人们讲话，并且去感受他们所说和内心真正所想之间的差异。

我的家庭发生变故后，我首先明白的是家庭权力的斗争，这包括如何去讲述自己家庭的历史。后来写和国家有关的作品时，我借鉴了童年的这些感受和看法。

崔莹：你真正开始写作是在什么时候？

希拉里·曼特尔：我从22岁时开始认真写作。但回头看，我发现我在很小的时候就养成了作家的习惯——我在头脑里写作。我通常沉思许久，直到为我想要表达的情绪找到准确的词语。

我从7岁就疯狂爱上了看书，读所有可以找到的书，无论是否童书。在很小的年纪，我就开始无意识地发问：为什么自己觉得有的故事写得好，有的故事不好。这是一个很好的准备阶段，对各类书来者不拒，但会自己思考。

崔莹：《学说话》中多次提到莎士比亚，你显然对他相当熟悉。你是从什么时候开始看莎士比亚的书的？它们的哪些特点吸引了你？

希拉里·曼特尔：在学校老师教莎剧课程很久之前，我就开始读莎士比亚了。当时我对莎士比亚了解不多，也没有任何期待。我并没觉得他的作品有多难懂。我知道很多年轻人对他存有敬畏，但在当时，这位伟大的作家没有把我吓倒。

我喜欢历史，所以特别喜欢莎士比亚的历史剧。它们启发我思考：如何让过去的历史读来更有戏剧性，个体之间的亲密情感如何与整个国家的安危相联系。

开始读莎士比亚的作品时，没人和我探讨。对我而言，这些作品非常珍贵和私密，它们也成为我力量的源泉。这是我第一次和真正的天才持续接触。

❷ 克伦威尔的故事太完美了

崔莹：你开始写作时就打算当一位历史小说家，但当时你出版的《每天都是母亲节》（1985）、《空白财产》（1986）、《加沙大街上的八个月》（1988）都是当代小说。为什么？

希拉里·曼特尔：生活并不如我们所愿啊。我出的第一本书就是当代小说，此后我就开始写其他当代小说——当你的写作事业逐渐有了眉目，对这类题材就很难停笔了。

崔莹：那么你是从何时开始着手写你写作之初就想写的人物——克伦威尔的？为什么你觉得可以开始写他了？

希拉里·曼特尔：我一直觉得克伦威尔的故事太完美了——一个铁匠的儿子成了国王的左膀右臂。它充满了神秘力量。

实际上，我从1974年就开始写《一个更安全的地方》，但它被出版商拒绝出版，我为此身心交瘁。那些日子也是我生命中最糟糕的阶段：我生了一场大病，做了手术，婚姻也遭遇危机。但是除了重新开始，我没有其他选择。我继续写作。

直到1992年，《一个更安全的地方》才出版。此后，我一直计划接着写克伦威尔的故事。但是，我也知道，去写克伦威尔的故事，要耗费很多的时间和精力。2005年，当我意识到2009年将迎来英格兰国王亨利八世登基500周年，全英上下会有很多庆典活动时，我鼓起勇气告诉自己："要么现在就写，要么永远别写。"然后我动笔了。（这本书即《狼厅》。）

崔莹：《狼厅》开篇就刻画了少年时期被父亲虐待的克伦威

尔。实际上，现有史料对克伦威尔的少年时期并无记载。你为何这样设置？

希拉里·曼特尔：克伦威尔的父亲非常残暴，是个酒鬼。这些信息可以从当时法庭的记录中找到。克伦威尔粗野大胆，被邻居厌恶，他也是一个很贪婪的生意人。这些都有记录可查，不是我编造的。

我们知道，克伦威尔在大概15岁就离开了家。有资料表明他当时遇到一些麻烦，但没资料表明他接受过什么教育，我们甚至不知道他母亲的名字。我必须推测：父亲如何影响了年轻的克伦威尔。

事实上，只有对比克伦威尔的不幸童年，他后来的成就才更令人惊叹和印象深刻。

崔莹：在《狼厅》之后，你又写了《提堂》。除去对克伦威尔童年部分的处理，这两本书都做到了史料准确，同时又充满想象力。你如何将准确性与想象力结合？下笔前，你如何决定选择哪些史料？

希拉里·曼特尔：我写作时，对每句话都需要这样考虑，每一页都有好几处要在历史的准确性和读者的需求之间权衡。只有依据上下文，这些决定才有道理。我写作遵循的一般原则是：真实发生的历史比我的创作更精彩，即使事实很乏味，我也不会改编历史，只会调整我的叙述方式。

实际上，讲好故事和遵循历史的准确性并非是矛盾的。看你如何下苦功夫了。当对某个历史事件的描述存在不同的版本时，我的确花了很多时间考虑应选择哪一个。故事可以依赖的现成的历史并不存在。只有在了解那个时代的全部背景后，你才有能力对信息作出判断。因此，在当时的政治事件之外，你还必须了解当时的文化。这些工作需要花很多时间。

崔莹：《狼厅》和《提堂》写的是政治斗争，是男人戏，其中有很多内心独白。为描写男性心理，你做了哪些准备？

希拉里·曼特尔：我不觉得我需要任何准备。我读了一辈子的书，我是男人的妻子、弟弟的姐姐，这些身份足以让我了解男人的心理。此外，我认为在某种程度上，我们的内心都是超越性别的。

勇气、冒险和男性之间的友谊，贯穿我的作品。

崔莹：你的写作对象如此之多，比如通灵者、传教士、革命领袖、国王……还有什么是贯穿你作品的？

希拉里·曼特尔：我认为，我的小说共同的主题是权力——如何获得权力，如何运用它，权力如何转变。我通过炼金术、政治革命等不同的形式探讨这些主题。

我的作品中也存在很多鬼魂，它们是一种隐喻：现在和过去的历史相互渗透。我能感知那些看不见的历史。

3
写历史小说仍有很大的发挥空间

崔莹：写小说前，你是先计划好大致情节，还是让情节自然发展？

希拉里·曼特尔：我从未事先设置好情节再写作。我写的都是我随时想到的情节，再把它们联系在一起。我对所写小说的风格有很好的把握，比如人物说什么样的话，他们的喜好是什么。如果能一直这样，我相信我所有的作品都会好看。

写历史小说时,很多读者已经知道了历史事件的大概,但作家仍然有很多发挥的空间,比如以什么顺序和方式讲故事。我尽量把一些定论放在最后,让故事的发展有更多的可能性。

崔莹:《狼厅》《提堂》讲的都是发生在英格兰的故事,而你是爱尔兰后裔。你如何看待你自己的身份?

希拉里·曼特尔:我在英格兰长大,但我祖母的很多兄弟姐妹依然生活在爱尔兰,所以我很小就意识到我是爱尔兰家庭的一分子。我生活的那个小村子里有很多和我们类似的家庭,我们都信奉天主教,但大多数村民信仰的是英国国教,我们和他们是有差异的。

当我11岁搬到另外一个小镇时,我祖母的大部分亲戚都去世了。因为家庭变故,我和父亲那边还在爱尔兰的亲戚也失去了联系。我的爱尔兰意识似乎"冬眠"了。

多年后,我作为游客到了爱尔兰,一种熟悉的感觉油然而生。爱尔兰作家的作品让我又看到了自己童年的世界。从那之后,我一直感觉自己是来自北方(指爱尔兰)的作家,即使我已经在南方生活了很多年。写《巨人奥布莱恩》(*The Giant, O'Brien*)时,我也专门去了解爱尔兰的历史。我现在对爱尔兰有一些了解,不过,这并不能表明我与爱尔兰的关联有多紧密。

在小说《比利王是位好绅士》和《刺杀撒切尔》中,我探讨了移民话题——移民有怎样的责任?和故土有多少联系?和移入国的文化是否存在疏离感?是什么将我们和祖先联系在一起?很多时候,人们是通过一些神话和梦境感受到这些问题的。

崔莹:完成"克伦威尔三部曲"的第三部《镜与灯》后,你有什么写作计划?

希拉里·曼特尔:我想写本以上世纪七八十年代的非洲南部为

背景的书。这个时间段我也正好在非洲南部生活。它将是个爱情故事，同时也与一个谋杀有关。名字我已经想好了，叫《完全陌生的人》（*The Complete Stranger*）。我已经写了一部分，因为我总是同时在进行几个项目。

保罗·比第 | 我的世界不是非黑即白

美国黑人作家保罗·比第（Paul Beatty）凭借《背叛》（*The Sellout*）一书获得2016年英国布克奖，他也成为首位获此殊荣的美国作家。此前，该书曾获2016全美书评人协会奖。

《背叛》探讨的是当代美国的种族关系，故事的讲述者是非裔美国人"Bonbon"。主人公生活在加利福尼亚州一个叫"狄更斯"的社区（这里影射的是洛杉矶康普顿区）。这里是黑人聚居的贫民窟，为避免给加利福尼亚州带来尴尬，"狄更斯"这个地名已在地图上被抹掉了，这导致了当地居民的身份危机。为了重建这里的社会秩序，也为了恢复黑人的身份，Bonbon有了一个计划——在当地高中恢复奴隶制和种族分离制。

在《背叛》中，保罗·比第讽刺了自感优越的白人，也讽刺了虚伪的黑人知识分子。布克奖评委评价，它是"我们时代的小说"。《华尔街日报》认为，书中充满"高格调的斯威夫特式的讽刺……语言犀利，令人眼花缭乱"。英国《星期日泰晤士报》则评价："它令你捧腹大笑，但更令你深思。"

这是保罗·比第的第四部小说。它在英国的出版过程困难重重——至少被18家英国出版商拒绝。最终，小说被英国独立出版公司Oneworld看中。

❶
我的世界不是非黑即白

崔莹：《背叛》讽刺了现代美国社会的种族主义。你是如何获得写作这本书的灵感的？你用了多久写成它？

保罗·比第：对于美国现代社会的种族主义问题，我已经考虑很久了。大多数美国人认为，过去就是过去，和现在无关，没必要再去讨论。我想挑战这样的观点，想把美国历史上的奴隶制和种族隔离制放进一个现代框架，看会出现怎样的情况。我设计了几个角色，觉得他们的故事将会非常有意思，这部小说就这样诞生了。

幸运的是，我申请到美国创意资本（Creative Capital）基金会的写作资金。钱虽不多，但保证了我不必为生活担忧。此外，我也在大学里教写作课。我从2009年开始写这部小说，2013年完成初稿。

崔莹：你在洛杉矶长大，《背叛》的男主角出生在洛杉矶南郊的狄更斯贫民区。你是否将自己的生活经历写进了书？

保罗·比第：是的。在洛杉矶，我年纪很大时才学会开车，以前我经常坐公共汽车。我发现，载满乘客的公共汽车就是一个小社会，拥有自己的文化。在洛杉矶，有些人对此根本不了解。我所写的就是这部分的洛杉矶。

崔莹：外界评价，这部小说揭示的不仅是种族不平等问题，还有这个世界的复杂性问题；小说指出，关键并不在于"黑"与"白"的问题。你是如何发现这一点的？

保罗·比第：我在一个几乎全是白人的社区长大，我和妹妹们的学校只有几个黑人孩子和少量拉美裔、亚裔。妈妈也很少向我们提及"黑人""种族平等"这样的话题。所以我并没有将世界分成"黑"和"白"来看。

后来我们搬到洛杉矶的另一个社区，那里的语言、文化氛围和我们之前生活的社区差异很大，居民主要是黑人，这对我产生很大的冲击。但我的朋友有白人、菲律宾人、墨西哥人，我的世界里从来没有简单的"黑"和"白"。

在美国，似乎所有的问题都只和"黑""白"有关，不涉及拉美裔美国人和美国土著。以美国警察暴力事件为例，拉美裔美国人也会有类似经历，却没有人为他们代言。我希望我的作品让人们明白：世界上存在很多灰色地带，有很多矛盾、很多虚伪。世界是复杂的。

崔莹：和白人作家相比，黑人作家是否更容易意识到问题的关键并不在于"黑"与"白"？

保罗·比第：黑格尔最著名的命题之一是他的主奴辩证法。他指出，奴隶对主人的了解要多于主人对奴隶的了解。我很赞同这一点。但这并非和种族有关，而是和权力有关——有权者对无权者的了解很少。

作为黑人作家，可以同时了解白人和黑人，更能看清楚问题的本质，但这并不意味着白人作者就写不出关于黑人的好作品。

崔莹：美国有关种族问题的主流写作情况是怎样的？这类作品

中，最令你反感的是哪些内容?

保罗·比第：很多作者倾向于将和种族问题有关的故事设置在过去，这样他们会感到"舒适"——过去的痛苦都已经成为历史，和我无关……而我呢，我喜欢把过去、现在和将来的情节融合在一起，让它们彼此撞击。我也觉得，无论是种族歧视，还是性别政治，这些问题和每一个人都有关系。

我不喜欢作家说谎。某位白人作家可以以黑人的视角讲故事，但是假如他并不是在写他真正想写的内容，我会感到厌恶。

❷ 所有人都是彼此联系的

崔莹：在现实中，你由单亲妈妈抚养长大。而在《背叛》中，男主角的父亲是一个重要角色。他是严肃的社会心理学教授，在男主角身上开展各种心理实验。你为何塑造这样一位怪诞的父亲？

保罗·比第：我的大多数作品都很少涉及家庭生活，主角通常都是单身、厌世、愤世嫉俗。如果在故事开头他有父母——但一定是单亲，我也会尽快让这位单亲消失。《背叛》中，男主角受父亲的影响很深。当父亲意外去世后，他决定继续做父亲未竟的事，用自己的方式让社区的黑人居民团结在一起。

实际上，这个父亲是我根据母亲的形象塑造的。在某些方面，他们很类似。比如我和妹妹们是左撇子。母亲说，当我们很小的时候，她把我们的右手绑在身后，把我们培养成了左撇子。（比第的母亲认为，左撇子更聪明。)

崔莹：《背叛》中包括大量黑色幽默，令人忍俊不禁。你是个幽默的人吗？这些幽默的桥段从何而来？

保罗·比第：有时候是（笑），但是我不是那种大声嚷嚷、爱出风头的人。高中某学期结束时，我被同学们评为"大家所不知道的最有趣的人"。

《背叛》中的那些幽默的片段都是我自己想的——我希望是这样（笑）。喜剧演员理查德·普莱尔对我影响很深，他幽默深刻，总拿自己开涮。我也从美国黑色幽默作家库尔特·冯内古特和约瑟夫·海勒那里学会了幽默。

崔莹：除了幽默，《背叛》也充满了批判的眼光。你如何做到这一点？

保罗·比第：我首先从自我批评开始。我拿我自己和我在意的事逗乐，比如我的缺少勇气，我的浅薄。我从理查德·普莱尔身上学到一点：你在脆弱的时候，就有余地讨论别人的脆弱，因为你们都是同一根藤上拴着的蚂蚱。

崔莹：《背叛》出版后，是否遭到一些黑人读者的批评？你的家人如何评价这本书？

保罗·比第：小说可能招致一些人的反感，让他们觉得被冒犯，但我不会后悔。假如你决定去写这类作品，就要有胆量接受各类评价。好在大多数读者给予的评价都是正面的。我的妈妈和妹妹都读了这部小说，她们为我感到骄傲。

崔莹：书中写到亚裔美国人的处境，讽刺他们"有钱，没权"。在现实的美国生活中，亚裔和黑人所面临的种族问题有哪些不同？

保罗·比第：在上一部作品中，我用大量笔墨描述了美国的黑人和日本人是如何被刻板化的，他们的命运有什么差异。这些问题不仅仅是关于日本人的，而且是关于所有人的。美国正在进行"黑人的命也是命"（Black lives matter）民权运动，一群年轻亚裔也为他们的父母制作了一个非常感人的视频，告诉他们"黑人的命也是命"运动是怎么回事，为什么它对亚裔美国人同样重要。所有人都是彼此联系、彼此影响的。

3
我的讽刺并非是诋毁和刻薄

崔莹：你曾在波士顿大学学习心理学并获得硕士学位，后来又读过心理学的博士。心理学对你的写作有哪些帮助？

保罗·比第：它让我认识到，可以从多个角度看问题。通过学社会心理学，我明白了群体特征和个体特征，明白了群体对某个人的看法会区别于个体对他的。我学会了关注那些沉默的人，思考他们的力量何在。

崔莹：你从二十五六岁开始写诗，在上世纪90年代初一度成为纽约的著名诗人。是什么促使你开始小说创作的？

保罗·比第：当时我对诗歌的世界感到越来越不舒服，也不知道怎么应对大家的关注。然后，我有了写第一本小说的计划。我先写了一篇关于洛杉矶的短文，得到不少好评，这让我有了自信，正式开始写小说。我已经很久不写诗了。

崔莹：你在哥伦比亚大学上创意写作课时，会给学生什么建议？

保罗·比第：我很少给他们具体的建议。我会告诉他们我一直在思考的问题，希望他们能够倾听自己在听的内容（listen to yourself listening），看漏掉了什么。我希望他们既要沉浸于写作，又要与其保持一定距离。我希望他们独特、有个性，写出只有他们自己能写出的内容——但这种独特并非是因为写作者的身份和种族的不同导致。要做到独特，最关键的是语言，要通过语言传递写作者的思想。

崔莹：在你看来，写作中的最大的挑战是什么？

保罗·比第：在我之前，很多人做出了大量的努力和抗争，让我今天能自由地写作。我对这些人充满感激和尊敬。但在我的作品中，我却拿他们开玩笑。我希望读者可以理解，我的讽刺并非是诋毁和刻薄，而是为了表达我的观点，阐述更大的主题。

既不冒犯我尊重的人，又能继续保持我的写作风格，这对我而言是很大的挑战。

崔莹：你最喜欢的作家有哪些？

保罗·比第：我最喜欢的作家是美国非籍女作家卓拉·尼尔·赫斯特。我最喜欢的书是弗兰·罗斯的《奥莉奥》。我也喜欢切斯特·海姆斯、菲利普·罗斯、苏珊·桑塔格和弗吉尼亚·伍尔夫的书。

和书相比，我更喜欢电影。上世纪七八十年代，香港嘉禾院线的功夫片在美国流行，它们对我的影响很深。这些电影中，主人公往往会受到日本人、欧洲人的压迫，他们的经历和感受像极了现代社会我们黑人的。我想，当时拍电影的人不会意识到，在美国生活的黑人孩子会喜欢这类电影。

崔莹：你如何评价自己的身份？

保罗·比第：我不知道。我假装我不知道自己是谁。（笑）过去一周，和其他布克奖短名单入围者聊天时，我发现，大家的一个共同感受是：各自作品中的主人公都对自己身份感到迷惑，不知道自己是谁。"不知道自己是谁"是一种很有趣的状态，这样就会对所有的东西感到新鲜。因此，我不知道自己是谁。

罗伯特·奥伦·巴特勒

"头被砍下时"是写短篇的好时机

美国著名作家罗伯特·奥伦·巴特勒（Robert Olen Butler）以书写越南题材闻名，这与他的个人经历有关。1969年从爱荷华大学拿到硕士学位后，他被征召入伍。当时越战仍在进行中，接受美军情报训练后，他被派往越南，一开始做情报工作，后来到西贡当翻译。这段经历对他产生了重要影响。回美国多年后，1992年，他创作了短篇小说集《奇山飘香》，讲述了越战结束后，带着战争创伤寻找身份认同的越南裔美国移民的故事。出版次年，《奇山飘香》获得了普利策小说奖。《纽约时报书评》评价，"这本书很巧妙地将越南人刻画得栩栩如生"。

《奇山飘香》的续集《香河》出版。它也以越战为背景，关注的是深受越战影响的一家美国人。《华盛顿邮报》评价这本书"简洁、细腻地描述了一场婚姻的结束……这或许是世界上最古老的故事，至少在一夫一妻制的国度是，而巴特勒通过解剖每个人物的心理历程，给了这个故事新的生命"。

在中国，巴特勒的短篇小说集《小报戏梦》也已经上市。作家在其中写了12个稀奇古怪的故事，主人公包括一出生便带有猫王文身的男孩、9岁的职业杀手、被刺后未身亡却隐姓埋名几十年的约翰·肯尼迪……这些故事曾发表在《纽约客》《巴黎评论》等出版物上，《小报戏梦》是它们的合集。

❶ 我的生活经历很丰富,它们就是我的堆肥

崔莹:听说《小报戏梦》的创作灵感来自八卦小报。

罗伯特·奥伦·巴特勒:八卦小报给我的只是表面的灵感,如同一粒埋在牡蛎体内的沙子,珍珠是自然而然诞生的。英国小说家格雷厄姆·格林有一个"堆肥"理论——所有的元素在那里堆积、发酵、腐熟,被微生物分解。时机成熟时,作品就诞生了。

我的生活经历很丰富,它们就是我的堆肥。写《小报戏梦》前,我常去美国的一家百货商店买东西。商店的收银台附近摆着无数小报,它们的头版刊登的新闻大多耸人听闻,但总会有一两份报纸刊登稀奇古怪的故事,比如"嫉妒的丈夫变成一只鹦鹉回来"。这些标题很抓人,很有创意,但里面的故事很烂。看这类新闻时,一些人物出现在了我的文学想象中,但他们要严肃得多。我选择了小报中的一些标题,也按照这类风格创造了一些标题,然后去讲故事。

崔莹:《小报戏梦》有12篇小说,叙述者各有不同,比如"用玻璃假眼监视拈花惹草的丈夫的女人""出生时自带猫王文身的男孩""变成鹦鹉的丈夫"等。他们的共性是什么?

罗伯特·奥伦·巴特勒:共性是,他们都有某种渴望或欲望。

这也是推动故事和情节发展的要素。小说是关于人类渴望的艺术，情节不过是在这类渴望遭遇挑战、挫折和被制止时发生的事。

在小说中，最重要的一类渴望是对自身身份的渴望——主人公在探求自己处于世界和宇宙的哪个位置。这个主题贯穿《小报戏梦》的12篇小说。书中的所有人物都在探求他们是谁，他们属于哪儿。

崔莹：为了真实还原这些叙述者的不同生活，你做了哪些准备？

罗伯特·奥伦·巴特勒：不需要很多准备，只需要把情感注入人物。我学过表演，这种写作准备类似于演员在演出之前的——让我的内心情感与所写人物的一致，让人物的渴望变成我的渴望。寄生于所写对象的体内，我会了解他们周围的世界，会知道哪些东西在挑战他们。这时我就开始写作。

在写作前，很多人倾向于分析，了解写作对象的心理特征和彼此关系。我完全不是这样。我认为作品不是通过分析诞生的，而是从潜意识中诞生的，从作者的经验中发酵分解而来。我不对人物进行任何分析，我的人物都由最深的欲望驱使，后者带动故事情节发展。

实际上，每个人都具备这种无意识写作的能力。它有点像是在做白日梦：我们坐在那里，但思绪可能在别的地方——你可以看到后一处的风景，闻到那里的香气，听到那里的声音。那个如同梦境的地方，也是作者在写作时要去的地方。

崔莹：《小报戏梦》的第一篇是《泰坦尼克号的幸存者透过水床说话》，最后一篇是《百慕大三角洲发现了泰坦尼克号的幸存者》，为什么这样安排？

罗伯特·奥伦·巴特勒：这样让整部小说集前呼后应。在《泰坦尼克号的幸存者透过水床说话》中，幸存者一直觉得自己像是白活了。但当在船上遇到一个女子后，他觉得他的存在有了价值——

他要为她牺牲。

在写这本书中的其他小说时,我一直在琢磨这个故事,觉得故事还没有完。为了让故事完整,我决定用《百慕大三角洲发现了泰坦尼克号的幸存者》来讲女主人公的故事。夹在这两篇小说中间的10篇小说未必有直接联系,这也代表了一种分离——男主人公和女主人公的分离。

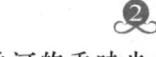

2 香河的香味也意味着死亡

崔莹:《香河》是《奇山飘香》的续集,但两部作品之间间隔了24年。你为什么到现在才写《香河》?

罗伯特·奥伦·巴特勒:参加越战的美国老兵年纪都已经不小了,我都71了,是时候回顾自己的一生了。而在《香河》中,主人公是70岁。还是说到格雷厄姆·格林的"堆肥"理论——所有的经历、感受和年龄等因素混合在一起,经过发酵腐熟,一切就绪,你就可以写这个续集了。

崔莹:为何选择以"香河"为书名?

罗伯特·奥伦·巴特勒:香河是越南中部的一条河流,它流经顺化,最后注入南海。在它上游的100多公里,河的沿岸遍布果树。果树开花时节,花瓣随风飘进河里,在水中被分解,当河水到达顺化时,就会散发出一种成熟果实的香味,所以这条河被称为香河。但这种香味是通过分解花瓣产生的,所以它也意味着死亡,是死亡之香。越战结束后,我也去顺化看过香河,尽管并非在香河飘香的时节。

在《香河》中,一个越战老兵回忆了40多年前的故事。他参加了越南1968年的"春节攻势"战斗,然后在顺化爱上了一位越南姑娘,但他已经和越共的一个成员订婚了。他不得不保守这个甜美又伤感的秘密。"香河"就象征了这种情绪:甜美,黑暗,和死亡有关。

崔莹:为了写《香河》,你采访过美国的越战老兵吗?

罗伯特·奥伦·巴特勒:没有。我的确认识很多越战老兵,我们的关系也很密切,但我不需要采访,因为我了解他们。再说我和他们是同龄人,我也知道自己怎么想的。我认识很多人,结过5次婚,打过仗,在钢厂上过班,当过记者……我的个人经历很丰富,我了解人们在不同环境和不同生活阶段的想法。

此外,在越南生活时,我每晚在西贡的小巷子里和越南人聊天。我听到他们的声音,了解他们的生活,对他们充满了感情。这些点滴都融进了我脑海深处"被遗忘的记忆"。经过时间沉淀,他们被重新塑造,浮现在我的脑海里。我甚至分辨不清哪些是真实发生的,哪些是我想象的。

在我的作品中,这些人物重新活灵活现。他们不是我采访到的、记录在笔记本里的人物,而是生活在我的无意识中、我的文学记忆里的人物。无意识也是我想象力的源泉,甚至这样描述也不太准确——我不是有意识地去想象的,这些人物是自己诞生的。像是植物,他们自然而然地在我体内成长,突然一天,就从我过去的记忆中破土而出。

崔莹:《小报戏梦》和《奇山飘香》中都有佛教思想。你是在越南接触到佛教思想的吗？它如何影响你的写作？

  罗伯特·奥伦·巴特勒：是的。在越南时，我频繁地接触到佛教。佛教的确影响了我的写作。佛教信奉"活在当下"，作家也当如此。佛教中的冥想就是要去除纠缠的思绪，这和写作的过程有点像。

  此外，小说是关于人类和人类的感觉的，是关于人类的渴望的。而佛教认为，人有很多欲望，欲望是苦难的根源，所以人要远离贪欲。我的作品没有涉及这么深的话题，但如果说人生与欲望有关，小说的情节也与欲望有关。欲望也就是"渴望"的另一种说法。

  崔莹：美国的越南裔移民如何评价你以越战为背景的作品？

  罗伯特·奥伦·巴特勒：除了英文版，这几本书在美国也被译成越南语，以便于美国的越南裔移民阅读。多年过去，目前在美国生活的年轻越南裔已经是纯正的美国人。而我收到的邮件、信件和评价，多来自那些有着和小说中的人物类似经历的越南裔移民。他们对我本人不是越南人很惊讶，也很感激我写关于他们的故事。

  在获普利策奖后，我被邀请到加利福尼亚和一群越南裔的作家、学者共进午餐。他们说很感激我，因为《奇山飘香》并没有把他们写成某个流亡团体，而是关注人性和人的处境。这一点是最重要的，也是人类共通的，而种族、宗教、文化、信仰和性取向差异只是表面现象。

❸ 正在写以一战为背景的间谍惊悚小说

崔莹：你曾说，在写过很多质量不好的小说后，你才写出了好小说。这个质变是如何实现的？

罗伯特·奥伦·巴特勒：用无意识去写作，找到人物的渴望，依据人物的渴望去叙事。这是我下了一番苦功才学会的，在写了很多不好的作品之后。

在小说《异类》中，作家马尔科姆·格拉德威尔研究了不同领域被认为是天才的人，但假如你仔细观察，会发现为了创造出精品，这些人要付出1万多小时的努力。运动员也是如此。经过很多训练，某项运动就变成了他的无意识。比如体操队员习惯了不用思考，只是去做动作，他们的肌肉逐渐有了记忆力——要是边跳边想要往哪里落，他一定会摔下来。作家也是如此，不断练习的意义在于让记忆力从大脑过渡到无意识，过渡到梦境里。

崔莹：你的作品受到哪些作家的影响？

罗伯特·奥伦·巴特勒：我读了很多书，包括中国作家的，但我记不清到底是谁影响了我的写作了。格雷厄姆·格林说，所有的好小说家记性都不好。我也用这话为自己辩解：你忘记了的技能才是你真正掌握了的。有的作家影响了我观看和构建世界的方式，他们原本的样子却变得模糊。

崔莹：你说过，想成为作家，动机必须是想写，即使出版不了。你的这种对写作的渴望从何而来？

罗伯特·奥伦·巴特勒：这也令我费解，但我就有这样的渴望。这样说吧，每个人都能意识到周围世界的嘈杂和混乱，对于作家来说，仅仅借助某种政治、宗教或哲学信仰来解释世界、安慰自己是不够的。作家所能做的，是撷取生活中的一部分，通过本能和情感再现这些内容，而且让它们完整通畅、紧密相连。

对我而言，写小说也是一种探索。在动笔之前，我不知道我能写出什么。

崔莹：写短篇小说，你认为最大的挑战是什么？

罗伯特·奥伦·巴特勒：一部小说的长度并不是在写作前可以确定的。它由人物、我听到的这些人物的声音、我对他们的感受和他们的渴望所决定。

在人物的带动下，故事的发展有时是很自然的。我写过一本叫《塞弗伦斯》的书，在书中，我把两句话当引语。一句话来自一位19世纪的医生，他在慎重考虑后写到，头被砍下后，大脑里的血可以让人在1—1.5分钟内保持清醒。另一句来自演讲手册：在情绪高涨时，一个人每分钟可以说160个单词。这样算一下，说1.5分钟的话，就可以说240个单词。

《塞弗伦斯》中有64个短篇小说，每篇都是240个单词，都用第一人称叙述，都是刚被砍下的头颅的内心独白。这些小说非常短。实际上，"头被砍下来时"是非常好的写作契机，因为只剩下一个头颅，人们的身份就会受到严重挑战，不得不重新评估"我是谁"。

崔莹：你喜欢在什么样的环境下写作？

罗伯特·奥伦·巴特勒：我住的小镇只有两个居民——我和我的妻子。虽然有点偏，但它离我工作的佛罗里达州立大学并不太远。我的房子周围有1.3万英亩松树，它们归一个自然保护组织，我只拥有中间的一英亩地。我住的房子有些历史，它的后面是一座小木屋,我平时就在小木屋里写作。

我喜欢一大早就起床开始写作,这样头脑会比较清醒。假如没有课,我可以一直坐在那里写10—12个小时。

崔莹:你的下一部作品是关于什么的?

罗伯特·奥伦·巴特勒:我一直在写一系列以一战为背景的间谍惊悚小说。它们都以一位美国战地记者的口吻叙述,他也是一个秘密间谍。我已经写完了其中的三本,目前在写第四本,它的名字是《黑色的巴黎》。这些书不是短篇,每本都有10万字。

我还有写另外两本书的计划,它们将会是类似于《香河》的小说。我脑海里经常会蹦出很多想写的故事,但每次只能写一本。就像是种地,我有一大片地,种了不同的庄稼,下本书写什么,要看哪片庄稼先熟。

约恩·福瑟 | 故意反抗贝克特的福瑟?

当代欧美戏剧家中,谁的作品被搬演的次数最多?答案是:约恩·福瑟。

这位挪威剧作家的作品已被译成40多种语言,制作成900多部舞台剧,在世界各地上演。因为在戏剧领域的杰出成就,他得过包括易卜生国际戏剧奖、斯堪的纳维亚作家奖在内的诸多奖项。《纽约时报》评价,他的作品"充满激烈的、诗意的简洁"。易卜生国际戏剧奖给他的授奖词称:"福瑟迫使剧场和它的观众们以全新的方式思考。他是未知的诗人。"

1959年9月29日,福瑟出生在挪威一个叫豪格松德(Haugesund)的小镇。这里毗邻大西洋东海岸的卑尔根市。福瑟从小喜欢音乐,经常自己编曲,也写诗歌和小说。他的首部小说《红与黑》于1983年发表。1996年首演的《有人将至》,则是他的戏剧处女作。此后,他就以戏剧创作闻名。他的剧本,都用新挪威语创作。(在挪威,有两种官方书面语,即"书面挪威语"与"新挪威语"。有10%—15%的挪威人使用新挪威语。)

孤独、爱和死亡,是福瑟一直探讨的主题:在

《一个夏日》中，男主人公毫无预兆地选择了投身大海，他的妻子自此日复一日地眺望大海，与记忆搏斗。在《死亡变奏曲》中，大海吞噬了一个年轻的姑娘，她早已分手的父母被迫重新面对彼此，寻找她的死因……他笔下的人物，都处于某种生存困境。他们都是孤独的。

福瑟常被誉为"新易卜生"，外界也将他与贝克特、品特比较，但这些对比多少忽视了福瑟的特质——他的戏剧世界自成一体。在这个世界里，主人公经常没有具体的名字，只是"一个女人""一个男人""他"；时间分界模糊，过去、现在与将来杂糅；语句经常重复，呈现出一种独特的韵律感；静场和主人公话语的戛然而止频繁出现，令观众"于无声处听惊雷"。

福瑟与东方有缘。他曾说，东方人仿佛能比西方人更好地理解他的作品。他的戏剧选集《有人将至》和《秋之梦》已经在中国出版。他曾来到中国，观看上海戏剧学院演出自己的名作《有人将至》。他认为，这个版本是对自己作品最好的舞台呈现之一。

1 写剧本就像在编曲

崔莹:"大海"在你的作品中分量很重,往往奠定了全文基调。它有时给人安全感,更多时候却令人恐惧。为何这样描写海洋?你的主人公经常长久地凝视大海,你也会这样做吗?

约恩·福瑟:是的。我在挪威卑尔根附近的小镇豪格松德长大,在那里总能看到海和海浪。这对我影响很深。坐下来集中精力写作时,我的脑海里总会浮现出自己第一次看到海、看到船的情景。

现在,我有时也去卑尔根附近的一所房子写作。它离海很近,从那里二楼的书房眺望,可以看到海、海浪和峡湾对面的陆地。我经常会在那里凝视大海。在挪威北部山区,我还有一座小木屋。那里更开阔,可以看到更大的一片海。

我父亲喜欢船。他有一条船。后来,我也有了船。我现在用的是一条邻居造的小木船,天气好的时候,我会沿海岸线驾驶它。在广阔的海面上,你会感觉到自由。但同时,这种自由是有限的——所有的时间里,你都必须待在船上。你会热爱大海,会喜欢海浪的节奏、海水变化的颜色,但同时你也会发现大海的危险:它变化无常,发怒时会很残酷,很多人葬身其中。我想,大海是世界上最大的墓地,仿佛意味着死亡。

可以说,大海是个矛盾体。我的作品也是个矛盾体。而这是因为,人生本身就充满了矛盾。

崔莹:你反复书写人的孤独感:"我将只有独自一人。"这与你的成长经历有关吗?

约恩·福瑟:按照弗洛伊德的理论,我的孤独感要追溯到我的婴儿时期——它在我一两岁时就出现了。从小到大,虽然有很多亲密的朋友,但我一直性格内向,有些害羞。我感到我和他人,和整个世界的距离都很远。正是为了减少这个距离,我开始写作。

崔莹:你最早写的是短诗和歌词。当时的你是怎样开始创作的?这段经历对你的戏剧创作有什么影响?

约恩·福瑟:12岁时,我很喜欢弹吉他,就开始编一些小曲子,也为它们写歌词——我至今依然记得其中的几首。16岁时,我参加了一个乐团,弹摇滚吉他,也拉小提琴。但我最终意识到自己没多少表演天赋,就放弃了演出,继续编曲。

可以说,我的写作就是从与音乐有关的创作开始的——音乐需要聆听,写作也需要。有时我感觉自己只是在听我的人物说话,然后把它们记录下来。

我的作品"语句重复"的特点,也是从那时开始的。写剧本时,我就像在编曲,戏剧就仿佛是我的乐谱。

崔莹:你曾如此热爱音乐,那你最喜欢的音乐家是谁?

约恩·福瑟:约翰·塞巴斯蒂安·巴赫。没有音乐家能和他相提并论。

崔莹:写作之初,哪位作家对你的影响比较大?

约恩·福瑟:最初开始写作时,挪威作家罗尔夫·雅各布森对我的影响很大。当时我的作品仿佛都不是用自己的语言写成的，而是用他的语言写成的。直到20多岁时，我才逐渐形成自己的语言。我正儿八经在报纸上发表的第一篇作品叫《他》。我后来的作品风格，和那篇故事的差不多。

❷ 写的是生活的本质，与人物的名字无关

崔莹：一开始，你发表的是小说。10多年后，你的剧作《有人将至》才真正问世。你是如何从小说转向戏剧创作的？

约恩·福瑟：说实话，我的第一部戏剧完全是别人掏钱聘我写的：有人问我想不想写戏剧，那时我是自由作者，收入不高，非常需要钱，就接受了。在此之前，我从未想过会写戏剧。

用了一周时间，我写了《有人将至》。在我的作品中，它至今仍是被搬上舞台次数最多的一部。

我并不喜欢剧院，甚至有点讨厌它，但我喜欢写戏剧的感受——不仅可以决定如何使用语言，也可以决定在何时沉默。沉默是语言之间的间隔。

崔莹：说到这一点，你的戏剧的一大特点，就是静场的频繁出现。在你看来，沉默在戏剧中能发挥什么样的作用？你如何判断哪里该沉默？

约恩·福瑟：沉默和孤独有关。这种孤独并非是一种坏事，而是一种平和。沉默也和虚无有关，而沉默和虚无都是我作品的血

肉。我认为这些停顿或者沉默，比那些说出来的话要有分量得多。这种沉默也会令观众感受到氛围的紧张、故事的戏剧化。

在写作的过程中，我很容易意识到哪些地方需要短暂的停顿，哪些地方需要长久的沉默。

崔莹：家庭关系是你关注的另一主题。在这方面，你本人的经历是否影响了你的创作？（福瑟离过两次婚。）

约恩·福瑟：在我的作品中，所有情节都与人物之间的关系，或与他们因为缺少某种关系而导致的虚无感和空虚感有关。其实在人生中也是这样。我自己关于各种关系的感受，影响着我的作品。

不过，所有的好作品都要包含人生，也要和它保持一段距离。

崔莹：在你的剧本中，人物多为无名氏，人物名往往只是"一个人""另一个人""他""她"。为什么这样设计？

约恩·福瑟：一开始写作时，我就没给主人公起正式的名字，只用"他"或"一个男人"来指代。然后我就习惯了这样做。我或者不用具体的名字，或者一遍遍地用同样的名字指代不同角色。

名字本身会透露太多信息，产生太多干扰——一个女孩的名字可能暗示了她属于某个社会阶层，来自哪个国家。这不是我想要的。我写的是生活的本质，与人物的名字无关。

3

故意反叛贝克特，未受易卜生影响

崔莹：在你的早期作品中，有的是以时间顺序来安排的，比如

《有人将至》就分开始、中场和结束。但在你的后期作品中，过去和现在混合、渗透在一起。这在《秋之梦》中表现得尤其明显。你在后期为何这样处理？

约恩·福瑟：我将过去和现在的混合与渗透称为"片刻"。比如我的戏剧《睡觉》，就是发生在某一片刻的故事。片刻和永恒是联系在一起的，它描述的是一种状态。它看似不存在，但实际上又存在。

在作品中，假如将某个片刻独立出来并加以扩展，我想，这部戏就不再像是一曲音乐，而像是一幅画了。

崔莹：请谈谈影响你的戏剧和剧作家。贝克特的《等待戈多》对《有人将至》的创作有怎样的启发？

约恩·福瑟：年轻时，贝克特的作品非常吸引我，我也很崇拜他。他给了我很多启发，但在某种程度上，我故意反叛贝克特——我故意写得和他不一样。所以我的《有人将至》实际上和《等待戈多》是相对的。在《等待戈多》中，他们等啊等，没有人来；但在我的戏中，他们不用再等了——有人来了。

当然，我的性格和贝克特的不同，我们的作品风格也不相同。我并不认为我的作品受贝克特的影响。

崔莹：那易卜生呢？

约恩·福瑟：易卜生从未对我有多大的吸引力。我反而对那些挑战易卜生戏剧的作品很感兴趣，比如贝克特的——它们和易卜生现实主义题材的作品截然相反。

易卜生与莎士比亚、契诃夫一起被誉为世界三大剧作家，但我从未觉得和他很亲近，也从未觉得他影响过我的写作。我和易卜生的区别很大。

崔莹：据你观察，在你创作戏剧的这些年里，欧洲的戏剧创作有什么明显的变化趋势？剧作家的生存状况如何？

约恩·福瑟：在欧洲，戏剧最繁荣的国家是德国，这种繁荣也扩展到意大利、法国和挪威等地。我觉得欧洲各国的戏剧发展状况都差不多。一开始，欧洲的剧院非常热衷于将原创的新剧本搬上舞台。但是后来，越来越多的剧院导演开始决定戏剧的内容。他们倾向于将小说改编成剧本，纯粹的原创剧本不再受重视。我并不喜欢这样——大多数剧院导演并非天才，排的大多数作品不值一看。

在欧洲，当剧作家的收入并不丰厚。和排新戏相比，导演更爱将经典戏剧再次搬上舞台，观众对新戏的兴趣也不大，所以被搬上舞台的新戏很少。这是我自己的感受。

❹ 希望中国读者看到我的更多戏剧

崔莹：《有人将至》曾被上海戏剧学院搬上了中国舞台。你也来中国看了这场演出，感受如何？

约恩·福瑟：印象非常深刻！我看过很多场根据《有人将至》编排的舞台剧，中国的这场如果不是最好的，也是最好的之一。在演员的表演、场景的布置和装饰及声音的处理等方面，它都很好。比如舞台上的流水声并非是提前录的，而是工作人员现场制作的。我认为，这场演出非常准确地理解和再现了我作品中的音乐和情绪。

演绎我的戏剧，不光靠对话，还要靠很多沉默的时刻，以及人物的肢体语言和表情，比如手势的一个小小的变化。这场演出对此也把握到位。这些都是我喜欢的。

崔莹：你说，东方人仿佛能比西方人更好地理解你的作品。这是为什么？

约恩·福瑟：我也无法解释，上帝才知道。我的戏剧在法国也很受欢迎，但我发现，最能演绎好我的作品的，是东方的演员；最能理解我的作品的，是东方的观众。

我的中文版译者邹鲁路是当代欧美戏剧研究学者，她正在探寻我的写作方式与亚洲人心理之间的关系。最近她告诉我，上海戏剧学院打算在中国出版我的另外两部作品，对此我很开心。希望中国读者看到我的更多戏剧。

崔莹：你在2014年表示不打算继续写戏剧了。那你最近在创作什么？

约恩·福瑟：我已经写了30多部戏，包括20多部长戏和10多部短戏，我觉得写够了。戏剧需要一定的舞台性和紧张情绪，但这种紧张情绪太多了，我感到疲惫。我现在需要安宁。

我最近一直在写小说、诗歌和散文，这也是我最初的爱好。去年，我的小说三部曲《不眠之夜》《奥拉夫的梦想》和《倦怠》赢得了北欧理事会文学奖，这是北欧最高文学奖。

我一直想写"慢散文"（slow prose）。现在我就在挑战自己，写一个这样的长篇。我已经写了1500页。它将分三卷、七部分，在2019年、2021年和2023年出版。

奥尔加·托卡尔丘克 | 文学是一种深刻的与他人沟通的方式

在波兰女作家奥尔加·托卡尔丘克（Olga Tokarczuk）获得诺贝尔文学奖之前，她曾经获得2018年度的布克国际文学奖，其获奖作品是小说《云游》。

1962年1月，托卡尔丘克出生于波兰的苏莱胡夫（Sulechów），她的父母都是老师，她的父亲是来自波兰某区（目前属于乌克兰）的难民。满怀"帮助别人的浪漫思想"，托卡尔丘克开始在华沙大学求学，她学习心理学，并对荣格的作品产生了浓厚的兴趣，后来，荣格的思想成为托卡尔丘克写作的奠基石。大学毕业后，托卡尔丘克在医院工作，成为帮助人们戒掉各种瘾癖的专家。但是5年后，托卡尔丘克觉得自己不再胜任医院的工作，因为病人的困扰也给她带来很多困扰。辞掉医院的工作，托卡尔丘克开始写作，1989年，她凭处女作诗集《镜子里的城市》登上文坛。托卡尔丘克在30多岁时获得人生中的第一本护照，她开始自由自在地旅行，这些旅行经历和感受启发托卡尔丘克创作了小说《云游》。

《云游》像是一部现代旅行者的观察记，书

中既包括17世纪荷兰解剖学家菲利普·费尔海恩（Philip Verheyen）如何发现跟腱的故事，又包括喜欢给女人拍照的现代解剖学家的故事，以及作曲家肖邦的心脏如何从他去世的巴黎被运送到他渴望长眠的华沙等。这些表面看起来有些无厘头的碎片故事集聚在一起，又相互关联。《金融时报》认为《云游》是"激昂时代的哲学传说"，英国小说家亚当·马斯·琼斯（Adam Mars-Jones）在《伦敦书评》中指出这本书的叙述几乎"完美"，并且，"独立的结构并不影响作品的完整性"。布克奖评委会主席丽莎·阿璧娜妮西（Lisa Appignanesi）评价："伴随着一系列令人震惊的关联，托卡尔丘克带我们经历无数次出发和到达，无数次沉浸于故事、游离于故事，同时探索和现代、和人类接近的话题。"

❶ 要写作，学心理学是不错的准备

崔莹：如今你已经陆续出版了10多部作品，包括8部长篇小说，你是如何成为一名作家的？

奥尔加·托卡尔丘克：我一直都很喜欢写作，但最初，我一直都只是一名读者，而不是作者。我看过很多书，各种各样的书，不仅仅是波兰的文学作品，也包括世界文学作品。我父母有很多不错的藏书，我几乎把他们书架上的书都看了一遍，我最喜欢看小说。30来岁时，我尝试写了第一篇小说，那是一篇短篇小说，我的这篇处女作于上世纪90年代发表，然后我就进入了这个领域。

崔莹：你毕业于华沙大学心理学系，受训成为心理治疗师，为什么后来放弃了这个专业？

奥尔加·托卡尔丘克：这是我的选择。对打算从事写作的人而言，学习心理学是不错的前提。心理学让你了解到世界的复杂性，告诉你从不同视角看待同一个问题。最终，心理学教会你"同情"（empathy）。我曾经担任心理治疗师，我的工作中最重要的工具就是"同情"。当你成为一名作家，你为小说设计角色时，"同情"也非常可贵，它是一步步、小心翼翼地塑造人物形象的重要工具。

崔莹：也就是说，你所掌握的心理学知识有助于你的写作？

奥尔加·托卡尔丘克：是的，但并非帮助我具体的写作，心理学教会我如何看待问题。作为心理学者，你会意识到，人与人之间的共性要多于人与人之间的差异，了解到这一点，很多问题就能够分析清楚了。

崔莹：你是否认为一位伟大的作家也是一位伟大的心理学家？比如俄国作家陀思妥耶夫斯基就非常擅长人物的心理活动的描写。

奥尔加·托卡尔丘克：是这样，小说的重要部分是关于人物心理活动的描写，要写出有说服力的小说，作者必须以心理学为基础，和他人沟通。我相信文学是一种深刻的与他人沟通的方式。

2
我创造了"星宿"小说

崔莹：《云游》是你的第七部小说，写这部小说的灵感是什么？

奥尔加·托卡尔丘克：因为特殊的生长环境，很长时间我没有护照，我在30岁时获得了人生中的第一本护照，对我而言，整个世界突然开放了。我开始对旅行着迷，我花了5年时间到处旅行，这本书中包含我的旅行笔记、我的观察和我去过的地方等。在某种程度上，它是我的旅行经历的合集。

崔莹：旅行给了你写作的灵感？

奥尔加·托卡尔丘克：是这样！特别是当我独自旅行，又不带任何旅游指南书的情况下，我就只能用眼睛观察周围发生的事情，并且要全神贯注。

崔莹：是否可以说《云游》中的讲述者是你本人？

奥尔加·托卡尔丘克：不完全是。我在书中创造的这位讲述者性格沉稳冷静，她在某种程度上像是我，但又不完全是。有时，她像是我的朋友，或者其他人，但无论如何，这位讲述者和我关系密切。

崔莹：书中包含有大量旅程、片段化的叙述，你为何采用这样的结构？

奥尔加·托卡尔丘克：我试图用一种新的语言方式来叙述旅行经历。旅行并非是线性的经历：我们从一个机场到另一个机场，从一个公交车站到另一个公交车站，这样的经历像是在不同的陆地穿梭。这本书并非是旅行日记，也不是旅行导览书，而是我根据个人化的视角、片段化的旅行经历写成的。我将这类小说命名为"星宿"小说（constellation novel）。这类小说是为正在旅行的读者创作的，他们可以在机场、火车上读这本书。这本书很容易阅读，读者可以根据他喜好的顺序随意阅读书中的章节，可以从一个短故事跳跃到读另一个短故事，从一个人物跳跃到读另一个人物，当然最终，读者会感觉到这本书的完整性。

崔莹：各片段之间的联系，令读者感到完整的元素是什么？

奥尔加·托卡尔丘克：它们之间的关联性，以及它们共同的克制性。这些联系有时很明显，有时隐藏在文字之中，有时是同一位主人公，有时是同一个地点，比如同一家酒店等。

崔莹：《云游》中的一个重要主题是关于保存尸体的科学，你怎么会对这个主题产生兴趣？

奥尔加·托卡尔丘克：开始写这本书时，我问自己，这个旅行者是谁？成为人类意味着什么？旅行的主要动机是什么？这些片段共同的主题是人类对死亡的恐惧——人类的躯体太脆弱,人们在世的时间太短暂。这些短故事背后的主题是"不朽",但人们所考虑的不朽不是灵魂,而是躯体的。如何保存脆弱的躯体一直是人们的梦想。人们通过各种各样的药物,以及各种各样的程序,尽可能地让"生命"长久一些。在旅途中,我一直考虑这个问题,我在全世界的不同角落探求和这个主题有关的内容,于是,我从一个城市到另一个城市,从一个博物馆到另一个博物馆,参观了保存完美、令人感慨的人类的器官和躯体等。一方面,这是一本关于旅行的书,另一方面,这是一本关于不朽、关于人类躯体的脆弱性的书。

3 我的潜意识告诉我怎么写

崔莹:你认为《云游》能够获得布克国际奖的原因是什么?

奥尔加·托卡尔丘克:这是一本"通用读物",不同文化背景的读者都可以看得懂,这本书的主人公是一位普普通通的人,书中写的是她的旅行,她的见闻和感受。并且,这本书的视角不是从某个国家出发,而是从一个普遍、通用的视角出发。

崔莹:你提到在你拥有了第一本护照后,你开始尽情地旅行,这也是政治环境对你个人带来的影响,《云游》中是否涉及类似的政治隐喻?

奥尔加·托卡尔丘克:所有的内容都和政治有关!要知道,如果没有护照,我就不可能写出这本书。并且,在旅途中,我是一名女性，独自旅行的女性，我所关注的，我的感受……这一切都离不开政治。

崔莹：波兰经历过抢掠、屠杀、战争等，其黑暗的历史是否影响了你的写作？

奥尔加·托卡尔丘克：我不觉得，我觉得现在的自己具有典型的西方式的思维方式，我是自由的，可以做我想做的事情。

崔莹：你的另外一本广受好评的著作是《关于雅各的书》（The Book of Jacob），那本书获得波兰最高文学奖耐克奖（The Nike Prize），这两本书之间存在共性吗？

奥尔加·托卡尔丘克：这是两本截然不同的书，《云游》是一本充满实验性、很容易阅读的书，但是《关于雅各的书》是一本关于历史的、经典的小说，讲述的是发生于18世纪的波兰王国边境，犹太人雅各·佛兰克（Jacob Frank）的故事。简直令人难以置信吧？这两本书出自同一位作者之手。

崔莹：你的作品中，既有虚构的内容，也有非虚构的内容，在写作前，你如何做准备？

奥尔加·托卡尔丘克：当我写作历史小说时，我会查阅很多资料，无论是在博物馆还是图书馆，但在写虚构的内容时，我更多依靠的是我的想象。可能因为我读过很多书，我的潜意识会告诉我怎么写作。

崔莹：你是第一位获得布克国际奖的波兰作家，对波兰作家和波兰文学界而言，这个奖意味着什么？

奥尔加·托卡尔丘克：我收到很多波兰朋友的祝福，对波兰作家和波兰文学界而言，这是一件非常鼓舞人心的事情。目前，波兰的政治环境并不好，民族主义情绪泛滥，文化领域需要更多的支持。

非虚构

迈克尔·麦尔 | 美国女婿如何书写中国乡村的变迁？

《东北游记》的作者是迈克尔·麦尔（中文名梅英东），他也是《再会，老北京：一座转型的城，一段正在消逝的老街生活》的作者。因为非虚构写作，他曾获得多个写作奖项，包括古根海姆奖、纽约市公共图书馆奖、怀廷奖（Whiting）和洛克菲勒·白拉及尔奖。目前，迈克尔·麦尔在美国匹兹堡大学教授非虚构写作。

1995年，作为支教的美国和平队志愿者，迈克尔·麦尔第一次来到中国，在四川当英语教师。随着时间的推移，他对中国越来越感兴趣。结束支教后，他来到北京，住进了胡同，在附近的小学当起了英语教师。当能够说一口流利的汉语、对中国文化如数家珍后，他有了新的目标：让西方读者了解自己所感受的中国。

2008年，《再会，老北京》在中国出版。在书中，麦尔细致生动地描述了城市变迁时期普通北京人和外来务工者的生活，以及他们的期盼、焦灼与无奈。他同时援引大量文献资料，梳理了北京城的起源、变迁和风俗人情。

也是在北京，麦尔认识了自己的中国妻子。或许是爱屋及乌，他对妻子的老家产生了浓厚的兴趣。2010年到2012年，他决定做"上门女婿"，在妻子老家——位于东北腹地的吉林市昌邑区孤店子镇大荒地村一待两年。他在当地租房子，睡火炕，烧柴火，在小学当外教，记录大荒地村的变迁。这些经历，都被写进了这部《东北游记》。

沿袭《再会，老北京》的风格，《东北游记》用多种风格来回切换，部分内容是游记，部分内容是社会学研究，部分内容是历史背景，部分内容是回忆录。作者以个性鲜明有趣的亲朋好友（比如书中的三姨和三舅）为主线展开叙述，一个东北的普通农村被写得有声有色。麦尔说，自己最初只计划写这一个村落，但随后发现，大荒村是整个中国农村变革的缩影。

❶ 我从来不会假装自己就是他们中的一员

崔莹：《再会，老北京》关注的是中国城市的变迁，《东北游记》关注的是中国农村的变迁，你为什么对中国的新与旧、古老与现代的冲突和碰撞如此感兴趣？在这种冲突和碰撞中，最吸引你的是什么？

迈克尔·麦尔：当我想读的书不存在时，我想，我就该写这样一本书了。我喜欢读以宋朝晚期为背景，或者描述有关20世纪初中国帝制溃败、军阀混战时期的中国人的故事。这类书会尽可能记载更多的细节，让人们清晰意识到：一个时代在结束。但实际上，这类书非常少。目前中国也在经历巨大的变化，以此为背景，在《再会，老北京》中，我试图记录胡同里的生活；在《东北游记》中，我试图记录村庄的变化。

这种冲突和碰撞最吸引我的是什么？当新与旧、古老与现代相遇时，冲突不可避免，作为作家去观察这一点，非常有意思。我的这两本书是为100年后的读者写的。在2117年，如果有人想了解中国在目前的转型阶段都发生了什么，他们可以看这两本书。

崔莹：说到《东北游记》，你带着写书的目的入住大荒地村，一开始想写怎样的一本书？最后成稿和你的初衷有差异吗？

迈克尔·麦尔：我开始想写一本关于中国民间风俗的书，包括民间歌谣和传说，以及乡下安静的生活——冯骥才指出，中国每天有80至100个村落消失，我想在它们消失之前去看看它们，去记录它们。但到大荒地村之后，我发现我在北京目睹的那些变化同样发生在乡下。所以我决定写这部非虚构作品。

这部作品好不好，完全取决于我的运气、我遇到的人、发生在我周围的事。实际上，我没有主动改变我要写的内容，是我遇到的现实改变了我的故事。

崔莹：在为写《再会，老北京》和《东北游记》进行的调研中，你的感受有何不同？

迈克尔·麦尔：在北京，随便请一位当地人聊北京的历史，他们都很乐意、很兴奋，能侃侃而谈。他们很喜欢历史。收废品的"废品王"是我的邻居，尽管是河南人，他也能谈很多北京的历史。在北京生活的人也很容易接触到历史，比如通过博物馆、报纸、书本、课堂教育等。在北京调研要比在大荒地村调研顺利。

在大荒地村，当我向当地人打听关于乾隆时期、日据时期的情况时，他们经常无言以答。我去吉林图书馆和档案馆，也很难找到相关的记载。我意识到，大荒地村的历史更个人化，是即刻发生着的；更口语化，是个人在经历的，而非皇帝下令让人记录的。

此外，还有一个不同。在北京，我访谈的是陌生人或我周围的人，他们可以说，也可以不说。但在大荒地村，我属于整个大家族中的一员，我访谈的是我熟悉的人、和我有关的人，写熟悉的人要比写陌生人难。

崔莹：这种纪实性写作的关键之一是细节。在收集材料的过程中，你每天都做笔记，记录你和人物的对话吗？

迈克尔·麦尔：是的，我每天都会记笔记，这是我当老师养成的好习惯之一。同样，这也因为一旦写非虚构小说，我就需要这些材料。

我像是间谍，到处观察、做笔记。坐在那里备课的时候，我顺便做笔记，记录学生们在做什么，老师们在谈什么，走廊里挂着什么，课程表上有什么，大家吃什么……我也记录在回家的路上发生了什么，在博物馆碰到什么样的人……我尽可能记录下所有的细节。

除此之外，我也做正式采访。写《再会，老北京》，我采访和我住在同一个四合院的大娘。写《东北游记》，我采访三姨。我告诉她们，我要对她们进行采访，要录音。我请我的学生将这些采访录音整理成汉字，我再翻译成英语。遇到不懂的地方，我就去找采访对象，让对方解释，看看我理解的对不对。我很庆幸有这些录音，在将书译成中文出版时，它们为翻译提供了很重要的参考。

崔莹：你的普通话不错，但东北有一些方言，你听得懂吗？

迈克尔·麦尔：的确，这些方言对我而言太难懂了。遇到这种情况，我会问对方，"你在说什么？"，或者寻求朋友的帮助。有时有人对我说东北话，看我听不懂，也会用普通话再讲一遍。

幸运的是，我两本书中涉及的大多数人物都接受过良好的教育，都会讲普通话，比如学校的老师、学生和家长。三姨是干部，她也讲普通话。

崔莹：你曾说，吸引你写大荒地村的原因之一是你和这个地方的距离感，这也是你了解这个地方的冲动。书稿完成后，这种距离感依然存在吗？

迈克尔·麦尔：我时刻感受到这种"距离"感，因为我不可能成为他们真正的老乡。我可以随时到机场，买张机票，想去哪里就去哪里，永远不再回来。

书稿完成后，我觉得和大荒地村的人更亲近了，因为我和他们聊天、观察、记录他们的生活，我也很关心他们。但是，我从来不会假装自己就是他们中的一员。

❷ 赛珍珠成了我的榜样

崔莹：《东北游记》时而像游记，时而像历史书，时而像回忆录，时而像喜剧。你为何最终决定使用这样的文体？哪些作家给过你启发？

迈克尔·麦尔：我是故意这样做的。这并不明智，因为对美国的出版商而言，他们很难将这本书归类：这本书该放在回忆录书架、时事书架，还是游记书架？如何为这本书进行市场定位？

英国作家乔治·奥威尔是我的偶像，也正是他影响了我的写作方式。他在作品中将第一人称报道和他调研获得的信息巧妙融合。但他很少涉及一些历史知识，而我喜欢做一些历史性的研究。对西方读者而言，介绍中国变化的背景也是很有必要的。

我并非在假装是我创造了这样的文体，但我也的确知道，我的写作方式是独一无二的。我不知道这样是否总能行得通，这本书里，我有喜欢的部分，也有不喜欢的部分，但我相信我会越写越好。

崔莹：书中涉及中国历史的部分很多，你如何选择参考文献？如何对引用的内容进行取舍？

迈克尔·麦尔：我几乎读了可以找到的关于过去100多年里中国乡村变化的所有书，它们大都是英文的，也有一部分汉语的。其中包括一些学术论文、传教士的回忆录和战争报道。我在纽约公共图书馆看了一年的书，也去了东京、重庆和北京查相关的档案，我试图搞明白哪些信息缺失了，哪些故事没被讲出来。

我引用文献的标准是，选择其他作家很少涉及的内容。在做《东北游记》调研时，我所发现的最有意思的资料，是19世纪八九十年代，随着中东铁路开通来中国的外国探险者的。我很喜欢这部分，所以书中涉及很多。

崔莹：你在一次讲座中指出，写《东北游记》的最大挑战是，因为认识，因为是家里人，他们倾向于只说好话。这大概不利于你获得全面客观的信息。你如何避免这一点？

迈克尔·麦尔：我会一遍遍问对方同样的问题，获得不同层面的答案。比如你问对方某个问题，如果对方那天的情绪不好、很累，或者天气很热，他们很可能不愿多讲。但在晚饭时或者一周后，他们就可能说出所有的故事。比如我可能会先问我妻子的表妹某件事，她说的可能和三姨有关，然后我再对三姨说："××说你会唱歌，而且唱得很好听。听说在过去，你们经常唱歌。"我常常通过这些方式让对方自然而然地讲述。

当然，这个过程非常不容易，特别是在一个小村子里。故事经常变化，这取决于人们的情绪、他们彼此之间的关系等因素。

崔莹：《东北游记》中提及美国农业经济学家卜凯和他的妻子赛珍珠在中国农村考察的历史。他们对你的写作有哪些启发？

迈克尔·麦尔：在书中讲述赛珍珠和她先生的故事，对读者很有意义。我是教非虚构写作的教授，学生经常问我，写在非虚构作品里的内容难道不该都是原创的吗？不该是作者自己的经历吗？我回答"是"，但也会告诉学生：你的作品是在已有知识体系基础上的扩充，假如有一个中国作者非常擅长写中国乡下的生活，你就应该把他写进你的作品，为后者提供背景。

有意思的是，多年前，赛珍珠故居博物馆在镇江开馆，我为《纽约时报》做了《大地》（赛珍珠凭这部作品获得诺贝尔奖）的中文翻译的访谈稿件。这位翻译是来自南京的一位教授，他告诉我，他在哈佛大学访学时，很多美国人问他关于赛珍珠的情况，但他根本不知道赛珍珠是谁。然后他读了赛珍珠的作品，对她产生了兴趣。

而我呢？在读赛珍珠丈夫的田野日记时，我产生了类似的感受。我意识到，赛珍珠对乡下人的访谈，尤其是对女性的访谈，促使她写了《大地》。从她们那里，赛珍珠了解了当地的民歌、民俗、菜谱……这恰恰也是我最初入住大荒地村所想做的——写那些即将消失的文化。赛珍珠成了我的榜样。

她给我的另一个启发是，要了解当地人，首先要懂当地语言。这也是在中国做调研的前提。赛珍珠的汉语很流利，所以我也很努力地学习汉语。

❸ 每个月都会"拜访"大荒地村

崔莹：写《东北游记》的过程，也是你了解中国农村变化的过程。在这个过程中，最令你感到担忧的的是什么？

迈克尔·麦尔：是谁来做决定的问题：谁的村庄？谁的城市？比如大荒地村，60年前，这里被水淹没，村民们的父辈脚上捆绑木板，踩在湿地上，把水排干，开垦了这片土地。也就是说，村民们建造了这个村庄。那么，他们关于村子发展方向的建议是否应该被倾听？比如在北京，我发现大多数在胡同里生活的人都愿意离开胡同，搬入带暖气、热水、停车位的现代公寓，但他们希望信息透明，不希望糊里糊涂地搬。我认为，关于发展的决定需要更透明。

崔莹：你最近一次回大荒地村是在哪一年？它有什么变化？

迈克尔·麦尔：是2014年。当时我的儿子两岁多，我带他回老家。我打算今年再带他回去看看。

实际上，我每个月都会"拜访"大荒地村——我从谷歌地图上了解这个村庄的变化。我发现，我曾经住过的那个房子不见了，成了田地，三姨的房子还在那里，有更多新的公寓在建设之中。

崔莹：你最近在写关于本杰明·富兰克林的书，这个题材似乎和你的前两本书截然不同。为什么想到写这样一个人？

迈克尔·麦尔：一次中国领导人来到华盛顿和奥巴马共进午餐，我也是受邀嘉宾之一。当时房间里有300多人，包括科林·鲍威尔、基辛格和希拉里，马友友在演奏大提琴。我不太适应这样的场合，就到处闲逛，走进午餐室旁的房间。当我不经意把手放在身前的桌子上时,一名保安人员让我不要碰它。仔细一看我才发现,桌子上的标签说,本杰明·富兰克林和英方代表在这张桌子上签署了《1783年巴黎条约》。这个条约标志着美国的独立。

我当时有点震惊。我对他知之甚少。他难道不是那位矮个、光头,在雷电中放风筝的科学家吗?从此,我对他的生平产生了浓厚兴趣,开始了解他,也发现了他对中国和中国文化的兴趣。

本杰明·富兰克林从未去过中国,但和中国有密切联系,他经常在费城的报纸上看到儒家和老子的名言。他住在伦敦期间,英国和中国贸易频繁,他一定淘到很多有意思的中国物品。在他的遗嘱中,他将最珍爱的物品——一支中国手枪传给他的孙子。后来这支手枪下落不明,我正在到处寻找它。这本书将会讲述很多中国如何对本杰明·富兰克林的生活、思想产生影响的内容。

我的儿子就叫本杰明。看,我实在是太喜欢本杰明·富兰克林了!

崔莹:那你儿子的中国名字是什么?

迈克尔·麦尔:我们让他姓陈,因为我妻子的母亲姓陈,到她那一辈,她的家族没有男孩子,我们希望儿子能把这个陈姓沿袭下去。儿子的名是"路客",道路的"路","客人"的"客",像是一名旅行者。

崔莹:你还写了另外一本关于中国的书《卧龙之路》,这是怎样的一本书?

迈克尔·麦尔:《卧龙之路》讲的是我在四川支教、在北京做记者的经历,也包括我在新疆、西藏、云南、甘肃和青海的游历,还记录了我和妻子的跨文化爱情。它的英文版即将出版。

22年前,我作为美国和平队志愿者来到四川支教。初到中国,我不会用筷子，不会说一个汉字，对中国一无所知。我记得，当时我读的第一本关于中国的书，是林语堂的《吾国吾民》。它写于1930年，主要是在向西方人介绍中国和中国文化，告诉西方人应该如何理解中国人。我也是从这本书开始了解中国的。现在，我想通过《卧龙之路》这本书，记录下我的经历、经验和教训。

《再会，老北京》是献给我父母的，他们从没来过中国，我希望他们了解中国的胡同生活。《东北游记》是献给我儿子的，我希望他了解他妈妈成长的乡村。《卧龙之路》则是献给我妻子的。

崔莹：你还打算写关于中国的书吗？

迈克尔·麦尔：我的一个梦想是写关于中国渔村的故事，写关于中国海岸线的故事。人们通常会关注中国的城市和乡村，但中国也有着绵长的海岸线，孕育了丰富的海洋文化。

乔纳森·哈尔 | 较真律师的漫长拉锯战

"发财,成名,行善。"律师扬·施利希特曼(Jan Schlichtmann)说道,"发财不难,成名不难,发财和成名同时进行也不难,但想要三者兼具,就难于登天。"

20世纪80年代初,施利希特曼接了一桩棘手的环境污染案件:为沃本(Woburn)小镇的受害者们打官司。在该地,12个小孩死于白血病,其中8人是近邻。受害者家属状告附近两家公司,怀疑其倾倒的化学废料污染了水源,导致了白血病。

被告公司W.R.格雷斯公司(W.R.Grace Co.)和贝翠斯食品公司(Beatrice Foods)财大气粗,他们聘请了经验丰富的辩护律师。桀骜不驯的施利希特曼和同事不屈服、不妥协,一次次拒绝了对方提出的和解金额,将官司一打到底。

狡猾的被告方决定打场"持久战",通过时间、资金消耗拖垮对手。在经历51个月的调查取证和多次庭审后,该起诉讼案最终有了结果——法院判定贝翠斯食品公司无罪,W.R.格雷斯公司向原告赔偿800万美元。然而,由于漫长的诉讼需要大量的取证、诉讼费用和高额鉴定费用，施利希特曼最终破产。

前《新英格兰月刊》记者乔纳森·哈尔（Jonathan Harr）围观庭审，并通过查阅证词、多次采访，历时8年，讲述了这个跌宕起伏、引人入胜的故事。

哈尔笔下的主人公施利希特曼"自私、异想天开、工作狂、贪得无厌、有点幼稚，但愿意倾尽所有处理案件"，他并非十全十美的英雄，却令读者揪心。

《漫长的诉讼：环境污染、白血病儿童和对司法公的追求》获得美国国家书评人协会奖（非虚构类），并一度登上美国热销书榜首。现实生活中，施利希特曼也因这部作品为人所知，成为美国最知名的律师之一。

哈尔现为《纽约客》的撰稿人，同时在史密斯学院教授非虚构作品写作。

❶ 辞职写作逾7年，阅读素材高8米

崔莹：《漫长的诉讼》呈现的是一场长达5年的诉讼案，是怎样的原因促使你跟踪这起案件并完成这本著作？

乔纳森·哈尔：我的朋友特雷西·基德尔（Tracy Kidder）是非虚构作家，他的代表作《新机器的灵魂》获得过普利策非虚构类奖，并成为畅销书。哈佛大学法学院教授查理·内森（Charlie Nesson）是他的朋友。当时，查理教授参与了这起沃本居民起诉案，他问特雷西是否有兴趣跟踪这起案件写本书，特雷西拒绝了，但他知道我有写书的打算，便推荐了我。我当时在做记者，希望生活有些改变，对这个项目也很感兴趣，这就是写这本书的缘由。

崔莹：在决定跟踪这起案件时，你对它了解多少？

乔纳森·哈尔：我看过关于这起案件的报道，在马萨诸塞州，这是起很大的新闻事件，我的前同事也写过关于这个案件的文章。

这个项目的独特在于：我可以到现场旁观原告律师做庭审准备。我费了很大周折才获得这个机会，因为我不是诉讼方成员，也不是律师，属于第三方。

在美国，"律师与客户的保密特权"（Attorney Client Privilege）

规定律师与客户之间的沟通，包括案情分析、诉讼策略、谈判方法等信息都是保密的，律师无权向第三方透露。如果律师对我守口如瓶，我想看的文件看不到，我根本无法完成这个项目。大概我的真诚和坚持打动了他们，律师、受害者的家人最终同意协助我获得写书需要的信息。

崔莹：为了让自己全身心地投入这个写作项目，你都做了哪些准备？包括经济上的？

乔纳森·哈尔：我之前有一份全职工作，为《新英格兰月刊》（*New England Monthly*）撰稿。我告诉杂志主编丹·奥克伦（Dan Okrent）我要去写书，如果写不出来，我会将了解到的内容写成文章发表在杂志里。但丹警告我不要犯傻，他觉得这个案件很复杂，很有可能是一场持久战，他担心我得不偿失，经济上也会受损。"等官司打完，你可能身无分文，要从车座底下找从裤口袋里遗漏的零钱交过路费"，丹开玩笑说。

后来，跟踪案件一段时间后，我写了一个写作纲要，兰登书屋接受了，并预付给我8万美元的版税，当时我想真是不少钱，计划在两年内完成这本书。当然，我没有完成，并且没过几年，这笔钱就花光了。

崔莹：那后来怎么办？你有同时做其他工作吗？听说你用8年时间完成这本著作。

乔纳森·哈尔：我妻子在北安普敦的史密斯学院教艺术，之后的几年，她一直挣钱养家，支持我。我没法做其他工作，我要跟踪这个案子，要做采访，更重要的是要花很多时间考虑怎么写。

那时候妻子下班回家经常会看到躺在沙发上的我，问："你怎么不干活儿？"我答："我在干活啊，我在想怎么写。"

我记录了很多场景和细节，我知道这是一个很好的故事，最大的难题是我不知道以什么样的结构写这本书。我不自信，对自己充满质疑，怎么写都觉得不自在。我花了7年时间写完这本书，又过了1年，这本书出版。我记得写这本书的那段时间树上没有叶子，地上落满雪，天也阴沉沉的，仿佛总是冬天。

崔莹：那你最终如何获得灵感，突破障碍，找到合适的结构？

乔纳森·哈尔：不是因为灵感，而是对失败的恐惧——如果我不把这本书写完、写好，我就失败了。在这些压力的驱使下，我终于获得突破。

开始，基德尔建议我写成小说《战争与和平》那样的结构：书中有不同的主人公，从他们的视角讲故事。但我最终决定我就需要一个主人公，我最熟悉的是施利希特曼律师，他是书中的首要人物，正是因为他，整个诉讼才得以进行。我也会写法官和其他人物，但读者知道我的笔锋会转回，继续写施利希特曼。

崔莹：在你的写作中，最大的挑战是什么呢？

乔纳森·哈尔：材料太多。最初我以为我不过是坐在法庭上记录下发生的事情，但没过多久，我即意识到，我还得做其他大量的工作，我必须阅读所有的文件，包括大量证词，这些证词记录的是受害者家人、证人、专家等对律师说的话。

在书的后面，我列了消息的来源——我看了196卷的证词，这些证词摞起来有2米高；我看了70多天的庭审记录，以及45天的上诉记录，所有这些资料摞起来有6米多高。我花了大量时间阅读、理解这些材料，从这些资料中，我思考如何写出一本真实、伸张正义、准确、有趣的书。

❷
我的采访技巧是"装无辜"

崔莹：《漫长的诉讼》像是一部引人入胜的小说，你为何选择这样的呈现方式？

乔纳森·哈尔：因为我有这个机会。我被允许成为他们的"圈内人"，不一定需要采访，我就只是坐在角落里观察，施利希特曼和他周围的人都原原本本地展现在我的面前。较早发生的事件的细节来自证词、采访，受访人包括受害者的家人、双方律师等，我可以记下他们的对话、互动、发生的场景……这些详细的材料，令我可以用写小说的方式写作《漫长的诉讼》。

崔莹：在采访中，你用什么样的技巧让受访人说出细节？

乔纳森·哈尔：我的采访技巧是"装无辜"，装什么都不知道，甚至说话都磕磕巴巴，这非常有效，真的。他们想帮助我这个可怜的人，就尽量多说……哈哈，有点开玩笑，但类似这个样子。我不会说什么花言巧语，也不会偏向哪一方，我只是想知道他们的感受。大概因此，他们很信任我，愿意说很多。

崔莹：如果不同受访者所说的内容产生矛盾，你怎么处理？

乔纳森·哈尔：这样的情况下，我会找到受访者再次提问，或者我就选择我认为最诚实、可靠的信息。而事实上，这样的情况很少发生。

崔莹：最难的采访对象是谁？

乔纳森·哈尔：毫无疑问是法官沃尔特·J·斯金纳，在案件调查、审理期间，因为"司法限制"，法官不可以对案件发表任何言论。案件结束,判决书也有了,我想,法官应该可以自由讨论这起案件了吧。我找到法官,他依然拒绝评价任何一位律师。但在证词里,已经有足够资料表明,法官不喜欢律师施利希特曼。比如,他对施利希特曼说,"你太自负了,你想的只是你自己""你太争强好胜"等。也正是他,强迫施利希特曼接受将庭审分为两个漫长阶段的提议。

崔莹:令你感到最难忘的采访经历呢?

乔纳森·哈尔:施利希特曼和他的同事们非常配合我的采访,对我无话不谈;此外,对受害者家人的采访是非常痛苦的经历,但我始终保持记者的冷静客观,尽量不受他们的情绪影响。这些采访经历都很难忘。

最难忘的是我对被诉讼方贝翠斯食品公司聘请的律师杰罗姆·法切尔的采访。

他是个很难对付的家伙,对手下人很严厉,许多同事害怕跟他共事。可那些受过他批评的人又对他心怀感激,他们坚信法切尔是事务所里最优秀的导师。

法切尔很敬业。他在哈佛法学院教课,课后,他通常会返回办公室加班,直到深夜才回家。他在法学院附近买了一套公寓,独自住在那里,身边只有一只老猫为伴。

他曾有过一段17年的婚姻,但很久以前就离婚了,"我不是一个好丈夫",他说。离婚后,法切尔开始全年无休地工作,而且经常失眠。他躺在床上,好几个小时无法入睡,脑子里全是法庭盘问的技巧。

他的生活也非常简朴。公司每周五组织员工聚餐,他会把吃剩的食物装进塑料袋,然后拎回家放在冰箱里。即便是别人请客,他也不喜欢外出就餐。"我不喜欢浪费，"法切尔对我说，"有人觉得我抠门儿，但过日子就得精打细算。"

他的坦诚令我感激不尽，也让我了解到一个更全面的他。

崔莹：你认为，怎样的采访才算是成功的采访？

乔纳森·哈尔：我在采访中寻求事实、感受，希望捕获受访者的个性和反应。

❸ 施利希特曼不是"白衣骑士"

崔莹：这场官司经历51个月的调查取证和多次庭审，最终有了结果。由于漫长的诉讼需要大量取证、诉讼费用和高额鉴定费用，施利希特曼最终破产。你怎么评价他？你最欣赏他什么？

乔纳森·哈尔：毫无疑问，施利希特曼非常尽职尽责，非常专注，尽管这个官司令他力所不能及，他依然坚持，不退缩。我认为他很执着地打这个官司的主要原因不是为了受害者家人的利益，也不是因为他乐于助人，而是为了颜面，他不愿意失败。这也是我最欣赏他的地方。

崔莹：有读者评价施利希特曼高傲自负、不是好人，你怎么认为？

乔纳森·哈尔：我认为这种评价并不公正，总体而言，施利希特曼还算是一个充满正义感的人。描写施利希特曼这样的人，很容易将他写成"白衣骑士"那样的英雄，但他不是。施利希特曼有时很自负、自恋，对他周围的人很严厉。除了考虑客户的利益，他也考虑自己的利益。但这就是人性,他也是一个正常的人。没有人十全十美,我们都会有缺点、瑕疵。

崔莹:你认为在这场诉讼中,施利希特曼的失误在哪里?据说他拒绝了贝翠斯公司律师法切尔提出的2000万美元和解费?

乔纳森·哈尔:实际上并没有这个"交易",当时法切尔希望施利希特曼出个价,但施利希特曼不回答,法切尔就从口袋里掏出一张20美元的钞票,对施利希特曼说:"在这个数字后面加六个零,你会要吗?"法切尔在试探施利希特曼,看他到底想要什么,他不会真的提出2000万美金的和解费。

崔莹:审判结果出来后,你当时什么感受?

乔纳森·哈尔:我觉得法官有做得不够好的地方,但是我也不会因此愤怒,虽然法律要基于事实,也并非全都如此。

法官针对律师的性格与背景,做出了不同的反应。法官在哈佛大学法学院读书时,法切尔也在同一所大学,显然,法官很有可能会偏向法切尔。法官不喜欢施利希特曼,指责他自认为自己有特权,因为他代表的是失去孩子的家人。

我的目的是揭示发生的事情,而非做判断。我写作过程中的原则也是不呈现自己的观点,而是让读者自己下结论。

崔莹:如果类似的案件发生在今天,会有怎样的结局?比如最近几年,美国密歇根州佛林特镇(Flint)也出现了水危机事件。

乔纳森·哈尔:可能更难。类似沃本、佛林特镇的情况,需要很多钱去打官司。并且,佛林特镇的水危机是当地政府的失职,受害者家庭不可能状告当地政府,指出对方渎职,导致孩子精神残疾,要对方赔偿5000万美金。当地政府也没多少钱。将近半个世纪前,美国就通过了《清洁空气法》《清洁水法案》,但依然有很多人违背这些法规。

❹ 下一个故事,"浸入"联合国难民署

崔莹:你认为写好非虚构作品,最重要的是什么?

乔纳森·哈尔:把人物写好。人物导致故事发生,推进故事进展。比如,如果没有施利希特曼这个人物,也就没有这个故事,因为是他接了这桩诉讼案。

除此之外,要有冲突。好看的故事一定有冲突。《漫长的诉讼》中,因为是诉讼案件,冲突必然存在,最后的审判结果就是冲突的解决方案。

崔莹:在你的写作中,哪些非虚构作家对你产生较深的影响?

乔纳森·哈尔:普利策奖得主约翰·麦克菲(John McPhee),他对细节的描写很到位,并很擅长呈现人物最突出特点。还有写了《广岛》的约翰·赫西(John Hersey),写了《深入报道》的麦克尔·赫尔(Michael Herr),写了《冷血》的杜鲁门·卡波特(Truman Capote)和美国作家诺曼·梅勒(Norman Mailer)等。

崔莹:你现在忙着创作新的非虚构作品吗,关于什么内容?

乔纳森·哈尔:我目前在写一本关于联合国难民署工作人员在斯里兰卡、刚果、乌干达、肯尼亚等国家工作,和当地难民互动的故事。这些工作人员大多来自富裕的西方国家,他们希望为难民做好事,但整个联合国体系的作风却很官僚主义,其中就发生了很多

故事。

和《漫长的诉讼》一样,我也是到现场,去观察、亲历这些故事的发生。我从联合国难民署前高级专员安东尼奥·古特雷斯那里获得许可,他们给我发了一个联合国的工作证,在全部自费的情况下,我"浸入"联合国难民署到各地做调研、寻找故事。

阮清越 | 越战创伤如何愈合

"所有战争都会打两次，第一次是在战场上，第二次是在记忆里。"在非虚构作品《不朽：越南和战争的记忆》的开头，越裔美籍作家阮清越（Viet Thanh Nguyen）这样写道。这本书曾入围2017全美书评人协会奖和2016美国国家图书奖。

阮清越现为美国南加州大学美国与族裔研究系教授。2016年，他因反映越战和战后越南移民生活的长篇小说《同情者》获普利策小说奖。4岁时，阮清越就以越南难民的身份随父母和哥哥来到美国。他在宾夕法尼亚州的难民营度过了一段短暂的时光，后来被一家美国人收养。3年后，阮清越和全家团聚，前往美国西部的圣荷西市生活。他的父母盘下了当地的一家杂货铺，每天工作12—14个小时，阮清越常在店里帮父母算账。他曾表示："如果没有这样的经历，我写不出《同情者》和《不朽》。"

《不朽》分"伦理""工业""美学"三部分，分别讨论了民族中心主义、作为战争机器的艺术与商业、是什么阻碍了人们铭记战争的残酷与真实。阮清越认为，在美国，官方和电影工业只关注美国士兵的越战经历，忽略越南人的处境；在越南，与越战有关的纪念场馆不被重视，越战越来越为人所遗忘。在书中，作家试图挑战上述主流意识形态，呼吁建立一种更加公正的记忆伦理。他也提醒人们，在思考战争时，除了认识人类所共有的人性，还要认识那些不光彩的非人性——这是与对手、与自己和解的唯一方式。不这样做，战争的真相就不能被铭记，伤口也永远无法愈合。

❶ 《不朽》探讨的是记忆的二重性问题

崔莹：《不朽》从酝酿到完成，用了约11年。为什么这么久？

阮清越：因为它包括的内容太多了。我在书中分析了越战对美国、越南、老挝、柬埔寨、韩国及遍布世界的东南亚难民的影响。去这些国家采访和考察都需要时间。我也研究了大量和越战有关的文学作品、电影、纪念场馆，这也需要很多时间。

崔莹：在写《不朽》的同时，你创作了《同情者》，它获得了2016普利策小说奖。《不朽》和《同情者》之间存在怎样的关联？

阮清越：2002年，我开始为写《不朽》收集资料和做准备，到2011年，资料收集得差不多了。那时我已经写了一部短篇故事集，但图书代理说纽约的出版商很少出短篇故事集，要想把它卖出去，我最好先写一部长篇小说。我同意了。之后的两年里，我没有教课，全力写作《同情者》。可以说，假如没有之前为《不朽》收集的资料和有关越战、记忆和遗忘的思考，我不可能写出《同情者》。

完成《同情者》后，我开始写《不朽》。在这本书里，我借鉴写《同情者》的经验，用讲故事的方式重新叙述我在一些学术文章中的观点。

崔莹：你选择以"不朽"（Nothing ever dies.）为书名，是因为诺贝尔文学奖得主托妮·莫里森吗？

阮清越：是的。我很喜欢这句话，它来自托妮·莫里森的《宠儿》，有两层含义。一层含义是，所有东西都不会凭空消失，一个人可能会被过去的人和事困扰。另一层含义比较乐观：所有的人和事都是不朽的，可以复活。我很喜欢这句话的二重性。《不朽》探讨的也正是记忆的二重性问题。

2
已经适应了非虚构与虚构之间的转换

崔莹：你指出："这本书是关于战争和身份的。它源于这样的想法：所有战争都会打两次，第一次是在战场上，第二次是在记忆里。"历史也是如此，每个人都生活在特定的"国家叙述"中。应该如何避免接受片面化的历史？当两方、三方、多方的叙述不一致的时候，该如何甄别？

阮清越：大多数人都不怎么想知道真相，至少在美国是这样。如果想知道越战的真相，你就需要去寻找，去看相关的书，或者上网找资料。很幸运的是，这些信息都不难找到。但在美国，大多数人没有这样的好奇心和时间。而在越南，寻找真相就更难，尽管那里的人迫切希望知道它。

当人们了解了一个版本的历史，也很难再接受另一个版本的历史。因此，改变人们原有的思维方式会很难，也会很慢，可能需要历经好几代。

崔莹：那么你的作品如何试图改变人们固有的观念和思维方式呢？

阮清越：最主要的是通过讲故事。这种方式非常重要。我感觉我有写作的才华，所以试图以此改变人们对越战的理解。无论美国人还是越南人，"如何看待越战中的自己"影响着他们如何讲述关于越战的故事。实际上，我是以越战为例，去挑战美国和越南的主流意识形态。

崔莹：除了作家，你也是学者。学术训练对你的小说创作有帮助吗？反过来呢？

阮清越：我的学术训练对小说创作很重要，因为我花很多时间去思考理论、文献和政治。包含了这些元素，我的作品变得复杂、深刻，充满批判性。在美国，文学作品通常不怎么涉及政治，作家对哲学、政治问题也不感兴趣，所以像《同情者》这样涉及政治的小说并不普遍，但学者身份促使我将两者结合。

小说创作也让我更深入地思考它与理论、哲学的融合，并具有更多批判性的视角，因为在美国，没多少老师在教授写作时引导大家思考这些。我还打算写一部涉及这些问题的非虚构作品，分析写作如何成为一种形式的批判，而批判如何成为一种形式的写作。我不会把它写得很学术，而是会使用我掌握的小说写作手法，以故事来驱动它，尽量充满创意。

崔莹：穿行于真实与虚构间，你遇到过困难吗？

阮清越：过去的14年里，我同时写虚构和非虚构作品。最初在两者之间转化的确很困难，但经过一段时间的实践，我已经适应了这种转换,甚至在同一天里,我可以写一会儿虚构作品,再写一会儿非虚构作品。

3
即使我对美国有归属感,美国也并没有完全接受我

崔莹:你在越南出生,在美国长大。你第一次意识到身份认同问题,是在什么时候?

阮清越:在很小的时候我就意识到了。我甚至在自己父母家都感到不适应和无所适从。他们对我有些期待,认为我是越南人,但我无法满足这种期待。在父母的家之外,我也不能融入美国社会。上大学后,我才明白我的身份到底是什么——我是越裔美国人,是在美国生活的亚裔。我去了解亚洲人到美国的移民史,去了解越战历史,通过这些学习,我终于能说清楚自己的来龙去脉。

在美国生活了这么久,我的英语非常流利。我也适应了美国社会,对美国有种归属感。但同时我也很清楚,我不属于美国社会的任何部分。我生活的地方文化很多元,我不觉得有任何恐惧,但即使这样,我也能感觉到自己的特别,比如在开教学会议时,在一些文学聚会时,经常只有我不是白人。我依然感觉到某种排外,甚至觉得在大城市之外,在走出美国文学界之后,会有大量美国人认为我不是美国人。这让我感到,即使我对美国有归属感,美国也并没有完全接受我。

崔莹:对于少数族裔作家来说,这种特殊的身份是不是一种苦

涩的幸运？

阮清越：对于少数族裔，对于来自曾被殖民国家的人而言，过去的历史和文化都是苦涩的幸运。战争、殖民……我们无法改变那些塑造我们的历史，即使我们知道它们不应该发生，但也正是这些不公正的苦涩历史塑造了现在的我们。

想到越战，想到那么多伤亡，我感到的更多的是苦涩，但因越战成为难民的经历促使我成为作家，并能以一种独特的视角审视过去和现在。如果没有这样的经历，我写不出《同情者》和《不朽》。因此，我感谢这段历史，也会带着批判的眼光看待它。

崔莹：写一本不那么脸谱化的有关少数族裔生活的书，容易吗？

阮清越：对任何少数族裔的作家而言，写这样的作品都不容易，对欧洲的少数族裔作家也是如此，因为人们对他们的作品有种千篇一律的期待。这些占据主流的期待也弥漫于整个出版界。作为少数族裔作家，假如你写的作品不能符合这种脸谱化的期待，出版就会变得很难。

我很清楚哪些东西是脸谱化的，比如美国人对越南人的期待、美国出版商对越裔美籍作家的期待，因此我故意写了《同情者》。它和任何脸谱化的作品都不同。我联系了14家出版社，被13家拒绝。幸运的是，终于有一家认可了它。

崔莹：听说你现在有意让儿子多接触越南文化，这是为什么？

阮清越：我的儿子在美国出生，毫无疑问，他首先是美国人。但我要让他知道，他的祖父母和父母都是在越南出生的，而他之所以在美国生活，是因为越战，因为我们作为难民来到了美国。他需要知道这些历史。至于他以后怎么看待这些信息，由他自己来决定好了。我希望他不仅仅在美国文化中成长，也能接触其他国家的文化和语言,并了解美国历史的复杂性。

❹ 好莱坞对越战的理解确实有些改变,但有些晚了

崔莹:你在《同情者》和《不朽》中多次分析电影《现代启示录》。你10来岁时就看过这部电影,并说它"真的伤害了你"。随着时间的推移,你对它的理解改变了吗?

阮清越:当我作为成年人重新审视《现代启示录》时,情绪化的感受少了很多。和小时候比,我能更加客观地评价它。从电影艺术的角度讲,它很有感染力,但越南人和柬埔寨人群体在其中显然是失声的。一部颇具艺术性的电影只以越南人和柬埔寨人为背景,实际上是在利用他们。我至今仍这样想。

崔莹:你也分析过其他和越战有关的电影,它们大都有美国中心主义倾向。这样的局面近些年来是否有改变?

阮清越:上世纪70年代到90年代,美国拍了很多和越战有关的电影。大部分人将这些电影拍成了关于美国的故事,越南人在其中只是背景。

后来关于越战的电影就比较少了,令人印象深刻的几部也与之前的大相径庭。以梅尔·吉布森主演的《我们是士兵》为例,在这部电影中,越南人有了自己的声音。2008年上映的《热带惊雷》则是关于越战的喜剧片。好莱坞对越战的理解确实有些改变,但有些晚了,相关电影也很少。

崔莹：你觉得一部好的战争电影应该是什么样的？

阮清越：它应该令观众兴奋。我自己也喜欢这样的电影。但假如这种兴奋是建立在让敌人不出声的基础上，那就危险了。《美国狙击手》就是这样。好的战争电影要认可敌人的存在，比如《来自硫磺岛的信》就是从日本人的视角讲述二战的。此外，一部好的战争电影要让人感到对任何社会而言，战争都是有问题的。但很少有电影这样做——大部分电影只关注士兵的经历，而非战争本身。

在所有关于越战的电影中，有一部纪录片很棒，它是1968年上映的《猪年》。《猪年》很有感染力，经得起时间的考验。

崔莹：你是否对比过有关一战、二战和越战的电影？它们的最大差异是什么？

阮清越：在一战和二战电影中，美国和欧洲士兵通常被塑造得相对正面。但在越战电影中，美国士兵通常被塑造得很负面。他们或者人格分裂，或者在实施暴行。

这也是关于越战电影的悖论之一：以美国人物为主人公，却展现他们所做的可怕之事。如同我在《不朽》中指出的，很多美国演员乐此不疲。他们为做明星，不在乎是否出演恶魔。

❺ 美国的越战经历影响了对伊拉克和阿富汗战争的书写

崔莹：电影之外，你也分析过很多与越战有关的小说，它们有些是由美国人创作的，比如罗伯特·巴特勒的作品。美国人写越战和越南作家写越战，有哪些明显的不同？

阮清越：因为美国人和越南人在越战中的不同经历，美国人关于越南的文学作品主要在写美国士兵的经历，主人公都是男性，很少有关于女性和平民的内容。

对越南人而言，越战发生在他们自己的家乡。北越的文学作品通常表现的是当地老百姓的越战经历，其中有男性，也有女性。有一些重要作品是由女作家创作的——很少有美国的女作家写越战故事，这是很大的一个区别。南越的文学作品通常表现的是越战对当地老百姓的影响，因为实实在在的战争发生在南越。

崔莹：在众多关于越战的文学作品中，你比较认可的有哪些？

阮清越：北越的文学作品中，鲍宁的《青春的悲怆》和杨秋香的《没有名字》最具感染力。南越的文学作品主要由已经离开越南的越南难民创作，代表作是越裔美籍女作家莱莉·海斯利布的自传小说《天与地》。这本书马上要出25周年纪念版了。

还有一部重要作品，是美国退伍老兵蒂姆·奥布莱恩的《士兵的重负》。它被认为是战争文学的经典之作。而我最喜欢的是拉里·海涅曼的《肉搏战》。我10多岁时读到它，书中的美国士兵暴行细节令我心惊胆战。很多读者仍然排斥这些文字，但作为成年人再次读这本书时，我觉得这样的描述是必要的。

崔莹：哪些作家给过你启发？

阮清越：除了托妮·莫里森和拉尔夫·埃里森，美国的非裔作家对我影响也很深，因为他们大都在作品中直面政治和历史。美国的华裔女作家汤婷婷和多米尼加裔作家朱诺·迪亚斯也对我的写作产生了重要影响。

崔莹：你认为，从上世纪80年代到现在，和越战有关的文学创作呈现怎样的变化？

阮清越：我认为，很多美国作家已经意识到越南人的视角，并一直尝试在作品中加入这一点，尽管他们并不怎么了解战时或战后越南人的生活。这些努力对文学作品产生了影响。

美国的越战经历影响了后人对伊拉克和阿富汗战争的书写。你会发现，很多伊拉克和阿富汗战争退伍老兵的作品和越战退伍老兵的差异很大，因为这些新近退伍的老兵会花更多时间思考如何呈现美国人之外的人。

朱莉安娜·芭芭莎 | 写巴西黑帮与贫民窟的故事

2014年世界杯和2016年奥运会为世人揭开了里约热内卢的面纱。科科瓦多山顶张开双臂的基督像引领着全世界的目光，注视着里约，注视着巴西，注视着这片大陆的历史与发展、动荡和喧嚣。

在经历了21世纪前10年的高速发展后，巴西的经济陷入低迷。巴西人将巨大的赌注压在2014年世界杯和2016年奥运会上，但事与愿违，从2015年开始，巴西经济持续两年负增长，2017年国民经济增速仅为1%。

伴随着经济的衰退，巴西政局动荡，前总统迪尔玛·罗塞夫被弹劾，另一位前总统卢拉·达席尔瓦因贪腐问题被捕入狱。里约热内卢的黑帮、毒品、妓女等问题依旧甚嚣尘上。

2010年11月4日，出生于里约热内卢的朱莉安娜·芭芭莎（Juliana Barbassa）作为美联社派遣记者回到家乡，在长达4年的新闻采访之余，根据自身经历、感受，用第一人称完成非虚构作品《在上帝之城与魔鬼共舞：危机中的里约热内卢》。

在书中，芭芭莎记录了自己在里约热内卢租房的遭遇，贫民窟的警察行动以及山洪暴发后无助的受害者，等等。她与任何愿意与她交谈的人打交道，包括出租车司机、学校老师、政客、黑帮成员、毒贩、妓女、房产中介、公证人、理发师……深刻解析了巴西经济再次陷入困境的原因，展示了巴西如何由一片充满乐观、新兴民主力量的乐土沦为怨声载道、腐败失控的国家。

英国作家艾利克斯·贝洛斯评价这本书"雄辩、透彻、发自内心"，是一部"有力的纪实作品"。

❶ 所有巴西人都在冒险赌博

崔莹：这本书的名字是《在上帝之城与魔鬼共舞》,"上帝之城"是一部巴西电影的名字,这两者有关联吗?

朱莉安娜·芭芭莎：这个书名主要源自我对巴西的感受,与电影无关。因为科科瓦多山上巨大的基督像,里约热内卢又被称为"上帝之城"。但是这些年在巴西、在里约热内卢发生的事情却像是在和魔鬼交易,包括政客和普通老百姓,所有巴西人都在冒险赌博。他们在这个国家的快速转型中下了注。

比如连续承办世界杯和奥运会,他们相信这会给巴西的经济带来一些积极的结果,但实际上这风险很大,就像是在与魔鬼共舞:你不但得不到想要的东西,甚至可能输得更惨。

书名正是要体现这两种含义反差——人们既对未来抱有美好的期待,同时又在冒险。

崔莹：离开巴西许久,是什么促使你2010年返回巴西,从事新闻报道并写了这本书?

朱莉安娜·芭芭莎：之前我一直在其他国家做记者,虽然经常回巴西度假、看望家人,却没怎么关注这个国家。因为当时我觉得巴西没什么国际关注度，也没什么可写性。

21世纪初，巴西逐渐成为世界热点。这个国家试图在短时间内进行很大的变革，长年的新闻敏感让我意识到这其中一定会发生很多有趣的故事。于是带着对故乡的浓厚感情，我决定回来工作和生活一段时间。

最初我主要撰写新闻报道，但是新闻报道并不能完全展现我所了解、感受到的巴西，于是我开始考虑写一本书，去讲述新闻背后的故事。而且我会讲葡萄牙语，能和当地人沟通，我觉得我是最适合讲述这些故事的人。

崔莹：你在书中采用了第一人称这种非常个人化的叙述，很多时候在讲你自己的经历，为何选择这样的写作视角？

朱莉安娜·芭芭莎：第一人称视角是我经纪人的建议。最初我想用第三人称写一部很直接的新闻类作品，但我的经纪人说服了我。用个人化的视角写作可以和读者建立起更紧密的联系：我所看到的、经历的事情和个人真实的感受更能引发读者产生共鸣。

比如，当我看到警察进入贫民窟、当我看到泥石流中的无助者时，我会感到惊讶、气愤、难过，读者会和我产生相似的情感，这种情感能够拉近书和读者的距离。

崔莹：在写作过程中，你所面临的最大的挑战是什么？

朱莉安娜·芭芭莎：我不能把所有想写的内容都写进去，比如种族问题。倘若要写巴西的种族问题，写三本书也写不完。因此对我而言，写作中最大的挑战是如何对内容进行取舍，写出我认为最重要的东西。

❷ 黑帮与贫民窟的枪声

崔莹：你在书中评价里约热内卢是一个"充满诱惑力"并且"混乱"的城市，它为何给你这样的感受？

朱莉安娜·芭芭莎：里约热内卢的有趣之处在于它同时具备这两个看起来似乎不相容的特点。

这座城市非常美丽，它的山脉、森林、海洋、沙滩都令人神往。而且巴西人热情好客，他们喜欢音乐、舞蹈，一年一度的巴西嘉年华充满诱惑。

这个城市又非常混乱，很多规则没人遵守，但是看起来消极的表面下又掩藏着巨大的机会。比如有人评价在巴西逃税现象比较严重，有些人铤而走险不交税因此赚了很多钱，这种混乱令某些投机者感到兴奋。

崔莹：你在书中描述了巴西黑帮"红色司令"的诞生和发展，在撰写这部分内容时，你主要通过哪些途径获得信息，如何采访到黑帮成员？

朱莉安娜·芭芭莎：除了援引已经公开的黑帮资料，我还去里约热内卢的一家资料室查阅了监狱档案。那个资料室收集了大量已经关闭的监狱资料，包括监狱的日常记录等。

我也对关闭的监狱进行过实地探访，那里展示着很多犯人的遗留物品，包括他们给家人写的信、使用的器具等。这些物品帮我了解他们当时的生活，理解这个团伙的诞生。

我还找到该团伙的一位创始人，他现在戴着脚镣被软禁在巴西科帕卡瓦纳海边。我从他那里获得很多有用的信息。

后来我又采访了一位已经离开该帮派的年轻成员。开始他并不愿意接受采访，经过不懈坚持和说服，最终我们坐下来聊了许久。

我不认为做这类采访存在什么风险，让人感到不安的反而是当我在里约热内卢的贫民窟采访时，因为警察突查而响起的枪声。

崔莹：听见枪声响起的那一刻你是如何应对的？

朱莉安娜·芭芭莎：主要凭常识，当子弹纷纷袭来时，我会躲进车内或是附近的医院，然后尽快远离现场。因为警察并不知道我的存在。相比可以随时离开的我，生活在贫民窟的老百姓，所面临的风险要更多、更频繁。

崔莹：巴西的治安一直令人担忧，你在那里被抢过吗？

朱莉安娜·芭芭莎：有过。一次几个小孩试图抢我的手机，但他们没有得逞。另一次是我在亚马逊做采访，当地人担心我报道的内容会带来不好的影响，于是他们砸坏了我的车，抢走了我的采访笔记本和采访机等。

3

代价高昂的豪赌：世界杯和奥运会

崔莹：书中涉及的两大事件是2014年巴西世界杯和2016年里约热内卢奥运会，以及巴西因这两件盛事导致的变化，你为什么会选择这两个事件，它们有哪些不可替代性？

朱莉安娜·芭芭莎：这几年有关巴西政治、经济等的国际新闻越来越多，尤其是关于2014年世界杯和2016年奥运会的报道。在某种程度上，连续举办世界杯和奥运会标志着巴西进入了新的阶段，获得了更高的国际地位。同时，世界杯和奥运会有非常具体的起始时间和跨度，为我的写作提供了可操作性。

我写作的大框架是巴西的转型和成长，讨论巴西能否成为一个更好的、拥有更多可能性的国家，这些内容很难具体量化。但巴西为迎接奥运会和世界杯所做的准备以及具体项目与工程成功与否则相对容易评估，我们可以以此作为评判标准。

崔莹：巴西民众如何评价这两大盛事？

朱莉安娜·芭芭莎：民众在这些项目进行时就已经心存疑虑，这令我感到惊讶。

大众舆论大概经历了这样一个曲线：一开始，大众舆论多是正面的、积极的，因为奥运会和世界杯在巴西举办表明巴西已成为更重要的国际事务参与者，意味着巴西将成为一个更重要、更美好的国家。

但随着时间的推移，项目的实际成本被公之于众，大众舆论变得越来越负面。人们意识到政府大肆兴建的多数体育场馆等其他基础设施都与普通民众的需求无关，而且兴建过程中腐败丛生。民众开始质疑政府该不该花这些钱，越来越多的人对巴西的现状和发展方向表示不满。

崔莹：那世界杯和奥运会是否给巴西带来了怎样的变化呢？

朱莉安娜·芭芭莎：有一些变化是积极的，比如地铁线路的兴建。当时，整个国家和民众都心存美好的愿望，这不光是改变城市基础建设，也是改善巴西教育体制的大好时机。

然而在筹备世界杯和奥运会的过程中，这些对巴西未来发展很重要的部分并没有投入资金改善，相反，大量金钱被腐败分子贪污。在书中，可以看到我对巴西如何走向负面的详细描述。

崔莹：最近，调查机构益普索（Ipsos）公布的数据显示，95%的巴西受访者认为巴西正走在错误的轨道上。你如何看待这个调查结果？

朱莉安娜·芭芭莎：2009—2011年，巴西民众拥有令人难以置信的乐观情绪，当时人们相信，在新总统的带领下，巴西将要发生巨大的变化，这个曾经不平等的社会将会变成令更多人拥有机会的地方，巴西会成为世界上最大的经济体。

但后来他们发现不但这些愿望不能实现，整个国家反而越来越偏离正确的轨道。比如巴西经济发展停滞、政府腐败、很多官员入狱，太多的失望导致民众情绪从一个极端走向另外一个极端。

实际上，我当时就质疑过那些过于乐观的情绪。而现在，尽管巴西存在各种问题，但国家的经济实力依然可观，拥有众多人口、石油等。现在巴西的情况反而不如民众情绪所表现出来的那么糟糕。

4
备受争议的前领导人和难跨越的阶级障碍

崔莹：对巴西近些年的发展而言，前总统卢拉是非常重要的人物，他在任职期间曾引领巴西经济高速发展，但如今他因腐败被指控入狱，对你而言，描述卢拉是否是一件轻松的事情？

朱莉安娜·芭芭莎：卢拉是巴西历史上一位非常独特的领导

人,很难用好或坏来总结他。他对巴西近代的发展至关重要,是了解巴西目前状况的关键人物。巴西的很多改变在很大程度上是他的功劳。

因此在写有关卢拉的内容时,我尽量遵从记者的职业准则保持客观。如实描述他来自哪里,个人经历如何,实施过什么样的计划,哪些奏效、哪些失败,等等。我只是罗列信息,以供读者判断。

崔莹:你在书中列举了卢拉政府实施的扶贫项目"零饥饿"和"家庭钱包",你评价前者是"拙劣的混乱",后者就很成功,为什么?改善巴西穷人住房的项目"我的家,我的生活"是否成功?

朱莉安娜·芭芭莎:卢拉上任不久就开始执行第一个项目"零饥饿"——承诺在自己的领导下无人挨饿。他的行动力很强,但缺乏计划。巴西是一个大国,必须制订一个详尽的计划才能涵盖整个国家,结果,第一个项目并没有达到目的。

第二个项目"家庭钱包"就进展得非常好。在这个项目中,政府派人到贫困偏僻的小村庄,统计那些没有身份、从未在政府注册过的人,这使得那些没有政府庇护,处于生死边缘的贫困民众也获得了政府的救助。

"我的家,我的生活"项目也同样取得了成功。在此之前,巴西的低收入者很难获得银行贷款,只有富人才买得起房子。而随着"我的家,我的生活"项目的推进,政府扶持建设了大量小户型房子,银行向穷人发放贷款,这个项目令上百万巴西人受益。

崔莹:因被指控与贪腐案有关,卢拉被关押至今,但即使如此他的民意支持率依然很高,导致这种局势的原因是什么?

朱莉安娜·芭芭莎:导致当前局势的原因很多,其中,比如关于腐败问题和公共资金花费的问题,卢拉是否了解?他是否和这些事件有关？这些问题现在依然扑朔迷离。

卢拉来自工人阶级，代表了巴西新的政治力量，这在巴西领导人的历史上前所未有。相较之前的政府从未为穷人或底层人士制订计划，卢拉为巴西底层民众创造了很多发展机会。因此很多人对他心存感激，甚至巴西的富人也意识到此前的巴西政府是如何的不作为，从而欣赏卢拉政府所做的一切。

崔莹：这本书涉及很多巴西的社会问题、经济问题和地理问题等，如果有欠缺的话，你还想补充哪些方面的问题？

朱莉安娜·芭芭莎：教育问题。目前，巴西的教育体制只为富人提供机会，对低收入家庭而言，要接受良好的教育非常难。在这里，跨越阶级障碍非常困难。因此亟待一个完善的教育体制为更多人创造更多机会，从而支持巴西未来的可持续发展。

崔莹：《在上帝之城与魔鬼共舞》是你的第一部非虚构作品，你对打算创作非虚构作品的记者有哪些建议？

朱莉安娜·芭芭莎：这部作品是我的好奇心的产物。除了个人的情感因素，从专业角度考虑，它也讲了一个很好的故事。

很多记者都有擅长采访的领域，假如你手中有一个能够打动人心的好故事，就需要不停地思考它，和朋友讨论它，你可能会发现其他人会和你有同感，这就是一个好的开头。

怎样开始这个故事呢？从记笔记开始，尽可能地记录所有细节，然后思考如何把这些内容联系在一起，如何讲故事。做完这些工作，再开始写作，这就是我的建议。

理查德·劳埃德·帕里

他调查写书"谁杀死了74名小学生？"

2011年3月11日，日本发生9.0级地震。这次日本历史上规模最大的地震夺走了1.8万人的生命。地震发生后，时任《泰晤士报》驻外记者的理查德·劳埃德·帕里（Richard Lloyd Parry）戴上口罩、穿上防护服进入一片凌乱的核工厂。

他看到田里渴死的牛、被流浪狗占领的废弃村庄……他采访幸存者、政客、核专家，冷静地报道每一处灾情，直到几个月后，来到临近海岸一个名叫伊根町（Kamaya）的村庄。

这里是日本大地震灾情最惨烈的地方之一。幸存者用"地狱"来形容海啸——393名居民中，死亡197名；整个小学被淹没，完全看不见。

村干部兼建筑工程师安倍回忆，海水退去，他看到满地的垃圾、松枝，孩子们的腿和胳膊从泥泞里探出来……

海啸后的第一天，安倍从烂泥中挖出10个孩子。

床单、衣服……孩子们的尸体被包裹住。人们小心翼翼地在旁边标注上他们的名字和年级。所有的人，一边工作，一边哭泣。

金野的婆婆、公公和三个孩子都已遇难。她早上在学校清洗、辨认孩子们的尸体，下午在村里的服务站帮难民们做饭。灾难发生后的第二周，金野找到了丈夫。附近未来几天的火葬场都被预订满了，她的丈夫要开几个小时的车去找干冰，以期保存5具尸体。

大川小学（Okawa Primary School）总共有108名学生，海啸时，78名学生在校，其中74名遇难；在校的11名老师中，10名遇难。

大川小学的悲剧，除了天灾之外，很大程度上要归因于人祸。

"倘若地震发生，全世界最安全的去处是日本，最不可能遇难的地方是日本的学校。"帕里说。日本的建筑标准非常严格，多年的技术革新已经令其抗震力世界一流。日本所有的机构、学校都有详密的应对地震的方案，并且经常演习。

海啸发生后，日本有9所小学被海水淹没，但没有一所校舍倒塌或遭遇严重的结构性毁坏。除大川小学，其他小学只有一名伤亡。

帕里称,按照惯例,在海啸中丧生的老年人要多于年轻人,年纪越小,遇难的可能性越小。孩子们和老师在一起的安全性要高于和父母在一起的安全性。在这次1.8万遇难者中,有351个孩子,他们中的78%当时或因病没有去学校,或很早被焦急的父母接走。

大川小学所在的位置与海平线相平,距离大海约有180米。从地震发生到海啸袭来,间隔51分钟。当时各处警报响起,要人们疏散。大川小学的老师们召集孩子们集合,站好,点名,却没有带他们登上学校后面的山头——那是可以让所有人活下来的安全地。

他们迎着海啸来的方向,走向了一个交通环岛。

愤怒的家长们表示着各自的懊悔和悲伤。原以为万无一失的决定,让他们失去了孩子。他们希望政府调查真相。

在媒体、家长的压力之下,灾难发生将近两年后,市政府成立了"大川小学事故核查委员会"。2014年,一份200页的调查报告发布。报告表明,大川小学缺少应急手册,之前也没有针对海啸的任何演习,教育委员会和当地政府准备不足。

2014年3月10日,也就是海啸3周年的前一天,遇难孩子的家长以玩忽职守的罪名将市政府告上法庭,要求给每个逝去的小生命赔偿一亿日元(约612万元人民币)。2016年10月26日,一审判决下来,家长们赢得了官司,每个学生的死亡赔偿金是6000万日元(约367万人民币)。

帕里用6年时间,一遍遍造访,完成非虚构作品 *Ghosts of the Tsunami: Death and Life in Japan's Disaster Zone*。它的文字隐忍而平静,兼具新闻性和文学性。这本书获得了2018年的福里奥文学奖(Folio Prize)。这本书的中文版已经出版,书名为《巨浪下的小学》。

① 和遇难孩子家长一起落泪

崔莹： 海啸发生后的那个夏天，你决定去伊根町，去大川小学看看，第一次到那里时，你看到了怎样的情景？

理查德·劳埃德·帕里： 那是2011年9月，灾难给伊根町、大川小学带来的影响显而易见。学校周围的房屋被彻底摧毁，所有的田地被冲走。当地只剩下两个建筑物——三层高的诊所和大川小学的教学楼。诊所的建筑框架受损，已经不能继续使用。教学楼的玻璃窗基本都坏了，一些墙壁也受损严重。

崔莹： 你为何觉得发生在大川小学的灾难是一个很值得写作的主题？

理查德·劳埃德·帕里： 作为报纸记者，海啸发生后，我马上前往灾区，在那里待了大概两周时间，穿梭于不同的地点采访报道，后来每隔两周，我又返回采访。

很早的时候，我就意识到这场灾难很值得被书写，它巨大，且复杂。报纸的篇幅有限，很难伸张正义，也很难将悲惨的情景描述清楚。

我不可能写关于整个灾难的书，我希望从较小的故事入手，详细地讲述它,并用这个故事呈现大的灾难。当我发现大川小学这个事件时,我认为它正是我需要讲的故事,因为它本身就是一个非常引人注目、非常可怕的故事。

崔莹:《巨浪下的小学》的写作需要采访遇难者的家人,难免会让他们想起痛苦的经历,还有可能对他们造成"二次伤害",你是如何进行采访的?

理查德·劳埃德·帕里:要很谨慎,有礼貌,当然,也要有技巧。

为报纸写稿时,因为有截稿时间,我总是匆匆忙忙。而为书稿做采访时,我有充分的时间和采访对象相处、沟通。我选择了几个家庭,对他们进行多次采访,比如,我对某位失去孩子的母亲进行了五六次采访,每次都是三四个小时。这样做,采访对象可以更多地了解我,也对我产生信任。他们会知道我是认真的。

我要获得更多细节,也可以观察几年间他们的生活变化。我的写作秘密就是这样——多花时间采访、多观察。

崔莹:对遇难者家人的采访,通常是怎样的情形?

理查德·劳埃德·帕里:提问,然后倾听。有的采访非常难做,采访对象会痛哭流涕,但有些家长很愿意向我倾诉。我想,对于他们而言,某种程度上这也算是一种安慰吧。

采访中,我会对他们的遭遇表示同情,有好几次和他们一起落泪。但我也会保持理智,不能让这些悲伤变成我的负担。我是记者,我在工作,我把工作做好,才是对他们的最大的帮助。

崔莹:你提到,有些遇难孩子的家长拒绝了你的采访,你有试图说服他们吗?

理查德·劳埃德·帕里:我的原则是,有礼貌地问对方是否可以接受采访,如果对方拒绝,我再有礼貌地问一次,如果又被拒绝，我就放弃。

74名遇难孩子来自54个家庭，我也没有打算采访所有的家长。很多家长毫不犹豫地把他们的想法告诉我，表达他们的气愤。

❷
通常，孩子们在校比在家安全

崔莹：你在书中写到，在日本，所有人都要为地震做好准备，那么，谁来监督人们做了哪些准备？

理查德·劳埃德·帕里：建筑公司要建造符合抗震标准的建筑，如果不合标准，他们就触犯了法律。法律规定学校要为自然灾害做准备。一些公司、机构，也要为地震做好准备。

通常人们会各自做好准备。日本经常发生较大地震，在这里生活的人很容易获得如何应对地震的建议，知道如何避免伤害。

崔莹：这是在海啸中失去孩子的家长状告政府的依据吗？也就是说，孩子在学校，学校要为孩子的安全负责？

理查德·劳埃德·帕里：是这样，遇难孩子的家长状告当地政府，当地政府输了官司。法官认为，当地政府在指导孩子应对海啸事件上是失职的。

目前的进展是，地方政府对这个审判结果不满意，向上一级法院提出了上诉，二审的判决和一审一致。当地政府继续上诉，日本最高法院正在审理这个案件，最终的审判结果还没有出来。

崔莹：书中的观点之一是灾难发生时，学生和老师待在一起会比和家人待在一起安全，为什么？

理查德·劳埃德·帕里：这是灾难后统计出来的结果。超过一半的遇难者年龄大于65岁，年龄越大的人遇难的可能性越大。

在这次灾难中，总共有350名小学生遇难，其中75名死于学校，包括74名大川小学的学生。

通常来说，灾难发生时，待在学校是最安全的，因为学校的建筑更抗震，不易倒塌。学校也有完备的抗灾方案，会经常组织学生演习。大川小学是个例外。

崔莹：在采访调查之初，你是否意识到74名小学生的遇难和老师们做出的疏散方案有关，是学校的失职？

理查德·劳埃德·帕里：我的确是这样想的，在调查采访之初，很多家长也在做着类似的调查，希望知道真相。自始至终，书中弥漫着这样的情绪：悲剧是如何发生的。

海水把学校淹没，他们唯一的生还方案是转移到附近的山上，只需走5分钟就可以到达，但他们没有这样做，这是非常糟糕的决定。

3
当地政府应该更有担当、更人性

崔莹：你在书中提到，海啸后，遇难孩子的家长自己去挖尸体，政府和警方没有派人做这件事情吗？

理查德·劳埃德·帕里：地方政府、警察和日本自卫军的士兵参与寻找尸体，但大概依然有2500人失踪。官方决定停止搜寻，有些遇难者的家人坚持继续寻找，这也是可以理解的。

崔莹：有家长表示，倘若这场灾难发生在城里的小学，当地政府就会是完全不同的态度，如何评价这种观点？

理查德·劳埃德·帕里：是一位家长在一次公共会议上表达的观点。他们的诉求没有被认真对待，他很生气。在他看来，如果同样的灾难发生在东京市中心的小学，会有很多人关注，结果就会完全不同。他说的有一定道理。

崔莹：为什么大川小学校长、市政府一次次拒绝承认失职？

理查德·劳埃德·帕里：如果承认，他们就将承担法律责任，面临赔偿要求。我认为，最重要的原因是，这是官僚机构的本性。在日本，公职人员非常不愿意承认他们的错误，非常固执己见。

崔莹：灾难发生将近两年后，当地政府成立了"大川小学事故核查委员会"，并于2014年，发布了200页的调查报告。你怎样看待市政府的这次调查？

理查德·劳埃德·帕里：调查花了5700万日元（约359万人民币），在我看来，这就是浪费钱。很多家长觉得调查结果不公正，调查报告中也没有涉及新的内容。

假如从一开始，地方政府能够更有担当、表现得更人性——灾难发生后，及时坦诚地向遇难孩子的家长们道歉，一起寻找孩子们的尸体，一起悲伤，这个事件可能也不会发展到现在的局面。

崔莹：灾难发生后，一定有家长懊悔没有把孩子接回家，是否有心理医生帮助他们减少自责呢？

理查德·劳埃德·帕里：并不多。灾难发生后，只有一些临时的心理安慰工作。同欧洲相比，日本的心理健康从业者很少。多数日本人比较排斥心理治疗，他们更愿意求助于朋友、邻居、家人和社区的年长者。

④ 对遇难者家人而言，真相是一种安慰

崔莹：74名遇难小学生来自50多个家庭，其中的20多个家庭一起状告当地政府渎职。是什么让家长们这样做？谁在帮助这些家长打官司？那些坚持打官司的家长诉求是否一致，赔偿金是其一么？

理查德·劳埃德·帕里：家长们请了一位律师，这位律师也是志愿者。

同英国人相比，大多数日本人并不喜欢打官司，他们认为打官司是非常富有攻击性，甚至是非常暴力的做法。他们也只是在最后一分钟，没有其他选择、无路可走的情况下，才求助于法律。

没有一位家长是因为赔偿金才打官司。因为起诉的同时需要提出相应赔偿金额，所以家长提出了每个遇难小孩需赔偿一亿日元（约612万元人民币）的要求。当然，有很多家长也认为，他们应该获得这部分赔偿金，因为灾难令他们陷入经济困境。

他们打官司的最主要原因，是去寻求真相。他们希望他们的痛苦能够被承认，希望那些有过错的人能够认错。真相对他们而言是一种安慰。他们也希望这场灾难带给后人一些教训，让自己的孩子不白死。

崔莹：其他家庭为何保持沉默？

理查德·劳埃德·帕里： 我想，他们各自有不同的原因。

打官司需要很多能量和精力，有些人失去了孩子和家园，生活举步维艰，没有那些力气了；有些人不相信官司会赢，因为自然灾难发生了，他们不认为学校和官员有过错。

崔莹： 你写这本书用了多长时间？

理查德·劳埃德·帕里： 我从2012年底开始写作，到2018年出版，用了将近6年的时间。当然，这期间，我有份全职工作，工作之余做采访、调研。在集中写作的那18个月里，我陆续请了8个月的假，得以完成这本书。

崔莹： 除了《巨浪下的小学》，你的另外两本非虚构著作包括《疯狂之时》（In the Time of Madness）和《谁来吞噬黑暗》（People Who Eat Darkness）。其中，《谁来吞噬黑暗》先后被提名塞缪尔·约翰逊奖（Samuel Johnson Prize）和奥威尔奖（Orwell Prize）。你是如何从日常报道到对非虚构写作产生兴趣的？

理查德·劳埃德·帕里： 我的工作是为报纸写报道，但是报纸刊载的字数有限，写得最长的是7000字左右。多数情况下，我只用写几百字的报道。有些故事根本没法写清楚、写深刻。

写这些非虚构作品的动机是：我有一个故事，我需要用很多的文字去讲这个故事，并且，这些故事是给那些真正明白其价值和意义的人讲的。

崔莹： 哪本书对你写作《巨浪下的小学》产生重要的影响？对想从事非虚构写作的年轻记者，你有哪些忠告？

理查德·劳埃德·帕里： 美国作家约翰·赫西（John Hersey）的《广岛》（Hiroshima）对我写作《巨浪下的小学》产生了重要的影响。

要写出好作品，首先要多看书，看好书，并且在看书的过程中，分析这些书为什么写得好，好在哪里。

对于非虚构写作者而言，除了看非虚构作品，多看小说、诗歌也很重要，可以从中学习写作的结构和语言。

贝兹·卓辛格 | 探访九国监狱 写书讲出真相

有人旅行为看风景，有人旅行为参观博物馆，而纽约约翰·杰伊学院教授贝兹·卓辛格（Baz Dreisinger）旅行，是为了探访监狱。

在2011—2013年的两年里，贝兹·卓辛格游走于世界各地，拜访了九国监狱。她在牙买加的监狱参与音乐矫治项目，在新加坡的监狱考察囚犯复归社会的方式，在挪威和澳大利亚了解所谓"模范监狱"和私营监狱的运作情况……作为"修复式正义"（Restorative Justice）的强烈支持者，她对目前的监狱体系质疑，认为应该采取更好的方式帮助罪犯回归社会。这些经历和感受都被她写进了一部非虚构作品：《把他们关起来，然后呢？》。"这本书的核心在于人，是作者一路上遇见的那些人。"《华盛顿邮报》如是评价。

❶ 每个国家的监狱都令我感到吃惊

崔莹：是什么促使你写这样一本书？你的学者、记者双重身份，对这本书有什么特别的帮助？

贝兹·卓辛格：我很早就对监狱里的囚犯产生了兴趣，已经致力于监狱教育十多年了。我写这本书，目的主要有两个：一、了解监狱和司法体系改革的国际背景。二、从哲学和伦理道德的角度探讨相关问题，审视"监狱"更宽广的含义。

我希望这本书不只是学术书，或只是写给政策制定者，而是有可读性，因为相关问题很重要，影响着全世界上百万人。因为当过记者，我知道如何生动地叙述故事，打动普通人。因为是学者，我能通过我受的学术训练保证这本书的全面、客观，以及在事实、数据等方面的准确性。

崔莹：拜访九国监狱时，你的想象和实际所见之间差异大吗？最让你意外的是什么？

贝兹·卓辛格：有时我拜访的监狱正是我想象过的：媒体报道中，有的监狱很拥挤，有些囚犯被关很久禁闭。我看到、了解到的实际情况也是如此。令我想不到的是，每个国家的监狱里都有进步,都有各种颇有创意的囚犯改造工作。我看到了希望。我还遇到一些人,他们在监狱或为某些组织工作,致力于司法体系改革。他们的工作鼓舞人心。这些都是我之前没想到的。

坦率地说,每个国家的监狱都令我感到吃惊。每次走进监狱,我都觉得监禁是对人类潜能的浪费。从社会和伦理道德的角度而言,监禁也不能解决犯罪问题。这也是我写这本书的部分原因。

崔莹:为何选择这九个国家?

贝兹·卓辛格:它们分别代表了我想探讨的部分问题。比如卢旺达呈现的主题是宽恕与"修复式正义";牙买加在开展艺术矫治项目;澳大利亚代表了私营的监狱产业;挪威的社会服务和刑事司法制度被认为是最先进的。

我希望后退一步,从社会最底层去审视这些监狱,探讨其最基本的概念。有些监狱是发展中国家的,有些是发达国家的,同时把它们放进去,是要表明,监狱问题是发达国家和发展中国家共同面临的问题。

崔莹:你的记录从非洲开始,在欧洲结束。这样的结构是有意安排吗?

贝兹·卓辛格:在所有国家中,非洲的监狱体系无疑是比较混乱的,而以卢旺达开头,最重要的原因是我希望从受害者的角度谈起:在"修复式正义"的理论框架下,以受害者为起点进行分析。

以挪威的监狱结束,并非因为挪威在欧洲,而是因为挪威的监狱体系很进步,值得借鉴。这也是我们应该努力的方向。

崔莹:你在书中提到,德国和荷兰的监狱体系也是正面典范。为何不考察这些国家?

贝兹·卓辛格:介绍它们的资料已经很多了,它们也吸引了很多关注，援引已有资料就够了，没必要重复。当然，在思考监狱的未来问题上，它们都很有启发性。

❷ 艺术和文学可以阻止伤害循环

崔莹：你在书中强调不公正的社会制度造成了犯罪。马克思主义和阶级理论，以及罗尔斯的《正义论》，对你的理论框架有影响吗？

贝兹·卓辛格：所有这些都影响了我的理论框架。在乌干达，人们犯罪是因为贫困而非种族，所以重要的是从阶级的角度去理解犯罪行为。而在很多国家，阶级、不平等往往和种族联系在一起。比如在南非，要研究犯罪原因，首先要探讨的就是种族和阶级问题。在巴西、南非和美国的监狱，囚犯成为劳动力。在这些地方，是资本主义在起作用。

崔莹：在你看来，制度问题与个人犯罪的相关性有多大？

贝兹·卓辛格：大多数情况下，社会体系会导致犯罪。人是环境的产物，如果某人在严重不平等的环境中长大，缺少各种机会，他犯罪的可能性高吗？肯定高。成长环境影响了人之后的选择。

崔莹：你如何看待人性善恶？你如何看待那些"无缘无故的恶"？比如有人因犯罪快感而犯罪。

贝兹·卓辛格：这个问题太难答了。我想，人生下来就有善恶两重性，有做好事的倾向，也有做坏事的倾向。他们的冲动包括破坏性的、好战的。这取决于我们如何通过建构的社会体系来扬善隐恶，让正能量冲动抑制负能量冲动。

有些社会推崇善，有些社会推崇自私。自私很容易导致罪恶。在资本主义国家尤其是美国，自私主义盛行，人们往往只对自己感兴趣，不管整个社区，导致很多负面行为和负面人性，但个人和社区的命运是紧密联系在一起的。

我相信精神病患的存在（贝兹·卓辛格认为因快感而犯罪的人有精神问题）。他们的疾病和其他疾病一样可能是天生的，会让他们做很邪恶的事，并从中获得快感。这些人也的确是危险分子。但我认为，被关在监狱的大部分囚犯不在此列。

崔莹：你的书中提及了监狱中的创意写作课、戏剧讲习班，也提及有囚犯接受阅读矫正，在读陀思妥耶夫斯基的《罪与罚》。在你看来，监狱中的艺术和文学教育最重要的意义何在？

贝兹·卓辛格：艺术可以帮助人们愈合伤害，也可以帮助人们恢复理智，承认错误。通过艺术和文学，人可以重新发出自己的声音，表达自我。

我们总是在讨论伤害的恶性循环：囚犯在监狱里受到伤害，出狱后继续伤害别人，如此循环。艺术和文学是阻止这种伤害循环的机制，能帮助囚犯康复。

我在监狱里教写作课，也参与牙买加监狱的音乐项目，观察乌干达的创意写作项目。它们都可以有效地影响、改变囚犯——尽管它们不可能改变所有现状，比如监狱的拥挤、腐败。在某种程度上，艺术和文学像是"创可贴"。

3
不会被NGO误导

崔莹：作为白人教授，你在九国考察监狱体系所看到、听到的，很可能是被美化的。如何甄别所获信息的真假？

贝兹·卓辛格：我在书中也承认这一点。我从不掩饰这些：我是白人、美国人、教授，我是女性。我带着这些特征拜访所有的监狱。这也是我用第一人称写这本书的原因——我可以写出带着这些背景拜访监狱时的感受。我承认我所看到的并不全面。实际上，在书中，我无时无刻不在衡量、筛选我所看到的哪些部分是表演，哪些不是，然后将其告诉读者。

我最大的收获，是和世界各地的囚犯的对话。这本书并非要对监狱体系进行揭露，而是想让被关在监狱里的人得到关注。

崔莹：你的合作对象大都是NGO，他们安排你拜访监狱，可能会有他们的目的，你如何避免受他们的影响？

贝兹·卓辛格：NGO有自己的利益诉求，但我认为，通过NGO了解监狱，比通过政府了解监狱的收获多。NGO的目的多是将监狱现状曝光于国际社会，获得更多关注，而政府的目的是展示监狱体系在起作用。

大多数NGO都很真诚，愿意接受批评。和我合作的一家南非NGO在"修复式正义"方面成绩斐然，但我也质疑他们借宗教做项目的方式是否合适。无论在监狱现场还是在书中，我都很真实地表述自己的印象和想法。我不会误导他们，也不会被他们误导。

崔莹：如果不把犯罪者关起来，更好的办法是什么？这样做，对不愿宽恕的受害者是否公平？

贝兹·卓辛格：在书的结尾，我设想了一种不以监狱为前提的司法体系，归纳起来有两点：

一、作为整体，我们要创建更公正、平等的社会，让更多人享受社会服务，有受教育和工作的机会，减少犯罪的人。每个国家对此都有责任。

二、在犯罪行为发生后，我支持以"修复式正义"的方式回应。它立足于社区管理，通过其他方式而非监禁让犯罪者改过，向受伤害的人道歉、做出赔偿。具体怎么做，取决于每个国家和社会。

对受害者而言，这样做也意味着更公正的司法体系——很多研究表明，如果司法体系就等同于监狱体系，把犯罪者关进监狱并不能让受害者的伤口愈合。我们要思考的是如何更好地为受害者服务，将受害者放在司法体系的中心位置，了解他们需要的是什么，如何真正地弥补他们。

❹ 让更多的囚犯成为大学生

崔莹：《把他们关起来，然后呢？》出版后，有哪些反响？

贝兹·卓辛格：这本书受到很多好评。《纽约时报》《华盛顿邮报》、CNN、美国国家公共电台都推介了它。它还被《华盛顿邮报》评选为2016年最著名的非虚构作品。更令人欣慰的是读者来信。一些读者表示，自己此前从未想过这些问题。一些读者坐过牢，他们感谢我分享他们的经历。

现在我正和纪录片导演克里斯蒂·雅各布森（Christy Jacobson）合作，把这本书拍成电影。雅各布森一直关注监狱问题，拍过纪录片《孤独》。

崔莹：你是"监狱直升班"（Prison-to-College-Pipeline）项目的创建人。请介绍一下这个项目。它的运营情况如何？

贝兹·卓辛格："监狱直升班"是我在纽约约翰·杰伊学院创建的项目，针对的是监狱里那些5年内就能刑满释放的人。他们在监狱里就开始学习一些课程，等出狱时，可以在大学继续读书。这个项目希望以教育为手段，帮助囚犯复归社会。

"监狱直升班"项目已经开展了6年，部分资金来源于捐款，部分资金来源于联邦政府资助。项目在运作之初遇到很多阻力，因为人们并没有意识到大量的监禁是个问题，但现在越来越多的人意识到了这一点，我也获得了更多的帮助。去年我们培养出了第一位大学毕业生，今年将会有4位。随着这个项目的扩大，更多的囚犯会通过大学教育复归社会。

这个项目需要很多资金支持，但和把人监禁起来的成本比，它便宜很多。

崔莹：你一直在做关于监狱的研究，是否感到困难重重？

贝兹·卓辛格：当然！做这方面的研究很不容易，尤其是要承受情感上的痛苦。监狱是被隐匿的地方，人们倾向于选择不去想这个地方、这些人。但对我而言，这不可能。我所有的时间都在考虑监狱问题。在写完这本书之后，我又拜访了印度尼西亚巴厘岛的监狱、英国的监狱……我会再写一本书。

我决定用我的余生和监狱打交道，不仅是研究这个主题，写相关的书，还要真正行动起来，促进监狱的改革。我对自己的定位是学者、记者、教育者和行动者。

丽莎·布伦南·乔布斯 | 乔布斯的女儿："爸爸是更好的爸爸"

"知道我是谁吗？我是你爸爸。我会是你认识的人里最重要的那一个。"伟大的"计算机狂人"乔布斯第二次见自己的女儿丽莎·布伦南·乔布斯（Lisa Brennan-Jobs），当时她只有3岁。"说的好像他是达斯·维德（电影《星球大战》中的人物）似的"，她的母亲在提到这件事时，如此评论。

在此之前，尽管靠亲子鉴定确认了血缘，乔布斯也拒绝承认丽莎。他坐拥几亿身家，丽莎却靠政府救济生活。大学期间，丽莎整整4年没有生活费，不得不同时打两份工。她最后一年的学费甚至是邻居垫付的。丽莎钦佩父亲的能力和智慧，但父亲留给她的似乎是无数的嘲讽和伤害。

乔布斯对自己的大女儿是否真的这样冷酷无情？苹果的经典电脑"丽莎"是以乔布斯的大女儿命名的，面对女儿的当面问询他拒不承认；他对丽莎不闻不问，但有一次学校组织去日本旅行，乔布斯却突然出现，陪丽莎玩了整整一天；在临终前，他依然对丽莎说："你闻起来像厕所一样"，死后却留给她数百万美元的遗产，数额与其他子女无异。

"爸爸是爱我的。"丽莎一直为爸爸的这些怪异行为寻找借口，"和别人家的爸爸不一样，他是更好的爸爸。"带着宽容和爱、接受与理解，丽莎将这些故事记录在她的新作《小人物：我和父亲乔布斯》中，讲述了她和父亲爱恨交织的父女人生。这本书不仅展示了乔布斯鲜为人知的另一面，也是丽莎个人的成长故事。该书入选《纽约客》《纽约时报》年度十大好书、《纽约时报》《出版人周刊》年度最佳非虚构、亚马逊年度最佳传记等。《小人物》的中文版业已在中国上市。

❶ 展示"微不足道"的自己

崔莹：这本书的英文名是"Small Fry"（小人物），其中"Fry"特指那些因为太小被扔回海里继续成长的小鱼，为什么给这本书起这样一个名字？

丽莎·布伦南·乔布斯："Small Fry"这个词的双重含义非常符合这本书的创作初衷。"Small Fry"是父亲给我起的绰号，他给我打电话时常这样称呼我。那时我和父亲关系还算融洽，父亲和母亲相处得也不错，各方面状况良好，因此这个词对我来说充满爱意。

同时它的另一个含义是"微不足道"，这个词准确描述了关于我和父亲的故事中自己的位置——我是如此无足轻重。这也是我写这本书的原因之一。

崔莹：你什么时候诞生写这本书的念头？受到谁的启发或鼓励？

丽莎·布伦南·乔布斯：老实说，写一本会被误解为名人回忆录的东西，是我最不想做的事情。但对很多新作者而言，他们的处女作通常都有点自传性质，我也不能免俗，先写完这本是必须的，不然无法进行到下一步。令人沮丧的是，我父亲太有名了，很难说服人们这不是本名人回忆录。而实际上，书里写的大多是我个人的成长经历。

　　写这本书期间，我母亲给了我很多鼓励，她认为人只有接受自己的过去，才能避免重复这些历史。我的写作老师也给了我很多建议，很多朋友特别是我当时的男友给过我很多帮助，尽管后来我们并没有在一起。在书出版前后，我的丈夫帮了很大的忙。当我不好意思和他人分享我的文字时，他帮我看初稿、提建议。我的儿子现在15个月大，我的两个继女分别11岁和13岁。在这本书宣传期间，也是他在照顾孩子。

　　崔莹：从开始动笔到结束写这本书用了多长时间？是否一气呵成？

　　丽莎·布伦南·乔布斯：由于我的犹豫不决，因此何时正式开始写作我也不很确定，不过直到这本书完成，花了我差不多10年的时间。

　　写回忆录需要一个特定的视角。我很庆幸自己没有在20多岁时写这本书，因为那时的我考虑问题还做不到包容、多元。直到我年纪稍大一些，思想也足够成熟，我才找准这个视角，才开始进入写作状态。

　　崔莹：在写作过程中你遇到哪些瓶颈？

　　丽莎·布伦南·乔布斯：老实说，整个写作过程都困难重重。我的计划是，必须先完成这本才可以进行其他创作。然而在最初阶段，即使我用尽全身招数，依然觉得写得不好，常有想放弃的时候。我不停地寻找合适的角度，一直在思考：我是谁？丽莎是谁？一直到当我能更坦率地对待那些曾令我羞于启齿的内容时，我写得东西才开始好看起来。

　　崔莹：也就是说，当你呈现出真实的自己时，你才对所写的内容感到满意？

丽莎·布伦南·乔布斯：你必须成为一个聪明、开放、少些羞耻心的人。我变得坦率，擅于自嘲，勇于和大家分享那些令我不齿的事情。

这不仅是写作，也是一种生活观。例如，我可以把小时候的经历写得很惨来博得读者同情，但这是在"操纵"读者，他们不一定会买账。实际上我也掌握着部分主动权，我也是"问题"（父亲不接受女儿，对女儿态度冷淡）的一部分。让读者为我难过很没必要。

2
长大后，揭开童年的谜

崔莹：把几十年的回忆汇聚成一本书写出来，你如何对自己的回忆进行取舍？标准是什么？

丽莎·布伦南·乔布斯：签了出版合同后，我曾很担心写不够一本书。我能回忆起一些非常详细的场景，但不知道是否能回忆起足够多这样的场景。事实证明，当你花时间思考、情绪被点燃时，你能写出好几本这样的书。

因为我的父亲是公众人物，有些事件可以查阅公开报道。同时，父亲对我和母亲的态度的变化可与公开报道产生对照。我采访了父亲的前女友、母亲的前男友等，建立了大概的时间线。就像在与自己交谈，时间线可以帮助我慢慢地回忆。

现实生活中事件是琐碎的，而写作时，你只需要寻找最可以代表情感转变或最具有情感意义的事件，提取最有戏剧张力的情节。

然而我也在担心：这种叙事的选取能否代表我真实的生活？

崔莹：你谈到真实，书中很多故事都发生在10岁之前，你如何确认自己还原的记忆是准确的？会向母亲和亲友求证吗？

丽莎·布伦南·乔布斯：的确有很多事情我记忆不清，比如我和妈妈共度的时光、父亲第一次来看我的情景等，也有些事情我记忆犹新。我保有很多照片、写过一些日记，它们可以辅助我准确地回忆，我也会参考公开的资料来验证它们，同时我会对照片和日记中所涉及的其他人进行采访，读取他们的记忆来证实自己回忆的准确性。

我回访曾经生活过的地方，特别是硅谷中心帕罗奥多（Palo Alto），我在那里生活了很长时间。之后我们经常搬家，每次搬家都是一个时间点，这为我提供了很好的回忆的框架。孩童时期的很多事情对当时的我来说就像是个谜，我非常小心地将这些谜保存到日后，现在我长大了，这也是个尝试揭开谜底的过程。

崔莹：最后的书稿和初稿相比改动大吗，经过了什么样的取舍？

丽莎·布伦南·乔布斯：这本书经过我和编辑无数次删改。说实话也许是因为写的是自己的故事，取舍保留什么、削减什么我并不擅长。初稿至少有800—1000页，最后的版本只有384页。我认为重要的内容基本保留了下来。

除了对大事件的取舍，逐字逐句的删减也很多。因为我是新手，写作时总担心自己的表述读者不懂，总在重复解释强调，而这完全不必要。适当的留白能为叙述提供更多想象的空间，很多东西只说一次会更有力量。

我不是在叙述自己的感受，而是在一个接一个地讲故事，解释我自己年幼时的误解。有时候我也会觉得自己像是在密闭的玻璃房里尖叫：没人能听到我。但只有我不停地尝试和读者沟通，他们才会倾听，才会有共鸣。

崔莹：这本书的写作前后，有哪些有趣的经历？

丽莎·布伦南·乔布斯：这本书出版后，我收到罗恩的一封邮件，他是我母亲的前任男友，在我的书中是个很有趣的人物。他信中说，"你在书中描述我光头，走路像鸭子一样，如果将来你在其他作品中提到我，请参考这张照片"。附件是一张70年代非常受女性喜爱的意大利肌肉男模法比欧（Fabio）的照片。这是一个非常甜蜜的笑话。那时候虽然我们没有钱，母亲处境艰难，经常搬家，但我们曾经住在地球上最美丽的地方之一，可以吃到熟透了的水果，可以和朋友在阳光下滑冰，这些都很美好。写回忆录仿佛是一场时间旅行，返回父母年轻的时候，重温那些旧时光。

崔莹：这本书出版后，你接触到的主要评价有哪些？

丽莎·布伦南·乔布斯：当你正在写一本书时，它属于你自己，当你完成这本书后，它成为与其他人的共有物。每个人都有不同的读后感，有人认为"这就像是我的童年""我家也是这样""我爸爸也是这样的"，这些人在书中看到了自己。也有的人以为这本书是关于史蒂夫·乔布斯的，却发现讲的是另一个人的故事。但是他们并不失望，认为这是一本非常感人的书。

这本书出版时，我刚生了孩子，为了不影响我的情绪，我尽量不看任何人的评论，要知道，即使是一条积极的评论，也会令我感到不安。

3
更想做父亲的商业伙伴

崔莹：精神病学家阿德勒曾经说过这样一句话，"幸运的人，一生都被童年治愈；不幸的人，一生都在治愈童年。"对这句话你有什么样的感触？

丽莎·布伦南·乔布斯：很多人的内心千疮百孔，需要自我救赎。对我而言，回忆那些美好的时光就是这样的一种救赎。只有弄明白过去，才能停止和过去"搏斗"。比如，父亲第一次开着他的豪车带我去他的豪宅，他一路上都不和我说话。我曾一直认为他不想搭理我，但事实并非如此。直到我现在这个年龄才能意识到他当时的害羞和尴尬——很多成年人不知道该如何和孩子打交道，尤其那个孩子是他自己的亲生女儿。

我的记忆里有很多类似的内容，回头思考，它们变得与我之前的认知非常不同。这也是我写这本书的意义：我的童年并不是曾认为的那么惨痛，有很多美好的时光。

崔莹：回忆会不会对你造成二次伤害？

丽莎·布伦南·乔布斯：不会，虽然有些内容很难下笔，但当我仔细回味这些内容时，经常能发现它们的有趣之处。我父母关系紧张时，比我现在的年龄还小。我现在回头看他们，和我以孩子的眼光看他们完全不同。当时他们充满激情，也在努力解决问题。发现这些并记住这些往事，我会少些痛苦。

崔莹：从什么时候起，你愿将自己和父亲联系在一起？

丽莎·布伦南·乔布斯：当我需要笔记本电脑时，哈哈，我在开玩笑。我对父亲的感受非常个人化，在我的心目中，他并非是其他人眼中的样子，也不是什么公众人物。我的好朋友知道我的父亲是谁，他们也不在乎我的父亲是谁。我的儿子现在太小，未来，我会把我的父亲介绍给他，其他人就无所谓了。

崔莹：你觉得自己的性格像父亲吗？他对你的生活影响深吗？

丽莎·布伦南·乔布斯：父亲是被收养的，在他成长的过程中就知道亲生父母的存在，我和他有类似的感受和经历，这也许是我们的共同点。同时我也很倔强，喜欢争强好胜。我喜欢内省，所以我写了这本回忆录。

我没觉得自己和他人有何不同，也没有特别感到父亲给我带来的影响。每个人都应该过自己想过的生活，唯一重要的是要用自己的双手去创造这样的生活，这也是我父亲所相信的。有时，我特别希望成为父亲的商业伙伴，因为和他合作、感受他的创意一定非常有趣。在某种程度上，做他的女儿反而不那么有趣，我向往的是普通人一样充实的一生。

崔莹：父亲对待你的态度，给你的成长带来了什么样的影响？

丽莎·布伦南·乔布斯：我写这本书的部分原因就是要寻找这一点。父爱和母爱以间歇性的状态在我的生活中存在。我既是局内人，又像是局外人。但通常处于舒适区的局内人是不会自找麻烦写书的。也许这就是我父亲带给我的影响：他间歇地出现和缺席，让我想要表达，有写作的欲望。

崔莹：这本书给你带来了什么样的改变？

丽莎·布伦南·乔布斯：通过写这本书，我认识到在理解问题时不能过于自我。只有这样才能发觉我是如此幸运，我和父亲曾经度过这么多美好亲密的时刻。这令我惊喜，它促使我更积极地去面对生命中发生的事情。

　　同时，从我开始决定写这本书到最后出版这10多年的时间中，我时常为自己所做过的很多事情感到惭愧，我不知道自己算不算是一个好故事中的坏角色。但现在，我感觉好多了，不再觉得羞耻，也不觉得继续被过去困扰。过去离我并不遥远，却不再沉重。我希望未来会因此变得更快乐。

　　崔莹：你最近在写什么作品？

　　丽莎·布伦南·乔布斯：我希望能写一些非虚构作品，但不是关于我自己的，目前还不确定会写什么。我很开心《小人物》的出版，因为这意味着我可以写其他书了。书很难写，自传尤甚，如果写得不满意，这种遗憾会伴你余生。

阿什利·米尔斯 | 美女博士做模特揭露行业潜规则

"这是一个很糟糕的职业,对有才华的年轻人而言,做模特是一种伤害。"

阿什利·米尔斯面容姣好,体型高瘦。彼时她正在纽约大学读社会学,一个偶然的机会,她被模特星探看中。因之前客串过模特,对于这个令很多女孩艳羡不已的提议,米尔斯并未感到大惊小怪,不过,星探的极力游说,却引发米尔斯的思考:究竟什么是星探口中的"模特潜质"?

一个绝妙的主意在她的脑海里诞生了。调查显示,在15—18岁的女孩中,61%的女孩希望长大后成为模特或演员。模特是迄今为止最令人垂涎也被误解最多的职业。米尔斯决定重新做模特,借助严谨的研究方法呈现这个行业的真相。

在米尔斯重新入行的几年里,她对业内近百人进行了采访,包括男模、女模、经纪人、客户、摄影师和造型师等。通过深入的"参与式观察",一个有组织的模特的生产过程展现在她面前。在这个过程中,大多数人认为的"美丽"被制造出来,伴随着种族、性别和阶层的不平等。

在这条深藏不露的文化生产流水线上，好看不是唯一的标准，合适的外形才是时尚的起源，年轻男女们在这条生产线上接受训练、推销，最终被打造成珍贵的商品。这是一个等级森严的剥削系统、残酷的竞争产业和艰难的女性生存环境。米尔斯感慨："当我踏进模特经纪公司办公室的那一刻，就走进了一个充满伦理、政治、女性主义的研究困境。"

米尔斯本人也一度被模特工作的光鲜吸引，在业界小有名气后，她差点放弃学业。但米尔斯最终意识到对她而言，学业更重要。

如今，阿什利·米尔斯已经是纽约大学社会学博士、波士顿大学社会学系的副教授，她的《美丽的标价：模特行业的规则》已经在中国出版。

❶ 我成了自己的研究对象

崔莹：《美丽的标价：模特行业的规则》的雏形是你的博士论文，为做研究，你体验了模特的生活，决定这样做时，你的导师给了你哪些建议？

阿什利·米尔斯：当时我在纽约大学读博，选修了"参与式观察"这门课。老师要求学生自行选择研究对象，我选的是一家模特中介。导师给我很多建议，比如：在参与式观察中尽可能地多做笔记，对日常互动进行翔实记录等。起初，我对关于性别、女性主义的话题很感兴趣，一年后，才开始关注美丽的估值、定价等问题。也就是说，开始，我并不知道要写怎样的论文、怎样一本书，写作的思路是在调研中诞生的。

崔莹：围绕参与式观察你做了哪些准备？

阿什利·米尔斯：首先要围绕研究主题进行广泛阅读，查阅已有的资料。比如有的学者体验当拳击手、运动员，有的体验做工人、餐馆服务员，了解他们如何做准备、如何进行参与式观察，面对各种道德问题如何取舍等，这个过程给了我很多启发。

我选择担任时装模特作为参与式观察的切入点，通过参加模特试镜，与模特经纪人互动等开展研究。我曾经也是一名职业模特，虽然不是很出色，但我的体型符合模特的标准。我知道可能会经历无情的拒绝，我将成为我的研究对象。

崔莹：选择这种方式进行研究有什么样的意义？

阿什利·米尔斯：参与式观察的研究方式经常引发社会学者们的激烈讨论。一部分学者认为，采访本身足以了解他人的故事和世界观；另一部分人则指出，学者需要走进现场，收集第一手资料，这样才能看清楚这个世界，看清人们在其中的表现。这两种观点被归结为"所说"与"所做"的差异。

通常情况下，人们所说的与所做的并不一致。一种较靠谱的研究方法是多元化调研，即两种方式都用：了解人们的所作所为，并将其与采访相结合。在我的研究中，参与式观察又进一步，即我自己做模特，我成了我自己的研究对象。这种方式未必适用于所有研究，但会令我的研究获得更多的维度。

崔莹：有哪些参与式观察研究给你启发？

阿什利·米尔斯：当我开始调研时，《身体和灵魂：拳击新手的笔记》刚出版，法国学者路易斯·弗雷坎特（Loïc Wacquant）通过体验在芝加哥当拳击手的生活完成这本书。书中也涉及美国贫困和种族平等社会问题，非常鼓舞人心，给我很多启发。

崔莹：为获得有说服力的研究结果，你是否会对受访者进行挑选，比如选择一定种族、年龄层次的采访对象？

阿什利·米尔斯：我尽量去获取多样化的样本，去寻找每个对象的个性差异。我的采访对象有男有女。其中白人模特不可避免地占大多数，这是由于时尚行业公开的种族歧视所导致的。当然，我也尽可能地寻找黑人模特、亚洲模特和拉美模特做采访，但是他们本身人数就不多。同时，行业中男模的年纪普遍比女模大，这就有了不同年龄的分层样本。

然后我用同样的选择方式寻找要采访的客户。在对他们的采访中我发现，客户对模特的分类方式是截然不同的，比如他们会把模特视为"媒体模特"和"商业模特"。种族和年龄虽然是影响模特生涯的重要因素，但对客户而言，这些因素并不起决定作用。

崔莹：你如何寻找采访对象？

阿什利·米尔斯：通过询问业内人士，或者通过一位朋友打听另一位朋友，也会结合遇到的各种机会，这是一个类似"滚雪球"的过程。假如我有一份在时尚行业工作的所有人的名单，或许可以做一个更具代表性的采访样本列表，但这不太可能。幸运的是，我认识一位著名的发型师，他向很多朋友推荐我，说"我这里有位社会学家，和她交谈会很有收获"。他的介绍很管用，很多人找我聊。我的采访目的是深度，而不是广度。

崔莹：通常是怎样的采访环境？你会对所有采访进行录音吗？

阿什利·米尔斯：都会录音，除非对方拒绝。这种情况只发生过一次，但我可以做笔记。采访结束后，我会立即把录音上传到电脑里。采访的地点迥异，包括模特的公寓、咖啡店、图书馆的大厅、客户的家或工作室等。我会配合采访对象的日程安排时间和地点。有一次我采访一位摄影师，采访地点从他的工作室延续到前往机场的车里，结束后，我再自己坐火车重新返回市区。

崔莹：所有的采访录音都是你自己整理的吗？

阿什利·米尔斯：我自己用录音整理软件整理了约三分之一，它类似现在的语音识别软件"Dragon"。我需要边听采访录音，边对着麦克风复述，然后通过这个软件，将采访内容"输入"电脑里，这种方式整理出的文件错误很多。后来，我将大部分采访录音送到专门的公司去整理。我申请到美国国家科学基金会的奖学金，这笔钱足够我支付整理采访录音的费用。

崔莹：你如何整理、分析这些采访素材？

阿什利·米尔斯：我当时使用定性数据分析软件ATLAS.ti对采访素材进行归类、标记，现在改用NVivo软件。

他们把我当成一件物品

崔莹：你的博士论文是如何成为一本书的？

阿什利·米尔斯：从一开始，导师就建议我将这个题目当成一本书来写，而不是论文。他告诉我，这本书会很有出版价值。而论文周期相对较长，可以等书出版后再慢慢写。因此在论文答辩之前，我就顺利地拿到了出版合同。对于打算从事学术研究的人而言，这样很好，因为有书发表对日后找工作很有利。

崔莹：你上中学时也做过模特，再次入行，你的模特生涯和之前的经历相比有何不同，是否更成功？为什么？

阿什利·米尔斯：的确是更成功。我在佐治亚州度过童年和少年时期，那时曾尝试做模特，但当地的从业机会很少。19岁时我在纽约上了一年学，其间偶尔客串模特。作为众多新人之一，当时并没有模特经纪人看上我、为我投资。而当我决定为写论文重新入行时，我幸运地获得了为有实力的客户工作的机会，特别是担任马克·雅可布（Marc Jacobs）时装秀的模特。

当时，我和经纪人都非常兴奋，我差点想休学，但考虑到我已经26岁，对于女模特而言这个年纪太大，并且模特工作很不稳定，这令我恐慌。而作为女博士，我的人生才刚刚开始，于是，我决定继续学业。

崔莹：这是一份既充满诱惑力又有风险的工作。

阿什利·米尔斯：是的，绝大多数女模特都意识到这项工作很不稳定、平均收入低，但当听到别人的赞美时，她们又会很开心，畅想未来可能会有更多机会，便禁不住继续做模特。尤其是那些年轻貌美的女孩，她们渴望成为明星，模特职业正是梦想成真的途径。

近些年，这种想法被社交媒体渲染，越来越多的人认为：人人都可以当模特，可以获得粉丝，成为名人。但我认为，这是一个很糟糕的职业，对有才华的年轻人而言，做模特是一种伤害。

崔莹：你在书中写到，这个行业"每天都会有尴尬、屈辱、不安全、拒绝和许多次的愤怒"，能谈谈你的个人经历吗？

阿什利·米尔斯：有一次试镜，他们让我穿很紧的衣服，那衣服简直就是14岁女孩的尺寸，可我那时已经24岁了！由于裤子太紧，而且别无他选，他们就用剪刀把裤腿剪开，然后用胶带粘一下。每当我转身，腿就会暴露出来，我感到非常尴尬。拍照时，摄影师、造型师等人注视着我，有的说："她的腿太肥了"，有的说："她的屁股太大了"，他们把我当成一件物品点评，认为我需要"改进"——这让我觉得很不舒服。

崔莹：会有人反抗吗？还是大部分人都已经习以为常？

阿什利·米尔斯：有人喜欢这种被审视、评价，她们不介意被批评，并从中获得乐趣。也有人会反对，比如会说："请你不要碰我了"等。

崔莹：在模特行业，男模遭遇的年龄歧视要少于女模，但男模的平均收入较女模低，这种收入的不平等是否源于男模在从事传统观念中女人的职业？

阿什利·米尔斯：是这样。从劳动力市场的角度分析，模特业是世界上为数不多的女性从业者收入要明显高于男性从业者的行业。做同样的工作，有些女模的收入比男模高2倍、3倍，甚至10倍。模特的收入非常不确定，这取决于经纪人和客户谈判的结果，也取决于模特本人的知名度。如果模特正当红，经纪人就可以要求较高的酬金。

总体而言，经纪人更愿意为女模争取更高酬金，没多少兴趣捧男模。他们更喜欢自然、不完美、对工作"漫不经心"的男模。如果一个男人非常渴望在公众面前呈现他的美貌，人们会觉得这很奇怪。

这个行业对男模的歧视显而易见，但我认为女模所遭遇的年龄歧视比男模要严重得多。男模到40多岁也可以继续做模特，但女模很少超过30岁的。

崔莹：根据你的调查，男模和女模选择这份职业的原因一样吗？

阿什利·米尔斯：不一样。男模对比女模收入低并没多少抱怨，他们觉得这很合理。大多数男模并不看重模特这份工作，只把它当作过渡，他们希望之后可以从事和健身、音乐有关的工作。

❸ "真实的美丽"不会被替代

崔莹：在社会学家眼中，时尚业是怎样一个存在？

阿什利·米尔斯：社会学家曾对时尚业存在刻板认识。在某种程度上，他们认为时尚业浅薄轻浮、非主流、不属于严肃研究的范畴。于是在选择这个研究方向时，我曾经很努力地向导师解释此项研究的意义。但是假如你提出要研究劳动力市场、全球化、文化和身份的关系等，则很少会被质疑。

时尚业是我们这个时代最重要的行业之一，这里集聚了大量人才，也给人们提供了重塑身份的机会。它不仅和文化相关，也体现出性别的社会差异等。

如今，这种刻板认识有所改善。我不必再列举种种理由说服其他学者。但我在申请工作时，仍需为自己小心定位：我不是研究时尚、时尚模特的人，而是研究文化产业及其衍生产品的人。我不想被贴上轻浮或过于女性化的标签。

崔莹：你在书中指出"商业模特"和"媒体模特"之间的区别归根结底是阶级的区别？为什么？

阿什利·米尔斯：时尚向人们提供了一种幻觉，即如果人们拥有某种物品，他们的地位就会提高。在时尚领域，媒体模特和商业模特之间的区别体现的就是这种阶级区别。

商业模特主要从事目录拍摄、试装、印刷广告拍摄之类的工作，面向大众，包括普通的中产阶级，但通常不包括精英阶层的消费者。媒体模特是T台秀场、广告大片、杂志等中出现的模特，他们吸引的是更高级别的消费者。

商业模特像是每个人都能理解的艺术品：模特面带笑容，展现经典的美丽，具有市场亲和力，会吸引大量消费者。媒体模特则像是一件抽象艺术品：他们往往看起来有点古怪、前卫，甚至不完美，只有少量观众才会真正欣赏他们，但他们的目标受众对此评价很高。

崔莹：那么谁是模特行业的规则制定者？谁有权力影响时尚的走向？

阿什利·米尔斯：这个问题很难回答。比如知名杂志的时尚主编或者摄影师，他们有权利决定将哪些模特放在流行杂志的封面上。比如，Vogue杂志美国版主编安娜·温图尔（Anna Wintour）、时尚摄影师马里奥·特斯蒂诺（Mario Testino）和布鲁斯·韦伯（Bruce Weber）等。

也有一些造型师，虽然本人不是名人，但他们为高端客户，比如马克·雅可布、吉尔·桑达、CK和普拉达等工作。而这些公司的头儿肯定不会自己到大街上找模特。选模特的总监和造型师，包括顶级发型师和化妆师等，他们共同合作，决定时尚的走向。

崔莹：你在书中提出"美丽是被制造出来"的，那么这个过程可以被复制吗？

阿什利·米尔斯：不能。曾有商家问我：是否可以在成千上万报名者中，预测出下一位超模，我觉得这很难，因为时尚的风向不由普通大众决定，因为他们不能决定时尚杂志的封面或者奢侈品牌走秀活动的人选。时尚的风向也不由单个人决定，而由一个小群体共同决定，去猜测他们突如其来的口味几乎不可能。

崔莹：《美丽的标价》出版以来，模特业是否发生了一些变化？

阿什利·米尔斯：现在，诸如Facebook等无处不在的社交媒体影响着模特业的发展，一些模特经纪公司在签署新模特之前，要求对方必须在Instagram上拥有大量粉丝。Instagram已成为模特推销自己、展示客户作品的重要平台。然而，对于模特行业本身而言，Instagram也是一个巨大的冲击，很多模特通过Instagram可以直接和客户获得联系，谈合作、签代言协议等，不再需要经纪人，这个变化令人难以置信。另外一点，模特行业具有更大的包容性，黑人模特、亚洲模特明显增多。

崔莹：这样的变化是否意味着模特本人具有更多的主动性，经纪人不再重要？

阿什利·米尔斯：我不这样认为。不仅对于模特，对所有文化从业者，包括演员、艺术家，情况都是如此。借助社交媒体平台，模特拥有了一定的主动性，比如他们可以培养自己的粉丝，并用大量的粉丝吸引客户的关注，以获得走秀机会、代言合同等。但这只是表面现象，或者说是极少发生的事情。因为，无处不在的社交媒体，"成名民主化"意味着每个人都可以做模特，成为网红，这就使得经纪人变得更加重要，因为需要有人对成千上万网红进行筛选，使其与客户的需求匹配。如此，这些社交平台给经纪人带来更多工作量。

崔莹：在日本，虚拟模特大行其道，并获得越来越多品牌的青睐，这是否会对传统模特业带来挑战？

阿什利·米尔斯：毫无置疑，人工智能会在很多领域取代人类，但不是关于"美丽"的领域。人们渴望真实的美丽，而不是虚拟的美丽。

崔莹：你目前在做哪方面的研究？

阿什利·米尔斯：我刚写完一本关于娱乐休闲和贵宾俱乐部的书，比如，在纽约、迈阿密、戛纳和圣特罗佩等大都市，很多有钱人喜欢购买非常昂贵的香槟瓶，不是为了消费，而用于展示，这一切都和等级、过剩的财富和富人的消费文化有关。

特雷西·基德尔 | 非虚构作者目前的处境是艰难的

美国著名非虚构作家特雷西·基德尔(Tracy Kidder)已经出版了10多本非虚构作品,获奖无数。这些作品,有关于美国贫民区一名普通小学老师教学经历的《学童中》,有关于老人院的《老朋友》,还有关于传染病医生保罗·法默的《越过一山,又是一山》,也有关于工程师如何把新型计算机推向市场的《一代新机器的灵魂》——最后一本书,让他获得了1982年的普利策奖和美国国家图书奖。

即使如此多产,基德尔在写作的过程中依然会感到烦闷和苦恼,好在他的编辑和好友理查德·托德(Richard Todd)能分忧解难。两人合作了46年,托德一直都是他那些非虚构作品的幕后英雄。这种作家和编辑长久合作的案例,也堪称美国非虚构创作领域的传奇。

为了帮助更多非虚构爱好者提高写作能力,两人还合作出版了一本叫《非虚构的艺术》的书。这本书结合了他们的创作感受和经验,并解析了近百部非虚构作品。"不要专注于技术,这无异于自恋,多讲故事""作者对主题的理解便成为了故事本身",都是其中的金句。这本书的中文版已经问世。

不幸的是，2019年4月21日，托德意外去世。基德尔的代理在给我的回邮中写道："基德尔正在写一本新书，但是没有了他亲爱的好朋友的陪伴。"

"我父亲曾经对我说，从事非虚构写作花的时间太长了，最好娶一个有钱人。"在对话中，基德尔提及，在美国，要依靠非虚构写作谋生，并不是一件容易的事情。因为在40多年前就写出了叫好又叫座的《新机器的灵魂》，他的写作生涯变得容易多了，但并非每个非虚构写作者都有他这样的幸运。他表示，在以前，成为非虚构作家的途径通常是先为一家报纸工作，写报道，但目前，这类工作越来越少——报纸要么倒闭，要么裁员。"我认为现在一团糟。"他说。

在对话中，基德尔反复强调一件事：非虚构写作，一定要真实。事实上，不乏一些所谓的"非虚构作品"，采用了小说的虚构与夸张等方式。捏造内容，因为不喜欢事件的发展而胡编乱造，这正是基德尔强烈反对的。"读布鲁斯·查特温的《歌之版图》时,我以为读的是一部非虚构作品,但结果它并不是。当我发现这一点后,我很不满。"他说:"如果你告诉读者这是非虚构的故事,那么它实际上应该是准确的。如果你更改人物姓名,应该让读者知道。"

❶ 从事非虚构写作不够养家糊口

崔莹：大学里学政治的你，是如何成为非虚构作家的？

特雷西·基德尔：我在大学里写过小说，当作家是我的一大梦想。后来，我参加了美国爱荷华大学著名的作家工作坊项目，在那里碰巧获得了一些非虚构写作方面的启发，比如非虚构写作如何讲故事。我被深深吸引，开始走出自己的想象，审视周围的世界。我越来越喜欢非虚构写作。

崔莹：你曾经是自由撰稿人，主要为《大西洋月刊》供稿，做非虚构作家的日子好过吗？

特雷西·基德尔：非虚构写作满足了我无聊的好奇心，我以此为生，过得很愉快。但说实话，做这个工作不够养家糊口。我很幸运，40多年前就写出了《一代新机器的灵魂》，这本书在1981年出版，时机非常好，卖掉了不少，在商业上是成功的。此外，它还获得了普利策奖和美国国家图书奖。这让我的写作生涯比之前容易得多了。

崔莹：你曾在一次公开讲座中提到："如果想从事非虚构写作，最好先找个有钱人结婚！"

特雷西·基德尔：哈哈，我没有跟有钱人结婚。我的妻子过去是学校老师，有正常的收入，不然我们的生活会很难——那真是令人后怕的岁月。我父亲曾经对我说，从事非虚构写作花的时间太长了，最好娶一个有钱人。除非你能像我一样幸运，否则无论成为诗人还是作家，都很难维持生计。在美国，任何能以写作谋生的人如果不承认自己很幸运的话，都是在误导。

崔莹：你已经出版了10多本非虚构作品，涉及内容形形色色，包括计算机、学校教育和医学等领域，你如何确定要写的主题？

特雷西·基德尔：有时是来自周围人的建议，有时是我自己想对某个主题了解更多。我不擅长找新的选题，经常不知道下本书要写什么，这是我的职业生涯中最难的部分，但我一直朝自己感兴趣的方向努力。

我从未对写名人有过浓厚兴趣，部分原因是我认为这类非虚构作品比较难写：名人们更加谨慎。我对从事某种职业的人、弱势群体更感兴趣，对那些默默无闻的工作者感兴趣，对人们的谋生方式感兴趣，也对和道德有关的故事感兴趣。我对总统的工作不感兴趣，因为可能会涉及不诚实和造假。如果我写和教育有关的书，我不会去找教育部长，而是去找一个正在从事教育的人。

人类学者和传染病专家保罗·法默是我写的最接近名人的人，他的故事扣人心弦，但当我第一次见到他时，他并不出名，我可以很近距离地了解他，和他一起旅行。他不像某些名人那样，被公关人员包围。

崔莹：你和理查德·托德合作了40多年，几乎你的所有书都由他担任编辑，他是如何影响你的？

特雷西·基德尔：迪克（英文"Dick"，是"Richard"的简称）在去年去世，之前的46年里，他一直都是我最好的朋友和编辑。我和他讨论各种事情，也从他那里得到建议。在某种程度上，他教会了我如何写作。我从他那里学会了要考虑编辑的需求、读者的需求，比如如何让文字对读者友善，不要爱上你自己的语言等，这些内容都可以在《非虚构的艺术》中找到。

斗转星移，我找他的次数越来越多，几乎遇到每个问题都会去问他，这太不可思议了。我们彼此开诚布公，讨论的过程总是很有趣，因为他是一个很有趣的人。当我听到他去世的消息时，我发现自己马上想要打电话给他，问他该如何应对他的死亡，这种感觉太奇怪了。

崔莹：你认为所有编辑和作者的合作关系都应该像你们这样吗？

特雷西·基德尔：这样的关系并非常见，作家和编辑时常会有对抗。遇到迪克是我最大的幸运，他具有编辑所应该具有的"利他主义"精神，即为别人的创作全力以赴。很多人没有这种美德，很多时候，编辑的个人野心阻碍了作品的完善。

2
写作者需要第二双眼睛

崔莹：在《非虚构的艺术》中，你提到反复修改书稿的故事，它为何重要？

特雷西·基德尔：我觉得初稿很难写，但它对帮我了解我想要表达的意思至关重要。讲故事不是总结和概要，我拥有的材料通常比书里最后用到的多10倍，甚至更多。那时，我首先漫不经心地写，没有一个很好的计划，写完的初稿我会给迪克看，根据他的建议修改，再修改，直到他说"可以"为止。

崔莹：这样一直修改，不会厌烦吗？

特雷西·基德尔：和迪克共事，我完全信任他。如果他说这行不通，那么这肯定行不通。我迫不及待地期待修改，有人愿意抽出时间看我写的东西，并帮我如何写得更好，这让我感到无比荣幸。法国人有一个俗语："L'esprit de l'escalier"（事后诸葛亮），只有看完稿后才能给出建议。不停地修改，就会离目标更近。我不能替其他作家说话，但我的创作需要这个过程。

崔莹：在《非虚构的艺术》中，《大西洋月刊》总编威廉·惠特沃思曾对你说，"每一位作家都需要另外一双眼睛来检视自己的作品"。根据你自己的写作经历，这句话该如何理解？

特雷西·基德尔：我认为每个作家都是如此。当你写了很长的文稿，甚至不能保持客观了，你就不再适合独自做判断。你可能觉得一切都不错，但可能完全都错了，或者有些还不错的内容，你对它们感到厌倦，结果变成你为自己写作。

在我的写作过程中，经常会出现这样的时刻：我对迪克说整本书太简单了，他却说"这样非常好"；也有时候，我对所写的东西感到厌倦，他告诉我"不要放弃""挺好的""差不多快写好了"，或者建议我修改哪些地方。现在，我失去了第二双眼睛，但有时我会觉得他在我的房间里，我在脑海里和他对话："你觉得怎么样？"然后，我想他会怎样回答我……

崔莹：《非虚构的艺术》提到，"观察点是立足之地，不仅如此，也是一种思考和感受的方式"。你会时而选择第一人称创作，时而选择第三人称创作,这两者的差异在哪里?

特雷西·基德尔:观察点的选择是作者最重要的选择之一,这也是我在写作中最先思考的问题。美国小说家亨利·詹姆斯也说过类似的话。你必须弄清楚如何讲这个故事,谁在讲这个故事。肯定是作家,但作家会不会成为故事中的小人物呢?因为这样会让故事看起来更优美。在我关于学校老师的书《学童中》里,老师很普通,全心全意专注于她的课堂。如果用第一人称叙述,而没有任何特殊原因的话,就像是一种入侵,总之感觉不对。第三人称叙述也有很多种,在这种情况下,我采用"受限第三人称",即表达对方的想法和感受。因为我非常了解她,她告诉我她在想什么,所以我觉得可以这样操作。

在《越过一山,又是一山》中,我用第一人称视角,因为保罗·法默很有才华,他对自己的事业充满热情,愿意接受挑战。我觉得读者需要一个指南:这个家伙会让你感到不舒服,因为他也让我感到不舒服。在这里,用第一人称效果就很好。约翰·麦克菲就经常用第一人称讲故事,他可以与角色对话。

崔莹:在你看来,在非虚构写作中,是否可以借鉴小说写作的手法?

特雷西·基德尔:绝不能这样做,我对此深有感触。我并不是说我没有犯过错,但我没有故意犯错。

首先,我认为讲故事的技巧并不仅仅属于小说。但我强烈反对捏造内容。如果你告诉读者这是非虚构的故事,那么它实际上应该是准确的。如果你更改人物姓名,应该让读者知道。诺曼·梅勒的《刽子手之歌》是一本令我非常敬佩的书——他有一些变动,但他小心翼翼地告诉读者这些变动。读布鲁斯·查特温的《歌之版图》

时，我以为读的是一部非虚构作品，但结果它并不是。当我发现这一点后，我很不满。

你要有讲故事的技巧，但你不确定的事情就不要说，或者就说确定的部分。你不必按照时间顺序讲述所有的事情，你可以选择一些特别的日子，但要告诉读者，比如用这样的字眼："他会这样做""日复一日，他都这样做"。

崔莹：在你看来，怎样才能写出好的非虚构作品？

特雷西·基德尔：首先是看一个故事能否让你产生兴趣，它不一定非让你感到特别兴奋，不一定非要惊心动魄。作品的戏剧化可以来自各个方面，但必须要有有趣的人。你可以了解他们，他们也让你了解。

另外，你必须是一个真正想讲故事的人，然后你得把这个故事讲出来，尽管这不是一件容易的事情。

❸ 非虚构作品，应该准确无误

崔莹：近年来，美国新闻界发生的一大丑闻，就是前《纽约时报》记者杰森·布莱尔造假和剽窃事件。这件事是否对美国的非虚构创作带来一些影响？

特雷西·基德尔：我不觉得这件事带来多大的影响，但写非虚构作品，你必须先把它弄对。我并不是说我没有出过错，但我努力避免这类事实性的错误。这和你不喜欢事件的发展而胡编乱造是两回事。

我认为，实际发生的事情比我脑子里想的发生的事情要有趣得多。如果你对自己写的东西失去了信心，这个信息一定会以某种方式传递给读者，比如会在你的语句中流露出来。写作时，你必须做到有权威感。

崔莹：那非虚构作品造假会对社会带来影响吗？

特雷西·基德尔：我认为非虚构作品的影响力还不足以影响社会。在社会的任何领域，在某种程度上，不诚实行为随时随地都存在。但我个人认为，目前在美国，我们正在创造纪录。据负责事实核查的人说，我们的总统一周会说数百次谎言。大多数情况下，这些谎言是粗心导致，但有时是故意的。我认为这非常有害。

任何事件背后的真相都很难识辨，有时甚至完全无法辨别，但事实是可以辨别的：什么时候发生了什么事，你花了多少钱在某件事上，这些完全可以辨别。

崔莹：在美国，如何确保非虚构作品是真实的？编辑会核查吗？

特雷西·基德尔：出版社的律师会对书进行审查，但书内容的"事实核查"工作要由作者自己去做。如果你为杂志、报纸写稿，比如为《纽约客》或其他杂志工作，它们的要求非常严格。我有时很喜欢为《纽约客》写稿，因为有人帮你进行事实核查，确保文章不出错，避免日后的尴尬。

崔莹：你认识美国的其他非虚构作家吗？你们对非虚构创作的看法有哪些不同？

特雷西·基德尔：认识，比如亚历克斯·寇罗威兹和乔纳森·哈尔等，他们都是很棒的非虚构作家，约翰·麦克菲是我敬佩的非虚构作家。我和他们对非虚构创作的观点会有不同，我非常坚持的一点是，如果要称某些作品为非虚构作品，那它应该准确无误。

❹ 任何主题都可能是很好的主题

崔莹：非虚构写作耗费时间、成本巨大，现在在美国新闻机构中，是否有对非虚构写作的支持项目？年轻的非虚构写作者如何生存？

特雷西·基德尔：这方面我不太了解。很久前，我曾在不同地方教过非虚构写作，但我现在很少和年轻作者接触了。我个人感觉目前非虚构写作者的处境是艰难的。毕竟很多方面发生了变化，更多内容转移到了网络上。据我所知，这类作者获得的报酬比以往少了很多。在目前的互联网时代，很多正在赚钱的人认为，内容创作者或作家不应该获得报酬，内容应该免费……这简直不可思议。

以往，成为非虚构作家的途径通常是先为一家报纸工作，写报道。但目前，这类工作越来越少，报纸要么倒闭，要么裁员。也有这类"新闻聚合机构"，比如《赫芬顿邮报》。但似乎他们等别人写新闻、资助研究，他们就只是转载。我认为现在一团糟。

崔莹：在你看来，当下非虚构写作的最大价值是什么？

特雷西·基德尔：无论何时何地，总会有好书的空间。大多数书都不太好，但在一堆书中，总会有几本好书。我认为，一本好书本身就是最好的理由。

图书仍然非常重要，它更具有时间感和空间感，比电影电视更能引人反思——即使一些非常出色的电视节目或电影，也令我感到失望，因为它们已经具有了一定的模式，比如某类影片中必须要有某种程度的暴力，这与现实世界并没有多大关系。

崔莹：如果请你向中国读者推荐几本非虚构著作，你会推荐哪几本书？为什么？

特雷西·基德尔：我会推荐约翰·麦克菲的作品，还有乔纳森·哈尔的《漫长的诉讼》。我一直很喜欢乔治·奥威尔，喜欢他写的非虚构小说，特别是《向加泰罗尼亚致敬》《通往威根码头之路》和《巴黎伦敦落魄记》，这三本书太棒了。我也喜欢安妮·法迪曼的《神灵附身你就会跌倒下来》，这本书非常感人。我推荐的历史书是埃德蒙·威尔逊的《为国家流血》，这是一本关于内战的堪称楷模的书。

崔莹：听说你最近在写新书，进展如何？

特雷西·基德尔：是的，我正很努力地写新书。我一般用3年时间完成一本书，但是这本书我已经写了快4年……失去迪克是我遇到的最大的挫折，我希望在年底之前完成初稿。

社会学

齐格蒙·鲍曼 | "后现代性"误入歧途

世界知名的社会学家齐格蒙·鲍曼（Zygmunt Bauman）的著作《流动的恐惧》是他"流动的现代性"系列丛书中的一本。"在今天，流动的邪恶正隐匿在某处。人们很难辨认出它以怎样的方式存在，它可能导致什么样的结果。"鲍曼说。在他看来，在今天，有些机构以保护的名义对用户进行监控，导致后者的信息陷入不安全的境地。

鲍曼是当代西方最具影响力的思想家之一，也是后现代主义理论的主要创造者。有学者认为，在当前讨论现代性问题的欧洲社会理论家中，吉登斯、贝克与鲍曼是最具冲击力的"三驾马车"。吉登斯称，鲍曼是"出类拔萃的后现代理论家"。澳大利亚社会学家彼得·贝尔哈茨则认为，鲍曼是当今用英文写作的最伟大的社会学家。

笔耕不辍的鲍曼，至今仍每天早晨4点就起床写作。他出版了60多本著作，包括"现代性"三部曲（《立法者与阐释者》《现代性与大屠杀》《现代性与矛盾性》）、"后现代性"三部曲（《后现代伦理学》《生活在碎片之中：论后现代的道德》《后现代性及其缺憾》）。他的《流动的现代性》《个体化社会》《流动的时代》《来自液态现代世界的44封信》也广为人知。其中的许多书已被译成中文出版。在鲍曼位于英国利兹的家中，我对他进行了采访。

❶ "后现代性"是一个误入歧途的概念

崔莹：在2000年的《流动的现代性》中，你提出"流动的现代性"这一概念，以替代你早期研究中使用的、人们耳熟能详的"后现代性"。可以说，"流动的现代性"是你后期著作中的一个核心主题。你用"流动的现代性"代替"后现代性"，这两个词的区别是什么？为何会有这样的转变？

齐格蒙·鲍曼："后现代性"是一个误入歧途的概念，而且这是个纯消极的词。"后现代性"告诉我们的是"后现代跟在现代之后"，也就是说，现代已经结束了，我们如今属于不同的时代——后现代。但实际上，这样的说法不正确，因为我们依然属于现代，并且是彻彻底底的现代：我们具有现代性的所有特征。法国哲学家让·弗朗索瓦·利奥塔甚至说过，一个人没有经过后现代，就不可能成为真正现代的，后现代是现代的条件。

之前我使用了很多年"后现代性"，但是这个词也令我感到不安，因为这个词并没有表明我们是谁。最终我选择了两个概念——"固态的现代性"和"流动的现代性"，以此来代替"现代性"和"后现代性"。

在某种程度上,"成为现代"意味着愿意做什么就做什么,也就是说,这种现代化是令人痴迷的、不由自主的,而且上瘾的。如果没有将周围的事物都现代化的冲动,就不能算是现代化。没有这种现代化的冲动而变得现代,就如同不能吹拂的风、不能流动的河。这当然不可能,因为风本身就意味着吹拂,河水也包括了流动。无论是处于"固态的现代性"还是"流动的现代性",我们都在忙于将周围的事物现代化,包括我们自己,我们的一生中充斥着控制和改造。

很久以前,马克思就告诉我们:"一切坚固的东西都会烟消云散。"人们都很忙,忙着融化这些固体。这并非他们不喜欢固体,而是因为他们不喜欢固定性、稳定性和完整性,认为自己所见的固体不够坚固,希望用完美的固体取代不完善和不完美的固体,让其对所有的力量都有抵抗力,并且永远保持原形。

美国社会学家塔尔科特·帕森斯解释了整个过程,他提出"社会系统理论",认为社会系统能够自动调节偏差,会实现自我平衡,如果某种因素干扰了它的作用和运行,它可以自动恢复到前一阶段的状态。塔尔科特·帕森斯还帮助完善了"变化"的理论。对他而言,变化是例外,是不正常的,如果变化发生,就需要一个特殊的解释,这就是"固态的现代性";而"流动的现代性"与之不同,"固体"依旧在融化,但是融化的结果并非是用完美的、坚硬的固体替代不完美的固体,仅仅是因为我们逃避"一成不变"。

今天,当你开始一段新的关系时,你可能不会认为这意味着永远,但三四十年前,两人结婚会互相许诺"直到死亡将我们分离"。那时离婚是一件非常难的事情,也没有多少人离婚,但是今天就不一样了,很多人抱着试着看的态度开始一段新的感情,"将来再说"。如果你不喜欢,总有借口让你摆脱。因为"流动的现代性"的特点或思维定式,就是你认知世界的方式,充满了临时性的认知。所有的事物都在变化,将来不可知,没有终点。你最害怕的是因为之前的选择而受限制,不能够再自由地选择,也就是说你成为"固定"的了。

崔莹:"流动的现代性"这个概念今天已经被广泛运用,很多法学学者、犯罪学学者、宗教学者将它作为其研究的分析框架。你对这个概念是怎么理解的?

齐格蒙·鲍曼:十多年前,我试图解释"流动的现代性"。一直在困惑我的也是:这是一个暗示、一个早期的阶段,还是一个征兆?抑或是一个暂时的、过渡的、未完成的概念,是两个不同阶段之间的间隔?但它又是切实可行的、持久的、完整的,可以持续地解释人类共处中的各种疑问。

直到现在,这样的疑惑依旧在我的脑海里存在。但我越来越感到,我们现在处于"过渡期"(interregnum)。在这个时期,旧的处事方式不再行得通,旧的生活模式也不适应今天的人的条件(conditio humana),但是新的解决挑战的方式、新的生活模式还没有诞生,或者到位。

更重要的是,和我们的祖先不同,对于我们未来的发展,我们并没有一个清晰的"目的"(一个全球化的社会、全球化的经济、全球化的政治、全球化的法治体系等),相反,我们总是对眼前的麻烦反应激烈,不停地在黑暗中摸索。为了消除二氧化碳带来的污染,我们关闭了煤炭发电厂,建造了核电站,结果却沉浸于切尔诺贝利核电站、福岛第一核电站泄漏的恐慌中。我们感到,一些力量并非由政治所控制,我们对于"该怎么做"感到迷惑。

现代生活的形态各式各样,但是能够把它们联系在一起的,是它们的脆弱性、暂时性和不断变化的趋势。成为现代(to be modern)意味着不由自主的、上瘾的"现代化"的过程,永远去"成为",而回避完成,保持不固定。100多年前,成为现代意味着追求完美的最终阶段,现在则意味着无限的改善,而且并没有最终阶段的概念。在这个阶段,所有的事情都可能发生,所有的事情都很难确定。

崔莹:你在著作中多次使用"矛盾情感"这个词。你对"流动的现代性"持怎样的态度?是否也是一种矛盾情感?

齐格蒙·鲍曼:我只是试图描述在"流动的现代性"影响下的人的生活,理解其自我复制的机制,记录接受者的经历和动机。

❷ 究竟是什么导致了大屠杀?

崔莹:在你20世纪80年代反思现代性的名作《现代性与大屠杀》中,你指出,大屠杀的发生是现代性的雄心、官僚体系的配合和社会的瘫痪等因素相互作用的结果。该如何理解这种现代官僚体系,如何避免其再度导致大屠杀?

齐格蒙·鲍曼:官僚体系是导致大屠杀的辅助工具。大屠杀是很有组织的行为,因为大屠杀持续了几年,并且涉及成千上万的人。那些参与大屠杀的犹太人并非具有同样的意识形态,或者从情感上渴望这样做,他们仅仅是在履行他们的工作,这些工作对于进行这么久的大屠杀行为是必要的。比如铁路工人不可缺少。受害者通过火车被送往集中营，如果没有铁轨和普通的铁路工人，这个过程就无法实现。

官僚体系是必要条件，但这并不意味着它是导致大屠杀的全部原因。没有官僚体系发挥作用，大规模的屠杀就不可能实现，但是官僚体系的存在，并不意味着一定会导致大屠杀。除了官僚体系，发生大屠杀的必要条件是极权社会。

崔莹：《现代性与大屠杀》是你20世纪80年代末的作品。20多年后重审这个主题，你是否有些新的思考？

齐格蒙·鲍曼：我对大屠杀的模式并不感兴趣，如今很多地方在发生种族灭绝事件，特别是在非洲，经常是一个部落试图灭绝另外一个部落。人们被杀害，不是因为他们做了什么，或者在做什么，而是因为他们属于某个类别，这个类别被当权者认为是不可取的、有害的，或者仅仅是让他们不高兴。这个类别可能是宗教信仰的，也可能是别的。

种族屠杀最显著的特征之一是，被杀的人被杀人者视为敌人，他们并非是想要摧毁杀人者的敌人，而是杀人者认为他们是敌人，决定摧毁对方。

崔莹：你认为目前对于全世界而言，最危险的是什么？

齐格蒙·鲍曼：令人松一口气的是，伊朗的核武器发展受到控制，伊朗许诺不发展或获取任何核武器。实际上，印度和巴基斯坦之间的关系紧张，有几次差点使用核武器。俄罗斯剧作家契诃夫曾写道："如果墙上挂着一支枪，那么这支枪在后面的场景中就必须起到作用，否则就不必挂在那。"如今到处都是武器。

幸运的是，反过来讲——当然这样讲有点不严肃，半开玩笑——也正因为人们拥有很多小武器,才可以不必诉诸核武器。他们仅仅用卡拉什尼科夫步枪或手枪就可以将对手摆平,或者发动小型的屠杀,而不必诉诸世界大战。因为枪就挂在墙上,有枪就有人可能被射伤,我们要做的是控制武器,不仅仅是核武器,也包括一般的武器。但是很多国家支持并参与武器贸易,因为它赚钱。

3 网络让人与现实割裂

崔莹:2013年,你的《来自液态现代世界的44封信》在中国出版。在这本书中,你谈到互联网对人类的影响。网络给人们带来的好处无须质疑。

齐格蒙·鲍曼:今天,每个人都同时生活在两个世界里,即线上(online)和线下(offline),后者被认为是"真实的世界"。网络世界可以给人们带来不同的视野,需要人们掌握不同的技能,采取不同的行为。毫无疑问,网络给人们带来很多便利,尤其是给研究者、学者,并且在网络上,人们不会感到孤独,感到被抛弃。因为网络,每个人都有机会成为名人,在网络上也更容易遇到和自己相似的人。

崔莹:网络给人类的负面影响呢?

齐格蒙·鲍曼:网络用户和那些使用网络上瘾的人并没有意识到他们所失去的东西,比如注意力、集中力、耐心和忍耐力。当需要花1分钟连接网络时,很多人会抱怨网速太慢,我们习惯了立竿见影的反应，我们渴望的世界像是速溶咖啡那样：把水和咖啡粉一混合就可以喝。我们也丧失了注意力，很多老师发现学生很难从头到尾读完一篇文章，更不用说一本书。在网络上，人们喜欢同时打开多个窗口，进行几个操作，认为只关注一个屏幕就是在浪费时间。并且在网络世界里，我们多是获得视觉和听觉的信息，我们的对话能力却在下降。

我们的记忆力也在下降，我们习惯于将接受的信息保存在电脑的服务器里，而不像过去那样记在大脑里。美国作家约翰·斯坦贝克（John Steinbeck）曾说过：主意就像是兔子，假如你有两只兔子，知道如何照料它们的话，很快你就会有12只兔子。而现在呢？我们却把这两只兔子放在仓库里，避免让大脑受累。

网络还会影响人与人之间的关系。人们在网络上自由地建立朋友圈，自由地抛弃不喜欢的朋友，而不必有任何危险或者不愉快。就像法国社会学家让-克鲁德·考夫曼（Jean-Claude Kaufmann）所言：只要点一下可以进入，点一下可以退出，人们就有安全感。网络给人们带来的好处和坏处远远比我们可以想到的要多得多，但无论如何，网络如何将人们的现实生活割裂开来，这是值得我们密切关注的问题。

❹ 自我构建永远不会停止

崔莹：最近几年来，你和不同的学者对话，出版对话集。今年春天，你和爱沙尼亚塔林大学教授瑞恩·拉伊德（Rein Raud）的对话集《自我的实践》出版。这本书的主旨是什么？

齐格蒙·鲍曼：这是一本对话集，没有罗列或讨论任何理论。我们只是对自我建构的过程感兴趣，探讨在当前条件下，人们如何建构自我。

"流动的现代性"指的是不停地变化。因此，构建自我的过程也并非是一次性的，实际上，这个过程在持续进行，并且永远不会停止。即使到了我这个年龄，你依然是在建构你自己，反省你自己，分析你自己，批评你自己。有些人甚至自我改造，放弃现有的身份，获得完全不同的新身份，用现代的语言描述，这就是一个"新的开始"。自我建构的过程需要不断的新开始，这是这本书的主要内容。

崔莹：你的新书《流动的邪恶》也将出版。它主要在讲什么问题？

齐格蒙·鲍曼：这本书是我和立陶宛哲学家、历史学家奥尼达斯·丹思基斯（Leonidas Donskis）的对话集。简而言之，它是在探讨"流动的现代性"模式的邪恶——同其他历史阶段所展现的邪恶相比，这种模式的邪恶会更加来势汹汹，更加危险。因为这种邪恶是破碎的、脱节的、易传播的，明显区别于以往，而且它集中、浓缩，并被集中管理。

在今天，流动的邪恶正隐匿在某处。人们很难辨认出它以怎样的方式存在，它可能导致什么样的结果。它的迷惑性很强，它能够有效地掩饰自己，让人们不知不觉地信赖它，被它所吸引。它所利用的正是人们的忧虑、人们内心的欲望。雪上加霜的是，很多人受其蛊惑而成为邪恶的联盟。

多数情况下，流动的邪恶都假装是助人为乐的朋友，但它并非真正的友善。用美国政治学家约瑟夫·奈的术语来说，它采用的是"软实力"而不是"硬实力"。它的基本策略是诱惑而不是强迫。比如（出于安全考虑），大厦每个角落都安置了监控器，因此监控室所获得的信息比以往以任何固态方式（比如安保人员）所获得的信息要多得多，甚至多到无法想象。每一天，每一刻，无论是在自愿，还是在不知情的情况下，手机用户、电脑用户等不断地通过网络发送或接收信息（这些信息很容易被第三方收集）。如今的人们再也不需要"友爱部"（出自乔治·奥威尔的小说《1984》）的严刑逼供。

崔莹：你曾说，如果被困在一个孤岛上，只能带一本书，你会带博尔赫斯的《小径分叉的花园》。为什么？

齐格蒙·鲍曼：相信读过、重读过（这本书深刻、简洁，需要多读几遍）这个短篇的人，很容易就能理解我的选择。在我读过的书中，它是对人类在世界上的存在状态之谜最精准扼要的记录。要想替换这一本书，你得带成百上千本厚重的大部头上孤岛。

社会学有什么用

英国利兹郊外，有一幢被绿树花草掩映的英式小楼。齐格蒙·鲍曼和他的妻子就住在这里。小楼的每个房间里都堆满了书。

1925年11月19日，鲍曼出生于波兰波兹南一个贫困的犹太家庭。二战中，他参加了波兰红军，后来因为反犹主义被逐出波兰。他从1971年开始定居英国，在英国利兹大学教书。

鲍曼的第一任妻子雅尼娜·莱温松是著名的波兰作家。她关于大屠杀的小说给鲍曼的研究提供了很多灵感与素材。两人共同生活了62年,有3个女儿。2009年,莱温松去世。

此后,鲍曼和比自己小7岁的波兰社会学教授亚历山德拉·卡尼娅结婚,后者是波兰前总统博莱斯瓦夫·贝鲁特的女儿。我在鲍曼家中对他进行了采访,采访中,鲍曼主答,亚历山德拉·卡尼娅对问题进行了一些补充。很不幸的是,鲍曼于2017年1月9日在家中去世,享年91岁。

❶ 社会学能在变化的世界中提供方向

崔莹: 在年轻的时候,你为何选择成为社会学家?

齐格蒙·鲍曼: 从战场回到一败涂地的国家,我决定改变年幼时想要探索神奇宇宙的兴趣,而去关注人类社会的现实,探究为何有那么多悲惨的事件发生。差不多70年了,我当时的动机早已失去了时效性,从事社会学研究已成为我的习惯。说实话,我也不知道为什么社会学对我如此重要,我只能说我没有尝试过其他职业,或者逐渐失去了对从事其他职业的兴趣、能力和意愿。因为研究了很多年,社会学已经成为我生命的一部分。

伟大的葡萄牙作家若泽·萨拉马戈曾经有这样的疑问:"我们讲什么话和出汗是因为同样的原因么?它自然而然就这样发生了。"或许这就是我们的命运。然后他讲了这样一个故事:"爷爷圣赫罗尼莫在临死前拥抱自己种的树,和它们告别,因为他知道将永远不会再看到它们。这是个值得学习的教训。所以我也拥抱我写下的文字，希望它们有长久的生命，并且后人会在我停下的地方，继续书写下去。"这其实也是我对你的问题的回答。

崔莹：你认为社会学的作用是什么？你如何评价这门学科？

齐格蒙·鲍曼：在剧作家特伦斯·拉蒂根的经典舞台剧《白朗宁版本》中，主人公安德鲁·克罗克-哈里斯目睹他教了多年的古希腊语和拉丁语被认为过时，新的学科如物理、化学替代了它们。在被迫退休时，他向同事、学生和学生家长强调："当我们不再相信文明的时候，我们如何培养文明的人？"

在某种程度上，社会学和古希腊语、拉丁文一样，为人类的文明做出了贡献，但社会学也越来越变成一门古老的学科。在流动的现代性中，社会学还可以帮着塑造文明的人吗？从一开始，人类社会的文明就是由不断的学习和忘记组成的，现在很少有人能讲流利的古希腊语和拉丁语，也很少有人可以弹奏中世纪的乐器。进步和成功就意味着接受新的挑战，旧的技能没有多少用处的话，就需要新的技能——安德鲁·克罗克-哈里斯对古典的维护，实际上是在浪费他自己的生命。

社会学的职责是在变化的世界中提供一个方向，这个职责也只有在跟踪这些变化及其结果，以及研究和思考人们针对变化所采取的对策中实现。我相信这个世界永远都需要方向，这也是社会学在探求和给予的。

崔莹：社会学家是否可以帮助政府做出决策？

齐格蒙·鲍曼：社会学家当然很乐意这样做，他们分析国家的现状，帮助人们更好地理解社会问题，但是很少有官员愿意听。在波兰，社会学家被认为是智者，电视新闻节目经常会邀请他们评点最近发生的事情，他们受到媒体的尊重。但在英国，社会学家不具有这样的地位。

亚历山德拉·卡尼娅：英国社会学家安东尼·吉登斯对政治产生了一定的影响。

齐格蒙·鲍曼：是的，但是他的例子比较特殊，他是托尼·布莱尔的顾问（布莱尔曾受吉登斯影响，提出"第三条道路"）。他们之间的私交甚好，并经常讨论各类问题，但是据我所知，安东尼·吉登斯的提议并没有实现，他们不过是讨论而已。

亚历山德拉·卡尼娅：我认为决策者们不怎么看书。他们可能会看些统计数据，但这些数据也都是经过精心选择的。我忘记是谁说的了，"政客利用社会学，就仿佛是醉汉利用路灯"。他们不是为了获得光亮而用，只是想靠在那里，寻求支持。

齐格蒙·鲍曼：我个人并不希望为政客做顾问，我更感兴趣的是为普通人做顾问，帮他们出谋划策，对付由当权者带来的这些糟糕之处。

亚历山德拉·卡尼娅：有意思的是，在波兰，比如波兰的社会学家琵奥特·格林斯基（Piotr Gliński），他本人也是政客。

崔莹：那社会学可以让人们变得更快乐么？

齐格蒙·鲍曼：可以。如果看清楚了这个世界是如何变化，以及这个世界如何影响我们，人们会变得更快乐。假如选择闭着眼睛，或者视而不见，人们也不会变得更快乐。短暂的快乐可能也会有，比如酗酒或吸毒，但是在清醒的时候，人们会意识到为此付出的巨大代价。

崔莹：社会学让你变得更快乐么？

齐格蒙·鲍曼：我一辈子都是社会学家，没有可对比的对象。

至于成为社会学家是否可以令人感到快乐，我只能用歌德的话来回答。在他和我差不多大岁数时，别人也问了他同样的问题，他回答："假如让我马上回答的话，是的，我这一生过得很快乐，但是我却想不起有一整周是快乐的。"

2 我永远是波兰人

崔莹：在你的著作中，你的分析多是根据你个人的经历么？

齐格蒙·鲍曼：很难讲。但也很显然，如果你是社会学家，在你的著作中，必然会有你自己的经历。我们并非是能向上看的鸟，我们也是普普通通的人。

美国社会学家赖特·米尔斯（C. Wright Mills）指出，好的社会学研究是对传记和历史的收集。传记是主观的东西，是你个人的经历，但另一方面，我们可以参考历史知识以及客观的现实。这两方面联系在一起，并互相交织。如果只是根据别人的经历，那我也是在说谎。这些都是交织在一起的。

崔莹：在英国生活了45年，这段生活经历是否对你产生重要的影响？

亚历山德拉·卡尼娅：他的博士论文研究的就是"英国的社会主义"。

齐格蒙·鲍曼：一方面我是在英国学习，一方面我是在这里生活了45年。我不是英国人，我也从来不想做英国人，我是在英国居住的外国人。幸运的是，英国对于外来移民相对来说很友好。刚到利兹大学教学时我就体会到，即使你不想做英国人，别人也会接受你的外国人身份。如果你想成为英国人，模仿英国人，也会被接受。从这点看，英国很自由，我对目前的状态也很满意。我在英国生活居住，但我不属于英国。

在英国生活了45年，我的确也改变了很多，比如我现在已经很适应并很喜欢英国的食物，我们家摆放的是英国的家具，我和亚历山德拉经常看英国的电影……如果你问在英国生活的经历是否会改变我的思想，我想我的读者对这个问题更有发言权。我是齐格蒙·鲍曼，我写的也是齐格蒙·鲍曼的想法，齐格蒙·鲍曼的想法受在波兰生活40多年的影响，也受在英国生活40多年的影响。

崔莹：但你的内心，依然属于波兰？

齐格蒙·鲍曼：对，我是波兰人，我死的时候也是波兰人，这一点不会改变。我们总是反反复复地纠结于这一类的问题，因为受父辈的教诲，我们内心认为移动地方就是离经叛道，就是巨大的动荡。但在今天，人们在世界各地旅行，移民是很普遍的现象。比如亚历山德拉的所有孩子都在美国生活。家庭更分散，但是因为有电话、网络等，你可以轻而易举在一个地方和处于另一个地方的人通话。因此地域之间的界限已经不那么明显。目前约有150万波兰人在英国和爱尔兰生活，在英国，波兰语是除了英语外第二常用的语言。

亚历山德拉·卡尼娅：再过几年，第二常用的语言可能是汉语。在机场，我们经常会遇到很多飞往英国的中国学生，我想他们目前在英国读书。在英国的中国人的比例将会越来越高。

齐格蒙·鲍曼：上世纪90年代初，很多波兰人移民到英国；

当波兰加入欧盟时，又有很多波兰人移民到英国。然后大批波兰记者来到英国，问这些波兰人：你们为什么移民？你们考虑过自己的处境么？你们来这里挣够钱然后回波兰吗？你们是否认为自己是移民？这些年轻人不知道怎么回答，也就是说，他们从来没有考虑过这些问题。对于他们，"移民"已经是很古老的一个字眼。

有一次，我在澳大利亚做访问教授，遇到一位在堪培拉工作的教授。我问他从堪培拉到悉尼有多远，你知道他怎么回答？他回答："10美元！"他是对的，就是这样，如果有足够的钱，距离不过就是一张飞机票或一张火车票，旅行不再有多困难。

崔莹：你认为什么样的社会是好社会？

齐格蒙·鲍曼：我所认为的好社会是：一个不认为自己足够好并一直想成为更好的社会。那个社会随时期待变化。我曾经构想了无数种好社会的模型，但后来发现这些模型又都各有缺陷，我意识到，我太专注于寻找每个社会的缺陷，而不是每个社会的优点：实际上欠缺的是一种批判性建构的精神。

崔莹：你被誉为当代最著名的社会学家之一，你如何看待这样的赞誉？

齐格蒙·鲍曼：给你讲一个我亲历的事。我去西班牙的奥维耶多领阿斯图里亚斯王子奖（由西班牙阿斯图里亚斯王子基金会创立的一个国际奖，被欧美科学文化界颇看重）。当时我很紧张，担心酒店门口挤满等我签名的人，但这种恐慌只持续到另外一位获奖者的出现——他是西班牙国家足球队的队员。等着签名的人都不认识我，都忙着要足球明星的签名。

流行文化

乔治·阿克洛夫 | "钓愚":人为什么会心甘情愿地花冤枉钱

我们为什么会花冤枉钱?商家如何借人性的弱点来渔利?《钓愚:操纵与欺骗的经济学》会告诉你答案。该书作者是2001年诺贝尔经济学奖得主乔治·阿克洛夫(George A. Akerlof),以及2013年诺贝尔经济学奖得主罗伯特·席勒(Robert J. Shiller)。

在书中,他们创造了"钓愚"(phishing)和"上钩的愚者"(phools)两个名词,以形容商人和企业愚弄和欺骗消费者的行为。他们历数普遍存在的"钓愚"现象,并从另一个角度反思了金融危机爆发的内在原因。他们最后强调,要减少"钓愚"行为,政府的监管和干预十分必要。

❶ 市场中的欺骗和操纵随处可见

崔莹：你和罗伯特·席勒为什么合写这本《钓愚》？

乔治·阿克洛夫：大众和一些经济学家都认为，市场是永远正确的。这一观点已经渗入了我们的道德体系，引用伊凡·博斯基的话，就是"贪婪是健康的"。（当然，人们也会考虑市场经济导致收入分配不公、环境污染的问题，但他们并未重视这些问题。）我们想挑战这一看法，向人们展示自由市场经济不仅有好的一面，也有非常不好的一面。

人们还有一种传统观念："消费者可以自由思考、自由选择。"但实际上并非如此，市场的欺骗和操纵随处可见，我们将这种手段称为"钓愚"。

在2008年的金融危机中，"钓愚"发展到了极致。很多经济学家认为是金融衍生品导致了金融危机，但他们不知道如何在学术论文中将这些观点表达出来，这些观点也很难在学术期刊发表。我们觉得有必要让人们更深入地了解一些常见又令人难以察觉的骗术，于是开始写这本书。

崔莹：说到市场，你怎么看待亚当·斯密的自由市场理论？

乔治·阿克洛夫：亚当·斯密"看不见的手"这一理论的现代版是这样的：当自由市场经济处于均衡阶段时，达到了资源配置的最优状态，即"帕累托最优"，各方福利很难再提高。这意味着，对市场任何一方的干扰，都会导致某些人的状态变糟。但请想一想，完全自由的市场经济会如何运行？在这样的情况下，人们有选择的自由，也有"钓愚"的自由。

大多数经济学家认为人们清楚自己的需求，但请想想吧，心理学的整个领域都在研究这一点：人们在做的事，很多时候对他们并没有好处，只是他们被欺骗和操纵了——控制一个人的注意力，就可以操纵他做你想让他做的所有事。这也是魔术师的伎俩：将观众的注意力吸引到某一事物上，趁机从帽子里揪出兔子。

在这本书中，我们将心理学和经济学知识结合在一起，研究市场经济的缺陷。我们将这种市场机制性失败和道德缺失的产物称为"欺骗均衡"——如果人们身上存在某个可以被利用的弱点，能给欺骗者带来超额利润，那么，一定会有某个欺骗者利用这个弱点来获得这种利润。

崔莹：《钓愚》的封面是一条蛇在人群中垂钓，钓竿上悬着一个苹果。它有什么寓意？

乔治·阿克洛夫：这是美国著名卡通画家埃德·科伦的作品。这条蛇在用苹果做诱饵，钓一群表情贪婪的人，鱼钩弯成了美元符号的形状。埃德·科伦非常擅于画表情，他把蛇的贪婪、觊觎苹果的人的贪婪都生动地画出来了。

这幅图和《圣经》的第一个故事有关：在魔鬼引诱下，夏娃不听上帝警告，偷吃了禁果，和亚当一起被逐出伊甸园。这也是世界上的第一起欺骗事件。

2

诺贝尔经济学奖得主也会上当

崔莹：请你举几个具体的案例，说明商家如何"钓愚"。

乔治·阿克洛夫：1985年，西雅图的柯曼父子开了一家肉桂卷店，宣称卖的是"世界上味道最棒的肉桂卷"，顾客于是趋之若鹜。这家店目前在美国的机场和大型百货商场随处可见，在30多个国家开了750多家连锁店。实际上，他家的肉桂卷是人造黄油烤的，还加了大量糖霜，对人体并不好。但是，即使柯曼父子不开肉桂卷店，也会有其他人卖类似的食品——在自由市场中，总会有人利用我们的弱点发现商机，赚取利润。

再比如赌博。一些人对老虎机上瘾，他们不停地摁钮，直到身无分文。等他们一有钱，还会马上回来继续玩，无法自拔。这就是一些国家禁赌的原因。

崔莹：即使得过诺贝尔经济学奖，你和罗伯特·席勒是否也很难避免被"钓愚"？

乔治·阿克洛夫：是的。写这本书时，我们的研究助理黛安娜采访了汽车推销员。我们得知，汽车代理商通过售后服务，"从10%的客户那里获得50%的利润"——在4S店，车的保养费用远远高于其他地方。

这一发现给我们敲响了警钟。我们都很谨慎，都开有些年头的沃尔沃汽车。买车时，我们避开了通常的欺骗，用现金支付，不分期付款（分期付款的手续费非常贵）。我们买的都是标配车型，没有额外支出。我们很细心地保养，一直委托4S店维护。

然后，我们发现我们就是汽车销售商眼里那10%的顾客——他们已经通过每5000英里一次的检查维护，狠狠地宰了我们。在这个案例中，恰恰因为小心谨慎，我们才上了钩。

还有一次，我在家里写这本书，突然有人敲门，说在我住的这个小镇上，有人预订了他们的牛排，但那人不在家。敲门者说他们的牛排是世界上最好的，问我是否愿意买。我喜欢牛排，就一下子花大价钱买了12块。拿着它们走进房间时，我突然意识到："天哪，我一定是被'钓愚'了。"

果然，牛排质量很差。

崔莹：在你看来，什么样的广告和营销应该被定义为"钓愚"呢？

乔治·阿克洛夫：假如它们都在说服你买对你根本不利的东西，就都属于"钓愚"。市场伦理是要告诉消费者真相，让消费者自己做决定。但问题是，如果人们的决定对商家不利，商家怎么会这样做呢？所以商家会用各类广告来"钓愚"。

比如说，有一种处方药叫耐信，很贵。一种叫奥美拉唑的药效果相似，很便宜。但人们经常在电视上看到的是耐信广告，被说服去买它。这类广告就是"钓愚"的一个例子。

再比如汽车广告。这类广告除了展示车，也擅长讲故事，它们告诉消费者，如果拥有这样的车，生活会多美好。人们买车时，这样的期待已经在脑海里。他们会想买广告里的车，而不是性价比更好的。这类广告是另一种形式的"钓愚"。

❸
如何避免被"钓愚"

崔莹：如何避免被"钓愚"？

乔治·阿克洛夫：一定要记住，当你看到一样东西，忍不住想"太划算了，简直不可思议"时，最好不要买。

避免被"钓愚"的方式之一，是了解那些想要卖你东西的人的动机。你得问自己："这些自称卖的东西对我有利的人，真的是为我着想吗？他们卖的东西真的对我有利吗？"你要清楚自己的动机和对方的动机。

崔莹：在缺乏监管的市场中，一定会出现"钓愚"现象吗？

乔治·阿克洛夫：是的。假如有利可图，"钓愚"现象肯定会发生。市场不会保护消费者不透支，不买太多烟酒和含糖食物。如果消费者存在这些很容易被利用的弱点，也没有相关规则去制约商家，"钓愚"就很容易产生。

要知道，"钓愚"之所以容易产生，是市场均衡的本质决定的。因此，在与其斗争时，政府的监管和干预十分必要。

崔莹：在缺乏监管的市场中，劣币是否一定会驱逐良币？

乔治·阿克洛夫：不一定。《钓愚》出版时，大众汽车在尾气排放测试中作弊，深陷于丑闻。我当时就想，大众一定可以令排放量达标，因为他们之前的信誉一直很好，之后他们也这样做了。

当"回头客"是消费者预防被"钓愚"的措施之一。需要回头客的公司，通常会在乎自己的声誉。

崔莹：如果政府和商家因为某种共同利益站在一条战线上，而这种商品又具有垄断性，普通消费者应该如何应对？

乔治·阿克洛夫：所有的经济学家都知道垄断的存在，也都无能为力。在美国，政府试图打破垄断，比如借助于相关立法。但这些不是《钓愚》这本书关注的重点。我们想要说明的是，即使垄断不存在，消费者依旧会面临被"钓愚"的局面。

崔莹：如何平衡市场的自由度和监管的程度？

乔治·阿克洛夫：过度的规范会遏制人们从自由市场获得充足的商品，但没有规范，人们就会被"钓愚"。所以我们需要通过一些常识来决定何时需要规范，需要什么规范。

崔莹：你的妻子珍妮特·耶伦是美国联邦储备委员会副主席。写这本书时，她给过你建议吗？

乔治·阿克洛夫：在我写这本书的整个过程中，她一直忙于美联储的工作，所以她对我的写作影响不大。当然，书的初稿完成后，她是最先看到的人之一。

乔汉娜·贝斯福

没料到《秘密花园》会热销

1000万册！没错，这是《秘密花园》作者乔汉娜·贝斯福（Johanna Basford）创造的销量奇迹。这位年轻的苏格兰插画设计师，在全世界已经卖出了超过1000万册涂色书，有人把她比作苏格兰的第二个J.K.罗琳。

在《秘密花园》火之前，乔汉娜·贝斯福已小有名气：苏格兰大文豪沃尔特·司各特故居展览的插画出自她之手，某年爱丁堡艺术节演出目录封面和伦敦维果街星巴克咖啡店窗花是她的作品，英国"超女"苏珊大妈的专辑封面也是她设计的。

而大红之后，她依然和做啤酒生意的丈夫住在宁静的苏格兰乡下。她照顾小女儿伊维，带着大狗散步，在没有网络的阁楼设计新的涂色书。"说实话，我其实很自私，创作这些涂色书时，我只想着我自己——我画的是我自己喜欢看，并且也想涂色的图案。"她说。

她的三本涂色书《秘密花园》《魔法森林》和《迷失海洋》均已在中国出版。

❶ 狂野童年给我带来灵感

崔莹：你的三本涂色书分别是《秘密花园》《魔法森林》和《迷失海洋》。为什么选择花园、森林和海洋这三个题材？

乔汉娜·贝斯福：《秘密花园》的灵感来自苏格兰西海岸的艾伦岛（Isle of Arran）。我的爷爷是岛上布罗迪克城堡（Brodick Castle）的园丁，我的夏天和圣诞节多在那里度过。城堡的大花园很美：满院杜鹃花，满墙忍冬花吐露着香气。花园中央有个古旧的日晷，墙角有蜂巢。

《魔法森林》的灵感也来自这个岛。爷爷屋后是一片小树林，一直通向岛的最高峰戈特山（Goatfell）。我在树林里散步，和小伙伴捉迷藏、爬树。小树林很阴暗，树洞很多，我一直向往着能在这里邂逅某种野兽。

《迷失海洋》的灵感来自我的父母和丈夫。我的父母都是海洋生物学家，我伴着各种水生物长大。吃海鲜前，我们通常会先对盘子里的海鲜评头论足一番。刚认识我丈夫时，他是渔夫，经常去北大西洋打渔（他总能带回鲱鱼和鲭鱼）。而我就在画画的间隙听广播，关心海洋天气。几年前，我喜欢上了潜水，这也帮助我画出《迷失海洋》。

崔莹：你创作的灵感从何而来？

乔汉娜·贝斯福：并非是某个具体的东西或地点。每天我都会产生一些小想法，但多是一些不具体的无意识念头，之后的某一天，它们又被回忆起来。

我想，影像、歌词、声音甚至味道，都会让人产生灵感。经历和本能的好奇心也会给人带来灵感。比如说，因为我的家庭，我知道我一定会创作一本和海洋有关的书。此外，受父母影响，我从小基本不看电视，而是在室外活动：挖洞，用沙土垒城堡……无忧无虑的狂野童年给我带来灵感。

崔莹：在BBC采访你的视频中，可以看到你的书桌上摆着一堆带插图的古书。你会参考它们进行创作吗？

乔汉娜·贝斯福：这些书是爷爷和父亲留给我的，是杂志和古老的百科全书，里面有花草树木和海洋生物的插图。画细节时，我时常会参考这些书。从网上找到的图都雷同，但这些书中有独一无二的图片。比如父亲留给我一本海洋生物书，其中介绍的很多海洋生物已经绝迹，它们激发我更多的想象。

崔莹：你的作品和英国插画师凯特·格林纳威、亚瑟·拉克姆、奥伯利·比亚兹莱、沃尔特·克莱恩的都形似，尤其特别接近英国设计师威廉·莫里斯的风格。你是否经常参考他们的作品？

乔汉娜·贝斯福：所有视觉艺术创作者多少都会从过去或现在的艺术家那里获得启发，这样的启发往往是无意识的。我觉得自己像块海绵，潜意识地吸收各种美丽的构图。但创作者不该只获得某一种启发，或者只关注某一个人的作品，而是要接受各种各样的影响。你不是在模仿，而是在找自己的风格。

崔莹：女儿伊维会带给你一些灵感么？

乔汉娜·贝斯福：创作《迷失海洋》时，我带女儿参观了很多海洋水族馆。成年人看鱼，往往站在3米之外看，但我的女儿把脸紧紧贴在玻璃上，鼻子凑上去，手也摸着玻璃。她睁着一双大眼睛，似乎在表示："哇，太酷啦！"而她的这种对自然界的好奇心，正是我想在作品里表达的。我希望通过孩子的眼睛来展示这个美妙的海洋世界：你看到的不是一个简单的贝壳，而是美人鱼的家。

崔莹：某种程度上，《秘密花园》和女儿一起改变了你的生活。

乔汉娜·贝斯福巴斯福德：是的。我不知道哪个带来的改变更多。

❷ 我喜欢不完美的圈、带点弯曲的线

崔莹：在你的早期作品中，你喜欢用黑白色。为什么对黑白色情有独钟？

乔汉娜·贝斯福：黑白是经典的颜色组合，永远不会过时。而且黑白可以体现图案本身的效果，你的精力可以完全集中于构图，去考虑线段的组合和细节。

我上大学时学的是纺织设计，当时就开始用黑白色创作。最后一年制作毕业作品时，我没有钱，而用黑白色会省很多钱。这正验证了一句古话："需要是发明之母。"虽然当时是无奈之举，但我并没有受制于此，而是在此基础上，创造了自己的风格。

崔莹：你的涂色书是手绘的，而你很排斥电脑绘图，为什么？

乔汉娜·贝斯福：我有很多同行用电脑制图，效果也很棒，但我认为用电脑绘制的作品通常会很冷，手绘的作品更有亲和力。我喜欢不完美的圈、带点弯曲的线，它们更自然，更有生命力。此外，我的涂色作品都从自然中获得灵感，如果用机器来表现，显得非常不协调。

崔莹：你选择在偏僻的苏格兰乡下而非大城市进行创作，为什么？

乔汉娜·贝斯福：毕业后，我去伦敦待了几周，但是我不喜欢那里。在钢筋水泥包围下，我感受不到大自然，无法画出花蕾或树叶。我向往乡下的生活，喜欢拥抱碧绿的田野和蓝天。你选择的事、你选择的住处，首先得能让你开心。繁华的城市、快节奏的生活不能让我感到快乐，也不能给我的创作带来灵感。

崔莹：你曾经毛遂自荐为英国艺术杂志《创意评论》设计了一期封面，并在你的Twitter上发表这张图，动员粉丝鼓动编辑部采用，结果成功了。

乔汉娜·贝斯福：我住在乡下，附近也没什么人，我非常明白我不可能经常碰到某位艺术总监，或者哪位需要我作品的熟人。为了弥补这个缺陷，我求助于社交网络。在这一点上，我承认我很功利。但你不可能把东西简单地放在那里，然后指望别人发现。你必须得主动。

可能网络不能完全展示我所有的个性，但是网络上的我很真实，也很真诚。我在网络上告诉别人我在忙些什么，并展示我的作品，网络像是我的工作室的延展。

有些人不愿把自己的作品放上网络与人分享，但我希望别人看到我的作品，获得启发，创作出更好的作品。看到我的作品被涂色后用于刺绣、缝纫，被制成其他艺术品，我很开心，因为别人把我的作品再创造得更好了。

❸ 没料到《秘密花园》会热销

崔莹： 你怎么会产生为成人设计涂色书的想法？

乔汉娜·贝斯福： 之前我的很多客户告诉我，我的手绘黑白作品很细腻，图案错综复杂，让他们产生涂色的冲动。我也仔细思考过这个问题。

实际上，成人为作品涂色的现象已经存在很久了，只是近些年才被社会接受。涂色可以减压，人们可以完全投入，尽情发挥，不必面对电脑刷社交媒体。而且每个人都有创意和天赋，只需要鼓励他们发挥，涂色书为他们提供了平台。最后，怀旧也是人们钟爱涂色书的一个原因——涂色让总是忧心忡忡的成年人体会到儿时无忧无虑的时光。

崔莹： 你是怎么和《秘密花园》的出版方劳伦斯·金出版社（Laurence King Publishing）联系上的？第一次出成人涂色书，是一个冒险吗？

乔汉娜·贝斯福： 之前，我设计了一系列插画放在自己的个人网站上，供人们免费下载当屏保。劳伦斯·金出版社的一位编辑下载了我的一幅《树上的鹰》。后来她主动和我联系，问我是否愿意创作一本儿童涂色书。

我说，不如出一本成人涂色书。开始出版社并不热衷，认为出这类书很傻，没人会买。我竭力说服他们，说这本书一定会很好看，会有市场潜力。我先画了5张样图发给编辑，对方觉得还不错，就决定出版了。

当时我对《秘密花园》到底能卖多少也心里没底，毕竟做一本完全不同的书有很大的风险。我和编辑都没有意识到全世界对这类书的需求。这本书和《魔法森林》的销量总共超过1000万册，我比其他任何人都吃惊。

崔莹：你的第三本书《迷失海洋》换了企鹅出版社出，为什么？是因为版税吗？

乔汉娜·贝斯福：和钱没有关系。企鹅出版社显然更大，可以把书做得更好，让更多的人看到。实际上，在和企鹅出版社谈钱之前，我就先答应和他们合作了。当时我也没有看到任何协约，这倒令我的经纪人焦躁不安。

崔莹：有些人认为热衷涂色也有负面作用，比如眼睛痛、颈椎痛，你怎么看？

乔汉娜·贝斯福：我在创作时同样会眼睛痛、颈椎痛。那就停下来喝杯茶，休息一下，再继续涂。无论做什么事，即使你喜欢，做得太多也会失去幸福感。

崔莹：你是否问过心理学家涂色的效果到底有多大？

乔汉娜·贝斯福：我和很多心理学家聊过天。他们告诉我，他们在心理治疗过程中，会建议病人涂色。心理学家指出，如果病人能够摆脱焦虑，集中精力专注地做一项工作，就对健康有利。

崔莹：作为全世界最热销的成人涂色书的作者，在你看来，你成功的秘密是什么？

乔汉娜·贝斯福：我做的是我真正热爱的事，我也一直在充满激情地创作。之前做各类绘画项目时，我可以一天连续工作18个小时。有了孩子后不能到处奔波，创作涂色书正适合我现在的生活。一定要做你喜欢的事，不要委屈你的灵魂。

说实话，我其实很自私，创作这些涂色书时，我只想着我自己——我画的是我自己喜欢看，并且也想涂色的图案，同时希望别人和我有同样的感受。我并非因为追求潮流或商业成功去做这件事情，只是想专心创作漂亮的书。我想，只要我坚持这样的原则，人们就会喜欢我的作品。

崔莹：你怎么和粉丝互动？

乔汉娜·贝斯福：我在网站上建立了"涂色作品艺术馆"，我的粉丝可以把作品上传展示。他们留言告诉我他们的故事，有的很令人感动。一位癌症病人告诉我，她在化疗期间，靠给《秘密花园》涂色分散注意力。

❹ 每本涂色书都有它的价值

崔莹：你知道吗，《秘密花园》在中国的销量已经超过了300万册。

乔汉娜·贝斯福：有那么多中国读者看我的书，太棒了！显然，中国人比苏格兰人多得多，所以中国市场很大，这对我来说是很好的机会。听说中国人的生活很电子化，生活节奏很快，大家工作很辛苦。我的涂色书正好可以让大家放松，或者暂时离开网络做点有创意的事。这大概也是这本书在中国受欢迎的原因。

崔莹：在你的印象里，中国是什么样子？

乔汉娜·贝斯福：我没去过中国，我只能凭我听说或者从新闻里看到的信息来想象中国。我想，中国节奏很快，技术很先进，中国拥有悠久的历史和文化，也很接地气。这里一定能给我带来很多灵感。我希望有一天能去中国。

崔莹：如今市场上的成人涂色书数不胜数，比如米莉·马洛塔的《米莉·马洛塔的动物王国》、理查德·梅瑞特的《填色书艺术疗法》、艾玛·法拉荣斯的《正念填色书》。你最欣赏哪位的作品？

乔汉娜·贝斯福：成人涂色书市场一片繁荣，这令人开心——无数竞争者如雨后春笋般出现，再没有别的事比这更能证明你的正确了。每一本涂色书都有其价值，我不想说喜欢哪本。

崔莹：这么多类似的书涌现，你会担心失去市场吗？

乔汉娜·贝斯福：不会。《秘密花园》是融入了我的爱和激情的产物，在它诞生前，没有成人涂色书这个类别。其他人的创作目的很明确，是为了卖更多的书，而我就是想做这本书。《秘密花园》第一版只印了1.6万册，这个数字已经让我感到惊讶。

我只是想和大家分享我的作品、我的激情，希望他们和我一起涂色。只要这个想法不变，我就不怕失去读者。

崔莹：你打算怎么花你的版税？

乔汉娜·贝斯福：我不想谈钱。像其他人一样，我很努力地工作，为家人的将来存钱，他们也永远是我生命中最重要的部分。

兰道尔·门罗 | 想知道抽干海水会怎样

美国著名科普漫画家兰道尔·门罗（Randall Munroe）的著作《万物解释者：复杂事物的极简说明书》入选美国亚马逊2015年秋季畅销书单。在此之前，门罗早就闻名西方世界了。"如果我以每秒1英尺一直往下挖地会发生什么？我会怎么死？""如果地球上的所有人都聚集、站好、一起跳并同时落地，会发生什么？""如果地球上的每一个人同时用激光笔照射月亮，月亮的颜色会改变吗？""如果把海水抽干，会怎样？""如果某个人真的拥有了全世界所有的财富，会怎样？"10年前，他开始在自己的科学漫画网站XKCD.com的"what if"栏目回答网友的上述古怪问题。有网友把他的问答归纳为"十万个怎么样"。

此前，门罗曾是美国航空航天局机器人实验室的工程师，后来转行。依靠数学和物理学知识，他尝试着一本正经又不失幽默地为各种古怪问题找到答案。为此，他设计电脑模拟图，查阅解禁的军事机密档案，咨询核辐射工作人员，甚至给母亲打电话……在此过程中，XKCD逐渐成为美国最热门的科普漫画网站。

他也将问答结集成书出版。很快，他的XKCD被《纽约时报》称为全世界科技迷的必备读物。他的《What if？那些古怪又让人忧心的问题》稳居2014英美畅销书排行榜前列，并已经在中国出版。比尔·盖茨也极力推荐这本书。

门罗现在有着居高不下的人气。在"门罗粉"的热烈呼吁下，国际天文学联合会将小行星4942命名为"门罗"。他在中国也有大量粉丝，科学松鼠会网站一直翻译发布其作品。对了，也有一些中国读者把他和《生活大爆炸》中的宅神"谢耳朵"相提并论。

在比尔·盖茨的2020年夏季图书推荐中，他特别表示门罗"将离奇的科学课程变成了引人入胜的漫画"。比尔·盖茨已经读过门罗的两本书，并准备读他的新著《how to？如何不切实际地解决实际问题》。

有些答案让我大吃一惊

崔莹：你为何为这个网站起名"XKCD"？

兰道尔·门罗：从使用电脑开始，我就经常给自己起不同的登录名。每次我的兴趣变了，就得改登录名。后来我决定起一个没有任何含义的名字，这样当我的兴趣变化时，它可以不变。所以我起了这个名字。

崔莹：你的科学问答栏目"What if"是如何诞生的？

兰道尔·门罗："What if"是XKCD的衍生品，它的诞生完全是个偶然。那时我会收到网友邮件："我和朋友就这样一个问题产生争执。你经常画科学漫画，拥有丰富的科学知识，也许你能帮我们解答。"我觉得这很有意思，就产生了在网站上开设"What if"问答栏目的想法。我把问题公开，然后回答，而不是像以往那样单独回邮件给读者。结果网友们很喜欢。

崔莹：XKCD的其他栏目和"What if"问答栏目的区别是什么？

兰道尔·门罗：XKCD的其他内容更杂也更灵活。我可以讲简单的笑话，或者画高深复杂的图表。我最喜欢做的事情之一是为XKCD画图表，即收集世界上的各类统计数据，并将它们显示在一张大图上。在"钱都去哪里了"图表中,包括苹果、咖啡的价格,美国的国债发行量,美国总统候选人的竞选开支。

根据全球社交网站的分析数据,我绘制了2007年和2010年全球社交网络分布示例图。我还绘制了"辐射剂量关系图",用图表告诉大家日常生活中哪些地方有辐射、辐射量有多少(比如"睡在某人旁边"的辐射是多少,在切尔诺贝利核电站废墟站10分钟的辐射是多少)。

"What if"的形式更具体,回答粉丝千奇百怪的问题是一件很有意思的事情,特别是当有些答案让我大吃一惊的时候,比如"在核反应堆的燃料冷池中游泳,辐射量实际很小"。

崔莹:收到这么多离奇问题,你如何选择要回答的?

兰道尔·门罗:我不会选择太简单、一下就知道答案的,也不会选择太难答的。有人问我"生活的意义是什么",我就答不上来。我喜欢回答一些我自己也想知道的,并且只需要认真做研究就可以找到答案的问题。

我最喜欢的问题大都来自小朋友,因为他们的提问简单而奇特。简单的问题最容易产生有趣的答案。

❷ 从网络、学术论文和专家那里找答案

崔莹:如何让答案明了易懂?

兰道尔·门罗:我通常先把答案给身边没多少理科背景的朋友看,看他们是否能够看懂。

崔莹：回答"What if"的一个提问通常需要多久？

兰道尔·门罗：大概一两天。但有些问题可能需要用好几周找答案，我尽量给自己一个时限。

崔莹：具体来说，你是如何回答这些天马行空的问题的？你会向人求助吗？

兰道尔·门罗：我选的问题可能和我已有的知识有关，但是很多情况下，我是在网上查书，或从学术论文中找答案。假如问题很独特，找不到相关资料，只能借助其他渠道。比如一位读者问我："柳絮易燃么？"我找不到任何关于这方面的科学论文，就在YouTube搜，发现了一个人们在路边燃烧柳絮的视频。这就是完美答案了。

很多时候，我在半夜查资料回答问题，很难找到人帮我，因为大家都在睡觉……但查阅的资料不足以回答某一问题时，我会问专家。有一个问题是"假如美国境内的河全都结了冰，结果会怎样"，我恰好认识一位研究河流的专家，就给他打电话，得到了答案。

崔莹："What if"的回答往往令人脑洞大开，你为什么这么有创意？

兰道尔·门罗：这是在答问过程中自然产生的。这些问题没有固定的答案，你不得不"有创意"、多思考，把很多种可能性用独特的方式结合在一起。比如有人问："牛排从多高的地方掉下来正好烤熟？"我参考了一堆关于宇宙飞船产生热量的论文和一堆如何烤牛排的食谱，给出了答案。单单把这两个领域的知识结合，就非常有意思了。

❸ 较真性格适合答问

崔莹：有些读者把你和《生活大爆炸》中的宅神"谢耳朵"相比，现实生活中的你是否也是典型的科技宅男？

兰道尔·门罗：有点像。我是很严肃、爱较真的那种人。有人说了一句话，我会一直想这句话；有人开了一个玩笑，我会一整天想这个玩笑。较真的性格正适合回答问题吧。

实际上，"科技男都是书呆子"是人们的刻板印象。就像图书管理员，至少在美国，人们认为图书管理员都是戴着眼镜的中年妇女，会不停地"嘘"，让大家保持安静，但是我认识的图书管理员都很有趣，有的文身，有的喜欢泡吧。刻板印象和现实世界的人是有差异的，科技男和一般人没有多少差别吧。

崔莹：你曾说你在用数学回答问题。在答问时，你还需要什么知识？

兰道尔·门罗：我大学本科学的专业是物理，也选修了很多数学课程，数学和物理很接近。我现在也在自学其他学科的知识，比如生物和化学，这样我可以回答更多的问题。

之前我倾向于用数学答问，因为这是我擅长的学科。但人们会问各种各样的问题，比如最近有人问："假如恐龙重新出现在现代世界，它们的命运如何？它们会被捕杀么？它们会找到食物么？它们会吃人么？"对于这类问题，数学和物理知识都派不上用场了，需要用生物学、社会学、生态学，甚至政治学方面的知识来回答。

崔莹：你有没有想过，为什么自己的书如此受欢迎？

兰道尔·门罗：我也不知道。我对很多事情感到兴奋和好奇，我把我感兴趣的东西告诉大家，也希望这些内容令大家感兴趣。

实际上，我感觉人们所感兴趣的那些古怪的问题一直存在，现在人们可能只是换了一种方式和场合去讨论。

❹ 靠漫画周边产品挣钱

崔莹：你怎么看待你的模仿者？

兰道尔·门罗：我不喜欢那些模仿我就是为了赚更多的钱的人。我喜欢他们回答他们所感兴趣的问题。如果看我的书或漫画，可以让他们对回答古怪的问题感兴趣，那就太好了。

崔莹：有中国网站一直定期发布你作品的中文版。我知道你将XKCD的作品在全世界免费授权传播，为什么？你怎么谋生？

兰道尔·门罗：这也是一种商业模式。我是看报纸漫画长大的一代，看过《凯文的幻虎世界》（*Calvin and Hobbes*）、《远侧》（*The Far Side*）和《加菲猫》等。后来我发现，在报纸上刊登漫画很困难，竞争激烈，也挣不了多少钱。于是我把漫画作品发布在XKCD网站上，人们免费看，喜欢的人会买漫画海报、漫画合集、T恤等。我是靠在网络上售卖和漫画有关的产品来挣钱的。

崔莹：《万物解释者：复杂事物的极简说明书》是怎样一本书？

兰道尔·门罗：这是一本用简单的词解释复杂事物的书，解释对象包括宇宙飞船、核反应堆等。我用简单的词来解释它们各部位的用途及运作原理。比如我不说"这是核反应堆",而是说"这是依靠热金属产生能量的机器",因为"核""反应堆"都是复杂的词。我还画了很多图表,展示它们的工作原理。

朱莉娅·埃克谢尔 | 童书作者大都有童年创伤

杰里米·费希尔是一只棕色的青蛙，他住在池塘边黄色毛茛花丛中的一间潮湿的小房子里，他喜欢让脚湿漉漉的，从来没有人责备过他，他也从来没有感过冒，这是翠克丝·波特创作的《杰里米·费希尔先生的故事》。那只来自荷兰的萌兔子米菲看上去永远都是一个样子：穿着裙子的兔子。他的设计者迪克·布鲁纳说："房子就是房子，米菲就是米菲。"《米菲》的每个故事都有美好的结尾。诗歌集《现在我们6岁了》的作者是A.A.米尔恩，米尔恩对温暖、快乐的童年的钟爱，大概是他对一战经历的逃离，他要躲进一个安全的港湾，在那里没有坏事情发生。《胡诌诗集》诞生于1846年，作者是爱德华·李尔，因为家里人口多，父亲没能力养家，李尔不得不从14岁开始画画挣钱补贴家用。《北极光》是菲利普·普尔曼《黑暗元素三部曲》的第一部，关于正义和邪恶之争，这部书很快被誉为20世纪末的经典童书……这5本童书来自《长大之前一定要看的1001本童书》的推介，这本书推介了1001本精彩有趣的童书。《长大之前一定要看的1001本童书》堪称"童书圣经",关于童书和童书创作者的一切,几乎都可以在这本书里找到。

朱莉娅·埃克谢尔(Julia Eccleshare)是这本书的主编。她曾担任企鹅出版社的童书编辑,英国《卫报》童书版编辑等,她现在是图书节的组织者、英国Lovereading4kids网站的撰稿人。因对儿童文学的贡献,埃克谢尔获得"大英帝国员佐勋章"(MBE)。

《长大之前一定要看的1001本童书》在中国出版后,备受追捧,我在朱莉娅·埃克谢尔位于伦敦的家中对她进行了采访。有趣的是,朱莉娅·埃克谢尔刚搬家不久,她的新家所在的街道叫"朱莉娅街"。

❶ 一直和童书打交道

崔莹：你是如何喜欢上童书的？

朱莉娅·埃克谢尔：我小时候就很喜欢阅读，我记得阅读时那种逃往另一个世界、了解别人的生活的感受。我总是对人物而不是故事情节感兴趣，我喜欢和书里的小朋友在一起。我很幸运，大学毕业后，就找到一份从事童书书评的工作。21岁，刚毕业，我从喜欢读书的小读者转变成和童书打交道的人。

我从1974年开始工作，做过评论员、出版人、编辑等，现在组织文学节。尽管工作内容不同，但总围绕童书和儿童故事。当我是孩子时，我喜欢童书里的故事、喜欢书中的冒险和小朋友，现在，我喜欢童书，因为童书反映童年，折射成年人对孩子们的态度。社会如何关照孩子是一件非常重要的事情。

崔莹：编辑出版《长大之前一定要看的1001本童书》的初衷是什么？

朱莉娅·埃克谢尔：我很幸运，在《长大之前一定要看的1001本童书》出版前，同一出版社出版了其他类似的书，比如关于1001部电影、1001个城市等。然后他们觉得选编1001本童书是一个很好的主意。这些书要从全世界选择,不受年代限制,我们选书的原则是,希望它能够包括历史上的好书,特别是19世纪英国童书黄金时代的书。但我们也不希望这本书的内容看起来很陈旧,所选的书也要紧跟时代。《长大之前一定要看的1001本童书》中包含很多标志性的作品,比如《小熊维尼》、罗尔德·达尔(Roald Dahl)的童书、朱莉娅·唐纳森的《咕噜牛》等,以及《哈利·波特》。我们选择最具原创精神、最有影响力的童书。

崔莹:你本人是否拥有很多童书?在从事和童书有关的工作中,有哪些有趣的经历?

朱莉娅·埃克谢尔:是的,我有很多童书。这些童书呈现了童书的历史和发展,可以看到在某个阶段,当时社会所流行的作品,有的是现实主义作品,有的是奇幻小说。在从事和童书有关的工作中,我最喜欢的有两件事:一是我发现别人也喜欢我所喜欢的书,我原以为一本只对我很重要的书,也对别人很重要。再就是,我认识了很多了解童书的人,我经常和图书管理员、老师等童书爱好者,谈论童书和阅读童书。

崔莹:在你的童年,找到可读的书是一件困难的事情吗?

朱莉娅·埃克谢尔:小时候,我家里有很多书。父母经常带我去图书馆,大概每周都去图书馆借书。所以,我小时候有很多书读。我记得特意去找某本书看,父母不喜欢我读某些书,我也偷偷地去读。

崔莹:如果请你说出此时浮现在你脑海里的几本童书,会是哪几本?

朱莉娅·埃克谢尔:第一本是奥利弗·杰弗斯(Oliver Jeffers)的《书之子》,大英图书馆正在展览这些书。第二本是菲利普·普尔曼（Philip Pullman）的《北极光》，第三本是艾伦·亚伯格（Allan Ahlberg）的《桃子、李子和梅子》，第四本是格丽特·怀兹·布朗（Margaret Wise Brown）的《晚安，月亮》，这是一本美国童书，我的孙女特别喜欢它。

崔莹：你最喜欢的童书是哪本？

朱莉娅·埃克谢尔：我伴随着毕翠克丝·波特的童书长大，我喜欢这些书，喜欢其中的图画和语言。我最喜欢的是《松鼠胡来的故事》，我喜欢松鼠胡来的淘气。我喜欢的另一本书是罗斯玛丽·萨克利夫（Rosemary Sutcliffe）的《战士猩红》，这是一本历史小说，这本书曾一度促使我大学里想学历史。这是一本关于克服困难的书，一个手臂残疾的男孩不得不克服残疾，获得他想在部落里得到的身份。我当时没有意识到我在读一本关于残疾人的书，我只觉得它是一个很精彩的故事。我喜欢意·内斯比特的《五个孩子和沙精》，这本书充满魔幻。我喜欢罗伯特·路易斯·斯蒂文森的《绑架》，这个冒险故事发生在苏格兰，我喜欢苏格兰。

❷ 读书不再是一件私人的事情

崔莹：在你的成长过程中，童书带给你怎样的影响？

朱莉娅·埃克谢尔：假如你是喜欢读书的小朋友，读书令你有机会探索其他的世界，这是一件非常美妙的事情。你可以走出自己的一成不变的生活。小朋友的童年生活通常特别受限：住在家里，活动范围就那一条街道,很少遇到不同的人,很少见识不同的事情。如果你是读者,(在书里)你可以去任何地方。我住在伦敦,在城市里长大,但我很喜欢乡下。我所读的很多书让我了解乡下,比如毕翠克丝·波特的书,她的书中描绘了美丽的乡村景象。这仿佛是一种对城市生活的"逃离"。当你年幼时,你并不知道什么时候在学习,实际上,你永远都在学习。(通过读书)你的经历超过了你自己的生活。我喜欢看关于友情、校园故事的书。

崔莹:你年幼时,会和小伙伴讨论所读的书吗?

朱莉娅·埃克谢尔:没有。我有很多兄弟姐妹,但在我年幼时,读书通常是很私人的行为,大都是一个人读,所读的内容也都储藏在你自己的脑海里。但是现在,一个非常好的变化是,读书成为一个集体行为。比如,拿非常成功的系列小说《哈利·波特》为例,每个人都想读这本书。之前也有例子,比如我记得罗尔德·达尔(Roald Dahl)的童书《玛蒂达》出版时,我的孩子正在上小学,所有小孩都想读这本书。现在阅读意味着和朋友分享所读所感,读书变成集体、外向的事情,这种变化非常好。

崔莹:《长大之前一定要看的1001本童书》所选择的童书很多都有插画,如果请你选择最喜欢的插画师,你会选择哪几位?

朱莉娅·埃克谢尔:我首先会选昆廷·布莱克,他为《长大之前一定要看的1001本童书》画了封面。他的画风识辨力很强,他用图画讲故事的方式也很丰富。出于同样的原因,我选择约翰·伯宁罕(John Burningham),他很有趣,在他的书中,孩子们充满想象力,可以自由表达自我,这是一种悄无声息的反叛。插画师既呈现孩子们的乖顺,也呈现孩子们的叛逆,他们呈现孩子们原本的样子。我喜欢海伦·奥克森伯瑞(Helen Oxenbury),几乎每一个英国小朋友都读过她和英国诗人麦克·罗森（Michael Rosen）合作的童书《我们要去捉狗熊》。外出冒险的那一家人被奥克森伯瑞画得栩栩如生。

崔莹：这本书中的很多童书被改编成家喻户晓的动画片或者电影，给你留下印象最深的是哪几部？

朱莉娅·埃克谢尔：我觉得近期最成功的由童书改编的电影是《帕丁顿熊》，帕丁顿的故事被巧妙改编，既保留了故事的内核，又有很大的变化。迈克尔·邦德（Michael Bond）写这本书时，伦敦的二战难民给他很多启发，实际上，原作并非是关于移民的故事，但现在，它成为一个接受、欢迎移民的书。新技术和旧技术融合，通过新技术将原来童书中的故事变成了更精彩的内容。若选择比较传统的电影，我会选《铁路旁的孩子》，这是部很经典的儿童电影，它的内容接近原著。影视改编带给童书新的生命，《托马斯和朋友》就是这样的例子，几乎所有人都听过这部动画片的主题曲，也令这部童书吸引更广泛的受众。如果小朋友们喜欢这些影视作品，他们会找原著看。

崔莹：《长大之前一定要看的1001本童书》收入的很多童书是通常为成年人写作的作家的作品，比如《在树上》是加拿大作家玛格丽特·阿特伍德写的童书，再比如王尔德、莎士比亚、狄更斯等，他们的童书都可以在你的书中找到。你如何看待作家写童书的现象？

朱莉娅·埃克谢尔：威廉·萨克莱（William Thackeray）也是很好的例子，除了他的代表作《名利场》，他也写童书。狄更斯写了童书《有魔力的鱼骨头》，但他写的《圣诞欢歌》，孩子们可以阅读，但不一定是为孩子们而写。王尔德为孩子们创作了精彩的童话故事。我觉得好的作者并不在乎他们的读者是谁。英国作家菲利普·普尔曼曾说：把书摆在市场的货架上，任何人都可以过来阅读。他不认为他为某年龄段的人写作。他的读者可以是儿童、成年人。《哈利·波特》原本是为孩子们而写，但几乎所有成年人都看过。再比如安妮塔·婕朗（Anita Jeram）和山姆·麦克布雷尼（Sam McBratney）创作的童书《猜猜我有多爱你》，所有人都喜欢看。这本书所涉及的故事可以是妈妈和孩子，可以是情侣，可以是两个很亲近的人。这类书可能会被出版商、书商分类，但作为作者，他们写书时并不明确要写给谁。尤其在爱尔兰，有这样的传统，作者为成年人写的作品，也应该让孩子们看得懂。

崔莹：《长大之前一定要看的1001本童书》包含四本中国童书，比如《成语故事》和《男生贾里》等，你从哪里知道这些童书？

朱莉娅·埃克谢尔：我有"中国顾问"，我没有读过这几本书，但我希望以后可以读，我也没有读过其他中国的童书……在英国，我们很少讨论中国童书。

崔莹：书中包括古老的《伊索寓言》，这部2500多年前的书，对现在的小朋友有什么意义？

朱莉娅·埃克谢尔：好的故事是永恒的。回溯希腊神话或北欧神话故事，或者更久远的故事，这些故事在现在仍然有意义。《伊索寓言》就是如此。寓言的形式很棒，易于孩子阅读，并且传达了很清楚的信息。所有孩子都喜欢龟兔赛跑的寓言，这个寓言三言两语，就将谁快谁慢的道理说清楚。关于故事的一些外在描述理解起来可能会有困难，我们可以做些调整，可以将其"现代化"。我认为所有小朋友都应了解这类古老的寓言故事，这些传奇故事和童话也是之后所诞生的故事的基础。

崔莹：除了较早的英国、法国童书，书中也包括创作于1392年的日本童书《御伽草子》，这类来自东方的童书在英国是否有市场？

朱莉娅·埃克谢尔：很尴尬的是，英国读者很少阅读这类书，他们主要关注本国出版的英文书。因此国际图书节、图书交易活动很有必要，可以让英国出版商发现更多来自东方的童书和插画师。

3
童书作者的童年大都有创伤

崔莹：童书中的主人公可以和某个国家联系在一起，比如"丁丁"可以代表比利时，"长袜子皮皮"可以代表瑞典，"阿斯泰利克斯"可以代表法国，"姆明"可以代表芬兰。你认为哪些童话形象可以代表英国？

朱莉娅·埃克谢尔：大多数人可能会回答"爱丽丝"，特别是约翰·坦尼尔画笔下的那个爱丽丝。另一个是"小熊维尼"，再就是哈利·波特。

崔莹：你也是《哈利·波特小说阅读指南》的作者，孩子们为什么喜欢读《哈利·波特》，这套书会给孩子们带来哪些好处？

朱莉娅·埃克谢尔：如果分析《哈利·波特》系列的第一本《哈利·波特与魔法石》，你会发现，书中有孤儿，这在童书中很常见，一个出身逆境的小孩去实现他的使命，这像是"石中剑"，也就是亚瑟称王的故事，后者是英国很多故事的基础。三个好朋友的设置是很好的结构。对魔法的运用非常精彩。所有人都看得出，这个可怜的男孩不得不前往不可思议的地方去实现他的使命。第一本书中的冒险故事很简单，向读者交代了即将发生的故事。这个系列的其他本书较复杂，但其核心吸引力是，J. K. 罗琳意识到所有的小孩子都在试图寻找某种证明，证明他们被父母所爱。在第三本书《哈利·波特与阿兹卡班的囚徒》中，哈利·波特明白他的父母竭尽全力救他，甚至用他们的死换来他的生，他们没有让他失望，他不能要求父母再做更多了。J. K.罗琳的想象力太棒了，她如何想象到这么多不同层次？想象中的人物、野兽、地方，以及冒险故事。这部作品非常难得，我不觉得在我有生之年，不会再有类似经久不衰的书诞生。

《哈利·波特》让很多不喜欢读书的孩子喜欢读书，因为所有人都看《哈利·波特》，他们也开始看，再就是故事本身很吸引人。它令很多孩子感受到"真情实感"，理解了忠诚、家庭、好的行为、家庭的重要性等。赫敏是一个令人难忘的角色，她身上体现出：如果你努力，你一定会获得不错的成绩。书中传递的这个信息很好，特别对女孩而言，女孩通常不擅长动脑筋，但赫敏爱钻研。对各个年龄段的孩子而言，《哈利·波特》都充满吸引力，孩子们会感到这本书是为他们而写，他们就是《哈利·波特》中的孩子。

崔莹：你还写了《从毕翠克丝·波特到哈利·波特：童书作家的形象》，这些童书作家存在哪些共性？

朱莉娅·埃克谢尔：这本书是结合英国国家肖像博物馆的展览撰写的，展览主题是童书作家，包括A.A.米尔恩、毕翠克丝·波特和一些现代童书作家等。我发现有一些很明显的原因促使这些作家写童书，通常，他们在童年时受过创伤：父亲或母亲去世，或兄弟姐妹去世，或经历过其他戏剧化的事件。也正是这些原因，他们对童年记忆深刻，他们回忆过去，写他们的童年。写童书的方式有很多种，但你必须记得清童年发生的一些故事，才能把童书写好。

如今，对一些当代童书作家而言，可能并非如此。由于1997年《哈利·波特》热销，受这部童书的影响，童书市场越来越繁荣，一些年轻作者想做些有创意的事，他们也开始写童书。

崔莹：女作者写的童书和男作者写的童书是否存在区别？

朱莉娅·埃克谢尔：如果认为女性写的童书和男性写的童书存在区别的话，这是一件很危险的事情。人们最应该做的是寻找多样化、来自不同背景的作者。长久以来，人们致力于减少图书内容的性别歧视，让女孩也得到适当的呈现。英国文化越来越多元，但很多在英国生活的人的故事并没有都被书写，我们需要更多不同的作者，无论男作者，还是女作者。他们可以写有趣的书、感人的书、冒险故事等。我也不认为男作者和女作者的作品应该分开。

崔莹：但如果你步入书店，会发现，有些书是为男孩写的，有些书是为女孩写的。

朱莉娅·埃克谢尔：是这样。就英国的童书市场而言，女孩喜欢看男作者写的书，男孩不太喜欢女作者写的书，所以，乔安娜·罗琳被称为J. K. 罗琳，这样人们就不会知道她是女作者，不然，她可能不会这么受欢迎。的确也有些书是为女孩而写。

崔莹：你一定认识很多童书作家和插画师，谁给你留下深刻的印象？

朱莉娅·埃克谢尔：迈克尔·莫波格（Michael Morpurgo）是很棒的童书作者，他被评为英国桂冠童书作家，他创作了内容丰富的童书，他很擅长用不同的方式讲故事。他关注移民、战争主题等。他最著名的作品是《战马》，这个小说已被改编成很精彩的舞台剧。他刚完成《格列佛游记》的现代版，所涉及的内容是今天的世界，以及人们应该更宽容。他希望孩子们多向外界学习，宽容善良。再就是菲利普·普尔曼，他的《黑暗元素》三部曲，以及续集《尘之书》三部曲都很棒，其中《尘之书》的第二部《秘密联邦》最近刚出版。他的书最初定位是童书，但已经超越了这个边界。他读书很多，在作品中援引了世界各地、不同时期的故事，这是他之所以杰出的原因。杰奎琳·威尔森（Jacqueline Wilson）是一位天才，她很多时间为女孩写作，她非常了解不同年龄段的女孩的感受。她了解她们的焦虑，了解那些看似微不足道的事情实际上非常紧迫，和J.K.罗琳一样，她拥有很多读者。很多女孩看了她的书会感到：我在她的故事里。她们在她的书中找到自己。

绘本作家朱莉娅·唐纳森（Julia Donaldson）是另一位。她的作品文字很简短，但每个单词都很重要。几乎每个英国小孩都看过她创作的《咕噜牛》。

崔莹：这些作者在现实生活中的形象，和他们的作品的风格一致吗？

朱莉娅·埃克谢尔：童书作者，和他或她所创作的童书之间存在着某种联系。如果画线配对，你不会选错。作者的书反映了他们的个性和他们的经历。在和童书作者见面时，我通常不会感到惊讶，因为我从他们的书中了解了他们大概的性格。

❹ 很多学校老师写童书

崔莹：根据你的经验，什么样的人可能成为好的童书作者？

朱莉娅·埃克谢尔：所有童书作者都各有擅长。首先，你要能让孩子感到乐趣，在乐趣之外，要营造其他一些内容，这些内容是孩子们之前所不知道的。并非只是讲孩子们的故事，你要为他们提供比他们眼中的世界更大的景象。好的童书作者要知道孩子们的童年是什么样子的，可以用孩子的视角看世界。我喜欢的童书或对孩子而言最好的童书是这样的：即使作者50多岁，你依然可以从他的作品中感受到孩子多么无力，这个世界多么令人迷惑，孩子只知道一点，无法理解更多等。另一个方式是，作者能够很好地观察孩子，有很多童书作者是学校老师，因为他们经常和孩子们打交道，了解孩子们的行为。如果能够和孩子们接触、了解孩子，就可以写出精彩的童书。

崔莹：你自己尝试过写童书吗？

朱莉娅·埃克谢尔：我从未有这个想法，因为我看了这么多童书，很难想可以写的故事了，并且，我有4个孩子，写作的时间很少，总之就是没有写过（笑）。我喜欢看书、评书，喜欢感受别人创造的想象中的世界，没有必要创造我自己的魔法世界。

崔莹：在传统出版业遭遇寒流的今天，童书市场情况如何？

朱莉娅·埃克谢尔：童书市场还不错。2010年，一种普遍的观点认为人们会继续买童书，因为每个人都知道读书和成功的教育之间的紧密关联。的确如此，之后每年，英国童书市场的增长率约是6%。

崔莹：互联网、iPhone和iPad给童书市场带来哪些影响？

朱莉娅·埃克谢尔：孩子们不一定非要从图书中获得故事，他们可以通过其他方式，越来越多的交互式的体验可以替代被动阅读。阅读原本不该是被动的，因为孩子要运用想象力，自己创造一个世界。当我看到电脑图像界面构想的广告时，意识到孩子们可以由此进入一个全新的世界，获得更真实的感受。无论电影，还是游戏，都是这种技术方式，这可能会影响孩子们读书。但我认为，孩子们依然会喜欢读书。在过去很多年，很多人都说图书会消亡，会被电视、视频取代，但是图书依然没有消亡，我对此感到很乐观。

崔莹：你认为父母应该如何为孩子选书？只选择一些获奖的童书是正确的方式吗？你如何看待各类童书奖项？

朱莉娅·埃克谢尔：我认为唯一的方式是父母要首先阅读这些童书，这样有助于他们选书，而不只是去书店询问店员。只有亲自阅读，他们才会知道书里的内容。很遗憾的是，很多家长并不看重童书，只让孩子阅读经典作品。他们不认为现在写的童书有多么好，意识不到每一代人都希望读到他们这个时代的故事。如何选择童书？选择获奖的童书是一种方式。很有趣的是，有些大人会去读获得布克奖的书，但对获得童书大奖，比如卡内基奖的书却置若罔闻。当然，除了获奖童书，其他童书也值得读。选童书的第一步，可以从获奖童书开始。

各类童书奖项是帮助人们选择优秀童书的方式之一。每年，英国出版的童书有1万册，但关于童书的书评很少，人们如何了解新的童书？除了童书奖项，也需要更多书评、图书节。

崔莹：父母如何做，才能让自己的孩子成为爱看书的小朋友呢？

朱莉娅·埃克谢尔：父母要以身作则，他们自己要看书，如果父母不看书，孩子们也不会觉得有必要看书。父母要大声朗读书，向孩子解释这些书。对孩子而言，读书是一项很难掌握的技能，孩子们不觉得读书会有什么"回报"，如果父母大声读书，孩子们会把这些故事记在心里。父母读童书，也可以了解孩子的世界、他们的感受。

后　记
拥抱我写下的文字

　　首先，感谢大家耐心读完这些文字。这部书稿中的对话与访谈始于2014年秋天，终于2020年春天，大部分受腾讯海外文化和《谷雨计划》栏目邀约撰写。这些对话与访谈大都以受访者的作品在中国出版，或在国际上获奖为契机，很多问题围绕书展开，因此书名为《访书记》。

　　钱锺书曾对一位求见他的女士说："假如你吃个鸡蛋觉得味道不错，又何必认识那个下蛋的母鸡呢？"我认为，其实不然，如果你很喜欢一本书，你一定想去了解书的作者，这对于理解作品而言至关重要。这也是这本书的意义：呈现我和51位海外学者和作家的对话，了解他们创作的心路历程和背后的故事。

　　看书和作者直接交流的经历俨然不同——在书里找不到的答案，可以从作者这里获得，并且，看书的思考或疑惑，可以和作者探讨。在所有采访过程中，我试图作为一名记者、学者和读者，和他们对话。如今，对话与访谈的场景依然历历在目：

卜正民教授告诉我他如何邂逅《塞尔登的中国地图》，他认为这幅地图表明17世纪初的中国并非封闭保守，那时的中国人也了解外面的世界。他还在地图上发现了沈福宗的注释，而沈福宗正是第一位到访英国的中国人。薛凤教授告诉我她研究宋应星的原因仅仅出于好奇：宋应星为何会对如此多样化的工艺感兴趣？他这样一个无关紧要的小官如何能撰写出这么高端的关于世界形成和发展的理论？阿尔伯特·克雷格教授认为西方并不了解多少中国史，对西方而言，中国依然很陌生。即使在今天，西方对于中国史的了解依然是模糊的、不准确的。他指出中国本身就很复杂，语言是巨大的障碍。要了解中国，必须要学习中国的语言，但汉语是最难学的语言之一。周锡瑞教授参与主编《1943：中国在十字路口》，他觉得宋子文聪慧过人，是比较优秀的政治家。之前在华盛顿，无论为中国争取援助，还是在史迪威与陈纳德的斗争中帮助后者，他都不辱使命。假如宋子文参加开罗会议，担任谈判翻译，结果可能会好些。西蒙·沙玛教授告诉我，英国《金融时报》交给他一个尴尬的任务：等英国女王去世时，要他写一篇大稿子纪念女王。但他觉得，女王会在他死后继续活很久，他可能永远都不用写这篇文章。

那一次次的对话与访谈，它们或甜，或酸，或苦，或辣，都已经融入我的生活，我的生命，成为我的一部分，当然，也成为我微信朋友圈的各种"碎碎念"：

2015年3月8日（王德威）

写的时候小心翼翼，编辑编稿时更是小心翼翼，我和她一起"扫雷"，不得不把王德威教授提到的很多作品作家拿掉。听王教授描述了这样一本书——这是多么有意思的一本书啊！"诺贝尔文学奖获得者大江健三郎帮我写了一篇他和莫言的对话。余华谈1984年的翻墙,他当时经常翻墙去看国外的文学作品,这个墙指的是华东师范大学的校门。王安忆写的是她的母亲茹志鹃。汪晖教授写了一篇《石碑》,写的是他和鲁迅的对话。"

2015年6月25日(闵福德)

采访完汉学家、翻译家闵福德教授,他发给我一些照片:图一是他和岳父霍克斯(《红楼梦》前80回译者,后40回由闵教授译);图四是他和柳存仁教授(钱锺书称柳存仁教授为"海外宗师");图二是他和夫人(霍克斯的女儿)。闵教授的夫人今年年初因癌症去世。夫人住院期间,闵教授一直在医院里陪伴着她,并读《红楼梦》给她听,但只读到了第31回……

2015年7月8日(诺曼·斯通)

诺曼·斯通是英国著名的历史学家,以观点标新立异著称。采访他的过程挺不容易的,他回答一句就停顿下来,时常冷场,然后我就赶紧再提问……让我有点措手不及。

2015年7月10日(阿米塔夫·高希)

我对"鸦片战争三部曲"作者、印度作家阿米塔夫·高希的采访,大概是首位中国记者对他的采访!他在西方很有名,《金融时报》曾邀请他共进午餐。他做过牛津大学社会人类学博士后。他做过学术,做过记者,然后选择全职写小说!他是很有才华的作家,文笔极好,尤其是对细节的描述。

后 记

2015年7月17日（齐格蒙·鲍曼）

在编辑大人的建议下，这次的采访对象是我至今所采访的年纪最大、学问最高深的人了。是去他家采访的。他侃侃而谈，一点都看不出90岁的样子。他的妻子比他小7岁。他们给我准备了很多好吃的，包括奶油草莓、三文鱼饼干……我真该带盆花去，毕竟是到人家里做客，觉得失礼。然后，他把家中所有中国出版社邮寄给他的书都找出来送给了我，更不好意思了。他常常早上4点就起来写作。他今年刚出一本书，另一本也很快要出了！

2015年9月2日（穆博盛）

穆博盛是1977年出生的，年轻有为，而且他汉语很流利。他研究的中国环境史的视角，令人耳目一新。

2015年9月8日（白馥兰）

真喜欢她，柔美的话音。整个过程，我都没有看采访提纲，都能"侃侃而问"，即使还有点困。

2015年9月9日（薛凤）

薛凤教授研究宋应星。我记得只是在博物馆看到《天工开物》这本书，对其内容知之甚少。弱弱问一句，谁看过啊？

2015年9月9日（卜正民）

卜正民教授是和李约瑟合写《中国科学技术史》的高才生，他后来成为明史专家，想读他的专著《明代的商业与文化》，却发现英国亚马逊二手最便宜的也要卖13英镑（约130元）！中译本由三联出版社出版，才20元！

2015年9月10日（兰道尔·门罗）

以前就听说过"科学松鼠会"，没想到他们把美国头号"脑洞大开"人物兰道尔·门罗的奇思异想的科学问答"What if"都一点点翻译过来，并坚持翻译了5年多。门罗可不简单，在罗粉忽悠联名奏书下，国际天文学联合会将小行星4942以"门罗"的名字命名！采访门罗，他点评了"Geeks"，让我的脑洞也开了，而且，他是知道谢耳朵的。

2015年11月17日（乔安娜·巴斯福德）

《秘密花园》作者乔安娜·巴斯福德的老公是苏格兰啤酒"酿酒狗"的创始人！该啤酒超浓烈，名气也不小呢。她的老公之前是渔夫。这本身也是传奇了吧。

2015年12月1日（卜正民）

第二次访问第二帅汉学家卜正民，第一帅是史景迁。他们都是重视细节的新派史学家，不同的是二者的叙述策略，史景迁是把陌生的东西变熟悉，卜正民是把熟悉的东西变陌生。"史景迁会告诉你，你觉得这顶帽子很奇怪吗？不，这帽子一点也不奇怪。而卜正民会问你：你觉得这帽子再平常不过吗？对不起哦，我告诉你，不是这么一回事。"找文章配图时，发现很多日文材料。比如1938年、1939年出版的《中国事变画报》，以及《大日本军宣抚官》等，对沦陷区的实际情况越发感到好奇！

2016年1月2日（贝剑铭）

研究佛教的教授，从宗教和文化角度研究中国茶历史。很有意思。看他

后记

翻译的古文有点萌，比如把敦煌遗文中的《茶酒论》的"茶"和"酒"，翻译成"茶先生"和"酒先生"。像是在看《太子妃升职记》呢。

2016年1月8日（入江昭）

81岁的美国历史学家入江昭教授，依然每天去图书馆，依然笔耕不辍，你还有啥理由不看书？最欣赏他的观点：了解了世界，你才有发言权！

2016年1月21日（艾超世）

可以看书，买书，研究书，图书管理员这个工作蛮好的！当然，说的是剑桥大学图书馆中文部管理员。3月中旬开始，剑桥图书馆举办600周岁生日特展，非常值得去！想去！

2016年3月8日（周锡瑞）

我完全是冲着蒋夫人看这本书的，被她迷倒！她说她的人生哲理是：人就是应该在困境中守住自己的理想。被周锡瑞教授的个人图书馆惊呆！他的书架也不错！

2016年4月1日（托马斯·伯根索尔）

他在三周内写完"幸运男孩"初稿，回忆10多岁时在纳粹集中营以及和父母失散，和母亲团聚的经历，超强的记忆力！从集中营被迫和父亲分离后，他们再也没见。他连和父亲告别的机会都没有。80多岁的他，一直在想念父亲。

2016年4月12日（乔治·阿克洛夫）

第一次采访诺贝尔奖获得者！没有经济学背景的我采访起来有些吃

力,尤其谈到 Ivan Boesky, Pareto Optimality 时。遥想当年,刚毕业时,我也做过经济报纸编辑,财经杂志记者啊!

2016年8月14日(马克斯·黑斯廷斯)

马克斯·黑斯廷斯曾多次去中国采访收集资料。他的个性强硬,思维敏锐,滔滔不绝,会讲故事。他的《秘密战》一书引人入胜。去年爱丁堡国际图书节采访的是安东尼·比弗,今年采访的是黑斯廷斯。他们两位都是英国著名的历史学家,长得都很高大,他们都很高产。

2016年9月2日(莉迪亚·戴维斯)

好几次邮件往来,她的话不多,但是字里行间可以感受到她的神情,这便是作家的文字的力量呢!喜欢她的小说,尽管需要很费脑子去想,她到底在怎么想,她为什么这样写出来?她也有一只黑猫,和我的"大小姐"很像!

2016年10月6日(恩古吉·瓦·提安哥)

爱大图书馆里放了一堆研究提安哥的书,各类访谈集等。联系采访,费尽周折找提安哥大人,甚至给他儿子写了封邮件找他。他的文字优美,充满诗意。喜欢他的《大河两岸》,看哭了。

2016年10月10日(约恩·福瑟)

在西西里岛乡下租住的大房子里电话采访了挪威剧作家约恩·福瑟。他特别开朗友好,但是北欧口音好重。更是跳跃性思维,天才作家都是这样吧?

后记

2016年10月22日（希拉里·曼特尔）

最喜欢她说的"要写现在就写，要不写永远都不要写"。她是英国少有的出身工人家庭的作家（大多数英国作家出身中产）。童年阴影促使她好好学习，离开家，早早嫁人。我个人觉得她先生一定很宠爱她（不然怎会离婚又复婚？），她陪先生外派，5年看资料，专心写一本历史书。

2016年10月25日（卜正民）

第三次采访男神！他很客观，很低调，很严谨，而且很会讲故事。六卷《哈佛中国史》爱大图书馆有英文版，可是为啥不放在同一个地方？

2016年10月30日（保罗·比第）

采访了2016布克奖得主。没想到这个奖这么大"面子"。最近几天，英国百万封信件的邮戳是"恭喜比第获布克奖"这行字。这部作品被英国出版商拒绝18次才出版。我给保罗拍照，因为是在室内，光线特别不好，总共拍了47张，编辑选用了我拍的47张里的最后那一张，论最后一张的重要性！

2018年5月23日（奥尔加·托卡尔丘克）

在北京，边吃美团买的土豆丝和水饺，边写17世纪某荷兰解剖师解剖自己的截肢，然后发现了跟腱。新闻快讯整理完了，联系采访。

2018年9月5日（乔纳森·哈尔）

非常感谢哈尔！采访完，他花了一个小时鼓励我（我也赶紧）尝试写自己的非虚构。一本非虚构写六七年是正常的。并且很多非虚构作者同时是记者或学者。这也是我努力的方向。也感谢北京印刷学院的叶新教授看到我微信群里发的"寻人启事",他的学生恰好在这家出版社,认识了很负责的陈先生,才联系上作者。这个过程都能写出一个非虚构故事了。

2018年8月16日(朱莉安娜·芭芭莎)

朱莉安娜·芭芭莎现在是《纽约时报》编辑。我喜欢她可以和各色人物聊天,包括贫民窟买卖毒品的。她有强烈的新闻敏感和勇气。觉察到故乡会有新闻,她毅然决然回乡,从租房开始!我去过巴西,还参加过卢拉的声援会,和她的对话格外酣畅。

2018年8月16日(理查德·劳埃德·帕里)

和帕里探讨我在日本旅行问路时,为什么问到的路人都会脸红?帕里回答可能是因为他们英文差,对自己不自信。喜欢他写的这本非虚构。

2018年12月4日(马修·德斯蒙德)

这本书获得2017年普利策奖最佳非虚构奖。该书作者马修·德斯蒙德和他的采访对象同吃同住,成为好朋友。他可以睡地板,好几个星期不洗澡。很棒的人类社会学书。作者文笔也超棒,不学究,像是小说。但我觉得女作者就很难去体验,写出这样的书啊。

2018年12月17日(西蒙·沙玛)

只给了一个小时的采访时间,幸亏我内心比较"强大",一次都没有看问题,做到和他"侃侃而谈"。谢谢中信出版社帮忙联系,我的男神西蒙·沙玛爵士!他说写《英国史》参考了上千本书。

后记

这些采访即感,连同这部书中丰富而翔实的访谈与对话,都是我写下的文字。我想起齐格蒙·鲍曼教授给我讲的一个故事。我问他为何70多年来一直关注人类社会的现实问题?他用这样一个故事作答:"爷爷圣赫罗尼莫在临死前拥抱自己种的树,和它们告别,因为他知道将永远不会再看到它们。这是个值得学习的教训。所以我也拥抱我写下的文字,希望它们有长久的生命,并且后人会在我停下的地方,继续书写下去。"在这里,我也要拥抱我写下的文字。

书稿诞生之日,要感谢的人太多,感谢腾讯的王永治先生、张英先生、陈军吉女士、李佳女士和张中江先生,感谢他们自始至终的帮助和支持,大多数时候,这些对话与访谈不是我一个人的功劳,而是整个团队的努力和付出;感谢该书的策划封龙先生,因为他的慧眼、他的孜孜不倦,这本书得以面世;感谢赵毅衡教授和萧三匝先生,在百忙之中为拙作赐序;感谢我的先生崔尼克,他在研究星星之余,在我的软硬兼施下,帮我整理较"难"听的采访录音,好在每次,我都能够用好吃的中餐回报他;还要感谢"大小姐",每次我联系采访碰壁而闷闷不乐时,都能从她那里"充电"。

很不幸的是,在这本书诞生之前,齐格蒙·鲍曼教授、阿尔伯特·克雷格和诺曼·斯通教授已经去世,谨以此书表达我对他们最真诚的怀念。

崔莹
爱丁堡
2022年7月31日

让 思 想 流 动 起 来

官方微博：@壹卷YeBook
官方豆瓣：壹卷YeBook
微信公众号：壹卷YeBook
媒体联系：yebook2019@163.com

壹卷工作室
微信公众号